古典文獻研究輯刊

十七編

曾永義 主編

第2冊

中國古代文論旨要（下）

劉鳳泉 著

國家圖書館出版品預行編目資料

中國古代文論旨要（下）／劉鳳泉 著 — 初版 — 新北市：花
木蘭文化事業有限公司，2018〔民 107〕

目 2+256 面；19×26 公分

（古典文學研究輯刊 十七編：第 2 冊）

ISBN 978-986-485-319-9（精裝）

1. 中國文學 2. 文學評論

820.8　　　　　　　　　　　　　　　　107001696

古典文學研究輯刊

十七編　第二冊　　　　　ISBN：978-986-485-319-9

中國古代文論旨要（下）

作　　　者　劉鳳泉
主　　　編　曾永義
總　編　輯　杜潔祥
副總編輯　楊嘉樂
編　　　輯　許郁翎、王筑　美術編輯　陳逸婷
出　　　版　花木蘭文化事業有限公司
發　行　人　高小娟
聯絡地址　235 新北市中和區中安街七二號十三樓
　　　　　　電話：02-2923-1455 ／傳眞：02-2923-1452
網　　　址　http://www.huamulan.tw 信箱 hml810518@gmail.com
印　　　刷　普羅文化出版廣告事業
初　　　版　2018 年 3 月
全書字數　408218 字
定　　　價　十七編 26 冊（精裝）新台幣 50,000 元

中國古代文論旨要(下)

劉鳳泉　著

目
次

第三章　通變復古　文道相兼

一、陳子昂文學革新

　　盛唐是中國古典文學的輝煌時代，而標舉唐盛文學審美理想，揭開盛唐文學繁榮序幕的人物，是初唐的陳子昂。金人元好問贊曰：「沈宋橫馳翰墨場，風流初不廢齊梁。論功若準平吳例，合著黃金鑄子昂。」〔註1〕誠哉斯言！假如建造一個唐代文學紀念館，紀念館前的塑像不是李白、杜甫，也不是韓愈、柳宗元，而理所當然是陳子昂！陳子昂在初唐提倡文學革新，實開盛唐文學風氣之先！難怪有人說，他在文學舊世紀之末，舉著文學新世紀的廣告牌提前入場，而半個世紀之後盛唐文學代表隊才陸續登場。這既讓他感受到深刻的孤獨，也凸顯出他的歷史地位。

（一）文學革新的文化背景

　　南北朝時期，由於政治分裂，南北文學分途發展，導致南北文學的差異。南方文學沿著魏晉開始的審美文學方向發展，重視詞采，重視音律，然而忽視內容，脫離現實，走上了形式主義道路。北方由文化比較落後的少數民族主宰政權，事實上文學停滯，沒有多少進步。誠如令狐德棻所言：「既而中州板蕩，戎狄交侵，僭偽相屬，士民塗炭，故文章黜焉。」〔註2〕由於南北長期隔絕，加之人文、地理等諸多因素，南北文學在發展中形成各自不同的特點。

〔註1〕　郭紹虞：《元好問論詩三十首小箋》，人民文學出版社1978年版，第62頁。

〔註2〕　（唐）令狐德棻等：《王褒庾信傳論》，《周書》（卷四一），中華書局1971年版，第743頁。

　　隋朝結束南北分裂，國家重歸統一。怎樣處理南北文學的關係？這個問題擺在了統治者面前。隋朝統治者來自北方，他們自然要堅持北方文化本位的立場。隋初，有李諤《上隋高帝革文華書》，對齊梁文風作了嚴厲批判：「江左齊梁，其弊彌甚，貴賤賢愚，唯務吟詠。遂復遺理存異，尋虛逐微，競一韻之奇，爭一字之巧。連篇累牘，不出月露之形；積案盈箱，唯是風雲之狀。世俗以此相高，朝廷據此擢士。祿利之路既開，愛尚之情愈篤。……故文筆日繁，其政日亂，良由棄大聖之規模，構無用以爲用也。」〔註3〕於是，隋文帝在「開皇四年，普詔天下：公私文翰，並宜實錄。其年九月，泗州刺史司馬幼之文表華艷，付所司治罪」〔註4〕。李諤從政治角度出發，看到南方文學的形式主義特徵，認識到它們對統一王朝的政治危害性。然而，他們企圖運用行政手段來解決南北文學統一的問題，把複雜的文化問題給簡單化了，顯然違背了文學發展規律，自然難以收到預期的效果。

　　進入唐代，怎樣處理南北文學的關係，仍然是文壇面臨的突出問題。人們思考如何融合南北文學，明確文學發展方向，以便創造出與強盛國勢相匹配的文學來。對這個問題，唐初魏徵有過明確論述：

　　　　暨永明、天監之際，太和、天保之間，洛陽、江左，文雅尤盛。
　　彼此好尚，雅有異同。江左宮商發越，貴於清綺；河朔詞義貞剛，
　　重於氣質。氣質則理勝其詞，清綺則文過其意。理深者便於時用，
　　文華者宜於詠歌。此南北詞人得失之大較也。若能掇彼清音，簡茲
　　累句，各去所短，合其兩長，則文質斌斌，盡善盡美矣。〔註5〕

　　實現「文質斌斌，盡善盡美」的文學理想，其實並不是一件容易的事情。入唐以來，儘管指責齊梁文風的聲音不絕於耳，可齊梁文學形式主義的餘波猶在流行。《新唐書》曰：「唐興，詩人承陳、隋風流，浮靡相矜。」〔註6〕初唐九十多年，浮艷文風繼續籠罩文壇。四代文館學士相繼主持文壇。他們的作品多應制之作，內容反映遊豫的生活，形式多是唱和體制。〔註7〕這些作品

〔註3〕　（唐）魏徵等：《李諤傳》，《隋書》（卷六一六），中華書局1973年版，第1544～1545頁。

〔註4〕　（唐）魏徵等：《李諤傳》，《隋書》（卷六一六），中華書局 1973 年版，第1545頁。

〔註5〕　（唐）魏徵等：《文學傳序》，《隋書》（卷七一六），中華書局1973，第1730頁。

〔註6〕　（宋）歐陽修、宋祁：《杜甫傳贊》，《新唐書》（卷二○一），中華書局 1975年版，第5736頁。

〔註7〕　羅時進：《唐詩演進論》，江蘇古籍出版社2001年版，第4～14頁。

不僅沒有走出齊梁文學的陰影，反而倒有變本加厲的傾向。於是，有識之士不滿文學現狀，紛紛要求文學革新。

初唐四傑對浮艷文風就深致不滿。楊炯《王勃集序》曰：「嘗以龍朔（高宗年號）初載，文場變體，爭構纖微，競爲雕刻。糅之金玉龍鳳，亂之朱紫青黃，影帶以徇其功，假對以稱其美，骨氣都盡，剛健不聞，思革其弊，用光志業」〔註8〕。王勃《上吏部裴侍郎啓》亦曰：「自微言即絕，斯文不振，屈、宋導源於前，枚、馬張淫風於後。談人主者以宮室苑囿爲雄，敘名流者以沈酗驕奢爲達。故魏文用之而中國衰，宋武貴之而江東亂。雖沈謝爭鶩，適足兆齊梁之危；徐庾並馳，不能止周陳之亂。」〔註9〕他們認識到了齊梁文風的危害，卻沒有擊中齊梁文風的要害。如王勃把「斯文不振」竟歸咎於屈、宋、枚、馬，將審美文學一概否定，認識偏激而不符合實際。

在這樣的文化背景下，適應文學發展的要求，陳子昂起而倡導文學革新，標舉嶄新的審美理想，揭開唐代文學繁榮的歷史帷幕。

（二）文學革新的理論內涵

陳子昂（661～702），字伯玉，梓州射洪（今屬四川）人。出生於富豪之家，成年始發憤讀書，舉光宅進士，上書論政爲武則天所賞識，擢爲麟臺正字，後升任右拾遺。他敢於直諫，揭發時弊，遭致打擊，竟至下獄，死於獄中。其好友盧藏用將他的詩文編爲《陳伯玉集》十卷。在唐代人的眼中，陳子昂是文章家和詩人。〔註10〕他的文學革新也表現在文章和詩歌兩個領域。

就文章革新而言，陳子昂以儒家思想爲價值依歸，確立了唐代文章革新的思想基礎。儘管他仍然以駢文寫作，而他的文章切實有用，風格「疏樸近古」，被人稱爲「文體最正」。他的文章多是應用文體，包括表、碑、書、誌銘、雜著等，文章以切實典雅而震撼當世，衝擊了浮靡纖弱的文風，爲後來文體革新開闢了道路。梁肅《補闕李君前集序》曰：「唐有天下幾二百載，而文章三變。初則廣漢陳子昂以風雅革浮侈……」〔註11〕高度肯定了陳子昂文章革新的功績。

後來，李華、蕭穎士、獨孤及、梁肅等人倡導古文，他們也都打著陳子昂的旗號。中唐古文運動的領袖韓愈、柳宗元，都盛讚陳子昂的歷史功績。

〔註8〕　（清）董誥等：《全唐文》（卷一九一），山西教育出版社2002年版，第1154頁。

〔註9〕　（清）董誥等：《全唐文》（卷一八〇），山西教育出版社2002年版，第1096頁。

〔註10〕　羅時進：《唐詩演進論》，江蘇古籍出版社2001年版，第22頁。

〔註11〕　（清）董浩等：《全唐文》（卷五一八），山西教育出版社2002年版，第3114頁。

韓愈《薦士》云：「國朝盛文章，子昂始高蹈。」〔註12〕柳宗元《楊評事文集後序》云：「文有二道，辭令褒貶，本乎著述者也；導揚諷諭，本乎比興者也。……唐興以來，稱是選而不作者，梓潼陳拾遺。」〔註13〕到了宋代，人們對陳子昂改革文風的功績並沒有遺忘。《舊唐書》云：（子昂）「數上疏陳事，詞皆典美」，「文詞宏麗，甚爲當時所重」〔註14〕；《新唐書》云：「唐興，文章承徐庾餘風，子昂始變雅正」，「子昂所論著，當世以爲法」〔註15〕。然而，陳子昂文章革新並沒有達到革新文體的自覺，他其實還不能算作古文運動的先驅。

　　就詩歌革新而言，陳子昂建立了不朽的功勳。《與東方左史虬修竹篇序》〔註16〕，便是他詩歌革新的理論綱領，其中提出興寄說和風骨論，標舉盛唐詩歌的審美理想，開啓唐詩繁榮的嶄新氣象，具有非常重要的理論意義。

　　所謂詩歌革新，就是詩歌的革舊布新。《與東方左史虬修竹篇序》明確表達了陳子昂反對什麼，提倡什麼？他說：「僕嘗暇時觀齊、梁間詩，采麗競繁而興寄都絕，每以詠歎。思古人，常恐逶迤頹靡，風雅不作，以耿耿也。」他反對齊梁詩風，提倡古詩傳統。具體而言，他反對齊、梁間詩之「采麗競繁而興寄都絕」，「逶迤頹靡，風雅不作」；他提倡古人的詩風，即《詩經》「興寄風雅」的優秀文學傳統。他又說：「文章道弊五百年矣。漢、魏風骨，晉、宋莫傳。」他反對晉宋五百年來文學之道的衰弊，而竭力提倡漢、魏文學之風骨。這就從正反兩方面宣示了他的詩歌審美理想。

　　其一，興寄說。

　　興，是興發感情；寄，是寄託思想。興發感情，即詩歌要有感而作；寄託思想，即詩歌要有爲而作。這是《詩經》的優秀傳統，也是漢、魏文學的根本特徵。然而，齊、梁間詩形式華麗雕琢，內容空虛墮落，完全背離了《詩經》和漢、魏文學的精神。在陳子昂看來，這便是「興寄都絕」，「風雅不作」，因而他爲之耿耿於懷，每每長歎！

〔註12〕　（清）方世舉，《韓昌黎詩集編年箋注》（卷二），郝潤華、丁俊麗整理，中華書局 2012 年版，第 61 頁。

〔註13〕　（唐）柳宗元：《楊評事文集後序》，《柳河東集》（卷二一），中華書局 1979 版，第 578 頁。

〔註14〕　（後晉）劉昫等：《陳子昂傳》，《舊唐書》（卷一九〇），中華書局 1975 年版，第 5018 頁。

〔註15〕　（宋）歐陽修、宋祁：《陳子昂傳》，《新唐書》（卷一〇七），中華書局 1975，第 4067 頁。

〔註16〕　（唐）陳子昂：《陳子昂集》（卷一），徐鵬點校，中華書局 1960 年版，第 15 頁。本節內出自此篇者，不再注出。

　　興寄說是對傳統「比興」理論的發展，也是對漢、魏詩歌創作的總結。關於比興。鄭眾解釋云：「比者，比方於物也；興者，託事於物也。」〔註 17〕他將比興理解爲一種表現手法。鄭玄解釋云：「比，見今之失，不敢斥言，取比類以言之；興，見今之美，嫌於媚諛，取善事以喻勸之。」〔註 18〕他更強調比興的美刺意義。鍾嶸解釋云：「文已盡而意有餘，興也；因物喻志，比也。」〔註 19〕他更重視比興的形象特徵。陳子昂在吸收傳統理論的基礎上，提出符合時代精神的審美要求。所謂「興」，不只是一種比興手法，而是帶有感發意興、遣興抒懷的意味，更突出了創作主體應物斯感、緣情而發的特點。從而顯示出齊、梁詩風的根本缺陷，即缺乏感興、缺乏眞情，流於矯揉造作，導致「采麗競繁，而興寄都絕」。

　　關於寄託。《詩經》風雅重在諷喻之義，漢、魏詩歌重在寄託之情。建安詩人在詩歌中融入了詩人積極進取的精神意氣和豪邁遠大的人生追求；正始詩人在詩歌中隱藏著深刻的政治苦悶和人生感喟。如阮籍《詠懷詩》云：「夜中不能寐，起坐彈鳴琴。薄帷鑒明月，清風吹我襟。孤鴻號外野，翔鳥鳴北林。徘徊將何見，憂思獨傷心。」明寫清風明月與孤鳥號鳴，暗喻詩人內心之憂思傷感，被人稱爲「阮旨遙深」、「興寄無端」。陳子昂所謂「寄」，字面含義爲「有所寄託」，而他的「寄託」突破了儒家「美刺」的狹隘政治功用，重在表達詩人的眞情實感，具有深厚的社會意義，這就完全擺脫了齊、梁文學情感淺媚、格調頹靡的審美趣味。

　　陳子昂既重視興發感情，有感而作，言之有物；又重視精神寄託，有爲而作，言之有益。因此，陳子昂的興寄說既繼承了《詩經》現實主義文學傳統，又總結了漢、魏文學的藝術經驗，對詩歌的思想內容提出全新的要求，一掃齊、梁間無病呻吟的詩風，倡導積極豪邁的時代精神。

　　陳子昂的詩歌創作實踐，也是朝著這個目標努力的。如《感遇三十八首》（其二）云：「蘭若生春夏，芊蔚何青青！幽獨空林色，朱蕤冒紫莖。遲遲白日晚，嫋嫋秋風生。歲華盡搖落，芳意竟何成？」〔註 20〕詩作「感於心，用於遇」，用花草比擬，託物寓意，表達詩人懷才不遇的情懷。陳子昂的文學主

〔註 17〕　（清）阮元校刻：《周禮注疏》（卷二三），中華書局 1980 年版，第 796 頁。
〔註 18〕　（唐）孔穎達：《毛詩正義》（卷一），北京大學出版社 1999 年版，第 11 頁。
〔註 19〕　（梁）鍾嶸：《詩品集注》，曹旭集注，上海古籍出版社 1994 年版，第 60 頁。
〔註 20〕　（唐）陳子昂：《陳子昂集》（卷一），徐鵬點校，中華書局 1960 年版，第 2 頁。

張和文學實踐，對盛唐詩人的影響是非常顯著的。如張九齡《感遇》，李白《古風》，都直接受到了陳子昂的啟發，而白居易更從理論和實踐兩方面發展了他的文學主張。

其二，風骨論。

陳子昂提倡漢、魏風骨，反對晉、宋以來的文學。他說：「文章道弊五百年矣。漢、魏風骨，晉、宋莫傳。」這真是一針見血，晉、宋延及齊、梁，其文學的根本缺陷便是「道弊」，即思想內容的貧乏空虛。所以，要革除齊、梁文學的不良風氣，便要以文學的優秀傳統來糾正其空虛的弊病。這個文學優秀傳統，從遠處說就是《詩經》風雅，從近處說就是「漢、魏風骨」。與初唐四傑的認識不同，陳子昂把漢、魏文學與晉、宋之後的文學是嚴格區別的，他充分認識到漢、魏文學與《詩經》風雅的深刻精神聯繫。

所謂「漢、魏風骨」，具體指漢以建安之體為典範，魏以正始之音為代表。當然，在唐代新的文化形勢下，陳子昂對「漢、魏風骨」的理解，不僅揭示了理論內涵，而且發揮了時代精神。他對東方虯左史《詠孤桐篇》的讚美：「骨氣端翔，音情頓挫，光英朗練，有金石聲。」便完整體現了他的詩歌審美理想。「骨氣端翔」，即骨端氣翔，就是思想端直，氣勢飛動，這是對詩歌思想力量和感情力量的要求。「骨」，指詩歌應該具有的剛直勁鍵的思想力量；「氣」是指詩歌應該具有的濃烈昂揚的感情力量。「骨氣」也就是「風骨」，其典範便是「建安風骨」。「音情頓挫」，指詩歌聲律節奏，感情起伏。「光英朗練」指詩歌辭句光彩輝映，明朗皎潔。這樣，風骨、聲情、辭采融為一體，勁鍵昂揚，抑揚頓挫，讀之有如金石擲地之聲。這就是陳子昂的詩歌審美理想。事實上，聲律節奏與辭句文采是南方文學的特徵。因此，陳子昂的詩歌審美理想是北方文學的思想傳統與南方文學的藝術成就的有機融合，與魏徵提出「各去所短，合其兩長，則文質斌斌，盡善盡美」的文學理想是一致的。

如果說興寄說是偏重對詩歌社會價值要求的話，那麼，風骨論則偏重於對詩歌審美價值的要求。而這個要求反映了時代精神，透露出盛唐氣象的一些端倪。陳子昂的千古絕唱《登幽州臺歌》便體現了這種特徵，如：「前不見古人，後不見來者。念天地之悠悠，獨愴然而淚下。」〔註21〕縱覽歷史，放眼宇宙，蒼蒼茫茫，悲歌慷慨。前與後，連接過去與來；天與地，形成無限

〔註21〕（唐）陳子昂：《陳子昂集》（補遺），徐鵬點校，中華書局 1960 年版，第232頁。

的空間。宇宙悠悠，人生短暫，而短暫人生又充滿孤獨。不見古人，不見來者，沒有人理解自己。諾大的時空之中，充塞著的只是詩人的孤獨，而孤獨至於愴然，而愴然至於落淚。它表現的不是傷感，不是失望，而是一種「開創者的高蹈胸懷，一種積極進取，得風氣先的偉大孤獨感」〔註22〕。這種壯大濃鬱的情感和積極剛健的思想，正是流動於盛唐詩歌中的生命血液。

　　陳子昂提倡的詩歌審美理想，適應新興唐王朝開朗昂揚的心態，至開元、天寶年間，唐詩終於迎來了的萬紫千紅的繁榮。縱觀盛唐詩壇，或謳歌理想，或慨歎人生，或展示邊塞、大漠，或吟詠山林、田園，儘管風格多樣，卻總有一種昂揚情思，明朗基調，充滿了理想與抱負。如李白《梁甫吟》云：「君不見高陽酒徒起草中，長揖山東隆準公。入門不拜騁雄辯，兩女輟洗來趨風。東下齊城七十二，指揮楚漢如旋蓬。狂生落魄尚如此，何況壯士當群雄。」極寫酈食其的豪放瀟灑，以表達詩人渴望風雲際會，建功立業的濃烈感情。即便人生遭遇坎坷，也不能澆滅理想的火焰。又《行路難》云：「行路難，行路難；多岐路，今安在？長風破浪會有時，直掛雲帆濟滄海。」極言世路艱難，但又沒有失望，而是對未來充滿信心，充滿憧憬！如王昌齡《從軍行》云：「青海長雲暗雪山，孤城遙望玉門關。黃沙百戰穿金甲，不破樓蘭終不還。」描寫戰士情懷，壯大而不悲涼，豪壯而不哀怨，蘊懷著一種壯闊、粗獷、雄偉的懷抱。如岑參《走馬川行奉送出師西征》云：「君不見走馬川，雪海邊，平沙莽莽黃入天。輪臺九月風夜吼，一川碎石大如斗，隨風滿地石亂走。」描寫邊塞惡劣氣候，沒有恐懼的畏縮，只有征服的氣概，充滿豪邁的情懷。

　　陳子昂的文學革新獲得世人高度的讚譽。他的好友盧藏用《右拾遺陳子昂文集序》稱：「道喪五百歲而得陳君。……崛起江漢，虎視函夏，卓立千古，橫制頹波，天下翕然，質文一變。」〔註23〕對他的歷史功績給予很高評價。此後，對陳子昂的讚譽一直不絕於耳。李白《贈僧行融》云：「梁有湯惠休，常從鮑照遊。峨眉始懷一，獨映陳公出。卓絕二道人，結交鳳與麟。」杜甫《陳拾遺故宅》云：「公生揚馬後，名與日月懸。」宋代陳振孫《直齋書錄解題》云：「其詩文在唐初實首起八代之衰者」〔註24〕劉克莊《後村先生大全集》云：「唐初王楊沈宋擅名，然不脫齊梁之體。獨陳拾遺首唱高雅沖淡之音，

〔註22〕 李澤厚：《美的歷程》，中國社會科學出版社1989年版，第124頁。
〔註23〕 （清）董誥等：《全唐文》（卷二三八），中華書局1983年版，第1432頁。
〔註24〕 （宋）陳振孫：《直齋書錄題解》（卷十六），上海古籍出版社1987年版，第467頁。

一掃六代之纖弱，趨於黃初、建安矣。」〔註25〕明代高棅《唐詩品彙》云：「繼往開來，中流砥柱，上遏貞觀之微波，下決開元之正派。」〔註26〕張頤《陳伯玉文集序》云：（陳子昂）「首唱平淡清雅之音，襲騷雅之風，力排雕鏤凡近之氣。……盡掃六朝弊習，譬猶砥柱立於萬頃頹波之中，陽氣勃起於重泉積陰之下，舊習為之一變，萬彙為之改觀。故李太白、韋蘇州、柳柳州相繼而起，皆踵伯玉之高風，俾後世稱仰歎慕之不暇……」〔註27〕斯人已矣，而讚美聲不絕於耳。

（三）文學革新的深入發展

在六朝到唐代文風轉變方面，陳子昂有著重要的歷史功績。然而，他對六朝文學成就的忽視也是無庸諱言的。唐代詩歌的繁榮並不是否定六朝文學的結果，而恰恰六朝文學是唐代詩歌繁榮的基礎。如果說陳子昂的理論有些矯枉過正，那麼，糾正陳子昂理論片面傾向的，就是盛唐詩人李白和杜甫。李白、杜甫繼承陳子昂文學革新的方向，同時也克服了陳子昂的理論局限。

李白（701～762），字太白，號青蓮居士，綿州昌隆（今四川江油）人。其《古風》（其一）云：「大雅久不作，吾衰竟誰陳？王風委蔓草，戰國多荊榛。龍虎相啖食，兵戈逮狂秦。正聲何微茫，哀怨起騷人。揚馬激頹波，開流蕩無垠。廢興雖萬變，憲章亦已淪。自從建安來，綺麗不足珍。聖代復元古，垂衣貴清真。群才屬休明，乘運共躍鱗。文質相炳煥，眾星羅秋旻。我志在刪述，垂輝映千春。希聖如有立，絕筆於獲麟。」〔註28〕李白有感於「大雅久不作」，「正聲何微茫」，批評漢代以來的浮豔文風，即「揚馬激頹波，開流蕩無垠」，「自從建安來，綺麗不足珍」，這與陳子昂文學革新主張是完全一致的。他表示要學習孔子刪《詩》，稱「我志在刪述，垂輝映千春」。《唐宋詩醇》云：「觀白此篇，即劉氏（劉勰）之意，指歸大雅，志在刪述；上溯風騷，俯觀六代，以綺麗為賤，清真為貴，論詩之意，昭然明矣。」〔註29〕也許他曾打算編選一部詩集來體現自己的文學主張，從而實現「文質相炳煥」，「垂衣貴清真」的審美理想，很遺憾這個想法並沒有能夠實現。

〔註25〕（宋）劉克莊：《後村詩話》，王秀梅點校，中華書局1983年版，第6頁。

〔註26〕（明）高棅：《五言古詩序目》，《唐詩品彙》，上海古籍出版社1982年版，第47頁。

〔註27〕（唐）陳子昂：《陳子昂集》（附錄），徐鵬點校，中華書局1960年版，第261頁。

〔註28〕（清）王琦注：《李太白全集》（卷二），中華書局1977年版，第87頁。

〔註29〕（清）乾隆御選：《唐宋詩醇》（卷一），中國三峽出版社1997年版，第2頁。

又《古風》（其三十五）云：「醜女來效顰，還家驚四鄰。壽陵失本步，笑殺邯鄲人。一曲斐然子，雕蟲喪天真。棘刺造沐猴，三年費精神。功成無所用，楚楚且華身。大雅思文王，頌聲久崩淪。安得郢中質，一揮成斧斤。」[註30] 在詩歌創作中，李白反對醜女效顰，邯鄲學步的因襲模擬，提出具有時代特徵的審美理想，即「清水出芙蓉，天然去雕飾」的自然美。王世貞認為李白「以自然為宗」，他以真率的感情和自然的語言，構成了自然、清新的美。這正是在陳子昂掃蕩了齊、梁文風基礎上的審美創造，真正體現了盛唐詩歌的時代特色。正像「梗概多氣」是建安文學的時代特色一樣，「清水芙蓉」則是盛唐詩歌的時代特色。

為了實現這樣的審美理想，需要吸收六朝文學的藝術經驗。李白對謝靈運和謝眺都表達了敬佩之情。其《贈舍弟》云：「他日相思一夢君，應得池塘生春草」；其《宣城謝眺樓餞別校書叔雲》云：「蓬萊文章建安骨，中間小謝又清發」。這樣的文學態度，實際上彌補了陳子昂理論的缺陷。

杜甫（712～770），字子美，生於河南鞏縣。曾任嚴武節度使衙門內的節度參謀檢校工部員外郎，人稱杜工部。其《戲為六絕句》提出的詩歌理論[註31]，其核心是「別裁偽體親風雅，轉益多師是汝師」。可以說全面地糾正了陳子昂理論的偏頗。

其一，以「風雅」為準。他說：「不薄今人愛古人，清詞麗句必為鄰；竊攀屈宋宜方駕，恐與齊梁作後塵。」他對文學遺產下了一番「別裁偽體」的工夫，主張廣泛地吸收清詞麗句的技巧，但不能墜入齊、梁浮豔詩風的陷阱。所謂「別裁偽體親風雅」、「劣於漢魏近風騷」、「竊攀屈宋宜方駕」，都是對文學優秀傳統的繼承，這與陳子昂的文學革新主張是完全一致的。

其二，以「多師」為師。他主張廣泛吸收前人的文學經驗，自然包括六朝文學的經驗。在對待文學遺產方面，杜甫的態度顯然更加客觀冷靜。他把藝術修養建築在博大深厚的文學土壤之上，故而能夠兼備眾家之長，集詩歌藝術之大成。他稱讚道：「庾信文章老更成，淩雲健筆意縱橫。今人嗤點流傳賦，不覺前賢畏後生」；「王楊盧駱當時體，輕薄為文哂未休。爾曹身與名俱滅，不廢江河萬古流」。可見，他對六朝文學經驗的重視，並不像陳子昂那樣刻意排斥。

〔註30〕（清）王琦注：《李太白全集》（卷三），中華書局 1977 年版，第 156 頁。
〔註31〕郭紹虞：《杜甫戲為六絕句集解》，人民文學出版社 1978 年版，第 11～45 頁。

由於杜甫能夠虛心吸取眾家之長，所以他在詩歌藝術上取得巨大的成就。元稹在《唐故工部員外郎杜君墓係銘並序》中說：「至於子美，蓋所謂上薄風、騷，下該沈、宋，古傍蘇、李，氣奪曹、劉，掩顏、謝之孤高，雜徐、庾之流麗，盡得古今之體勢，而兼今人之所獨專矣。」〔註32〕這充分道出杜甫以「多師」為師，融合各家之長而又自成一家的特點。

陳子昂與李白、杜甫，前後呼應，互相補充，他們的文學思想給予盛唐文學以理論指導。由於處於不同時期，他們的理論具有不同的特徵，而在促進唐代文學繁榮方面都起到了積極作用。

二、劉知幾的敘事論

六朝時期駢文大行其道，而史書仍以散文行之，因為儷辭對語難以記敘人物事蹟，史傳敘事與駢文形式並不兼容。即便讓駢文家作史，也只能在論贊中炫耀一下駢四儷六的才華；而敘述人物與史事便不得不延續古史的敘事傳統。貞觀三年，唐太宗命令令狐德棻、李百藥、姚思廉、魏徵、房玄齡等重修五代史。唐太宗以為，史籍載文當刊浮華而取切直。貞觀十年，五代史修成，撰者在序論中多批評梁陳宮體。如姚思廉著《梁書》、《陳書》，敘事、傳論「皆以散文行之」。難怪趙翼《二十二史札記》稱：「古文自姚察始。」

初唐文壇的陳子昂沒有明確主張變革文體，而他的文章「以風雅革浮侈」，已經顯示了對形式主義文風的不滿。同時史壇上的劉知幾，立足於歷史敘事陣地，對駢文的浮靡弊病直接提出批評。他儘管沒有打出古文的旗號，而竭力推崇《五經》、《三史》，實足為古文運動的先驅。

劉知幾（661～721），字子玄，彭城（今江蘇徐州）人。二十歲舉進士，歷任著作佐郎、中書舍人、著作郎等，兼修國史二十多年。所著《史通》是中國第一部史學理論專著，對歷代史籍作了全面的分析批評。黃庭堅說：「論文則《文心雕龍》，評史則《史通》。」〔註33〕《史通》表達的文史觀念，不僅對史學具有指導意義，而且對文學產生深遠影響，無疑具有重要的文學理論價值。

劉知幾的文史觀念，主要表現在以下方面：

〔註32〕（唐）元稹：《元稹集》，冀勤點校，中華書局 1982 年版，第 601 頁
〔註33〕（明）王惟儉：《史通訓詁序》，《史通訓詁》，上海古籍出版社 2006 年版，
　　　　第 1 頁。

（一）文之將史，異轍同流

文史關係是劉知幾關注的重要問題之一。他說：「昔尼父有言：『文勝質則史。』蓋史者，當時之文也。然樸散淳消，時移世異，文之與史，較然異轍。」〔註 34〕是說在文學自覺與史學獨立之前，文學與史學是融合一體的；而隨著文學自覺與史學獨立，文學與史學便分疆劃界了。

從歷史發展的角度，他認識到文學與歷史的區別。所言：「樸散淳銷，時移世異，文之與史，較然異轍。故以張衡之文，而不閒於史；以陳壽之史，而不習於文。」〔註 35〕在文史分途之後，文趨向於駢儷雕飾，文人修史往往「私徇筆端，苟炫文采，嘉辭美句，寄諸簡冊」；「其立言也，或虛加練飾，輕事雕采；或體兼賦頌，詞類俳優。」〔註 36〕這種以文爲史的傾向，劉知幾是竭力反對的。他批評六朝史書說：「自茲以降，流宕忘返，大抵皆華多於實，理少於文，鼓其雄辭，誇其儷事。」〔註 37〕貞觀二十二年，房玄齡修《晉書》成，「然史官多是文詠之士，好採詭謬碎事，以廣異聞；又所評論，竟爲綺豔，不求篤實，由是頗爲學者所譏。」〔註 38〕劉知幾譏刺尤其尖銳：「大唐修《晉書》，作者皆當代詞人，遠棄史、班，近宗徐、庾，夫以飾此輕薄之句，而編爲史籍之文，無異加粉黛於壯夫，服綺紈於高士者矣。」〔註 39〕他反對「文非文，史非史」，而強調史學的獨立性。

從社會作用的角度，他又認識到文學與歷史具有相同的社會功能。他說：「史之爲用，其利甚博，乃生人之急務，爲國家之要道」〔註 40〕、「史之爲用也，記功司過，彰善癉惡，得失一朝，榮辱千載」〔註 41〕、「直書其事，不掩

〔註 34〕　（唐）劉知幾：《覈才》，《史通通釋》，浦起龍釋，上海古籍出版社 1978 年版，第 250 頁。

〔註 35〕　（唐）劉知幾：《覈才》，《史通通釋》，浦起龍釋，上海古籍出版社 1978 年版，第 250 頁。

〔註 36〕　（唐）劉知幾：《敘事》，《史通通釋》，浦起龍釋，上海古籍出版社 1978 年版，第 168～171 頁。本節內出自此篇者，不再注出。

〔註 37〕　（唐）劉知幾：《論贊》，《史通通釋》，浦起龍釋，上海古籍出版社 1978 年版，第 81 頁。

〔註 38〕　（後晉）劉昫：《房玄齡傳》，《舊唐書》，中華書局 1975 年版，第 2463 頁。

〔註 39〕　（唐）劉知幾：《論贊》，《史通通釋》，浦起龍釋，上海古籍出版社 1978 年版，第 82 頁。

〔註 40〕　（唐）劉知幾：《史官建置》，《史通通釋》，浦起龍釋，上海古籍出版社 1978 年版，第 303～304 頁。

〔註 41〕　（唐）劉知幾：《曲筆》，《史通通釋》，浦起龍釋，上海古籍出版社 1978 年版，第 199 頁。

其瑕，則穢跡彰於一朝，惡名被於千載」〔註42〕。歷史作用在於勸善懲惡，即「申以勸誡，樹以風聲」，而文學的社會作用與之一致。他說：「觀乎人文，以化成天下；觀乎國風，以察興亡。是知文之為用，遠矣大矣。若乃宣、僖善政，其美載於周詩；懷、襄不道，其惡存乎楚賦。讀者不以吉甫、奚斯為諂，屈平、宋玉為謗者，何也？蓋不虛美，不隱惡故也。」〔註43〕比較而得出「文之將史，其流一焉」。這個結論是闡明文史的社會作用，而不是混淆文史的分界。

（二）黜去浮華，實錄直書

以史學獨立為基礎，劉知幾強調實錄直書，反對浮華文風對史學的侵蝕。他說：「良史要以實錄直書為貴」〔註44〕，「夫所謂直筆者，不掩惡，不虛美，書之有益於褒貶，不書無損於勸誡，但舉起宏綱，存其大體而已，非謂絲毫必錄，瑣細無遺者也。」〔註45〕實錄直書是真實性原則，它是史學的靈魂。「夫鏤冰為壁，不可得而用也；畫地為餅，不可得而食也。是以行之於世，則上下相蒙；傳之於後，則示人不信。」〔註46〕背離了實錄直書，便根本否定了史學的價值。

從史家的切實感受出發，他批評了六朝以來的浮華文風。他說：「自梁室云季，雕蟲道長。平頭上尾，尤忌於時；對語麗辭，盛行於俗。始自江外，被於洛中。而史之載言，亦同於此。假有辨如酈叟，吃若周昌，子羽修飾而言，仲由率爾而對，莫不拘以文禁，一概而書，必求實錄，多見其妄矣。」〔註47〕這種浮華文風也影響敗壞了史學。他說「自茲已降，史道陵夷。作者蕪音累句，雲蒸泉湧。其為文也，大抵編字不只，錘句皆雙，修短取均，奇偶相配。

〔註42〕（唐）劉知幾：《載文》，《史通通釋》，浦起龍釋，上海古籍出版社1978年版，第123頁。

〔註43〕（唐）劉知幾：《載文》，《史通通釋》，浦起龍釋，上海古籍出版社1978年版，第123頁。

〔註44〕（唐）劉知幾：《惑經》，《史通通釋》，浦起龍釋，上海古籍出版社1978年版，第369頁。

〔註45〕（唐）劉知幾：《雜說下》，《史通通釋》，浦起龍釋，上海古籍出版社1978年版，第529頁。

〔註46〕（唐）劉知幾：《載文》，《史通通釋》，浦起龍釋，上海古籍出版社1978年版，第123頁。

〔註47〕（唐）劉知幾：《雜說下》，《史通通釋》，浦起龍釋，上海古籍出版社1978年版，507頁。

故應以一言蔽之者，輒足爲二言；應以三句成文者，必分爲四句。彌漫重沓，
不知所載。」這樣的歷史記述顯然難以承擔史學職能。「夫史之敘事也，當辯
而不華，質而不俚，其文直，其事核，若斯而已可也。必令同文舉之含異，
等公幹之有逸，如子雲之含章，類長卿之飛藻，此乃綺揚繡合，雕章縟采，
欲稱實錄，其可得乎？」〔註48〕

於是，他提出「撥浮華，採眞實」，繼承古代史傳的優秀傳統。他說：「昔
聖人之述作也，上自《堯典》，下終獲麟，是爲屬詞比事之言，疏通知遠之旨。
子夏曰：『《書》之論事也，昭昭若日月之代明。』揚雄有云：『說事者莫辨乎
《書》，說理者莫辨乎《春秋》。』然則意復深奧，訓詁成義，微顯闡幽，婉
而成章，雖殊途異轍，亦各有美焉。諒以師範億載，規模萬古，爲述者之冠
冕，實後來之龜鏡。既而馬遷《史記》，班固《漢書》，繼聖而作，抑其次也。
故世之學者，皆先曰《五經》，次云《三史》，經史之目，於此分焉。」推崇
《五經》、《三史》，事實上正是提倡古文傳統。黃庭堅稱：「(《史通》) 譏彈古
人，大中文病，不可不知」。〔註49〕浦起龍言：「《史通》極詆儷詞，卒亦自爲
徘體，正所謂拘於時者乎？然其言已爲退之、習之輩前導也。」〔註50〕由此
可見，劉知幾「撥浮華，採眞實」的主張，其實與唐代古文運動存在著深刻
的淵源。

（三）史必藉文，敘事尚簡

劉知幾將史書分爲正史和雜述兩類。正史包括六家，即《尚書》家、《春
秋》家、《左傳》家、《國語》家、《史記》家、《漢書》家；雜述包括十流，
即偏記、小錄、逸事、瑣言、郡書、家史、別傳、雜記、地理書、都邑簿。他
認爲，正史、雜述既是史書，也是「當時之文」，高度肯定了它們的文學價値。

劉知幾反對以文作史，又主張史必藉文。這兩個「文」字原有著不同的
內涵，「以文作史」指浮華的駢文，「史必藉文」指質實的古文。他說：「昔夫
子有云：『文勝質則史。』故知史之爲務，必藉於文。自《五經》已降，《三
史》而往，以文敘事，可得言焉，而今之所作，有異於是。」對於《五經》、
《三史》之文，劉知幾不僅不排斥，反而竭力推崇。他稱《左傳》「言簡而要，

〔註48〕（唐）劉知幾：《鑒識》，《史通通釋》，浦起龍釋，上海古籍出版社 1978 年版，
　　　　第 204 頁。
〔註49〕（宋）黃庭堅：《與王立之承奉直方》，《山谷老人刀筆》卷二，齊魯書社 1997
　　　　年版。
〔註50〕（唐）劉知幾：《史通通釋》，浦起龍釋，上海古籍出版社 1978 年版，第 170 頁。

事詳而博」、《國語》「文以方《內傳》（即『仿《左傳》』）」、《史記》「顯隱必該，洪纖靡失」、《漢書》「言皆精練，事甚該密」。而於《左傳》敘事，尤其盛讚不已：「蓋《左氏》為書，敘事為最，自晉以降，景慕者多。」〔註51〕

劉知幾繼承《五經》、《三史》，推崇史書之敘事。他說：「夫史之稱美者，……文而不麗，質而非野，使人味其滋旨，懷其德音，三復忘疲，百遍無斁。」他更以《左傳》為敘事典範。他說：「左氏之敘事也，述行師則簿領盈視，嗞呫沸騰；論備火則區分在目，修飾峻整；言勝捷則收穫都盡，記奔敗則披靡橫前；申盟誓則慷慨有餘，稱譎詐則欺誣可見；談恩惠則煦如春日，紀嚴切則凜若秋霜，敘興邦則滋味無量，陳亡國則淒涼可憫；或腴辭潤簡牘，或美句入詠歌，跌宕而不群，縱橫而自得，若斯才者，殆將工侔造化，思涉鬼神，著述罕聞，古今卓絕。」〔註52〕劉知幾總結史傳經驗，提出敘事的審美要求。

其一、言辭尚簡。他說：「夫國史之美者，以敘事為工；而敘事之工者，以簡要為主。」「然則文約而事豐，此述作之尤美者也。」達到敘事簡要的要求，應該從兩方面入手：一是表現方法，即「蓋敘事之體，其別有四：有直紀其才行者，有唯書其事蹟者，有因言語而可知者，有假贊論而自見者。」史家直接描述人物特徵，如《古文尚書》以「允恭克讓」稱讚帝堯之德；敘述史實而不加評論，如《左傳》記申生為驪姬所譖而自縊而亡；記述人物語言來顯示史實，如《左傳》記隨會論楚曰：「篳輅藍縷，以啟山林」；借史家讚語表現人物，如《衛青傳》太史公贊曰：「蘇建嘗責大將軍不薦賢待士。」劉知幾認為，「才行、事蹟、言語、贊論，凡此四者，皆不相須。若兼而畢書，則其費尤廣。」二是修辭技巧，即「又敘事之省，其流有二焉：一曰省句，二曰省字。」省句，如《左傳》寫宋國大夫華耦來魯國會盟，提起他的祖先曾在宋國獲罪，而「魯人認為機敏」。把愚鈍的人稱為機敏，這顯然是在譏笑魯人。省字，如《春秋》云：「隕石於宋，五。」聽到隕石墜落的聲音，看見落下的隕石，數清是五塊隕石。增加一個字太多，減去一個字太少，多少適中，簡要合理。

其二、練意用晦。他說：「章句之言，有顯有晦。顯也者，繁辭縟說，理盡於篇中；晦也者，省字約文，事溢於句外。然則晦之將顯，優劣不同，較

〔註51〕 （唐）劉知幾：《模擬》，《史通通釋》，浦起龍釋，上海古籍出版社1978年版，第219頁。

〔註52〕 （唐）劉知幾：《雜說上》，《史通通釋》，浦起龍釋，上海古籍出版社1978年版，第451頁。

可知矣。夫能略小存大，舉重明輕，一言而鉅細咸該，片語而洪纖靡漏，此皆用晦之道也。」敘事尚簡，便會言近而旨遠、辭淺而義深，更富有審美的蘊含。

其三、記言切實。記言要切實求眞，體現人物的時代和地域，他反對用古語代替今語，即「怯書今語，勇效昔言」。他認爲，「歲時之不同」，語言遞改。「後之作者，通無遠識，記其當世口語，罕能從實而書，方復追效昔人，示其稽古。是以好丘明者，則偏模《左傳》，愛子長者，則全學《史公》。」他主張應記錄人物口語，符合實錄原則。他批評魏收《魏書》、《周書》存在「諱彼夷音，變成華語」，「妄益文采，虛加風物」的弊病，而稱讚王劭《齊志》、宋孝王《關東風俗傳》「抗詞正筆，務存直道，方言世語，由此畢彰」的特點。他認識到語言時代地域的差異，而主張保持口語，強調語言眞實化，個性化的特徵。他說：「蓋楚漢世隔，事已成古。魏晉年近，言猶類今。已古者即謂其文，猶今者乃驚其質。夫天地長久，風俗無恒，後之視今，亦猶今之視昔。而作者皆怯書今語，勇效昔言，不其惑乎！」〔註53〕

唐初史學的地位很高，科舉考試均有史學科目，這爲古文復興提供了有利條件。劉知幾曰：「暨皇家之建國也，乃別置史館，通籍禁門。西京則與鸞渚爲鄰，東都則與鳳池相接。而館宇華麗，酒饌豐厚，得廁其流者，實一時之美事。」〔註54〕劉知幾以實錄爲靈魂，以簡約爲手段，確立了史傳敘事的原則。在「天下靡然，爭以文華相尙」的背景下，他的文史觀念無疑極大地鞏固了古文的傳統陣地，爲古文運動奠定了基礎。

隨著史學的興盛，史學載體的古文影響也在增加。唐代古文家大多重視史學，劉知幾的文史觀念便沿著這一渠道影響了許多古文家。如古文家李華是劉知幾第五子劉迅的好友，而蕭穎士、獨孤及、柳冕、梁肅等人皆愛好史傳，自然受到了劉知幾思想的影響。韓愈年輕時便有修史之志。後來，在史官任上他修撰過《順宗實錄》。他讀到劉知幾《史通》，深感史官之難任。他說：「夫爲史者，不有人禍，則有天刑。豈可不畏懼而輕爲之哉？」〔註55〕韓愈的畏難態度，引來柳宗元擔心。他告誡韓愈說：「太史遷死，退之復以史道

〔註53〕（唐）劉知幾：《言語》，《史通通釋》，浦起龍釋，上海：上海古籍出版社1978年版，第152頁。

〔註54〕（唐）劉知幾：《史官建置》，《史通通釋》，浦起龍釋，上海古籍出版社1978年版，第303頁。

〔註55〕（唐）韓愈：《答劉秀才論史書》，《韓愈集》，嶽麓書社2000年版，第439頁。

任職。宜不苟過時日。昔與退之期爲史志甚壯。」〔註56〕韓愈、柳宗元關注史學，無疑受到劉知幾的影響。具體說來，劉知幾推崇《五經》、《三史》，而韓愈稱：「非三代兩漢之書不敢觀。」劉知幾反對「依仿舊辭」，提倡用「當世口語」，而韓愈主張「惟陳言之務去」。這些觀點之間均有著深刻的淵源。

文史區分只具有相對意義。董乃斌言：「文學和歷史都是人類敘事行爲的產物，儘管文學敘事與歷史敘事並不完全一樣，但畢竟它們都屬於敘事這個家族，也就總有扯不斷的聯繫。」〔註57〕劉知幾的文史觀念，儘管立足於史學立場，而對於文學的影響殊巨。它遏制了駢文對史學的滲透，鞏固了古文的傳統領域，爲古文復興提供了思想指導，實可謂古文運動的先驅。

三、盛唐詩歌藝術論

陳子昂倡導詩歌革新，經過盛唐詩人的群體努力，最終徹底扭轉了齊、梁及延及唐初的雕琢浮豔詩風，古典詩歌走進黃金時代，呈現出繁榮的景象。面對盛唐詩歌的藝術成就，需要從理論上進行總結。

唐代詩歌理論是以對齊、梁詩的批評開始的，這些批評有兩種不同角度。一是以詩歌之社會功用角度批評齊、梁詩，從思想上糾正其內容的缺失，這由陳子昂開其端緒。此後，盛唐李、杜，中唐元、白便是這樣的態度。二是以詩歌之審美藝術角度批評齊、梁詩，從藝術上克服其審美的不足，王昌齡之注重立意，殷璠之標舉興象，皎然之強調詩境，便都超越了齊、梁詩藝，深入探索了詩歌藝術的本質特徵。

（一）王昌齡的詩藝觀

王昌齡（698～757），字少伯，長安人。他最早開始總結盛唐詩歌的藝術經驗。辛文房《唐才子傳》云：「昌齡之詩縝密而思清，時稱『詩家夫子王江寧』。」夫子，乃先生之謂，說明王昌齡不僅創作了高水平的詩歌，而且也總結了詩藝以傳授後學，因而博得了「詩家夫子」的稱譽。王昌齡作有《詩格》一書，此書頗有爭議。如《四庫全書總目提要》：「唐人《詩格》傳於世者，王昌齡、杜甫、賈島諸書，率皆依託。」〔註58〕而今人考辨則認爲，流傳於

〔註56〕（唐）柳宗元：《與史官韓愈致段秀實太尉逸事書》，《柳河東集》，上海古籍出版社 2008 年版，第 500 頁。
〔註57〕董乃斌等：《中國文學敘事傳統研究》，中華書局 2012 年版，第 94 頁。
〔註58〕（清）紀昀總纂：《四庫全書總目》（卷一九五），河北人民出版社 2000 年版，第 5362 頁。

今的《詩格》雖未必王書原貌，不排除後人改竄的可能，但王昌齡著《詩格》是客觀事實。支持王昌齡著《詩格》的確鑿證據，就是日本僧人空海（法名遍照金剛）的記述。

據張伯偉先生考證，王昌齡《詩格》大致作於天寶元年至天寶七年，在王昌齡去世還不到五十年內，空海來到唐朝學習，他記述曾親見王昌齡《詩格》。在《書劉希夷集獻納表》中，他說道：「王昌齡《詩格》一卷，此是在唐之日，於作者邊偶得此書。古《詩格》等雖有數家，近代才子切愛此《格》。」〔註59〕他回到日本後著有《文鏡秘府論》，其中便有「王氏論文云」的引文，而引文內王氏詩作屢稱「昌齡」，顯然是王昌齡自引為例來闡述詩學理論，大有現身說法的意味。據日本學者興膳宏的考證，《文鏡秘府論》載王昌齡之詩論，主要有四處，即天卷《調聲》、地卷《十七勢》、《六義》、南卷《論文意》等有關內容，它們當是王昌齡詩論的可靠材料。根據這種看法，張伯偉編輯王昌齡《詩格》便釐作二卷，卷上為《文鏡秘府論》引文，卷下為傳世《詩格》。〔註60〕王昌齡詩論的內容，主要有四個方面：

其一，詩有三思。作詩重在文思，而文思各有不同。他說：「一曰生思：久用精思，未契意象，力疲智竭，放安神思。心偶照境，率然而生。二曰感思：尋味前言，吟諷古制，感而生思。三曰取思：搜求於象，心入於境，神會於物，因心而得。」生思，由苦思而得靈感；感思，由閱讀而受啓發；取思，由心神契會物象。三者進入藝術構思的機緣不同，但都是詩人的主動尋思，從而產生創作的衝動。

其二，立意為宗。詩意是詩人借助詩歌表達的思想感情，忽視詩意表達便背離了詩歌的基本性質。他說：「若詩中無身，即詩從何有。若不書身心，何以為詩。是故詩者，書身心之行李，序當時之憤氣。氣來不適，心事不達，或以刺上，或以化下，或以申心，或以序事，皆為中心不決，眾不我知。由是言之，方識古人之本也。」詩意是詩人身心表現，即詩人的思想感情，確立詩意無疑是作詩之首務，故曰「夫作文章，但多立意」。

在詩歌創作中，立意具有主導作用。所謂「夫置意作詩，即須凝心，目擊其物，便以心擊之，深穿其境。如登高山絕頂，下臨萬象，如在掌中。以

〔註59〕（日）空海：《性靈集》，《弘法大師空海全集》（第六卷），日本築摩書房1984年版。

〔註60〕張伯偉：《（王昌齡）詩格》，《全唐五代詩格彙考》，江蘇古籍出版社2002年版，第147頁。本節內出於此篇者，不再出注。

此見象，心中了見，當此即用。」凝心擊物，深穿其境，心中了見，掌握萬象，置意才能完成詩歌藝術構思。立意也決定著詩歌格調。他說：「凡作詩之體，意是格，聲是律，意高則格高，聲辨則律清，格律全，然後始有調。用意於古人之上，則天地之境洞然可觀。」

其三，非境不作。詩意不是空洞說教，當須用詩境來表達。他說：「夫作文章，但多立意。令左穿右穴，苦心竭智，必須忘身，不可拘束。思若不來，即須放情卻寬之，令境生。然後以境照之，思則便來，來即作文。如其境思不來，不可作也。」詩意須待境思，境思不來則不可作詩。意借境而表達，心借物而抒發，只有這樣才能創造出詩歌藝術形象。所以，詩人凝心竭智，觸物生境，深穿其境，詩境生成，才得以表達詩意。

論詩言境，起自王昌齡。境者，界也，亦曰境界。境之爲義，由實而虛，或爲實境，或爲虛境。如《荀子・強國》「入境觀其風俗」，此爲地境。《莊子・逍遙遊》「定乎內外之分，辯乎榮辱之境」，此爲心境。東漢末，蔡邕論《九勢》云：「此名九勢，得之雖無師授，亦能妙合古人，須翰墨功多，即造妙境耳。」他將「境」引入書法評論，此爲藝境。唐代佛學興盛，佛家翻譯佛經以「境」、「境界」表達「心之所遊履攀援者」〔註61〕。於是，「境」、「境界」概念流行開來。王昌齡深受佛學影響，將之移用於詩學。詩境非實境，它是詩人心靈之創造的虛擬空間。詩意借詩境表達，故曰非境不作也。

其四，詩有三境。他說：「一曰物境：欲爲山水詩，則張泉石雲峰之境，極麗絕秀者，神之於心。處身於境，視境於心，瑩然掌中，然後用思，了然境象，故得形似。二曰情境：娛樂愁怨，皆張於意而處於身，然後馳思，深得其情。三曰意境：亦張之於意，而思之於心，則得其真矣。」王昌齡雖拈出「意境」，而它與今日所言之「意境」含義並不相同。所謂詩之三境，均爲偏正詞組。物境，乃物之境；情境，乃情之境；意境，乃意之境。葉郎認爲，三境實際上是對於詩歌描寫對象的分類。〔註62〕物鏡是指自然山水的境界，它描寫泉石雲峰，要在得其形似；情境是指人生經歷的境界，它表現娛樂愁怨，要在得其深情；意境是指內心意識的境界，它表達內心旨意，要在得其真諦。由形似，到情深，到意真，因對象不同而三種詩境表現不同。

〔註61〕丁福寶：《佛學大辭典》，上海古籍出版社2015年版，第2489頁。
〔註62〕葉郎：《中國美學史大綱》，上海人民出版社198年版，第267頁。

王昌齡從詩歌創作中體悟了詩學奧秘，在總結盛唐詩歌藝術經驗的基礎上，概括出詩歌的整體藝術特徵——境，從而超越了瑣碎的詩歌技巧，將詩學理論提高到新的水平，對後世詩歌意境理論產生了重要影響。

（二）殷璠的興象說

殷璠，生平事蹟不可考，大概生活於唐玄宗開元、天寶至唐肅宗、唐代宗之間。他在天寶十二年編選了《河嶽英靈集》，對盛唐詩歌作了深入的藝術評析。據《唐音癸籤》記載，唐人選唐詩共有二十二種，而殷璠的選本成就爲最高。《河嶽英靈集》選王維、王昌齡、儲光羲等二十四位的二百三十四首詩，其「品藻各冠篇額」，採用評選結合的方式，集前附有敘言和集論，表達了深刻的詩學見解。

盛唐詩歌走進黃金時代，對詩歌演進的這段歷程，殷璠有著深刻的認識。他說：「貞觀末，標格漸高。景雲中，頗通遠調。開元十五年後，聲律、風骨始備矣」；唐詩之格調漸高漸遠，至盛唐始兼備聲律、風骨，所謂「言氣骨則建安爲儔，論宮商則太康不逮」，說明盛唐詩歌不僅兼收聲律、風骨，而且在此基礎上形成新的藝術特徵，達到了詩歌藝術的高峰。

對於齊、梁詩偏重聲律，殷璠深致不滿。他說：「齊、梁、陳、隋，下品實繁，專事拘忌，彌損厥道。夫能文者，非謂四聲盡要流美，八病咸須避之，縱不拈綴，未爲深缺。」〔註63〕「至如曹、劉詩多直致，語少切對，或五字並側，或十字俱平，而逸駕終存。然挈瓶膚受之流，責古人不辨宮、商、徵、羽，詞句質素，恥相師範。於是攻異端，妄穿鑿，理則不足，言常有餘，都無興象，但貴輕豔。雖滿篋笥，將何用之？」專事於細碎聲律，破壞了自然詩道；熱衷於輕豔辭藻，忽視了思想內容。因此，殷璠將之斥爲輕豔無用。

他不滿齊、梁詩偏重聲律，但並不完全否定聲律的作用。他說：「昔伶倫造律，蓋爲文章之本也。是以氣因律而生，節假律而明，才得律而清焉。宁預於詞場，不可不知音律焉。」他只是強調自然的聲律，其云：「詞有剛柔，調有高下，但令詞與調合，首末相稱，中間不敗，便是知音」。這與鍾嶸「但令清濁通流，口吻調利，斯爲足矣」的觀點是比較接近的。因此，殷璠標舉聲律，言「論宮商則太康不逮」，而刻意迴避齊、梁詩。

〔註63〕李珍華、傅璇琮：《河嶽英靈集研究》，中華書局 1992 年版，第 119 頁。本節內出於此篇者，不再注出。

對於建安文學風骨，殷璠則深表贊同。他稱讚「曹、劉詩……逸駕終存」，進而上溯推崇《詩經》風雅，表現出文學尊古的傾向。他稱盛唐詩之繁榮：「實由主上惡華好樸，去僞從眞，使海內詞場，翕然尊古，《南》、《風》、周《雅》，稱闡今日。」便揭示了盛唐詩遠承《詩經》，近效建安的發展軌跡。據蔣寅統計，《河嶽英靈集》「入選的近體詩只有 56 首，而古體詩卻有 172 首，約占總數 75％」〔註64〕，這足以說明其文學傾向。殷璠盛讚對建安風骨的繼承。如評陶翰詩：「既多興象，復備風骨，三百年之前方可論其體裁也」；評崔顥詩：「顥年少爲詩，屬意浮豔，多陷輕薄。晚節忽變常體，風骨凜然」；評高適詩：「適詩多胸臆語，兼有氣骨，故朝野通賞其文」。他稱「言氣骨則建安爲儔」，正是對盛唐詩風骨特點的肯定。

聲律、風骨兼備，乃是盛唐詩的藝術基礎。具備風骨，便要繼承建安文學的傳統；具備聲律，便要吸取六朝詩歌的技藝。所謂「既閒新聲，復曉古體，文質半取，風騷兩挾。言氣骨則建安爲儔，論宮商則太康不逮。」便見出殷璠對詩歌的審美追求。

當然，盛唐詩不是聲律、風骨的簡單結合，而是在它們的基礎上形成新的藝術特徵，殷璠將之概括爲「興象」。他批評齊、梁詩曰：「都無興象，但貴輕豔。」他讚賞陶翰詩曰：「既多興象，復備風骨」、讚賞孟浩然詩曰：「無論興象，皆重故實。」「興象」爲齊、梁詩所無，而爲盛唐詩所有，正體現了盛唐詩歌的重要特徵。所謂「興象」，即「可以興」的審美意象。它由象而興，象外生興，表現爲意象與興情的融合，揭示了詩歌審美意象的特點，是對盛唐詩歌藝術的理論總結。

怎樣創作具有「興象」的詩歌？比之細碎的形式技巧，內在精神更爲重要，他說：「夫文有神來、氣來、情來，……委詳所來，方可定其優劣，論其取捨。」所選王維、王昌齡、儲光羲等二十四人，他稱之爲河嶽英靈，正是著眼於盛唐詩歌獨特的藝術特徵。其評王維詩曰：「在泉爲珠，著壁成繪。一字一句，皆出常境」；評常建詩曰：「其旨遠，其興僻，佳句輒來，唯論意表。」所謂超出常境，指無法用語言表達的境界；所謂「意表」，指難以言喻的微妙之處。對於王昌齡的詩作，他尤其情有獨鍾，其評語中列舉王昌齡詩九首，正文選取王昌齡詩十六首，居於諸家之首。並且稱王昌齡詩爲「驚耳駭目」的「中興高作」。這些詩作由象生興，意旨深遠，超越常境，體現了盛唐詩歌的藝術水平。

〔註64〕蔣寅：《大曆詩風》，上海古籍出版社 1992 年版，第 4 頁。

　　殷璠詩論注重詩歌的內在精神和形象表達，深化了對詩歌藝術的認識，具體充實了盛唐詩歌藝術理論。

（三）皎然的詩境論

　　皎然（？270～？800），詩僧，俗名謝清晝，湖州長城（今湖州長興）人，謝靈運十世孫。他早年出家，愛好詩歌，有詩論著作《詩式》、《詩評》、《詩論》，側重詩歌藝術的探究。其《詩式》有一卷本和五卷本兩種不同本子，研究者認為《詩式》有一個由一卷草本到「勒成五卷」的成書過程，兩個本子的差異，體現了「草本」和「定本」的不同。

　　《詩式》雖作於中唐，但與王昌齡、殷璠的著作相差不到二十年。大曆、貞元年間，雖呈中唐之象，而盛唐氣韻猶存。在這樣的文學背景下，皎然《詩式》體現出盛唐詩學特徵是合乎情理的。張海明認為，皎然一生的大半時間在盛唐度過，其詩學思想形成主要在盛唐後期，當作盛唐詩學的殿軍。〔註65〕盛唐是詩歌創作的黃金時代，在盛唐詩歌落幕之後，更容易總結其藝術經驗。皎然的《詩式》對詩歌意境的深入闡發，便是對盛唐詩歌藝術的理論概括。

　　皎然論詩有一種歷史眼光，他不像陳子昂那樣把五百年文學一筆抹殺，所以也不同意盧藏用對陳子昂的評價。其「論盧藏用《陳子昂集序》」云：

> 邇來年代既遙，作者無限。若論筆語，則東漢有班、張、崔、蔡；若但論詩，則魏有曹、劉、三傅，晉有潘岳、陸機、阮籍、盧諶，宋有謝康樂、陶淵明、鮑明遠，齊有謝吏部，梁有柳文暢、吳叔庠，作者紛紜，繼在青史，如何五百之數獨歸於陳君乎？藏用欲為子昂張一尺之羅，蓋彌天之宇，上掩曹、劉，下遺康樂，安可得耶？
> 〔註66〕

他認為，這五百年之間，作者紛紜，詩文既夥，豈可一筆抹殺？綜觀文學的發展流變，他對盧藏用給予陳子昂的過高評價進行了駁正。

　　對於詩歌發展的規律，皎然作了理性的探討。其「復古通變體」云：

> 作者須知復、變之道，反古曰復，不滯曰變。若惟復不變，則陷於相似之格，其狀如駑驥同廄，非造父不能辨。能知復、變之手，

〔註65〕 張海明：《皎然〈詩式〉與盛唐詩學思想》，《文學評論》2005 年第 2 期，第 26 頁。

〔註66〕 張伯偉：《〈皎然〉詩式》，《全唐五代詩格彙考》，江蘇古籍出版社 2002 年版，第 220 頁。本節內出於此篇者，不再注出。

亦詩人之造父也。……又復變二門，復忌太過，詩人呼爲膏肓之疾，安可治也？……夫變若造微，不忌太過。苟不失正，亦何咎哉！如陳子昂復多而變少，沈、宋復少而變多，今代作者不能盡舉。吾始知復、變之道，豈唯文章乎？在儒爲權，在文爲變，在道爲方便。後輩若乏天機，強效復古，反令思擾神沮……

他闡述了復古通變的道理，認爲陳子昂「復多變少」，沈宋「復少變多」，強調復而能變，變而能復，正確處理詩歌的復變關係。皎然以這樣的理論視野來研究詩歌，便提出了著名的詩境理論。皎然的詩境理論具體表現爲以下方面：

其一，詩境創造。詩境是詩人的精神創造，自然離不開主觀的努力。皎然強調詩境創造的主體作用，他稱讚謝靈運道：「眞於情性，尙於作用，不顧詞采，而風流自然。」所謂「作用」，便是指詩人的作意用心。詩歌創作儘管需要靈感來襲，「宛如神助」，可畢竟天才難得，多數人與此無緣。皎然崇尙自然而注重人爲，《詩式》總結詩藝，目的便是「使無天機者坐致天機」，只要遵循詩歌藝術規律，就能由人巧而達到天然。在他看來，經過主體努力，遵循藝術規律，就能夠創造詩境，寫出好詩來！

詩境創造重在取境。他說：「高手述作，如登衡、巫，覯三湘、鄢、郢山川之盛，縈回盤礴，千變萬態。」可見，詩人眼界高遠，便能臻於妙境。所謂「高手」，乃是艱苦構思的結果，「不入虎穴，焉得虎子？取境之時，須至難、至險，始見奇句。成篇之後，觀其氣貌，有似等閒，不思而得，此高手也」。當然，這雖是人巧，卻不留痕跡，宛如得之天然。「至如天眞秀拔之句，與造化爭衡，可以意會，難以言狀，非作者不能知也。」《詩式》便是要探討由人巧至天然的詩歌創作奧妙。

其二，詩境構成。在傳統感物說的基礎上，皎然提出了「詩情緣境發」的命題。他說：「緣境不盡曰情」（一十九字）說明情緣境發；又說：「江則假象見意」（團扇二篇）說明意借象表，這些都說明詩境由主觀情意與客觀境象而構成，揭示了詩境構成的內在因素。在詩歌藝術中，緣境生情，假象見意，主觀情意與客觀境像是構成詩境的基本要素，從而水乳交融構成詩境。

正是這樣的認識下，皎然對傳統的「比興」作出新的解釋。他說：「取象曰比，取義曰興，義即象下之意。」比興合一，象義合一，正是通向詩境的正確道路。當然，詩境是詩人的精神創造，它不是境與情，境與意的並列，

而是指含情、含意之境，是有機整體的詩歌境界。劉禹錫曾師從皎然，他說：
「片言可以明百意，坐馳可以役萬景」、「境生於象外」，〔註67〕說明詩境能夠
表達豐富的意蘊。

其三，詩境特徵。詩境由心靈所感而創造，具有虛實相生的特點。其《詩
議》云：「夫境象非一，虛實難明。有可睹而不可取，景也；可聞而不可見，
風也。雖繫乎我形，而妙用無體，心也；義貫眾象，而無定質，色也。」〔註68〕
正是基於這樣的原因，詩境所展現的意蘊是無限的。所謂「情在言外，旨在
句中」，「兩重意已上，皆文外之旨」，「但見性情，不睹文字」，這些都說明了
詩境虛實相生而意蘊無窮的特徵，這是詩歌藝術的最高境界。

其四，詩境風格。詩境風格最根本的因素乃是創作主體的作用，所謂「夫
詩人之思，初發取境偏高，則一首舉體便高；取境偏逸，則一首舉體便逸。」
詩人取境，關乎體勢，在謀篇布局時便有所體現。他說：「高手述作，如登衡、
巫，覷三湘、鄠、郢山川之盛，縈回盤礡，千變萬態。文體開闔作用之勢。
或極天高峙，崒焉不群，氣騰勢飛，合沓相屬；或修江耿耿，萬里無波，欻
出高深重複之狀。古今逸格，皆造其極妙矣。」可見，文體作用之勢是形成
詩境風格的重要原因。

皎然用十九個字標示詩歌的十九種風格類型，而不同的風格類型有著不
同的成因。其中有創作主體的因素，如「立性不改」、「情性疏野」；有語言形
式因素，如「放言正直」、「體裁勁健」；有題材因素，如「傷甚曰悲」、「風情
耿耿」。當然，造成詩境風格最根本的因素還是創作主體的作用。

此外，皎然詩論也重視詩歌的形式技巧。他提出：詩有四不、四深、二
要、二廢、四離、六迷、六至、七德、五格。這些要求不免流於瑣細，有礙
於詩歌的自然表達。難怪王夫之曰：「有皎然《詩式》而後無詩。」

皎然詩境理論上承殷璠、王昌齡，下啓晚唐司空圖，是唐代詩論審美藝
術一派的重要代表，他的詩論對後世產生了深遠影響，爲詩歌意境理論奠定
了重要基礎。

〔註67〕（唐）劉禹錫：《董氏武陵集記》，《劉禹錫全集編年校注》（卷十四），嶽麓書
　　　　社 2003 年版，第 916 頁。
〔註68〕張伯偉：《（皎然）詩式》，《全唐五代詩格彙考》，江蘇古籍出版社 2002 年版，
　　　　第 205 頁。

四、中唐的文學運動

唐朝自安史之亂後，開始步入衰落。藩鎮割據，宦官專權，政治黑暗，社會對立。藩鎮割據削弱了中央集權，政治弊病腐蝕著社會機體，一些有社會責任感的士人起而發聲，利用文藝參與社會政治鬥爭。他們的文學創作反映民生疾苦，針砭現實弊病，希望引起傳統者注意，以緩和社會矛盾，鞏固中央集權，恢復唐王朝的興盛局面。

在中唐時期，文學領域發生了兩個運動：一個是韓愈、柳宗元領導的古文運動，一個是白居易、元稹領導的新樂府運動。這兩個文學運動的精神是一致的，他們關注現實，干預政治，都意在恢復儒家的思想傳統和藝術傳統。然而，兩個文學運動又似乎很少交集，彷彿互不相干。這究竟是什麼原因呢？一是，文學變革的內容不同。古文運動提倡古文，反對駢文，重在文以載道；新樂府運動提倡「六義」，反對「嘲風月弄花草」，重在恢復詩道。二是，領導人關係比較冷淡。韓愈年長於白居易，而他們有共同朋友張籍。張籍曾牽線搭橋讓白居易與韓愈相會，結果卻並不令人滿意。白居易對韓愈的領袖做派頗有不滿，話不投機，彼此感情冷淡。三是文學趣味不同。白居易雖認同韓愈的古文主張，但主要以詩歌名世；韓愈作詩尚雅，似乎對白居易為詩尚俗並不認可。儘管如此，兩個文學運動前後相繼，都對社會和文學產生了重要影響。清人沈曾植言：「經大曆、貞元、元和，而唐之為唐也。六藝九流遂成滿一代之大業。燕、許宗經重典，實開梁、獨孤、韓、柳之先，貞元、元和之甫盛，不過成就開、天未竟之業。」〔註 69〕說明他們在文學史上都具有著相當重要的地位。

（一）韓柳古文運動

文章駢化始於東漢而成熟於南朝。駢句本出於實用需要。如《泰誓》「天有顯德，其行甚章；為鑒不遠，在彼殷王」，這當是為了便於朗讀和記憶。由駢句發展到駢文，便由實用轉到了文學技巧的追求。這種傾向與詩歌發展中出現的重感情、重文采、重聲律的現象合為一體，開始了所謂「文學的自覺時代」。駢文有幾個重要特徵：一是辭句的排偶，二是辭藻的敷設，三是典故的運用，四是聲律的講求。這些特徵對於散文藝術的發展，當然具有重要的意義。但是，過份追求語言技巧，忽視了思想內容，結果導致形式主義。駢

〔註69〕　（清）沈曾植：《海日樓箚叢》（卷七），遼寧教育出版社 1998 年版，第 262 頁。

文背離了儒家傳統的功利主義文學思想，早在駢文成熟之時，就出現了對它的批評意見。

古文運動的前驅者，盛唐至中唐有蕭穎士、李華、賈至、獨孤及、梁肅、柳冕等人。他們的主張大抵相近，主要是強調文章的政治教化作用，推崇經史及先秦兩漢散文，反對駢體文。唐代古文運動前驅者，反對駢文，提倡古文，他們迷信古人，推崇《尚書》，或駢散結合，或破駢為散，並無多少文采，自然收效甚微。葛曉音指出：他們「雖然致力於散文的寫作，但由於他們大倡『典謨訓誥誓命之書』，所否定的『儷偶章句』，實際上也包括詩、賦在內，因而也不可能重視古文的文學價值。李華所作的廳壁記雖是散體，卻類同訓誥。」〔註70〕一直等到了韓愈、柳宗元發起古文運動，才以深刻的理論，文學的實績，真正扭轉了形式主義的文學傾向。

韓愈、柳宗元齊名，為古文運動領袖。韓愈（768～824），字退之，河內河陽（今河南孟縣）人。二十五歲中進士，後任監察御史。因上疏言事觸怒德宗被貶。後啟用為刑部侍郎，因諫迎佛骨觸怒憲宗被貶。穆宗時任兵部侍郎，人稱「韓吏部」。死後諡號「文」，後人尊稱「韓文公」。其著作門人編為《昌黎先生集》四十卷。柳宗元（773～819），字子厚，河東（今山西永濟）人。二十一歲中進士，參加王叔文的「永貞革新」，任禮部員外郎。革新失敗被貶永州司馬，後任柳州刺史，死於柳州，人稱「柳柳州」。其著作由劉禹錫編為《河東先生集》三十卷。中唐古文運動的文學主張，集中表現在韓愈、柳宗元的論述中。具體而言，包括如下方面：

其一，文以明道。韓愈云：「修其辭以明其道。」〔註71〕柳宗元云：「始吾幼且少，為文章，以辭為工。及長，乃知文者以明道，是固不苟為炳炳烺烺，務采色，誇聲音而以為能也。〔註72〕」兩人都主張「文以明道」。這個道就是儒家的聖人之道。韓愈說：「名不著於農、工、商賈之版，其業則讀書著文，歌頌堯舜之道。」〔註73〕「己之道，乃夫子、孟軻、揚雄所傳之道也。」

〔註70〕　葛曉音：《漢唐文學的嬗變》，北京大學出版社 1990 年版，第 181 頁。

〔註71〕　（唐）韓愈：《爭臣論》，《韓昌黎文集校注》，馬其昶校注，上海古籍出版社 1986 年版，第 108 頁。

〔註72〕　（唐）柳宗元：《答韋中立論師道書》，《柳宗元集》（卷三四），中華書局 1979，第 871 頁。本節內出於此篇者，不再注出。

〔註73〕　（唐）韓愈：《上宰相書》，《韓昌黎文集校注》，馬其昶校注，上海：上海古籍出版社 1986，第 153 頁。

〔註74〕柳宗元也說:「聖人之言,期以明道,學者務求諸道而遺其辭。」〔註75〕可見,提倡古文原是爲了闡明古代聖人之道,這方面他們的意見完全一致。

「文以明道」的積極意義在於要用儒家思想去挽救日益衰亡的唐王朝,用儒家思想來改革黑暗腐朽的政治。古文運動的文學主張與改革政治的要求結合在一起,具有重要的現實政治意義。在韓愈來說,明道就是反佛老,反割據;在柳宗元來說,明道就是反貪官,反弊政。他們的文學創作也證明了他們提倡「文以明道」的現實意義了。

韓愈在《送孟東野序》中說:「大凡物不得其平則鳴。草木無聲,風撓之鳴。水之無聲,風蕩之鳴。……金石之無聲,或擊之鳴。人之於言也亦然,有不得已者而後言,其歌也有思,其哭也有懷。凡出乎口而爲聲者,其皆有弗平者乎!樂也者,鬱於中而泄於外者也,擇其善鳴者而假之鳴。……其於人也亦然。人聲之精者爲言,文辭之於言,又其精也,猶擇其善鳴者而假之鳴。」〔註76〕可見,文學作品主要產生於不平的思想感情。韓愈的「不平則鳴」,事實已經突破了儒道。他的《馬說》表達了一腔懷才不遇的強烈激憤,他的《柳子厚墓誌銘》表達了世態炎涼的深沉感慨,這都是「不平則鳴」的最好注解。他說:「夫和平之音淡薄,而愁思之聲要妙;歡愉之辭難工,而窮苦之言易好也。是故文章之作,恒發於羈旅草野;至若王公貴人,氣滿志得,非性能而好之,則不暇以爲。」〔註77〕可見,他所重視的情感乃是對社會的批評。這個理論上承司馬遷「發憤著書」說,下啓歐陽修「窮而後工」論,對後世產生了重要影響。

在《答吳武陵〈非國語〉書》中,柳宗元說:「意欲施之於事實,以輔時及物爲道。」〔註78〕這裡所謂「道」,包括兩個方面:一是「及物」,就是要切合實際,言之有物;二是「輔時」,就是適應時代,利於人,備於事,發揮

〔註74〕 (唐)韓愈:《重答張籍書》,《韓昌黎文集校注》,馬其昶校注,上海古籍出版社1986年版,第133頁。

〔註75〕 (唐)柳宗元:《報崔黯秀才論爲文書》,《柳宗元集》,(卷三四),中華書局1979年版,第886頁。

〔註76〕 (唐)韓愈:《送孟東野序》,《韓昌黎文集校注》,馬其昶校注,上海古籍出版社1986年版,第232頁。

〔註77〕 (唐)韓愈:《荊潭唱和詩序》,《韓昌黎文集校注》,馬其昶校注,上海古籍出版社1986年版,第262頁。

〔註78〕 (唐)柳宗元:《答吳武陵〈非國語〉書》,《柳宗元集》,(卷三一),中華書局1979年版,第824頁。

現實作用。柳宗元的創作也確實體現了這樣的特點，他的《捕蛇者說》以蛇的毒害與賦斂的毒害作比襯，揭露了官府賦斂的毒害，表達了對勞動人民的同情和渴望改革的熱情。他的《哀溺文》也是同樣的作品。總之，輔時及物既強調「言之有物」，也強調「言之有用」，也一定程度突破了儒家思想的限制。

肯定「文以明道」的政治意義，並不意味忽視「文以明道」的理論價值。韓愈、柳宗元所提倡的儒道，其內涵有著新的思想價值。韓愈的「不平則鳴」，柳宗元的「輔時及物」，他們將儒道具體化為真情實感和現實生活，從而使古文具有感人的藝術魅力。

其二，文必師古。反對駢文，提倡古文，自然要以古文為師了。然而，師古必須有所創新，否則便不能成功，古文運動前驅者在這方面有著深刻教訓。其實，從作文角度而言，韓愈、柳宗元並不迷信商周文章。韓愈稱：「周誥殷盤，佶屈聱牙」〔註79〕；柳宗元稱：「殷周之前，其文簡而野。」〔註80〕

韓愈、柳宗元學習古人，師其意而不師其辭，所以取得了巨大的文學成就。韓愈說：「雖然，學之二十餘年矣。始者非三代兩漢之書不敢觀，非聖人之志不敢存，處若忘，行若遺，儼乎其若思，茫乎其若迷。」〔註81〕他所學習的是「三代兩漢之書」，正如他回答別人說：「宜師古賢聖人」，而做到「師其意不師其辭」〔註82〕。他說：「當其取於心而注於手也，惟陳言之務去，戛戛乎其難哉？其觀於人，不知其非笑之為非笑也。如是者亦有年，猶不改，然後識古書之正偽，與雖正而不至焉者，昭昭然白黑分矣。而務去之，乃徐有得也。」

師古而不擬古，無論內容還是語言，他都要有所創新。他的散文以浩蕩流轉的氣勢，如長江大河奔騰向前。他完全不受形式主義風氣的影響，「不知其非笑之為非笑也」，堅持自己的正確文學方向。在他的創作中，完全擺脫了六朝以來駢偶化的束縛，以散行單句的形式，明白流暢的語言，做到了文從字順，在文章改革方面取得了傑出成就。

〔註79〕　（唐）韓愈：《進學解》，《韓昌黎文集校注》，馬其昶校注，上海古籍出版社1986年版，第44頁。

〔註80〕　（唐）柳宗元：《柳宗直西漢文類序》，《柳宗元集》，（卷二一），中華書局1979年版，第575頁。

〔註81〕　（唐）韓愈：《答李翊書》，《韓昌黎文集校注》，馬其昶校注，上海古籍出版社1986年版，第169頁。本節內出於此篇者，不再出注。

〔註82〕　（唐）韓愈：《答劉正夫書》，《韓昌黎文集校注》，馬其昶校注，上海古籍出版社1986年版，第206頁。

　　柳宗元之師古，主張廣泛繼承，博取廣納。在思想內容方面，他說：「本之《書》以求其質，本之《詩》以求其恒，本之《禮》以求其宜，本之《春秋》以求其斷，本之《易》以求其動：此吾所以取道之原也。」在散文藝術方面，他說：「參之穀梁氏以厲其氣，參之《孟》，《荀》以暢其支，參之《莊》，《老》以肆其端，參之《國語》以博其趣，參之《離騷》以致其幽，參之太史公以著其潔：此吾所以旁推交通，而以爲之文也。」他主張廣泛吸取文學營養，「博如莊周，哀如屈原，奧如孟軻，壯如李斯，峻如馬遷，富如相如，明如賈誼，專如揚雄」〔註 83〕繼承散文優秀傳統，從而使他的散文取得多方面成就，無論記事寫景，辨僞論戰，形象寓言，都創作出了散文精品。

　　韓愈、柳宗元師古而出新。吳相洲指出：「韓柳等人這種把明道和作文分開來的做法是古文創作成功的一個重要條件。」〔註84〕正是這樣的創新精神，使他們的散文創作取得了成功，成爲人們學習的典範。

　　其三，文如其人。儒家論文歷來注重人的道德修養。孔子曰：「有德者必有言，有言者不必有德。」〔註 85〕韓愈對此毫不懷疑，而且進一步發揮了這個觀點。他說：「道德之歸也有日矣，況其外之文乎？」在他看來，道德是內在的，而文學是外在的，有其內必有其外。所以，道德修養是最最重要的。他說：「養其根而俟其實，加其膏而希其光。根之茂者其實遂，膏之沃者其光曄，仁義之人，其言藹如也。」這也是針對六朝文壇普遍不重視道德修養的批評。

　　關於道德與文學的關係，韓愈繼承孟子的「養氣說」與曹丕的「文氣說」，並將二者結合起來，把作家的道德修養與文學創作聯繫在一起，作出富有啓發性的理解。他說：「氣，水也；言，浮物也。水大而物之浮者大小畢浮。氣之與言猶是也，氣盛則言之短長與聲之高下者皆宜也。」這裡，所謂「氣」，是指作者的精神狀態而言，所謂「氣盛」，是指作者的精神狀態，很接近於孟子「配義與道」、「至大至剛」的境界，它是作者道德修養的結果。韓愈將儒家之道內化爲主體精神境界，進而體現在文章言辭之中。他認爲，作者道德達到「氣盛」，發爲文章就大小咸宜而無施不可了。這些主張從爲人與爲文的

〔註83〕　（唐）柳宗元：《與楊京兆憑書》，《柳宗元集》，（卷三〇），中華書局 1979 年版，第 786 頁。
〔註84〕　吳相洲：《中唐詩文新變》，學苑出版社 2007 年版，第 301 頁。
〔註85〕　楊伯峻譯注：《論語譯注》，中華書局 1980 年版，第 146 頁。

關係立論，將人與文統一，這既是對傳統觀點的繼承，而又有所創新，對後世文學思想頗有啓發。

總之，韓愈、柳宗元領導的古文運動，由於他們的明道主張與現實政治息息相關，所以具有積極的社會意義；由於他們既提倡文學社會功利，又重視文學的藝術特徵，所以取得巨大的文學成就。

然而，也應該看到古文運動理論存在著深刻的局限性。主張明道有著道學的意味，韓愈弟子李翺發展了這種傾向，他把儒家經典比爲「浩乎若江海，高乎若丘山，赫乎若日月，包乎若天地」〔註 86〕，把文學看作是宣揚儒家道統的工具，從而開啓了文以載道的道學家文學思想。主張創新又容易走入怪奇的歧途，韓愈弟子皇甫湜繼承韓愈在語言上崇險矜奇的文風，他說：「文者無他，言之華者也」、「當以出拔爲意」。〔註 87〕他刻意求怪，從而使形式主義在散文創作中重新抬頭。這些因素最終導致了古文運動走向衰落。

（二）元白新樂府運動

所謂新樂府，是指新題樂府，與舊題樂府相對而言。《文心雕龍》云：「樂府者，聲依永，律和聲也。」漢樂府民歌「感於哀樂，緣事而發」，繼承了《詩經》現實主義傳統，取得很高的藝術成就。漢末文人學習樂府民歌擬作樂府詩。如曹操以樂府舊題創作，有《短歌行》、《苦寒行》、《薤露行》等，這是舊題樂府；而唐代元結、杜甫等人，用新題寫時事，謂之新樂府。中唐新樂府運動，正是在杜甫等人樂府詩基礎上的進一步發展。

新樂府運動的主要代表人物是白居易和元稹。白居易（772～846），字樂天，號香山居士，山西太原人。少年家境貧困，理解民間疾苦。二十八歲中進士，敢言直諫，得罪權貴被貶。後來思想消極，沈於醉吟生活。著有《白氏長慶集》。元稹（779～831），字微之，河南（今河南洛陽）人。家境清苦，二十五歲中進士，任監察御史，因得罪宦官被貶十年。後轉而依附宦官，官運得以亨通。著有《元氏長慶集》。白居易、元稹，他們共同倡導新樂府，反映民生疾苦，針砭現實弊病，在文學史上有相當地位。

在唐憲宗元和三年（808），白居易作《長恨歌》一舉成名，拜受天子諫

〔註 86〕　（唐）李翺：《答朱載言書》，《李文公集》（卷六），上海古籍出版社 1993 年版，第 28 頁。

〔註 87〕　（唐）皇甫湜：《答李生第二書》，《全唐文》（卷六八五），董浩等編，山西教育出版社 2002 年版，第 4142 頁。

官左拾遺，以此爲契機開始了新樂府創作，又有李紳、元稹、張藉、王建等人積極襄助，新樂府在詩壇廣泛流行，一時形成文學風潮。他們要求詩歌繼承《詩經》「風雅比興」的傳統，在文學創作和文學理論兩方面都作出了努力。白居易的《與元九書》可以看作新樂府運動的理論總結，其主要觀點如下：

其一，詩歌的目的。白居易認爲，文學不是消極地反映社會生活，而應該積極地干預社會生活。基於此，他明確提出「文章合爲時而著，歌詩合爲事而作」的觀點〔註88〕。他在《新樂府序》中也說：「總而言之，爲君、爲臣、爲民、爲物、爲事而作，不爲文而作也。」〔註89〕可見，白居易詩歌理論的實質，完全是政治功利主義的。這種政治功利主義的理論，其基本思想來自漢儒。《詩大序》所謂詩可以「經夫婦、成孝敬、厚人倫、美教化、移風俗」，是白居易詩歌理論的淵源。它們都強調詩歌的政治教化作用。當然，白居易詩歌理論的積極意義在於，提倡文學表現民生疾苦，對於文學干預政治，反映現實具有相當的價值。

其二，詩歌的特徵。白居易雖然強調詩歌的政治教化作用，而他並不抹殺詩歌的藝術特徵。作爲一個著名詩人，他對於詩歌的藝術特徵有著深刻的理解。他說：「聖人感人心而天下和平。感人心者，莫先乎情，莫始乎言，莫切乎聲，莫深乎義。詩者，根情、苗言、華聲、實義。」他用植物的生長來比喻詩歌的特徵。當然，白居易的著眼點不在於詩歌藝術特徵，而是在於利用這些特徵來發揮詩歌「補察時政，泄導人情」的政治教化作用。他說：「泊周衰秦興，采詩官廢，上不以詩補察時政，下不以歌洩導人情，乃至於諂成之風動，救失之道缺，於時六義始刓矣。」可見，他對於詩歌作用的理解，與《毛詩序》「上以風化下，下以風刺上」並無不同。正是出於這樣的理解，他所創作的「諷喻詩」揭發社會弊端，批判政治黑暗，抒發了人民的怨憤感情。其新樂府的思想內容具有突出的人民性，正是白居易詩歌理論的積極意義所在。

其三，詩歌的標準。白居易評價文學的標準就是儒家詩論的「六義」，也即是「風雅比興」、「美刺比興」。當然，白居易更側重於「刺」，而輕視「美」。他把「六義」視爲最高的文學標準，以此衡量複雜的詩歌歷史。他說：「泊周

〔註88〕 （唐）白居易：《與元九書》，《白居易集》（卷四五），顧學頡校點，中華書局1999年版，第959頁。本節內出於此篇者，不再注出。

〔註89〕 （唐）白居易：《新樂府詩序》，《白居易集》（卷四五），顧學頡校點，中華書局1999年版，第974頁。

衰秦興，采詩官廢，上不以詩補察時政，下不以歌洩導人情，乃至於諂成之風動，救失之道缺，於時六義始刓矣。《國風》變爲《騷》辭，五言始於蘇、李。蘇、李、騷人，皆不遇者，各繫其志，發而爲文。……然去詩未遠，梗概尚存。故興離別，則引雙鳧一雁爲喻；諷君子小人，則引香草惡鳥爲比；雖義類不具，猶得風人之什二、三焉。於時六義始缺矣。晉、宋已還，得者蓋寡。以康樂之奧博，多溺於山水；以淵明之高古，偏放於田園。江鮑之流，又狹於此。如梁鴻《五噫》之例者，百無一、二焉。於時六義浸微矣。陵夷矣。至於梁陳間，率不過嘲風雪，弄花草而已。……麗則麗矣，吾不知其所諷焉。故僕所謂嘲風雪，弄花草而已。於時六義盡去矣。唐興二百年，其間詩人，不可勝數。所可舉者。陳子昂有《感遇》詩二十首，鮑魴有《感興》詩十五首。又詩之豪者，世稱李、杜。李之作才矣，奇矣，人不逮矣；索其風雅比興，十無一焉。杜詩最多，可傳者千餘首，至於貫穿今古，覙縷格律，盡工盡善，又過於李。然撮其《新安吏》、《石壕吏》、《潼關吏》、《塞蘆子》、《留花門》之章，『朱門酒肉臭，路有凍死骨』之句，亦不過三、四十首。杜尚如此，況不逮杜者乎？」白居易回顧詩史，凸顯詩道的闕失。這種評價顯然不公允，他的詩歌標準太過於政治功利，完全持狹隘的政治標準，而沒有考慮到詩歌的藝術成就。

其四，詩歌的典範。白居易推崇「六義」，也就是推崇《詩經》，《詩經》之後，他最推崇的就是杜甫，尤其推崇杜甫的《新安吏》、《石壕吏》、《潼關吏》、《塞蘆子》、《留花門》之章，「朱門酒肉臭，路有凍死骨」之句，把它們作爲新樂府學習的範例。新樂府運動產生的作品，的確與杜甫樂府詩的精神是一致的。如白居易的《賣炭翁》、《觀刈麥》，元稹的《田家詞》、《織婦詞》，張籍的《野老歌》、《征婦》，王建的《水夫謠》、《田家行》，李紳的《憫農》等，大都以反映民生疾苦爲主要題材，從而具有鮮明的人民性。

白居易功利主義文學理論的出現，有著多方面的原因。從社會歷史講，唐王朝由盛轉衰，士人不甘心於此，希望通過政治上的革新，使唐王朝得以復興。新樂府運動就是適應這種革新思潮而出現的。從文學發展講，詩歌發展到了盛唐，各種形式和技巧已經高度成熟，沿著既有道路發展，想有所突破的確很難。新樂府運動變雅爲俗，是文學創作的新嘗試。從理論家個人講，白居易作爲諫官，有著革新政治的態度，他借助詩歌的諷喻作用，企圖感動皇帝，發揮政治方面的作用。

　　新樂府運動在政治方面具有積極意義，在文學方面提倡詩歌語言通俗化，當有重要的價值。但是，新樂府運動的文學主張從理論上並沒有多少新內容。新樂府運動的詩歌理論提出於元和初年，到元和十二年運動領導者已不再提倡。所以，運動歷時短促，影響有限。在長慶元年之後，白居易仕途順利，逐漸背離了當初的政治和文學態度。連白居易自己尚且如此，誇大新樂府運動的影響顯然是不合適的。

　　文學運動並不能拯救衰敗中的唐王朝。古文運動和新樂府運動，在政治上沒有能夠實現它們的目的；而在文學上卻產生了重要影響。古文運動創造了藝術化古文，提高了古文的地位；新樂府運動創造了通俗化詩歌，探索了詩歌的發展。它們改變了文學的面貌，開啓了文學由雅而俗的歷史進程，成爲中國文學發展的樞紐。清人葉燮指出：「貞元、元和時，韓、柳、劉、錢、元、白鑿險出奇，爲古今詩運關鍵。後人稱詩，胸無成積，謂爲中唐，不知此『中』也者，乃古今百代之『中』，而非有唐之所獨，後此千百年，無不從是以爲斷。」〔註90〕由此可見中唐文學運動的重要歷史意義。

五、司空圖的詩品論

　　司空圖（837～908），字表聖，河中虞鄉（今山西永濟）人，晚唐詩人，詩論家。他在《與李生論詩書》中引自己詩作《元日》云：「（甲子今重數，生涯只自憐。）殷勤元旦日，歌舞又明年。」〔註91〕據此知文章撰於唐哀帝天祐元年或稍後，當時他已退隱於中條山王官穀中。司空圖常以作詩、賞詩自負，其《力疾山下吳村看杏花十九首》（之六）云：「浮世榮枯總不知，且憂花陣被風欺。農家自有麒麟閣，第一功名只賞詩。」他論詩致力於詩歌藝術的研究，擺脫了儒家功利主義觀念，提出了深刻的詩歌審美理論。《詩品》描述了二十四種詩歌風格，爲司空圖的代表作。爲了與鍾嶸《詩品》相區別，後人稱之爲《二十四詩品》。

　　1994年復旦大學陳尚君、汪湧豪撰《司空圖二十四詩品辨僞》，開始提出《詩品》非司空圖所作，而疑爲明代人懷悅所作。他們立論的根據主要爲：

〔註90〕（清）葉燮：《百家唐詩序》，《清代文論選》，王運熙等編，人民文學出版社1999年版，第256頁。

〔註91〕（唐）司空圖：《與李生論詩書》，《司空表聖詩文集箋校》，祖保泉、陶禮天箋校，安徽大學出版社2002年版，第194頁。本節內出於此篇者，不再注出。

一是《詩品》與司空圖生平思想、論詩雜著及文風取向有所不同；二是從司空圖去世到明萬曆以前沒有人提及司空圖《詩品》；三是最早提及司空圖《詩品》的是明末鄭鄤《題詩品》及費經虞《雅倫》，之後人們方相信《詩品》為司空圖作。至於蘇軾《書黃子思詩集後》一段話：「唐末司空圖崎嶇兵亂之間，而詩文高雅，猶有承平之遺風。其論詩曰：『梅止於酸，鹽止於鹹，飲食不可無鹽、梅，而其美常在鹹、酸之外。』蓋自列其詩之有得於文字之表者二十四韻，恨當時不識其妙，予三復其言而悲之。」〔註 92〕陳、汪認為，蘇軾所謂「二十四韻」，不是指《二十四詩品》，而是指司空圖《與李生論詩書》所引之「二十四聯詩句」。陳、汪的觀點很有些石破天驚，此前還沒有人對司空圖著《詩品》有過懷疑。

對於陳、汪的觀點，有人贊同，也有人反對。1996 年祖保泉發表文章逐一批駁陳、汪立論的根據，特別認為蘇軾所言「二十四韻」當指《二十四詩品》，而非「二十四聯詩句」。趙福壇也撰文指出：陳、汪檢索典籍不及司空圖《詩品》，並不等於此書不存在。他提出兩條重要證據，徹底否定了陳、汪的觀點。

一是，蘇軾《書黃子思詩集後》「二十四韻」不是指《與李生論詩書》所引詩句，而是指司空圖《二十四詩品》。首先，《與李生論詩書》所引詩句文本有異，或二十二聯，或二十六聯，卻唯獨沒有二十四聯。如劉克莊《後村詩話》云：「司空表聖有書《與李生論詩》，略云『王右丞、韋蘇州，澄淡精緻，豈妨遒舉。賈浪仙雖有警句，視其全篇意思殊餒，大抵附於寒澀方可致才，亦為體之不備也。余謂四靈輩（詩似之，表聖嘗）自摘其警句二十六，如『人家寒食月，花影午時天』……」；〔註 93〕胡震亨《唐詩統籤》注云：「見圖《與人論詩書》，得意者幾二十二聯，除有全什處，重記於此」。〔註 94〕其次，陳、汪對蘇軾語解讀有誤。蘇軾稱「自列其詩之有得」，當是指詩學之心得；而「於文字之表者」，乃指文章之外，亦即《與李生論詩書》之外，復有「二十四韻」論詩；古人以一韻為一詩，二十四韻當指二十四首詩，即《二十四詩品》；「恨當時不識其妙」，意為不識《二十四詩品》之奧妙。如謂所引詩聯，蘇軾豈能不識其妙，唯有《詩品》描述詩歌風格奧妙，方不易為人所

〔註 92〕 （宋）蘇軾：《書黃子思詩集後》，《蘇軾文集》（卷六七），孔凡禮點校，中華書局 1986 年版，第 2124 頁。

〔註 93〕 （宋）劉克莊：《後村詩話》（後集卷一），王秀梅點校，中華書局 1983 年版，第 48 頁。

〔註 94〕 （明）胡震亨：《唐詩統籤》（卷七〇四），上海古籍出版社 2003 年版。

識。所以，蘇軾《書黃子思詩集後》所言「二十四韻」正是司空圖的《二十四詩品》。

二是，陳振孫《直齋書錄題解》對司空圖《二十四詩品》有著錄。「宋蜀刻本唐人集叢刊」有《司空表聖文集》十卷，有文無詩，而標《一鳴集》並有司空圖自序，自序云：「因捃拾詩筆，殘缺亡幾，乃以中條別業『一鳴』以目其前集，庶警子孫耳。」〔註95〕陳振孫《直齋書錄解題》著錄《一鳴集》曰：「蜀本但有雜著，無詩。自有詩十卷，別行。詩格猶非晚唐諸子所可望也。其論詩以『梅止於酸，鹽止於鹹，鹹酸之外，醇美乏焉』，東坡嘗以為名言。」〔註96〕說明司空圖《一鳴集》本包括雜著、詩、詩格三部份，而蜀本已是殘本，故而無詩。所謂「詩格」，乃指論詩類著作，就司空圖而言，便是《二十四詩品》。《四庫全書總目》將詩品與詩格並論。其云：「《詩品》（一卷內府藏本）。唐司空圖撰，圖有文集，已著錄。唐人詩格傳於世者，王昌齡、杜甫、賈島諸書，率皆依託。即皎然《詩式》，亦在疑似之間，唯此一編，真出圖手。」〔註97〕

如此一來，北宋、南宋均有人論及司空圖《二十四詩品》，所謂自晚唐以至明末「均不及司空圖《詩品》」的觀點便不攻自破了。

司空圖身在晚唐，對唐詩發展過程有著清晰認識。他說：「國初，主上好文雅，風流特盛。沈、宋始興之後，傑出於江寧，宏肆於李、杜，極矣！右丞、蘇州，趣味澄敻，若清沇之貫達。大曆十數公，抑又其次。元、白力勍而氣孱，乃都市豪估耳。劉公夢得、楊公巨源，亦各有勝會。閬仙、無可、劉得仁輩，時得佳致，亦足滌煩。厥後所聞，逾褊淺矣。」〔註98〕正是基於對唐代詩歌歷史的全面認識，他能夠總結唐詩藝術的豐富經驗，從而提出深刻的詩歌理論。

司空圖《與李生論詩書》表達了重要的詩學觀點，堪為《二十四詩品》的姊妹篇，故在這裡一併加以討論。司空圖對詩歌藝術的認識，主要表現為兩個方面：

〔註95〕（唐）司空圖：《司空表聖文集序》，《司空表聖詩文集箋校》，祖保泉、陶禮天箋校，安徽大學出版社 2002 年版，第 173 頁。

〔註96〕（宋）陳振孫：《直齋書錄題解》（卷十六），上海古籍出版社 1987 年版，第485 頁。

〔註97〕（清）紀昀總纂：《四庫全書總目》（卷一九五），河北人民出版社 2000 年版，第 5362 頁。

〔註98〕（唐）司空圖：《與王駕評詩書》，《司空表聖詩文集箋校》，祖保泉、陶禮天箋校，安徽大學出版社 2002 年版，第 189 頁。

（一）韻外之致說

司空圖說：「文之難，而詩之難尤難。」〔註99〕他認識到詩歌與文章的區別，文章重在表達言內之意，而詩歌重在表達言外之意，自然「詩之難尤難」。詩歌表達言外之意，即所謂「韻外之致」。韻者，詩歌也；致者，意旨也。詩歌能夠表達出詩語之外的豐富意旨，方稱得上「醇美」之作。譬如：「王右丞、韋蘇州，澄淡精緻，格在其中，豈妨於遒舉哉？賈浪仙誠有警句，視其全篇，意思殊餒。」可見，王昌齡、韋應物的詩作意旨豐富，而賈島的詩作意旨單薄。

怎樣理解「韻外之致」？司空圖論述道：「噫！近而不浮，遠而不盡，然後可以言韻外之致耳。」所謂「近而不浮」，是說詩歌形象可感為近，而形象包含深厚意蘊，故曰不浮。所謂「遠而不盡」，是說意在言外為遠，而詩味無窮，故曰不盡。這其實從詩歌意境與詩歌審美兩方面揭示了詩歌表達言外之意的藝術特徵。

從詩歌意境言，司空圖又謂之「象外之象」。他說：「戴容州云：『詩家之景，如藍田日暖，良玉生煙，可望而不可置於眉睫之前也。』象外之象，景外之景，豈容易可談哉？」〔註100〕是說玉石晶瑩，在日光照耀下熠熠生輝，令人感覺輕煙縷縷纏繞，而它並不是真實物象，故可望而不可置於眉睫之前。「象外之象，景外之景」，前一「景象」是實在的，而後一「景象」是想像的；沒有後一「景象」，便沒有了詩歌的意境。從意境產生來看，它是主客因素的融合；從意境本質來看，它呈「物我兩忘」的狀態。所以，意境不是主客因素的簡單統一，也不是情景交融之量的相加，而是創造了「象外之象，景外之景」，從而完成了質的飛躍。它擺脫了景象，又不離景象，從而既有物的特徵，又有道的特徵，這就從哲學高度展示了詩歌意境的本質。

從讀者賞詩言，司空圖又謂之「味外之旨」。他說：「古今之喻多矣。愚以為辨於味而後可以言詩也。江嶺之南，凡足資於適口者，若醯非不酸也，止於酸而已。若鹺非不鹹也，止於鹹而已。華之人所以充饑而遽輟者，知其鹹酸之外，醇美者有所乏耳。」醯雖酸，鹺雖鹹，而鹹酸之外，缺乏醇美者；所謂「醇美者」便是超越鹹酸的味外之味。即「以全美為工，即知味外之旨矣」。

〔註99〕　（唐）司空圖：《與李生論詩書》，《司空表聖詩文集箋校》，祖保泉、陶禮天箋校，安徽大學出版社2002年版，第193頁。

〔註100〕　（唐）司空圖：《與極浦書》，《司空表聖詩文集箋校》，祖保泉、陶禮天箋校，安徽大學出版社2002年版，第215頁。

「味」這個概念，在詞義演化中有一個由實至虛的過程。《漢書・鄭當時傳》云：「誠有味之言也。」〔註101〕是以食物之味狀言語之味。「味」在虛化過程中，又分出不同層次：一是有味，指有美的韻味；二是無味，或指「淡乎寡味」，或指至美無味。以味論文，由來久矣。陸機《文賦》云：「寤《防露》與《桑間》，又雖悲而不雅。或清虛以婉約，每除煩而去濫。闕大羹之遺味，同朱弦之清氾。雖一唱而三歎，固既雅而不豔。」〔註102〕任昉《答陸倕知己賦》云：「既蘊藉其有餘，又淡然而無味，得意同乎卷懷，違方似乎仗氣。」〔註103〕鍾嶸《詩品序》云：「永嘉時，貴黃、老，稍尚虛談。於時篇什，理過其辭，淡乎寡味」、「五言居文詞之要，是眾作之有滋味者也。」〔註104〕在前人認識的基礎上，司空圖將詩味說提升到了新的水平。

韻外之致說，深刻揭示了詩歌意旨的豐富性。如王維《輞川閒居贈裴秀才迪》云：「寒山轉蒼翠，秋水日潺湲。倚杖柴門外，臨風聽暮蟬。渡頭餘落日，墟裏上孤煙。復值接輿醉，狂歌五柳前。」詩篇直接描寫的畫面是作者山居秋日傍晚的景色：夕陽西下，暮氣中群山愈顯蒼翠。此時，依仗柴門，山中寂靜，唯有秋風中的蟬聲更加清亮。舉目所見，渡頭落日，墟裏孤煙。這景象有如一幅水墨畫，暮色蒼茫是這幅畫的亮點；返照與炊煙襯托出群山的蒼翠，既增加了詩人的蒼茫之感，又突出了詩人內心的淡泊，從而彌漫著寧靜的氛圍。

這個詩境又是多層次的，它含蓄點染暮色而形成的氛圍，給讀者留下許多聯想的空間。不同的讀者憑藉美感聯想可以體味到不同的意味。偏好寧靜之美的讀者，可能由「渡頭餘落日，墟裏上孤煙」想像出渡口返照處三三兩兩的山中歸人，於寧靜中洋溢著生活的喧鬧；而炊煙下露出三兩屋角，寧靜而不會有寂寞之感。於是，寧靜的畫面中充滿了生活樂趣。而如果讀者偏重於感受蒼茫寂寞的一面，則可能呈現出另外的境界，體味到另外的意味。

（二）詩歌風格論

詩味是詩歌的情趣韻味，「辨於味」當指辨別詩歌的情趣韻味，也即辨別詩歌多樣的藝術風格。司空圖詩論與詩主教化的傳統思想不同，他把詩歌的

〔註101〕 （漢）班固：《鄭當時傳》，《漢書》（卷五〇），中華書局1962年版，第2306頁。
〔註102〕 （晉）陸機：《文賦集釋》，張少康集釋，人民文學出版社2002年版，第181頁。
〔註103〕 （唐）姚思廉：《梁書》（卷二七），中華書局1973年版，第402頁。
〔註104〕 （梁）鍾嶸：《詩品集注》，曹旭集注，上海古籍出版社1994年版，第60頁。

詩歌藝術風格提到十分重要的地位。《二十四詩品》便深刻描述了二十四種詩歌風格，即雄渾、沖淡、纖穠、沉著、高古、典雅、洗練、勁健、綺麗、自然、含蓄、豪放、精神、縝密、疏野、清奇、委曲、實境、悲慨、形容、超詣、飄逸、曠達、流動。它不是論述某個詩人的風格，而是對詩歌風格作了綜合研究，高度概括了不同的風格類型。

譬如「雄渾」曰：「大用外腓，真體內充，反虛入渾，積健為雄。備具萬物，橫絕太空，荒荒油雲，寥寥長風。超以象外，得其環中，持之匪強，來之無窮。」雄渾為開篇第一品，指至大至剛的陽剛風格。「大用外腓，真體內充」，先從體用關係來說明藝術內蘊與藝術作用的聯繫。腓，覆庇，引申為呈現；內有真體充實外方呈現大用。「反虛入渾，積健為雄」，二句對舉，返虛為入渾的條件，積健是為雄的前提。郭紹虞稱：「返還虛空，……入於渾然之境。」只有返還虛空，才能超越具體事物而入於渾然之境，方可「備具萬物，橫絕太空」。「荒荒油雲，寥寥長風」，形象比喻雄渾的特徵。楊廷芝《二十四詩品淺解》云：「荒荒油雲，渾淪一氣；寥寥長風，鼓蕩無邊。」〔註105〕「得其環中」，引自《莊子》：「是亦彼也，彼亦是也。彼亦一是非，此亦一是非，果且有彼是乎哉？果且無彼是乎哉？彼是莫得其偶，謂之道樞。樞始得其環中，以應無窮。」〔註106〕是說掌握道樞才能「得其環中」。由此可見，「超以象外」具有道樞的意義，詩歌追求象外之象，方可以「得其環中」。「持之匪強，來之無窮」，秉持自然而不勉強，備具萬物而無窮。

在中國古代文學中，莊子《逍遙遊》最能體現雄渾的風格。其云：「北冥有魚，其名曰鯤。鯤之大，不知其幾千里也；化而為鳥，其名為鵬。鵬之背，不知其幾千里也；怒而飛，其翼若垂天之雲。是鳥也，海運則將徙於南冥。」境界浩闊，形象巨大，力量無比，氣勢磅礴，色彩蒼茫，渾淪一體，象徵道境，出人意表。又如漢高祖《大風歌》：「大風起兮雲飛揚，威加海內兮歸故鄉。安得猛士兮守四方？」破空陡起，大開大合，胸襟闊大，境界渾茫，活脫脫展示了開國帝王的真情和氣魄。

又如「沖淡」曰：「處素以默，妙機其微。飲之太和，獨鶴與飛。猶之惠風，荏苒在衣，閱音修篁，美曰載歸。遇之匪深，即之愈稀，脫有形似，握

〔註105〕（清）孫聯奎、楊廷芝：《司空圖〈詩品〉解說二種》，孫昌熙、劉淦校點，齊魯書社 1980 年版，第 88 頁。

〔註106〕（戰國）莊周：《齊物論》，《莊子集釋》，郭慶藩輯，中華書局 1961 年版，第 66 頁。

手已違。」沖淡屬於至柔至美的陰柔風格。「處素以默，妙機其微」，素爲淡泊，默爲寧靜，淡泊寧靜方可洞察萬物，從而領會沖淡之精微。「飲之太和，獨鶴與飛」，胸著和柔之氣，方如「仙鶴」超凡脫俗，輕舉翩飛。「猶之惠風，荏苒在衣，閱音修篁，美曰載歸。」四句形象比喻沖淡風格。惠風和暢，輕拂衣襟；竹林清音，攜美而歸。「遇之匪深，即之愈稀」，沖淡之神，眞乃可遇而不可即；「脫有形似，握手已違」，似睹沖淡之形貌，而轉瞬即逝，難以把握。

陶淵明詩可謂沖淡典範，如《歸田園居》（之五）：「少無適俗韻，性本愛丘山。誤落塵網中，一去三十年。羈鳥戀舊林，池魚思故淵。開荒南野際，守拙歸園田。方宅十餘畝，草屋八九間。榆柳蔭後簷，桃李羅堂前。曖曖遠人村，依依墟裏煙。狗吠深巷中，雞鳴桑樹顛。戶庭無塵雜，虛室有餘閒。久在樊籠裏，復得返自然。」詩人性本脫俗，喜返自然，那淳樸田園，恬淡心態，適如清風送爽，令人身心愜意。

再如「豪放」曰：「觀化匪禁，吞吐大荒。由道反氣，處得以狂。天風浪浪，海風蒼蒼。眞力彌滿，萬象在旁。前招三辰，後引鳳凰；曉策六鼇，濯足扶桑。」「觀化匪禁」，一本作「觀花匪禁」，郭紹虞謂「看竹何須問主人」之意。然而，「觀花」境界畢竟嫌小，還是「觀化」爲宜。「觀化匪禁，吞吐大荒」，即觀察無限造化，方可吞吐大荒，此謂之「放」。「由道反氣」，孟子稱「其爲氣也，配義與道」，謂浩然之氣須有道作根基；而「處得以狂」，指於得意處容易忘形而狂放。如李白得到唐玄宗的召喚，便得意吟詩：「仰天大笑出門去，我輩豈是蓬蒿人。」「天風浪浪，海山蒼蒼」，具體形容豪放之風貌。「眞力彌滿，萬象在旁」，有眞力彌漫於胸中，才能駕馭宇宙之萬象。「前招三辰，後引鳳凰；曉策六鼇，濯足扶桑」，神奇瑰麗之萬象，俱爲詩人所驅使。

還如「纖穠」曰：「采采流水，蓬蓬遠春，窈窕幽谷，時見美人。碧桃滿樹，風日水濱，柳陰路曲，流鶯比鄰。乘之愈往，識之愈眞。如將不盡，與古爲新。」〔註107〕纖爲細小，穠爲濃豔，纖穠風格接近於優美。「采采流水，蓬蓬遠春」，流水多麼明麗，春色多麼繁盛；「窈窕幽谷，時見美人」，幽谷曲徑時見美人，更顯美人亮麗；「碧桃滿樹，風日水濱」，桃花開滿枝頭，水邊風和日麗；「柳陰路曲，流鶯比鄰」，小路彎彎曲曲，又有鶯歌燕舞。「乘之愈

〔註107〕（唐）司空圖著，《詩品二十四則》，《司空表聖詩文集箋校》，祖保泉、陶禮天箋校。安徽大學出版社2002，第162頁。本節內出於此篇者，不再出注。

往，識之愈眞」，沿著這些形象去體認，更識得纖穠之眞意。「如將不盡，與古爲新」，纖穠風格，古今多見，光景常新，無可窮盡。如王維《遊春辭》云：「曲江柳絲變煙條，寒谷冰隨暖氣銷。才見春光生綺陌，已聞清樂動雲韶。」「經過柳陌與桃溪，尋逐春光著處迷。鳥度時時衝絮起，花繁滾滾壓枝低。」

　　司空圖描述詩歌風格主要採用兩種方法。一是形象描述呈現詩歌風貌；二是夾以議論說明風格特點。特別是形象描述的方式，顯示了作者認識到詩歌風格的模糊性，故用模糊語言來描述，這樣反倒能接近風格面貌。司空圖描述詩歌風格的方法，反映了中國傳統文藝批評特有的思維方式：即不僅有分析、推理、判斷，而且有想像、聯想、靈感；它是理性與感性的結合，邏輯思維與形象思維的統一。

　　《二十四詩品》描述了二十四類詩歌風格，它們之間是否存在著嚴密的邏輯結構，這是很容易引起人們興趣的話題。中國傳統文化有數字崇拜的現象，如劉勰論風格「數窮八體」的結構，顯然受《易經》八卦的影響。《二十四詩品》是否與「二十四節氣」有關？蕭馳以爲，《二十四詩品》以二十四節氣爲線索，有一個從溫煦到寒涼的季節順序〔註 108〕。然而，生硬比附顯然並不符合詩歌藝術規律。對於《二十四詩品》的結構，清人楊廷芝《二十四詩品小序》云：「予總觀統論，默會深思，竊以爲兼體用、該內外，故以《雄渾》先之。有不可以迹象求者，則曰《沖淡》。亦有可以色相見者，則曰《纖穠》。不《沉著》，不《高古》，則雖《沖淡》、《纖穠》猶非妙品。出之《典雅》，加之《洗煉》；《勁健》不過乎質，《綺麗》不過乎文；無往不歸於《自然》。《含蓄》不盡，則茹古而涵今；《豪放》無邊，則空天而廓宇，品亦妙矣。品妙而斯爲極品。夫品，固出於性情，而妙尤發於《精神》；《縝密》則宜重、宜嚴，《疏野》則亦鬆、亦活；《清奇》而不至於凝滯，《委曲》而不容徑直；要之，無非《實境》也。境值天下之變不妨極於《悲慨》；境處天下之嘖，亦有以擬諸《形容》。「超」則軼乎其前，「詣」則絕乎其後；「飄」則高下何定，「逸」則閒散自如；「曠」觀天地之寬，「達」識古今之變，無美不臻，而復以《流動》終焉。品斯妙極，品斯神化矣。廿四品備，而後可與天地無終極。」〔註 109〕這個見解值得引起注意。《二十四詩品》以《雄渾》

〔註 108〕蕭馳：《司空圖的詩歌宇宙——論〈二十四詩品〉的可理解性》，《中國社會科學》1985 年第六期，第 159 頁。

〔註 109〕（清）孫聯奎、楊廷芝：《司空圖〈詩品〉解說二種》，孫昌熙、劉淦校點，齊魯書社 1980 年版，第 85 頁。

先之，以《流動》終焉，這種安排當有一定深意；至於中間各品相形比較，則未必一定有多少結構意義。

司空圖詩論在詩歌藝術上無疑是深刻的，然而也存在著重大的理論缺陷。他貶低了詩歌反映現實的積極意義，貶低了新樂府詩的藝術成就，貶低了詩歌政治功利性的價值。對於司空圖詩論的不足，人們應該有清醒的認識。在《與李生論詩書》中，他標舉自己詩句謂：得於早春、得於山中、得於江南、得於道宮、得於夏景、得於佛寺、得於郊園、得於樂府、得於愜適，大都是表現孤寂出世，悠閒自在的生活，與社會政治現實完全脫節了。此外，司空圖對詩歌風格的論述，也存在著神秘化傾向。如論「縝密」云：「是有真跡，如不可知，意象欲出，造化已奇。水流花開，清露未晞，要路愈遠，幽行為遲。語不欲犯，思不欲癡，猶春於綠，明月雪時。」繞了許多彎子，最終也不知所云，顯然不能科學闡釋詩歌風格現象。

六、北宋的文學革新

中唐古文運動掃除了六朝以來的形式主義文風，以儒家思想為主導的散行古文基本得以確立。為什麼北宋又產生文學革新運動呢？這要從當時文化背景談起：晚唐五代政治黑暗，社會動蕩，儒家思想失去了控制人心的力量，文學創作又重現形式主義風氣。在唐末五代文壇上，駢文再次盛行，文風浮豔柔弱。詩詞風格，亦復如是。五代幾部詩詞選集，頗能說明當時風氣。一是趙崇祚的《花間集》，二是韓偓的《香奩集》，三是韋縠的《才調集》，從這些名稱便反映出晚唐五代文學的總體傾向。

宋初，新王朝為了粉飾太平的需要，楊億、劉筠等一班御用文人，以宮廷生活為題材互為唱和，有《西崑酬唱集》行世。西崑體「雕章麗句，膾炙人口」，以辭藻聲律為能事，承襲五代浮華文風。到范仲淹實行新政，興建太學，石介擔任國子監直講，他「主盟上庠，酷憤時文之弊，力振古道」，卻形成艱澀怪僻的文風，稱為「太學體」，造成了極壞的影響。這些現象引起人們普遍的不滿，於是有人起來繼承韓愈、柳宗元的古文傳統，開始了北宋文學革新運動。

《宋史‧文苑傳序》描述北宋文章說：「國初，楊億、劉筠猶襲唐人聲律之體；柳開、穆修志欲變古而力弗逮；廬陵歐陽修出，以古文倡，臨川王安

石、眉山蘇軾、南豐曾鞏起而和之，宋文日趨於古矣。」〔註110〕在舉世皆以時文獲取科名之際，柳開最早提倡古文，實屬難能可貴。他說：「何謂爲古文？古文者，非若辭澀言苦，使人難誦讀之；在於古其理，高其意，隨言短長，應變作制，同古人之行事，是謂古文也。」〔註111〕此外，范仲淹主張改革文風，王禹偁主張宗經復古，他們都推崇韓愈的文章，在古文創作方面也頗有實績。

（一）歐陽修文道論

歐陽修（1007～1072），字永叔，號醉翁，吉安永豐（今屬江西）人。他積極倡導詩文革新，其詩、詞、文均爲一時之冠，成爲北宋文學革新運動的關鍵人物。在嘉祐二年（1057），他受命主持禮部貢舉。「時士子尚爲險怪奇澀之文，號『太學體』。修痛排抑之，凡如是者輒黜。畢事，向之囂薄者伺修出，聚噪於馬首，街巡不能制。然場屋之習。從是遂變。」〔註112〕借助於科舉行政手段，歐陽修一舉扭轉了不良文風。也在這一年，曾鞏、蘇軾、蘇轍，在他主導的考試中考取了進士。其《與梅聖俞》云：初讀蘇軾文，「不覺汗出。快哉，快哉！老夫當避路，放他出一頭地。可喜，可喜！」〔註113〕在詩文革新運動中，歐陽修起著類似於韓愈在中唐古文運動中的作用，自然成爲北宋文壇的領袖。蘇軾《居士集敘》曾講到當時文人的共識：「歐陽子，今之韓愈也。」〔註114〕在文學革新運動中，歐陽修確實發揮了重要的領導作用。

北宋文學革新是文學復古運動，直接繼承中唐新樂府運動和古文運動的精神。它將文學內容置於首位，強調文學反映現實，諷喻怨刺的作用；又尊重文學自身的規律，正確對待藝術形式。在文學革新中，歐陽修的文學思想具有重要的指導作用。他正確處理了文道關係，從而確立有宋一代平易典要

〔註110〕（元）脫脫等：《文苑傳序》，《宋史》（卷四三九），中華書局1977年版，第12997頁。

〔註111〕（宋）柳開：（宋集珍本叢刊）《河東柳仲塗先生文集》（一），線裝書局2004年版，第444～445頁。

〔註112〕（元）脫脫等：《歐陽修傳》，《宋史》（卷三一九），中華書局1977年版，第10375頁。

〔註113〕（宋）歐陽修：《歐陽修全集》（卷一四九），李逸安點校，中華書局2001年版，第2443頁。

〔註114〕（宋）歐陽修：《歐陽修全集》（附錄，卷五），李逸安點校，中華書局2001年版，第2755頁。

的文風。《與吳充秀才書》表現了歐陽修主要的文學觀點〔註115〕：

其一，道盛文至。他說：「夫學者未始不爲道，而至者鮮焉；非道之於人遠也，學者有所溺焉爾。蓋文之爲言，難工而可喜，易悅而自足。世之學者往往溺之，一有工焉，則曰：吾學足矣。甚者至棄百事不關於心，曰：吾文士也，職於文而已。此其所以至之鮮也。……聖人之文雖不可及，然大抵道勝者文不難而自至也。」這裡包括幾層意思：一是學者爲道。即韓愈所謂「蓋學所以爲道，文所以爲理」，這是古文家的基本認識。二是溺於文而至者鮮。在爲道的過程中，由於被文所溺，一味以文人自居，結果導致「道至者鮮」。三是道勝者文不難而自至。在文道關係中，道始終發揮著主要作用。譬如孟子、荀子，就是「道勝文至」的典型。這是相當精彩的文道關係論，說明了文而爲道、道不離文、道勝文至、文道結合的正確認識。

其二，道不遠人。韓愈《原道》言：「斯吾所謂道也，非向所謂老與佛之道也，堯以是傳之舜，舜以是傳之禹，禹以是傳之湯，湯以是傳之文武周公，文武周公傳之孔子，孔子傳之孟軻，軻之死，不得其傳焉。」〔註116〕明確指出古文家所推崇的儒家之道。歐陽修對「道」有著自己的理解。他認爲，「非道之於人遠也」，道不是空洞的高調，而是結合實際問題，具有現實內容的道理。因此，他反對「捨近取遠，務高言而鮮事實」，而主張從日常「百事」著眼，「履之以身，施之於事，而又見之於文」，這種理解與亞里士多德所說「理即在事中，捨事無所謂理」的看法頗爲相近。作爲歷史學家，歐陽修又提出「事信」、「載大」的觀點。他說「書載堯舜，詩載商周」，要求文學反映國家和歷史的重大事件。「事信」、「載大」才能眞實傳遠，反對無所載的形式主義。這種認識表現了對歷史眞實和重大題材的重視。儘管一滴水也可以見太陽，但它與天文望遠鏡所見太陽畢竟不同。誠如劉熙載所言：「齊梁小賦，唐末小詩，五代小詞，雖小卻好，雖好卻小，蓋所謂兒女情多，風雲氣少也。」〔註117〕

其三，文而難工。歐陽修認識到文學的相對獨立性。雖說「道勝者文不難而自至」，卻決然不是自然而至，他說：「蓋文之爲言，難工而可喜。」便說明文之爲言不易，有德者不一定有言。他舉儒家的顏回，其道德「群弟子

〔註115〕（宋）歐陽修：《答吳充秀才書》，《歐陽修全集》（卷四七），李逸安點校，中華書局 2001 年版，第 663 頁。本節內出於此篇者，不再注出。

〔註116〕（唐）韓愈：《原道》，《韓昌黎文集校注》（卷一），馬其昶校注，上海古籍出版社 1986 年版，第 12 頁。

〔註117〕（清）劉熙載：《詞曲概》，《藝概》，上海古籍出版社 1978 年版，第 123 頁。

皆推尊之」，而他就沒有立言。「其於言者，則又有能有不能者」，即便是有德者，可以是能文者，也可以是不能文者。這顯然強調了文學的相對獨立性。基於這種認識，他能夠更重視文章的形式技巧，即便對於四六駢文，也不一概排斥。其《尹師魯墓誌銘》云：「偶儷之文，苟合於理，未必爲非」〔註118〕，又《試筆》云：「如蘇氏父子，以四六敘述，委曲精盡，不減古文」〔註119〕。正因爲如此，他能夠吸收多方面藝術營養，用以豐富古文的藝術表達。

在文章的表現方法和語言風格方面，歐陽修主張簡而有法和流暢自然。如《醉翁亭記》「初說滁州四面有山凡數十字，末後改定後，只曰：『環滁皆山也』五字而已」〔註120〕。他的《新唐書》，「其事則增於前，其文則省於舊」。周必大《歐陽文忠公集跋》云：「前輩嘗言公作文，揭之壁間，朝夕改定，今觀手寫《秋聲賦》曰數本，劉厚父手貼亦至再三，而用字往往不同。」〔註121〕這些都說明歐陽修對形式技巧、錘鍊語言的重視。他的這些努力對形成宋代峻潔簡約、流暢自然的文風起到了積極作用。

（二）王安石文辭論

王安石（1021～1086），字介甫，號半山，撫州臨川（今屬江西）人。二十一歲中進士，呈《上仁宗皇帝言事書》，提出變法革新的主張。兩度爲相，積極推行新法，因觸犯權貴利益，遭到抵制和攻擊。後司馬光爲相，廢除新法，憂憤而死。著有《臨川集》一百卷。

歐陽修對王安石曾寄予很大期望，其《贈王介甫》云：「翰林風月三千首，吏部文章二百年。老去自憐心尚在，後來誰與子爭先。」〔註122〕他希望王安石能夠繼承自己的文學事業。而王安石似乎對文學事業並不熱心，表示自己只以傳承孟子之道爲志向。其《奉酬永叔見贈》云：「欲傳道義心猶在，強學文章力已窮。他日若能窺孟子，終身安敢望韓公。」〔註123〕

〔註118〕　（宋）歐陽修：《歐陽修全集》（卷二八），李逸安點校，中華書局2001年版，第432頁。

〔註119〕　（宋）歐陽修：《歐陽修全集》（卷一三〇），李逸安點校，中華書局2001年版，第1975頁。

〔註120〕　（宋）黎靖德編：《朱子語類》（卷一三九），中華書局1994年版，第2297頁。

〔註121〕　（宋）歐陽修：《歐陽修全集》（附錄卷五），李逸安點校，中華書局2001年版，第2759頁。

〔註122〕　（宋）歐陽修：《歐陽修全集》（卷五七），李逸安點校，中華書局2001年版，第813頁。

〔註123〕　（宋）王安石：《臨川先生文集》（卷二二），中華書局1959年版，第264頁。

　　王安石主張「文貫乎道」〔註124〕，強調「惟道之在政事」〔註125〕，他對「道」的理解，更側重於通經致用。他說：「若欲以明道，則離聖人之經，皆不足以有明也。」〔註126〕又說：「夫聖人之術，修其身，治天下國家，在於安危治亂，不在章句名數焉而已。」〔註127〕所以，他強調文章的實用功能，其《上人書》云：

　　　　嘗謂文者，禮教治政云爾。其書諸策而傳之人，大體歸然而已。而曰「言之不文，行之不遠」云者，徒謂辭之不可以已也，非聖人作文之本意也。自孔子之死久，韓子作，望聖人於百千年中，卓然也。獨子厚名與韓並。子厚非韓比也，然其文辛配韓以傳，亦豪傑可畏者也。韓子嘗語人以文矣，曰云云，子厚亦曰云云。疑二子者，徒語人以其辭耳，作文之本意不如是其已也。孟子曰：「君子欲其自得之也。自得之則居之安；居之安則資之深；資之深則取諸左右逢其源。」孟子之云爾，非直施於文而已，然亦可託以為作文之本意。且所謂文者，務為有補於世而已矣。所謂辭者，猶器之有刻鏤繪畫也。誠使巧且華，不必適用；誠使適用，亦不必巧且華。要之以適用為本，以刻鏤繪畫為之容而已。不適用，非所以為器也。不為之容，其亦若是乎？否也。然容亦未可已也，勿先之其可也。〔註128〕

　　王安石開宗明義，提出「文者，禮教政治云爾」，而道乃「禮教政治」之「政事」，這樣就將「道」的內容歸結於文章為禮教政治服務。至於「言之不文，行之不遠」皆「非聖人作文之本意」。於是，可以將道置之不論，直接討論「文」與「辭」的關係。「文」不是文章的表現形式或表達手法，而是「作文之本意」，而「辭」才是文章的表現形式和表達手法。他認為韓、柳不重視「作本之本意」，而「徒語人以其辭耳」；認為孟子才道出「作本之本意」。「自得之」，乃是目的明確；「居之安」，乃是思考認真；「資之深」，乃是見解深刻；

〔註124〕　（宋）王安石：《上邵學士書》，《臨川先生文集》（卷七五,），中華書局 1959 年版，第 798 頁。

〔註125〕　（宋）王安石：《周禮義序》，《臨川先生文集》（卷八四），中華書局 1959 年版，第 878 頁。

〔註126〕　（宋）王安石：《答吳孝宗書》，《臨川先生文集》（卷七四），中華書局 1959 年版，第 786 頁。

〔註127〕　（宋）王安石：《答姚辟書》，《臨川先生文集》（卷七五），中華書局 1959 年版，第 797 頁。

〔註128〕　（宋）王安石：《臨川先生文集》（卷七七），中華書局 1959 年版，第 811 頁。

如此有目的，有思考，有見解，作文便可「左右逢其源」。所以，王安石主張文章「要之以適用爲本」，「務爲有補於世而已矣」；至於「所謂辭者，猶器之有刻鏤繪畫也」；而刻鏤繪畫「亦未可已也，勿先之其可也」。這樣便正確理解了「文」與「辭」的關係，即內容與形式的關係，爲古文寫作提供了理論指導。

（三）蘇軾道藝論

蘇軾（1037～1101），字子瞻，號東坡居士，眉州眉山（今屬四川）人。二十歲中進士，後授官。王安石變法時，他持反對意見。被彈劾以詩譏諷新法被捕入獄，史稱「烏臺詩案」。司馬光爲相，他爲新法辯護，又被貶官。晚年被貶惠州、瓊州，遇赦北歸，卒於常州。有《東坡全集》一百五十卷。

歐陽修之後，蘇軾成爲文壇領袖。蘇軾宣稱：「文章之任，亦在名世之士，相與主盟則其道不墜。方今太平之盛，文士輩出，要使一時之文有所宗主。昔歐陽文忠常以是任付與某，故不敢不勉；異時文章盟主，責在諸君，亦如文忠之付授也。」〔註129〕與歐陽修一樣，他也以獎掖後進爲任，爲推進文學革新而努力。所謂「蘇門六君子」（黃庭堅、秦觀、張耒、晁無咎、陳師道、李廌），他們深受蘇軾文學思想的影響。到南宋時，蘇軾文章大爲流行，竟出現了「人傳元祐之學，家有眉山之書」的盛況。

蘇軾不滿空洞的儒家教義，他說：「儒者之病，多空文而少實用。」〔註130〕對於俗儒論道，他作了深入分析和批評，他說：「甚矣，道之難明也。論其著者，鄙滯而不通；論其微者，汗漫而不可考。其弊始於昔之儒者，求爲聖人之道而無所得，於是務爲不可知之文，庶幾乎後世之以我爲深知之也。後之儒者，見其難知，而不知其空虛無有，以爲將有所深造乎道者，而自恥其不能，則從而和之曰然。相欺以爲高，相習以爲深，而聖人之道，日以遠矣。」〔註131〕所以，對於「道」的理解，蘇軾完全突破了儒家的制約。

蘇轍在談到其兄文章之思想淵源時講到：「公之於文，得之於天，少與轍皆師先君。初好賈誼、陸贄書，論古今治亂，不爲空言。既而讀《莊子》，喟

〔註129〕（宋）李廌撰：《濟南先生師友談記》，中華書局1985年版，第20頁。

〔註130〕（宋）蘇軾：《答王庠書》，《蘇軾文集》（卷四九），孔凡禮點校，中華書局1986年版，第1422頁。

〔註131〕（宋）蘇軾：《中庸論》，《蘇軾文集》（卷二），孔凡禮點校，中華書局1990年版，第60頁。

然歎息曰：『吾昔有見於中，口未能言，今見《莊子》，得吾心矣。』……既而謫居於黃，杜門深居，馳騁翰墨，其文一變，如川之方至，而轍瞠然不能及矣。後讀釋氏書，深悟實相，參之孔、老，博辯無礙，浩然不見其涯也。」〔註132〕可見，蘇軾思想乃融儒、道、釋於一身，他所謂「道」，克服各家思想之偏頗，其實意味著客觀事物的規律。在《日喻》中，他以日喻道，指出：「世之言道者，或即其所見而名之，或莫之見而意之，皆求道之過也。」怎樣認識客觀事物之道？蘇軾強調實踐與靜觀兩方面。

首先，實踐方能掌握「道」。他說：「古之學道，無自空虛入者。輪扁斫輪，痀僂承蜩，苟可以發其智巧，物無陋者。」〔註133〕「南方多沒人，日與水居也。七歲而能涉，十歲而能浮，十五而能沒矣。夫沒者豈苟然哉？必將有得於水之道者。日與水居，則十五而得其道；生不識水，則雖壯，見舟而畏之。故北方之勇者，問於沒人，而求其所以沒，以其言試之河，未有不溺者也。故凡不學而務求道，皆北方之學沒者也。」〔註134〕

其次，靜觀方能認識「道」。他說：「夫操舟者常患不見水道之曲折，而水濱之立觀者常見之，何則？操舟者身寄於動，而立觀者常靜故也。」〔註135〕此即「橫看成嶺側成峰，遠近高低各不同。不識廬山眞面目，只緣身在此山中」之意。〔註136〕他在《送參寥詩》中亦云：「欲令詩語妙，無厭空且靜。靜故了群動，空故納萬境。閱世走人間，觀身臥雲嶺。」明確表達靜觀態度對於認識事物和詩歌創作的意義。

在蘇軾看來，得道與爲文尚不是一回事。他說：「求物之妙，如係風捕影，能使是物了然於心者，蓋千萬人而不一遇也，而況能使了然於口與手者乎？」〔註137〕求物之妙，了然於心，那是得道；了然於口與手者，方是爲

〔註132〕（宋）蘇轍：《亡兄子瞻端明墓誌銘》，《蘇轍集》，陳宏天等點校，中華書局1986年版，第1115頁。

〔註133〕（宋）蘇軾：《送錢塘聰師閩復敘》，《蘇軾文集》（卷十），孔凡禮點校，中華書局1986年版，第325頁。

〔註134〕（宋）蘇軾：《日喻》，《蘇軾文集》（卷六四），孔凡禮點校，中華書局1986年版，第1980頁。

〔註135〕（宋）蘇軾：《朝辭赴定州論事狀》，《蘇軾文集》（卷三六），孔凡禮點校，中華書局1986年版，第1018頁。

〔註136〕（清）王文誥集注：《題西林壁》，《蘇軾詩集》（卷二三），孔凡禮點校，中華書局1982年版，第1219頁。

〔註137〕（宋）蘇軾：《答謝民師書》，《蘇軾文集》（卷四九），孔凡禮點校，中華書局1986年版，第1418頁。

藝爲文。他主張「有道有藝」，認爲「有道而不藝，則物雖形於心，不形於手」〔註138〕，「夫心既識其所以然，而不能然者，內外不一，心手不相應，不學之過也。」〔註139〕他繼承歐陽修文學相對獨立性的認識，強調要努力掌握藝術規律。

　　當然，藝術形式服務於內容表達，要合乎於自然造化。他說：「夫昔之爲文者，非能爲之爲工，乃不能不爲之爲工也。山川之有雲霧，草木之有華實，充滿勃鬱而見於外，夫雖欲無有，其可得乎？」〔註140〕因此，他論文藝作品多讚賞「隨物賦形」，自然神逸之作。其《書蒲永升畫後》云：「唐廣明中處士孫位始出新意，畫奔湍巨浪，與山石曲折，隨物賦形，盡水之變，號爲神逸。」〔註141〕其《文與可飛白贊》云：「美哉多乎！其盡萬物之態也。霏霏乎若輕雲之蔽月，翻翻乎若長風之卷旆也。猗猗乎其若遊絲之縈柳絮，嫋嫋乎其若流水之舞荇帶也。」〔註142〕他讚賞謝民師文章說：「大略如行雲流水，初無定質，但常行於所當行，常止於所不可不止，文理自然，姿態橫生。」〔註143〕他評價自己文章也說：「吾文如萬斛泉湧，不擇地而出。在平地滔滔汩汩，雖一日千里無難。及其與山石曲折。隨物賦形，而不可知也。所可知者，常行於所當行，從止於不可不止，如是而已矣。」〔註144〕

　　蘇軾不滿於人們輕視文辭，對孔子「辭達」的傳統解釋作出修正。他說：「孔子曰：『言之不文，行而不遠。』又曰：『辭達而已矣。』夫言止於達意，即疑若不文，是大不然。求物之妙，如係風捕影，能使是物了然於心者，蓋千萬人而不一遇也，而況能使了然於口與手者乎？是之謂辭達。辭至於能達，

〔註138〕　（宋）蘇軾：《李伯時山莊圖後》，《蘇軾文集書》（卷七〇）孔凡禮點校，中華書局 1986 年版，第 2211 頁。，

〔註139〕　（宋）蘇軾：《文與可畫篔簹谷偃竹記》，《蘇軾文集》（卷十一），孔凡禮點校，中華書局 1986 年版，第 365 頁。

〔註140〕　（宋）蘇軾：《南行前集敘》，《蘇軾文集》（卷十），孔凡禮點校，中華書局 1986 年版，第 323 頁。

〔註141〕　（宋）蘇軾：《書蒲永升畫後》，《蘇軾文集》（卷七〇），孔凡禮點校，中華書局 1986 年版，第 2212 頁。

〔註142〕　（宋）蘇軾：《文與可飛白贊》，《蘇軾文集》（卷二一），孔凡禮點校，中華書局 1986 年版，第 614 頁。

〔註143〕　（宋）蘇軾：《答謝民師書》，《蘇軾文集》（卷四九），孔凡禮點校，中華書局 1986 年版，第 1418 頁。

〔註144〕　（宋）蘇軾：《自評文（文説）》，《蘇軾文集》，孔凡禮點校，中華書局 1986 年版，第 2069 頁。

則文不可勝用矣。」〔註145〕所以，「辭至於達，足矣，不可以有加矣！」〔註146〕他高度重視寫作藝術，文章才達到很高水平。

（四）理學家載道論

在北宋文學革新運動中，理學家的主張有悖於整個文學革新潮流。他們固守著儒家思想的道統，完全抹殺文學獨立性。周敦頤提出「文以載道」，他說：「文所以載道也，輪轅飾而人弗庸，徒飾也。況虛車乎？文辭，藝也；道德，實也。……不知務道德而第以文辭爲能者，藝焉而已。噫！弊也久矣。」〔註147〕他將道德與文辭對立起來，在他看來，「文」是「道」的附庸，只具有工具價值。這種重道輕文傾向發展下去，必然走向重道廢文的道路。

從理學思想出發，程頤便提出「作文害道」、「學詩妨事」的偏激主張。他說：「孔子曰『有德者必有言』，何也？和順積於中，英華髮於外，故言則成文，動則成章。」他又說：「凡爲文不專意則不工，若專意則志局於此，又安能與田地同其大也。《書》云；玩物喪志，爲文亦玩物也。」〔註148〕

理學家的觀點對北宋文學革新亦有一定影響。楊義指出：「此等高論，一方面徹底放逐了淫豔的駢儷，使得古文獨霸文壇；但另一方面過份強調鳴道，使得文章質樸有餘而韻味索然。」〔註149〕當然，他們徹底背離了文學發展軌道，只是文學革新主潮之外的漩渦暗流而已。

北宋文學革新運動對文道關係的認識有了進一步深化。他們對「道」的理解基本擺脫了儒家的空洞說教，而賦予更豐富的內涵。作爲史學家的歐陽修，強調道在百事；作爲政治家的王安石，強調道在政事；作爲藝術家的蘇軾，則強調道在萬物。在韓愈、柳宗元將「道」具體化的道路上，北宋古文家們走得更遠，在他們那裡，「道」幾乎成了文章內容的別名，這就爲文章表現社會生活提供了廣闊空間。他們對「文」的理解也更爲深入，認識到了文學的相對獨立性，對文學自身規律給予更多關注。歐陽修感慨文之難工，王

〔註145〕（宋）蘇軾：《答謝民師書》，《蘇軾文集》（卷四九），孔凡禮點校，中華書局 1986 年版，第 1418 頁。

〔註146〕（宋）蘇軾：《答王庠書》，《蘇軾文集》（卷四九），孔凡禮點校，中華書局 1986 年版，第 1422 頁。

〔註147〕（宋）周敦頤：《文辭》，《周子通書》，上海古籍出版社 2000 年版，第 39 頁。

〔註148〕（宋）程頤、程顥：《二程集》（一），王孝魚點校，中華書局 1981 年版，第 239 頁。

〔註149〕楊義：《中國散文小說史》，北京大學出版社 2010 年版，第 110 頁。

安石表明辭未可已，而蘇軾更強調「了然於口與手」的重要性。這些認識爲總結古文藝術經驗，提高古文藝術水平提供了理論指導。宋代古文取得了輝煌成就，這與文學革新理論的深入，自然有著密切的關係。

七、江西派的詩藝論

在唐詩取得巨大藝術成就的背景下，宋詩要發展面臨空前的挑戰。清人蔣世銓說：「宋人生唐後，開闢眞難爲。」〔註150〕錢鍾書也說：「有唐詩作榜樣是宋人的大幸，也是宋人的大不幸。」〔註151〕宋人無法繞過唐詩這座藝術高峰，只能在學習唐詩過程中探索革新的道路。

（一）宋代詩歌革新

怎樣學習唐詩，宋人經歷了艱難的選擇。劉克莊《江西詩派小序》云：「國初詩人，如潘閬、魏野，規規晚唐格調，寸步不敢走作。楊、劉又專爲崑體，故優人有撦扯義山之誚。蘇、梅二子稍變以平淡豪俊，而和之者尚寡。至六一、坡公，巍然爲大家數，學者宗焉。然二公亦各極其天才筆力所至而已，非必勤苦鍛鍊而成也。豫章稍後出，薈萃百家句律之長，究極歷代體制之變，搜獵奇書，穿穴異聞，作爲古律，自成一家，雖隻字半句不輕出，遂爲本朝詩家之祖。」〔註152〕《蔡寬夫詩話》亦云：「國初沿襲五代之餘，士大夫皆宗白樂天詩，故王黃州主盟一時。祥符、天狩之間，楊文公、劉中山、錢思公專喜李義山，於是李太白、韋蘇州諸人始雜見於世。杜子美爲最晚出，三十年來學詩者非子美不道，雖武夫女子皆知尊異之，李太白而下殆莫與抗。」〔註153〕二人所述，大同微殊。宋朝初年，詩人有學白居易者，如王禹偁，關心民瘼，詩意淺俗，是爲白體；有學賈島、姚合者，如潘閬、魏野，詩境狹窄，爲人詬病，是爲晚唐體；有學李商隱者，如楊億、劉筠，以辭藻聲律爲能事，有《西崑酬唱集》行世，是爲西崑體。這些嘗試多有弊病，造成了不良影響，促使人們選擇新的詩歌典範。

在這樣的文學背景下，歐陽修、梅堯臣登上了詩壇。梅堯臣主張詩歌繼

〔註150〕（清）蔣士銓：《辨詩》，《蔣士銓詩選》，中州古籍出版社 1990 年版，第 115 頁。
〔註151〕錢鍾書，《宋詩選注》，生活・讀書・新知三聯書店 2002 年版，第 10 頁。
〔註152〕丁福保：《歷代詩話續編》（上），中華書局 1983 年版，第 478 頁。
〔註153〕（宋）蔡啓：《蔡寬夫詩話》，《宋詩話輯佚》（卷下），郭紹虞編，中華書局 1980 年版，第 398 頁。

承風雅傳統，觸及社會現實。他說：「因事有所激，因物興以通」；「自下而磨上，是之謂國風」；「雅章及頌篇，刺美亦道通」。〔註154〕歐陽修推崇梅堯臣，認為詩歌「殆窮而後工」，他們扭轉了西崑體脫離現實的詩風。同古文宗法韓愈一樣，歐陽修主張詩歌也取法韓愈。他說：韓詩「其資談笑，助諧謔，敘人情，狀物態，一寓於詩，而曲盡其妙。……余嘗與聖俞論此，以謂譬如善馭良馬者，通衢廣陌，縱橫馳逐，惟意所之。至於水曲蟻封，疾徐中節，而不少蹉跌，乃天下之至工也。」〔註155〕他們詩學韓愈，以矯正白體、晚唐體、西崑體的弊病。梅堯臣專力作詩，成就比較高，被尊為宋詩開山祖師。劉克莊稱：「本朝詩惟宛陵為開山祖師；宛陵出，然後桑濮之淫哇稍息，風雅之氣脈復續，其功不在歐、尹下。」〔註156〕然而，學習韓詩又帶來硬直外露的毛病，誠如沈括言：「韓退之詩，乃押韻之文爾，雖健美富贍，而格不近詩。」〔註157〕

為了宋詩的健康發展，人們最終找到了杜甫。宋人學習杜詩，得力於王安石與蘇軾。王安石言：「至於子美，則悲歡窮泰，發斂抑揚，疾徐縱橫，無施不可。故其詩有平淡簡易者，有綺麗精確者，有嚴重威武若三軍之帥者，有奮迅馳騁若泛駕之馬者，有淡泊閒靜若山谷隱士者，有風流醞籍若貴介公子者。」〔註158〕蘇軾亦言：「詩至於杜子美，……而古今之變，天下之能事畢矣。」〔註159〕於是，在北宋中葉形成學習杜詩的熱潮，蘇軾喟然歎曰：「天下幾人學杜甫，誰得其皮與其骨？」〔註160〕

學杜詩之外，宋人也學習陶詩。蘇軾《與蘇轍書》曰：「吾於詩人，無所甚好，獨好淵明之詩。淵明作詩不多，然其詩質而實綺，癯而實腴，自曹、

〔註154〕（宋）梅堯臣：《答韓三子華韓五持國韓六玉汝見贈述詩》，《宛陵先生集》（卷二十七），《四部叢刊》本。

〔註155〕（宋）歐陽修：《六一詩話》，《歷代詩話》，何文煥編，中華書局1981年版，第272頁。

〔註156〕（宋）劉克莊：《後村詩話》（前集卷二），王秀梅點校，中華書局1983年版，第22頁。

〔註157〕（宋）魏泰：《臨漢隱居詩話》，中華書局1985年版，第5頁。

〔註158〕（宋）胡仔：《苕溪漁隱叢話》（前集），人民文學出版社1962年版，第33頁。

〔註159〕（宋）蘇軾：《書吳道之畫後》，《蘇軾文集》（卷七〇），孔凡禮點校，中華書局1986年版，第2210頁。

〔註160〕（宋）蘇軾：《次韻孔毅夫集古人句見贈五首》，《蘇軾詩集》（卷二二），王文誥集注，孔凡禮點校，中華書局1982年版，第1155頁。

劉、鮑、謝、李、杜諸人，皆莫及也。」〔註161〕他曾作有《和陶詩》一百二十多首。黃庭堅也推崇陶淵明，曰：「潛魚願深渺，淵明無由逃。彭澤當此時，沈冥一世豪」〔註162〕；「至於淵明，則所謂不煩繩墨而自合者」〔註163〕。然而，「拾遺句中有眼，彭澤意在無弦」，學習陶詩苦於無處下手，而學習杜詩則有章可循，作爲詩歌學習的典範，杜詩似乎更爲合適。於是，杜詩成爲宋人最終選定的詩歌典範。在學習唐人過程中，蘇軾與黃庭堅成爲成就最高的詩人。劉克莊稱：「元祐後詩人迭起，一種則波瀾富而句律疏，一種則鍛鍊精而情性遠，要不出蘇、黃二體而已。」〔註164〕

（二）黃庭堅詩藝論

黃庭堅（1045～1105），字魯直，號山谷道人，又號涪翁，洪州分寧（今江西修水）人。二十二歲中進士，歷官國子教授、校書郎、起居舍人等職。幾經貶官，死於宜州（今廣西宜山）。著有《黃山谷詩集》、《豫章先生文集》。宋人追隨蘇軾，未能形成詩派；宋人追隨黃庭堅，則形成江西詩派。

南宋初年，呂本中作《江西詩社宗派圖》，江西詩派由此得名。胡仔《笤溪漁隱叢話》云：「呂居仁近時以詩得名，自言傳衣江西，嘗作《宗派圖》，自豫章（黃庭堅）以降，列陳師道、潘大臨、謝逸、洪芻、饒節、僧祖可、徐俯、洪朋、林敏修、洪炎、汪革、李錞、韓駒、李彭、晁沖之、江端本、楊符、謝蕆、夏倪、林敏功、潘大觀、何覬、王直方、僧善權、高荷，合二十五人以爲法嗣，謂其源流皆出豫章也。」〔註165〕元人方回論詩推崇江西詩派，其《瀛奎律髓》云：「嗚呼！今詩人當以老杜、山谷、後山、簡齋四家爲一祖三宗，餘可預配饗者有數焉。」〔註166〕始倡「一祖三宗」之說。

〔註161〕（宋）蘇軾：《與蘇轍書（殘）》，《蘇軾文集》（佚文匯編），孔凡禮點校，中華書局 1986 年版，第 2515 頁。

〔註162〕（宋）黃庭堅：《宿舊彭澤懷陶令》，《黃庭堅全集》（輯校編年），鄭永曉整理，江西人民出版社 2008 年版，第 226 頁。

〔註163〕（宋）黃庭堅：《題意可詩後》，《黃庭堅全集》（輯校編年），鄭永曉整理，江西人民出版社 2008 年版，第 1529 頁。

〔註164〕（宋）劉克莊：《後村詩話》（前集卷二），王秀梅點校，中華書局 1983 年版，第 26 頁。

〔註165〕（宋）胡仔：《笤溪漁隱叢話》（前集），人民文學出版社 1962 年版，第 327～328 頁。

〔註166〕（元）方回：《瀛奎律髓》，諸偉奇、胡善民點校，黃山書社 1994 年版，第 691 頁。

　　江西詩派是中國詩歌史上第一個自覺結成的詩歌流派，他們在理論和創作上有比較一致的傾向。他們標榜學習杜詩，只是學得杜詩的字法、句法、章法，卻丟掉了杜詩的現實主義精神，從而使詩歌創作脫離社會政治現實，囿於書本詩藝技巧，從而走上形式主義的道路。

　　唐詩與宋詩的區別，在於唐詩尚「自然」，而宋詩尚「人工」。蘇軾《江行唱和集序》曰：「夫昔之為文者，非能為之為工，乃不能不為之為工也。山川之有雲霧，草木之有華實，充滿勃鬱而見於外，夫雖欲無有，其可得耶？」這種「無意於嘉而嘉」的創作境界，蘇軾尚可以企及，而蘇軾以下便難以企及了。如蘇門四學士之一的黃庭堅只能是借人工而成自然了。他說：「文章最為儒者末事，然索學之，又不可不知其曲折，幸熟思之。至於推之使高，如泰山之崇崛，如垂天之雲；作之使雄壯，如滄江八月之濤，海運吞舟之魚，又不可守繩墨令儉陋也。」〔註167〕通過學習古人而「知其曲折」，這是人工的努力；「至於推之使高」，「作之使雄壯」，則需要突破古人的繩墨，達到自然天成的境界。他說：「二十年來學士大夫，有功於翰墨者為不少，卓爾名家者則未多。蓋深思其故，病在欲速成耳。」〔註168〕他認為，要達到自然天成的境界，最可靠的途徑是學習古人。對於怎樣學習古人，黃庭堅有自己一套想法。

　　其一，詩主情性，遠離政治。黃庭堅論詩只在詩藝範圍內展開，詩藝技巧之外，對詩歌與社會現實的聯繫，他是竭力迴避的。他雖然認為詩主情性，而他所謂性情乃是不關乎公義的私人性情。因此，黃庭堅論詩推尊杜甫，卻完全沒有杜詩的現實主義精神。他在這方面與蘇軾不同，蘇詩常含譏刺，黃則反對訕謗。他在《書王知載〈胊山雜詠〉後》中說：「詩者，人之情性也，非強諫爭於廷，怨忿垢於道，怒鄰罵座之為也。其人忠信篤敬，抱道而居，與時乖逢，遇物悲喜，同床而不察，並世而不聞，情之所不能堪，因發於呻吟調笑之聲，胸次釋然，而聞者亦有所勸勉。律呂而歌，列干羽而舞，是詩之美也。其發為訕謗侵凌，引頸以承戈，批襟而受矢，以快一朝之憤者，人皆以為詩之禍，是失詩之旨，非詩之過也。」〔註169〕只表達私情，而迴避公

〔註167〕（宋）黃庭堅：《答洪駒父書》，《黃庭堅全集》（輯校編年），鄭永曉整理，江西人民出版社 2008 年版，第 733 頁。本節內出於此篇者，不再注出。
〔註168〕（宋）黃庭堅：《與秦少章書》，《黃庭堅全集》（輯校編年），鄭永曉整理，江西人民出版社 2008 年版，第 624 頁。
〔註169〕（宋）黃庭堅：《書王知載〈胊山雜詠〉後》，《黃庭堅全集》（輯校編年），鄭永曉整理，江西人民出版社 2008 年版，第 838 頁。

義，規避詩之禍，實現詩之美。他以脫離社會現實爲「詩之旨」，對蘇東坡的文章自然不以爲是。他說：「東坡文章妙天下，其短處在好罵，愼勿襲其軌也。」黃庭堅詩論脫離現實，逃歸書齋，只是在書本裏討生活。江西詩派詩歌創作越來越遠離政治，與黃庭堅詩學主張的影響有關。

其二，讀書學問，識得法度。黃庭堅學詩標榜杜甫。他說：「學老杜詩，所謂刻鵠不成，由類鶩也。學晚唐諸人詩，所謂做法於涼，其弊猶貪，做法於貪，弊將若何？」〔註170〕學古人重在識得古人法度。他說：「作文字須摹古人，百工之技，亦無有不法而成者」〔註171〕；「如欲方駕古人，須識古人關捩，乃可下筆」〔註172〕。

掌握古人法度，須有學問工夫。他說：「詩詞高勝，要從學問中來」；「詩正欲如此作，其未至者，探經術未深，讀老杜、李白、韓退之詩不熟耳」。又說：「左氏、莊周、董仲舒、司馬遷、相如、劉向、揚雄、韓愈、柳宗元及今世歐陽修、曾鞏、蘇軾、秦觀之作，篇籍具在，法度燦然，可講而學也。」〔註173〕因此，他總是勸人用功讀書。「文章雖末學，要須茂其根本，探其淵源」；「更須治經，深其淵源，乃可到古人耳」；「少加意讀書，古人不難到也」。他認爲只有通過讀書學問，總結古人文章法度，才能達到古人的境界。

古人的法度，包括字法、句法、章法、用事等具體內容。如字法：《跋高子勉詩》云：「高子勉作詩以老杜爲標準，用一事如軍中之令，置一字如關門之鍵。」〔註174〕「作詩句要須詳略，用事精切，更無虛字也。如老杜詩，字字有出處，熟讀三、五十遍，尋其用意處，則所得多矣。」〔註175〕如句法：「大體作省題詩，尤當用老杜句法，若有鼻孔者，便知是好詩也。」〔註176〕如章

〔註170〕（宋）黃庭堅：《與趙伯充》，《黃庭堅全集》（輯校編年），鄭永曉整理，江西人民出版社2008年版，第599頁。
〔註171〕（宋）黃庭堅：《論作詩文》，《黃庭堅全集》（輯校編年），鄭永曉整理，江西人民出版社2008年版，第1627頁。
〔註172〕（宋）黃庭堅：《與元勳不伐書九》，《黃庭堅全集》（輯校編年），鄭永曉整理，江西人民出版社2008年版，第1005頁。
〔註173〕（宋）黃庭堅：《楊子建通神論序》，《黃庭堅全集》（輯校編年），鄭永曉整理，江西人民出版社2008年版，第937頁。
〔註174〕（宋）黃庭堅：《跋高子勉詩》，《黃庭堅全集》（輯校編年），鄭永曉整理，江西人民出版社2008年版，第1531頁。
〔註175〕（宋）黃庭堅：《論作詩文》，《黃庭堅全集》（輯校編年），鄭永曉整理，江西人民出版社2008年版，第1627頁。
〔註176〕（宋）黃庭堅：《與洪駒父書》，《黃庭堅全集》（輯校編年上），鄭永曉整理，江西人民出版社2008年版，第779頁。

法：「始作詩，要須每作一篇，輒須立一大意，長篇須曲折三致焉，乃爲成章。」〔註177〕如用事：「魯直善用事。若正爾塡塞故實，舊謂之點鬼簿，今謂之堆垛死屍」，〔註178〕等等。

其三，以俗爲雅，以故爲新。如何運用古人法度，黃庭堅主張推陳出新。他說：「庭堅老懶衰墮，多年不作詩。已忘其體律，因明叔有意於斯文，試舉一綱而張萬目。蓋以俗爲雅，以故爲新。百戰百勝，如孫吳之兵；棘端可以破鏃，如甘蠅飛衛之射，此詩人之奇也。」〔註179〕所謂「以俗爲雅，以故爲新」，即「領略古法而出新奇」。爲此，他總結出一些具體方法。

一是「點鐵成金」。他說：「自作語最難，老杜作詩，退之作文，無一字無來處。蓋後人讀書少，故謂韓、杜自作此語耳。古之能爲文章者，眞能陶冶萬物，雖取古人之陳言入於翰墨，如靈丹一粒，點鐵成金也。」「點鐵成金」原爲道教外丹燒煉的點化術，禪宗用來指參禪，如《景德傳燈錄》記載某僧問雪峰法嗣龍華靈照：「還丹一粒，點鐵成金；至理一言，點凡成聖，請師一點。」靈照回答：「還知齊雲點金成金麼？」黃庭堅借用此語，乃指師用前人之辭。

師用前人之辭，也有成功的範例。如曹操《短歌行》引《詩經》成句「青青子衿，悠悠我心」、「呦呦鹿鳴，食野之蘋。我有嘉賓，鼓瑟吹笙」。又王勃「海內存知己，天涯若比鄰」，化用曹植「丈夫志四海，萬里猶比鄰」。再如杜甫名句「會當凌絕頂，一覽眾山小」，乃源於《孟子》「登泰山而小天下」。借用古人辭句而推陳出新，頗爲黃庭堅所重視。他將歐陽修「我亦只如常日醉，莫教風月作高聲」，點化爲「我自只如常日醉，滿川風月替人愁」，顯得更精練緊湊。他將杜牧「平生五色線，原補舜衣裳」，點化爲「公有胸中五色線，平生補袞用功深」，顯得意蘊更豐富。他將白居易「百年夜分半，一歲春無多」，改爲「百年中去夜分半，一歲無多春再來」，顯得更清新別致。

二是「奪胎換骨」。據釋惠洪《冷齋夜話》載，山谷云：「詩意無窮而人才有限，以有限之才追無窮之思，雖淵明、少陵不得工也。不易其意而造其

〔註177〕 （宋）黃庭堅：《論作詩文》，《黃庭堅全集》（輯校編年），鄭永曉整理，江西人民出版社 2008 年版，第 1627 頁。
〔註178〕 （宋）魏慶之：《詩人玉屑》，古典文學出版社 1958 年版，第 136 頁。
〔註179〕 （宋）黃庭堅：《再次韻楊明叔小序》，《中國歷代詩學論著選》，陳良運編，百花洲文藝出版社 1995 年版，第 382 頁。

語，謂之換骨法；規摹其意而形容之，謂之奪胎法。」〔註180〕「奪胎換骨」乃佛家語，原指修行過程中轉凡成聖、化迷爲覺、頓悟成佛的變化。據《祖堂集》載，禪宗二祖慧可修持之時，一夜「忽然頭痛欲裂，其師欲與灸之，空中有聲，報云：且莫且莫，此是換骨，非常痛焉。」〔註181〕黃庭堅以之論詩，指襲用古人詩意。胎即詩意，骨即詩語，通過對古人詩意的借鑒，詩語的改造，使之呈現出新的詩意。

奪胎指在立意上借鑒前人，而在境界和語言上另有創造，這是化用前人詩句的方法。如鄭谷《十日菊》：「自緣今日人心別，未必秋香一夜衰。」是說人們泥於九日賞菊之俗，十日則無人賞菊矣。王安石詩云：「千花萬卉凋零後，始見行人把一枝。」蘇軾詩云：「明日黃花蝶也愁。」如白居易《和思歸樂》有「峽猿亦無意，隴水復何情？爲到愁人耳，皆爲斷腸聲」，黃庭堅《和陳君儀讀太眞外傳》云：「扶風喬木夏陰合，斜谷鈴聲秋夜深。人到愁來無會處，不關情處總傷心。」可謂「全用樂天詩意」。又如杜甫有「雞蟲得失無了時，注目寒江倚山閣」，黃庭堅《水仙花》云：「坐對眞成被花惱，出門一笑大江橫」，借鑒其構思結構。

換骨指造語與意象更接近原詩，而加倍形容更有表現力。如白居易「醉貌如霜葉，雖紅不是春。」蘇軾詩云：「兒童誤喜朱顏在，一笑不知是酒紅。」又如顧況詩：「一別二十年，人堪幾回別。」王安石《別故人詩》云：「一日君家把酒杯，六年波浪與塵埃。不知烏石江邊路，到老相逢得幾回。」還如梅聖俞「南隴鳥過北隴叫，高田水入低田流」，黃詩改爲「野水自添田水滿，晴鳩卻喚雨鳩歸」，境界便有不同；賈至「桃花歷亂李花香，又不吹愁惹恨長」，黃詩改爲「草色青青柳色黃，桃花歷亂李花香。春風不解吹愁去，春日偏能惹恨長！」構思頗爲精巧。

黃庭堅學習古人，本意在「領略古法生新奇」。他說：「閒居當讀《左傳》、《國語》、《楚辭》、《莊子》、《韓非》，欲下筆略體古人用意曲折處，久之乃能自鑄偉詞。」〔註182〕體會古人「用意曲折」只是手段，而「自鑄偉詞」才是目標。他一方面強調古人法度，「不可不知其曲折」；而最終想要超越古人法

〔註180〕　（宋）釋惠洪：《冷齋夜話》（卷一），中華書局 1985 年版，第 5 頁。
〔註181〕　（南唐）靜、筠禪僧：《祖堂集》（卷二），張華點校，中州古籍出版社 2001 年版，第 72 頁。
〔註182〕　（宋）陳郁：《山谷先生年譜》，文物出版社 1992 年版，第 5 頁。

度，「不可守繩墨令儉陋也」。至於「著鞭莫落人後，百年風轉蓬科」，「隨人作計終後人，自成一家始遇眞」，都表現了他的創新意識。

然而，黃庭堅指示的法度，在後學那裡卻成了僵化的程序。「魯直開口論句法，……而門徒親黨，以衣缽相傳，號稱法嗣」〔註183〕。呂本中說：「近世人學老杜多矣，左規右矩，不能稍出新意，終成屋下架屋，無所取長。獨魯直下語，未嘗似前人而卒與之合，此爲善學。」〔註184〕黃詩學杜尚能由法度而超越法度，至後學則多爲法度所束縛，顯露出各種弊病。黃庭堅批評後學王觀復作詩「好作奇語」，「雕琢功多」，而他開出的治病藥方仍然是讀書，其實，在詩藝範圍內這些文學弊病是根本無法療治的。

（三）呂本中悟入活法

呂本中（1084～1145），字居仁，祖籍東萊（今屬山東），後遷居壽州（今安徽壽縣）。南宋紹興六年，授賜進士出身，官至中書舍人兼侍講。後得罪秦檜，罷官散置。他早年學習黃庭堅和陳師道，自謂傳江西詩派衣缽。

在黃庭堅之後，江西派繼續探討作詩方法，以克服江西詩派的弊病。曾季貍《艇齋詩話》曰：「後山（陳師道）論詩說換骨，東湖（徐俯）論詩說中的，東萊（呂本中）論詩說活法，子蒼（韓駒）論詩說飽參，入處雖不同，然其實皆一關捩，要知非悟入不可。」〔註185〕他們沒有擺脫形式主義道路，仍然在詩藝範圍內徘徊踟躕。其中呂本中的「活法」具有代表性。在呂本中看來，黃庭堅學杜爲善學，而後學爲不善學；善學爲活法，而不善學爲死法。所以，他以「活法」救江西派詩弊。其《夏均父集序》云〔註186〕：

> 學詩當識活法。所謂活法者，規矩備而能出於規矩之外，變化不測而亦不背於規矩也。是道也，蓋有定法而無定法，無定法而有定法，知是者，則可以與語法法矣。謝元暉有言，「好詩轉圓，美如彈丸」，此眞活法也。近世豫章黃公首變前作之弊，而後學者知所趨向。必精盡知左規右矩，庶幾至於變化不測。然余區區淺末之論，皆漢魏以來有意於文者之法，而非無意於文者之法也。

〔註183〕（金）王若虛：《滹南詩話》（卷下），人民文學出版社 1962 年版，第 85 頁。

〔註184〕（宋）呂本中：《童蒙詩訓》，《宋詩話輯佚》（下），郭紹虞輯，中華書局 1987 年版，第 590 頁。

〔註185〕（宋）曾季貍：《艇齋詩話》，中華書局 1985 年版，第 15 頁。

〔註186〕（宋）《夏均父集序》，《中國歷代詩學論著選》，陳良運編，百花洲文藝出版社 1995 年版，第 414 頁。

子曰：「興於詩」、「詩可以興，可以觀，可以群，可以怨，邇之
事父，遠之事君，多識於鳥獸草木之名。」今之爲詩者，讀之果可
使人興起其爲善之心乎？果可使人興、觀、群、怨乎？果可使人知
事父事君而能識鳥獸草木之名之理乎？爲之而不能使人如是，則如
勿作。

所謂「活法」，並不否定詩藝法度，而是要求靈活運用詩藝法度，以技進
於道，從而避免詩歌弊病。如何掌握「活法」？呂本中又提出「悟入」。「悟
入」一語源於禪宗。宋人喜愛談禪，江西派詩人尤甚。所謂「詩到江西別是
禪」，如韓駒對弟子說：「學詩當如初學禪，未悟且遍參諸方；一朝悟罷正法
眼，信手拈出皆成章。」〔註187〕禪學之悟有「北漸」、「南頓」之分，韓駒講
悟近於「頓悟」，而呂本中講悟近於「漸悟」。其《童蒙詩訓》曰：「作文必要
有悟入處，悟入必自工夫中來，非僥倖可得也。如老蘇之於文，魯直之於詩，
蓋盡此理。」而他所說的工夫，其實還是讀書的工夫，「大概學詩，須以《三
百篇》、《楚辭》及漢魏間人詩爲主，方見古人妙處，自無齊梁間綺靡氣味也」；
「後生爲學，必須嚴定課程，必須數年勞苦，雖道途疾病亦不可少渝也。若
是未能深曉，且須廣以文字，淹漬久久之間，自然成熟」。〔註188〕當然，僅靠
讀書「悟入」顯然是不夠的，呂本中似乎也感覺到了親身實踐的重要性。他
在贈王坦夫詩云：「王郎別我春已晚，索我題詩敢辭懶。讀書萬卷君所聞，只
要躬行不相反。」躬行也者，方是詩歌創作的正途。

（四）陸游的「詩家三昧」

陸游（1125～1210），字務觀，號放翁，越州山陰（今浙江紹興）人。從
小受家庭影響，富有愛國情懷。二十八歲參加進士考試，名列第一；因觸怒
秦檜，次年禮部復試被黜落。秦檜死後，方賜進士出身，歷官樞密院編修、
通判等。並在南鄭王炎幕充當幹辦公事兼檢法官。著有《劍南詩稿》、《渭南
文集》。

呂本中卒後，曾幾成爲江西詩壇主盟，他對呂氏「悟入」、「活法」推崇
備至。陸游早年師從曾幾，從曾幾那裡學得江西詩藝。其《追懷曾文清公呈
趙教授趙近嘗示詩》云：「憶在茶山聽說詩，親從夜半得玄機。常憂老死無人

〔註187〕　（宋）韓駒：《贈趙伯魚》，《中國歷代文論選》，郭紹虞編，上海古籍出版社
　　　　2001 年版，第 348 頁。
〔註188〕　（宋）呂本中：《童蒙詩訓》，《宋詩話輯佚》（下），郭紹虞輯，中華書局 1987
　　　　年版，第 590、596 頁。

付，不料窮荒見此奇。律令合時方帖妥，工夫深處卻平夷。人間可恨知多少，不及同君叩老師。」〔註189〕南宋中興四大詩人，都曾得到江西詩派的影響。然而，江西詩論的根本缺陷是只在詩藝內部翻斤頭，翻來翻去也翻不出古人的故紙堆。宋詩要進一步發展，必須突破詩藝的禁錮，走向廣闊的社會生活。

陸游早年學詩深受江西詩論影響，後來他從軍南鄭，親歷火熱的戰地生活，終於從江西詩派的束縛中解脫出來，走上了現實主義創作的廣闊道路。他的《九月一日夜讀詩稿有感走筆作歌》云：「我昔學詩未有得，殘餘未免從人乞。力屏氣餒心自知，妄取虛名有慚色。四十從戎駐南鄭，酣宴軍中夜連日。打球築場一千步，閱馬列廄三萬匹。華燈縱博聲滿樓，寶釵艷舞光照席。琵琶弦急冰雹亂，羯鼓手勻風雨疾。詩家三昧忽見前，屈賈在眼元歷歷。天機雲錦用在我，翦裁妙處非刀尺。世間才傑固不乏，秋毫未合天地隔。放翁老死何足論，廣陵散絕還堪惜。」〔註190〕原來，社會生活的觸發才是真正「詩家三昧」，而煩瑣的詩藝技巧未免拾古人餘唾而已。《題廬陵蕭彥毓秀才詩卷後》亦云：「法不孤生自古同，癡人乃欲鏤虛空。君詩妙處吾能識，正在山程水驛中。」〔註191〕晚年，他將自己的心得鄭重傳授給兒子，其《示子遹》云：「我初學詩日，但欲工藻繪；中年始少悟，漸若窺宏大。怪奇亦間出，如石漱湍瀨。數仞李杜牆，常恨欠領會。元白才倚門，溫李真自鄶。正令筆扛鼎，亦未造三昧。詩為六藝一，豈用資狡獪？汝果欲學詩，工夫在詩外。」〔註192〕從詩內工夫走向詩外工夫，終於跳出了江西詩派的泥沼，這是陸游詩歌取得巨大成就的重要原因。

江西詩派是宋詩的代表流派，而他們只局限於詩藝技巧範圍，儘管他們總結了前人的藝術經驗，但脫離社會現實使詩歌成為無源之水，無本之木，導致了詩歌發展的困境。縱觀宋詩之發展歷程，顯然詩外工夫更為重要，北宋之蘇軾，南宋之陸游，他們的偉大藝術成就儘管也有詩藝法度的幫助，但根本原因還是社會生活對他們心靈的激發。

〔註189〕（宋）陸游：《劍南詩稿校注》，錢仲聯校注，上海古籍出版社1985年版，第202頁。

〔註190〕（宋）陸游：《劍南詩稿校注》，錢仲聯校注，上海古籍出版社1985年版，第698頁。

〔註191〕（宋）陸游：《劍南詩稿校注》，錢仲聯校注，上海古籍出版社1985年版，第1091頁。

〔註192〕（宋）陸游：《劍南詩稿校注》，錢仲聯校注，上海古籍出版社1985年版，第1285頁。

八、宋代詞論的演進

　　詞是宋代的重要文學樣式。詞又稱曲子詞、樂府、長短句，從稱謂也可看出它與樂曲的關係。詞是依樂曲而作的歌辭，它配合隋唐以來的新音樂——燕樂。南北朝時期，北方少數民族政權與西域、中亞發生頻繁的經濟、文化交流，印度音樂、西域歌舞經絲綢之路傳入中原。燕樂便是以龜茲樂爲基礎的新音樂。唐代初年於禁中置教坊教習音樂，崔令欽《教坊記》記載唐開元以來教坊習用的樂曲多達三百二十四曲。這些樂曲的歌辭有齊言的聲詩和長短句的曲子詞兩種樣式。凡被詞人選來以譜塡詞的樂曲，稱爲詞調。教坊曲中用爲詞調者也有六十九曲。

　　詞起源於民間，晚唐五代被文人廣泛採用，今存唐五代詞約三千首，這是最早的詞體文學。隨著詞的發展演化，出現了不同詞派，引起了不同看法，表現爲不同的詞論。理解宋代的詞論，需要瞭解詞的流變。對於這個問題，宋人看法沒有多大分歧，撮其大意如下：

　　一是詞產生民間。曲子詞是配合燕樂歌唱的歌辭。燕樂是酒宴間的助興音樂，演奏歌唱無非爲了娛賓遣興，其本色便表現爲豔俗。從敦煌發現的民間詞來看，內容多樣而以言情爲重。《雲謠集》雜曲子三十首，二十餘首寫閨怨豔情，語嬌聲顫，頗合歌女口吻。如《望江南》云：「莫攀我，攀我太心偏。我是曲江臨池柳，者（這）人折了那人攀。恩愛一時間。」文人於花間尊前，感受時尚樂曲，或爲歌者譜寫新詞，民間詞便發生了變化。起初文人作詞只是爲歌者代言，故迎合歌場情境，摹擬歌者口吻。如《花間集》演述青樓戀情，多沿襲了豔俗本色。然而，既是詩客捉刀，便不免帶有文人氣息。溫庭筠《菩薩蠻》云：「小山重疊金明滅，鬢雲欲度香腮雪」；韋莊《女冠子》云：「忍淚佯低面，含羞半斂眉」，那穠豔婉轉的情態，與民間詞已有不同。

　　二是文人作歌詞。隨著青樓妓館的娛樂方式推廣到宮廷歡宴與文人雅集，詩人便由反串而變爲詞人。他們不再限於爲歌者代言，而更熱衷抒寫個人情思。如馮延巳《三臺令》云：「南浦、南浦，翠鬢離人何處？當時攜手高樓，依舊樓前水流，流水、流水，中有傷心雙淚。」物是人非，睹物傷情，表現了士子的多情善感。又如李煜《烏夜啼》云：「無言獨上高樓，月如鈎，寂寞梧桐深院鎖清秋。剪不斷，理還亂，是離愁，別是一般滋味在心頭。」寂寞清秋，離愁不斷，表現了文人的惆悵情愫。這些詞表達詞人的心態，完成民間詞向文人詞的演化。歐陽炯稱《花間集》爲「詩客曲子詞」；王國維評

馮延巳詞爲,「雖不失五代風格,而堂廡特大,開北宋一代風氣」;評李煜詞爲,「詞至李後主而眼界始大,感慨遂深,變伶工之詞爲士大夫之詞」。〔註193〕便都突出詞人的文人身份。

三是柳永作新聲。宋初娛樂歌場多樣化,有市井歌樓,「新聲巧笑於柳陌花衢,按管調弦於茶坊酒肆」〔註194〕;有文人宴飲,「太平也,且歡娛,不惜金樽頻倒。」文人宴飲之詞,題材不限於豔科,語言擺脫了俚俗,詞體便趨向雅化。如北宋前期詞人王禹偁、潘閬、林逋、寇準、錢惟演、范仲淹、晏殊等人。而市井歌樓之詞,則迎合世俗趣味。如柳永流連秦樓楚館,與樂工歌妓密切交往,當對方向他索要新詞,便創製出新聲慢詞。他善用俚言俗語和鋪敘手法,描繪市井生活的眞實面貌,得到了世俗的廣泛讚譽,所謂「凡有井水飲處,即能歌柳詞」〔註195〕。而他背離了詞體雅化,必然遭致文人一致攻擊。柳詞用口語、俗語,表現妓女口吻情態。李清照說他「詞語塵下」〔註196〕,王灼說他「惟是淺近卑俗,自成一體,不知書者尤好之。余嘗以比都下富兒,雖脫村野,而聲態可憎。」〔註197〕柳詞寫妓女戀情直率無忌,其「贈妓、詠妓、狎妓之詞俯拾即是,更有甚者,直接寫男女交媾始末之詞亦不止一見」〔註198〕。這與文人道德觀發生衝突,必然招致人們的唾棄。吳曾說他「好爲淫冶謳歌之曲」〔註199〕。張舜民《畫墁錄》載:柳永去見晏殊,晏殊問,「賢俊作曲子麼?」柳永答,「只如相公亦作曲子。」晏殊勃然作色,「殊雖作曲子,不曾道『彩線慵拈伴伊坐。』」柳永尷尬退下。〔註200〕可見文人對浮豔淫冶之詞很是忌諱。

四是蘇軾作豪詞。曲子詞本言男女之情以侑酒助興。文人爲歌女代言,一仍豔歌傳統;併入身世之感,仍然柔婉嫵媚。這便是婉約詞範式。而當其他題材湧入詞體,拆去了豔科的藩籬,必然表現出迥異傳統的詞風。蘇軾云:「近卻頗作小詞,雖無柳七郎風味,亦自是一家。呵呵!數日前獵於郊外,

---

〔註193〕王國維:《人間詞話》,中華書局 2010 年版,第 29、22 頁。

〔註194〕(宋)孟元老:《東京夢華錄》,中州古籍出版社 2010 年版,第 19 頁。

〔註195〕(宋)葉夢得:《避暑錄話》,中華書局 1985 年版,第 49 頁。

〔註196〕(宋)李清照:《李清照集箋注》,徐培均箋注,上海古籍出版社 2002 年版,第 267 頁。

〔註197〕(宋)王灼:《碧雞漫志校正》,岳珍校正,巴蜀書社 2000 年版,第 36 頁。

〔註198〕(宋)柳永:《樂章集校注》,薛瑞生校注,中華書局 1994 年版,第 14 頁。

〔註199〕(宋)吳曾:《能改齋漫錄》,中華書局 1985 年版,第 418 頁。

〔註200〕(宋)張舜民:《畫墁錄》,《呂氏雜記》,中華書局 1991 年版,第 20 頁。

所獲頗多，作得一闋，令東州壯士抵掌頓足而歌之，吹笛擊鼓以爲節，頗壯觀也。」〔註201〕蘇軾喜作豪詞，流風所及竟成豪放詞派，如張孝祥以詞言大丈夫抱負，陳亮以詞言憂國情懷，辛棄疾以詞發慷慨之氣，劉克莊以詞抒爲民之意，一時豪放詞風大放光華。

李清照指責蘇詞不協音律，也許有些根據。晁補之云：「蘇東坡詞人謂多不諧音律，自然居士詞，橫放傑出，自是曲子中縛不住者」〔註202〕；陸游亦云：「但豪放不喜裁剪以就聲律耳」〔註203〕。其實蘇軾並沒走得太遠，他作詞也是爲了歌唱的。其《與子明兄》云：「常令人唱，爲作詞。近作得《歸去來引》一首，寄呈，請歌之。」〔註204〕蘇詞之所以給人不協音律印象，實際是音樂環境變化造成的。詞體原本婉媚，多重女音，而蘇軾豪詞，只須關西大漢、東州壯士抵掌頓足而歌之，豈能合於柔曼之樂。

五是姜夔之騷雅。姜夔上承周邦彥，下開騷雅詞派。他精通樂律，善用詩法，其詞重音律、求典雅，尙雕琢，講神韻，成爲騷雅派的宗主。所謂「騷雅」，淵源於《詩經》風雅與屈原《離騷》，其爲詞體雅化汲取詩學養分的結果。張炎評陸淞《瑞鶴仙》（臉露紅印）和辛棄疾《祝英臺近》（寶釵分）云：「皆景中帶情，而有騷雅。故其燕酣之樂，別離之愁，迴文、題葉之思，峴首、西州之淚，一寓於詞」〔註205〕。汪森《詞綜序》說：「鄱陽姜夔出，句琢字煉，歸於醇雅，於是史達祖、高觀國羽翼之，張輯、吳文英師之於前，趙以夫、周密、陳允衡、王沂孫、張炎、張翥傚之於後，譬之於樂，舞箾至於九變，而詞之能事畢矣。」〔註206〕

詞體之流變約略如上，對之如何認識，因論者立場的不同，自然表現爲不同的觀點。

（一）婉約派詞論

李清照（1084～1152？），自號易安居士，濟南章丘（今屬山東）人。自

〔註201〕（宋）蘇軾：《東坡續集》，上海古籍出版社1987年版，第56頁。
〔註202〕（宋）吳曾：《能改齋漫錄》，中華書局1985年版，第409頁。
〔註203〕（宋）陸游：《老學庵筆記》，三秦出版社2003年版，第183頁。
〔註204〕（宋）蘇軾：《蘇東坡全集》（中），鄧立勳編，黃山書社1997年版，第598頁。
〔註205〕（宋）張炎：《詞源》（卷下），《詞話叢編》，唐圭璋編，中華書局1986年版，第263頁。
〔註206〕（清）汪森：《詞綜序》，《歷代詞話》，張璋等編，大象出版社2002年版，第923頁。

幼受家庭影響，喜愛文學。與趙明誠結婚後，夫妻以詩詞唱和。靖康二年，金兵攻陷汴京，夫妻被迫南渡。趙明誠死後，她孤身漂泊江南。所著《詞論》一文〔註207〕，是北宋末期比較全面、系統闡述詞的創作的專論，代表了婉約詞派的看法。主要表現在幾個方面：

其一，詞的淵源。《詞論》先講了李八郎的故事，說明詞配樂歌唱的特點。她從音樂視角立論，強調詞與音樂的聯繫。

其二，詞的特徵。她強調詞體的藝術特徵，即「協律可歌」。她說：「乃知詞別是一家，知之者少。」詞體與詩文不同，「蓋詩文分平側，而歌詞分五音，又分五聲，又分六律，又分清濁輕重。」五音、六律是古代樂律中的一對概念，用以強調詞的入樂性質。五聲，指字音的發聲部位，即喉、齒、舌、鼻、唇。清濁，指字的聲母發音方法，清爲陰，濁爲陽。輕重，指字的韻母發音方法，開口呼爲輕，合口呼爲重。這些詞體特徵人們「知之者少」，說明詞與音樂已有所疏離。

其三，詞之典範。在「協律可歌」基礎上，李清照提出詞的審美要求，即鋪敘、典重、故實，意在造成典雅富麗的詞風，表現出正統的審美情趣。

其四，詞的批評。基於對詞體的認識，李清照縱評詞史。一是從詞的特徵出發，對不合詞的特徵者予以否定。她批評蘇軾詞：「皆句讀不葺之詩爾，又往往不協音律。」她認爲「詞別是一家」，而以詩爲詞，以文爲詞，不協音律，根本就不應該屬於詞。二是從詞之典範出發，對不達典範者給予批評。五代詞「語雖甚奇，所謂『亡國之音哀以思』也」；柳永詞「雖協音律，而詞語塵下」；晏叔原苦無鋪敘、賀方回苦少重典、秦少游而少故實、黃魯直多疵病。他們雖知「詞別是一家」，而存在著各種毛病，沒有達到理想境界。她針砭宋詞之失，提出要鋪敘，要典重，主情致，尚故實的審美要求。

李清照代表了正統的詞論觀點。她強調詞與音樂的聯繫是正確的，然而她不能理解詞的演進而導致詞與音樂的疏離，也不能理解詞的內容拓展所引發的詞體變化，這些又顯示了她詞學觀念的保守性。

（二）豪放派詞論

蘇軾豪詞衝破詞爲豔科的藩籬，超越了詞與詩的界限，顯示了全新的藝術風格。他的詞作實踐，擴大了詞的內容，提高了詞的意境。陳師道云：「子

〔註207〕 （宋）李清照：《詞論》，《李清照集校注》，王學初校注，人民文學出版社1979年版，第194頁。本節內出於此篇者，不再注出。

瞻以詩爲詞，如教坊雷大使之舞，雖極天下之工，要非本色」〔註208〕。蘇軾開創的詞風爲辛棄疾等人繼承，形成了豪放詞派。胡寅《向薌林酒邊集後序》〔註209〕，對蘇軾豪詞給予高度肯定。

其一，詞的淵源。從文學角度立論，強調詞與詩的親緣關係。胡寅說：「詞曲者，古樂府之末造也。古樂府者，詩之傍行也。」強調詞與詩的親緣關係，這是豪放詞派以詩爲詞的理論基礎。文人詞體雅化始終以詩體爲參照，他們從語言、題材、意旨、風格、功能，都向詩體看齊。蘇軾稱「詞爲詩之裔」〔註210〕，王灼言「詩與樂府同出，豈當分異」〔註211〕？文人以詩爲詞，一方面使詞吸收了詩的藝術養分，一方面也帶來詞體特徵的流失。李清照提出詞「別是一家」，正是擔心詞體特徵的流失。

其二，詞的發展。站在詩、詞同趨的視角，胡寅讚賞蘇軾的詞風。他說：「及眉山蘇氏，一洗綺羅香澤之態，擺脫綢繆宛轉之度，使人登高望遠，舉首高歌，而逸懷浩氣超然乎塵垢之外。於是《花間》爲皂隸，而柳氏爲輿臺矣」。他高度肯定蘇軾豪詞的歷史功績：一爲拓展了詞的內容，「一洗綺羅香澤之態，擺脫綢繆宛轉之度」；二爲變革了詞的風格，「使人登高望遠，舉首高歌，而逸懷浩氣超然乎塵垢之外」；三爲達到了詞的藝術高峰，「於是《花間》爲皂隸，而柳氏爲輿臺矣」。王灼《碧雞漫志》云：「東坡先生以文章餘事作詩，溢而作詞，曲高處出神。入天平處，向臨鏡笑春不顧。儕輩或曰，長短句中詩也。爲此論者，乃是遭柳永野狐涎之毒，詩與樂府同出，豈當分異？」又說：「東坡先生非醉心於音律者，偶而作歌，指出向上一路，新天下耳目，弄筆者始知自振」〔註212〕，這些評價充分肯定了蘇軾變革詞風的重要意義。

其三，詞的評價。從豪放詞派的審美趣味來看，前此詞作無非是「綺羅香澤之態，綢繆宛轉之度」，自然微不足道；而豪放詞具有廣闊社會內容，類似於「變風變雅」，「怨而近，哀而傷」，當然具有重要價值。

〔註208〕（宋）陳師道：《後山詩話》，《歷代詩話》，何文煥編，中華書局1981年版，第309頁。

〔註209〕（宋）胡寅：《向薌林酒邊集後序》，（理學叢書）《斐然集‧崇正辯》，容肇祖點校，中華書局1993年版，第402～403頁。本節內出於此篇者，不再注出。

〔註210〕（宋）蘇軾：《蘇東坡全集》（中），鄧立勳編，黃山書社1997年版，第309頁。

〔註211〕（宋）王灼：《碧雞漫志校正》，岳珍校正，巴蜀書社2000年版，第34頁。

〔註212〕（宋）王灼：《碧雞漫志校正》，岳珍校正，巴蜀書社2000年版，第37頁。

　　南宋前期，人們對豪放詞比較欣賞。胡仔論詞便推宗東坡詞，《苕溪漁隱詞話》云：「東坡大江東去赤壁詞，語意高妙，真古今絕唱。」〔註213〕；「中秋詞自東坡（水調歌頭）一出，餘詞盡廢。」〔註214〕劉辰翁《辛稼軒詞序》云：「詞至東坡，傾蕩磊落，如詩如文，如天地奇觀，豈與群兒雌聲學語較工拙；然猶未至用經用史，牽雅頌入鄭衛也。自辛稼軒前，用一語如此者必掩口。及稼軒橫豎爛漫，乃如禪宗棒喝，頭頭皆是；又如悲笳萬鼓，平生不平事並厄酒，但覺賓主酣暢，談不暇顧。詞至此亦足矣。」〔註215〕辛棄疾門人范開讚美稼軒詞云：「世言稼軒居士辛公之詞似東坡，非有意於學坡也，自其發於所蓄者言之，則不能不坡若也。」〔註216〕蔡戡讚美張元幹詞曰：「文詞雄健，氣格豪邁」，「又豈與柳、晏輩爭衡哉？」〔註217〕

　　豪放派詞論肯定詞的發展無疑是正確的。然而，過份強調詞與詩的聯繫，往往忽視了詞的特性。以詩為詞，以文為詞，拓展了詞的題材內容，豐富了詞的表現手法，而同時也導致了形象思維的缺失。

　　婉約派和豪放派從不同角度認識詞的演變，發表了不同的意見。對之，我們不能全盤肯定或否定，而應該作具體的分析。詞與其他文藝形式既區別又聯繫，只強調區別而抹殺聯繫，限制了詞從其他形式汲取養分；只重視聯繫而忽略區別，也會喪失詞的文體特性。只有著眼詞體發展的整個過程，才能得出比較正確的認識。

（三）騷雅派詞論

　　宋元之際，張炎《詞源》表達了騷雅派詞論。張炎（1248～約1320），字叔夏，號玉田，晚號樂笑翁。他是南宋中興名將張浚六世孫。曾祖輩張鎡、張鑑皆為雅士，父親張樞為詞人。他幼年從祖輩、父輩學詞，曾師事楊纘學習音律。在宋亡三十多年後，張炎寫成《詞源》兩卷。上卷是古代樂律的敘述，下卷是詞學理論的探討。

〔註213〕（宋）胡仔：《苕溪漁隱叢話前集》（卷五九），人民文學出版社1962年版，第406頁。

〔註214〕（宋）胡仔：《苕溪漁隱叢話後集》（卷三九），人民文學出版社1962年版，第321頁。

〔註215〕（宋）劉辰翁：《辛稼軒詞序》，《劉辰翁集》（卷六），江西人民出版社1987年版，第177頁。

〔註216〕（宋）范開：《稼軒詞序》，《宋代詞學資料彙編》，張惠民編，汕頭大學出版社1993年版，第226頁。

〔註217〕（宋）蔡戡：《蘆川居士詞序》，《宋代詞學資料彙編》，張惠民編，汕頭大學出版社1993年版，第214頁。

張炎強調「協音」，他說：「詞以協音爲先。音者何？譜是也。古人按律製譜，以詞定聲，此正『聲依永，律和聲』之遺意。」〔註218〕這與「別是一家」相承；張炎崇尚「雅正」，他說：「詞欲雅而正，志之所之。」這與「以詩爲詞」相通。騷雅詞派既保持詞體特徵，又汲取詩學意趣，從而提高了詞的藝術水平。張炎爲騷雅詞派的殿軍，表達了騷雅詞派的審美理想。

其一，提倡雅正，認同詩教。他說：「詞欲雅而正，志之所之，一爲情所役，則失其雅正之音。耆卿、伯可不必論，雖美成亦有所不免。如『爲伊淚落』，如『最苦夢魂，今宵不到伊行』，如『天便教人，霎時見得何妨』，『又恐伊，尋消問息，瘦損容光』，如『許多煩惱，只爲當時，一晌留情』，所謂淳厚日變成澆風也。」〔註219〕強調「志之所之」，將「詩言志」融入詞體；反對「爲情所役」，排斥「鄭衛之音」。這顯然超越了詞爲豔科的窠臼，認同儒家「發乎情，止乎禮義」的詩教。因此，張炎雖肯定周邦彥詞，也批評他有失雅正，稱「作詞者多效其體制，失之軟媚而無所取」。至如柳永詞「爲風月所使」，與「雅正」就相距更遠了。然而，詞不等同詩文，要守著「緣情」的疆界。他說：「辛稼軒、劉改之作豪氣詞，非雅詞也。於文章餘暇戲弄筆墨，爲長短句之詩耳。」〔註220〕

其二，強調意趣，重視內容。他說：「詞以意趣爲主，要不蹈襲前人語意。」〔註221〕所謂「意」指立意，他評論秦觀、高觀國、史達祖、吳文英等人，稱譽他們「俱能特立清新之意」。以意趣爲主，具體要求幾點：一是不蹈襲前人語意，即詞境要有所創新，不能重複別人的思想和語言。二是與清空結合，如「此數詞皆清空中有意趣，無筆力者未易到」〔註222〕，張炎列舉蘇軾《水調歌頭・明月幾時有》、王安石《桂枝香・金陵懷古》，姜夔《暗香》、《疏影》等，肯定它們新的意蘊和趣味。三是與騷雅結合。他說：「美成詞只當看他渾

〔註218〕（宋）張炎：《音譜》，《詞源》（卷下），中華書局1993年版，第39頁。

〔註219〕（宋）張炎：《雜論》，《詞源注》，夏承燾校注，人民文學出版社1963年版，第29頁。

〔註220〕（宋）張炎：《雜論》，《詞源注》，夏承燾校注，人民文學出版社1963年版，第32頁。

〔註221〕（宋）張炎：《意趣》，《詞源注》，夏承燾校注，人民文學出版社1963年版，第18頁。

〔註222〕（宋）張炎：《用事》，《詞源注》，夏承燾校注，人民文學出版社1963年版，第19頁。

成處，於軟媚中有氣魄，採唐詩融化如自己出者，乃其所長；惜乎意趣卻不高遠。所以出奇之語，以白石騷雅之句潤色之。」〔註223〕

其三，崇尚清空，不要質實。他說：「詞要清空，不要質實。清空則古雅峭拔，質實則凝澀晦昧。姜白石詞如野雲孤飛，去留無跡。吳夢窗詞如七寶樓臺，眩人眼目，碎拆下來，不成片斷。」〔註224〕清空乃詞意清新空靈，峭拔疏快，自由舒卷，不留跡象。質實乃詞意密緻，事典堆砌，雕飾太甚，而有凝澀晦昧之失。張炎《南浦・春水》被認爲是清空的代表。其云：「波暖綠粼粼，燕飛來，好是蘇堤才曉，魚沒浪痕圓，流紅去，翻笑東風難掃，荒橋斷浦。柳陰撐出扁舟小，回首池塘青欲遍，絕似夢中芳草。」粼粼春波，翩翩飛燕，遊魚躍動，流紅點點，更有一葉扁舟，寫出春水的詩情畫意。張少康認爲：「詞的藝術境界上，質實之詞，較多在實境上下工夫，雖詳贍卻往往因說得太盡、描繪過細反而缺少餘味。而清空之詞注重虛境作用，虛虛實實，實實虛虛，善於啓發作者的聯想能力，使人進入一個廣闊的幻想世界之中，給予人豐富的回味餘地。」〔註225〕

其四，論詞細密，注重技巧。其論詠物曰：「詩難於詠物，詞爲尤難。體認稍眞，則拘而不暢；模寫差遠，則晦而不明。要須收縱聯密，用事合題。一段意思，全在結句，斯爲絕妙。」〔註226〕其論賦梅曰：「詞之賦梅，唯姜白石《暗香》、《疏影》二曲，前無古人，後無來者，自立新意，眞爲絕唱。」〔註227〕其論用事曰：「詞用事最難，要體認著題，融化不澀。如東坡《永遇樂》云：『燕子樓空，佳人何在，空鎖燕子樓。』用張建封事。白石《疏影》云：『猶記深宮舊事，那人正睡裏，飛近蛾綠。』用壽陽事。又云：『昭君不慣胡沙遠，但暗憶江南江北。想佩環月下歸來，化作此花幽獨。』用少陵詩。此皆用事不爲事所使。」〔註228〕此外，他還論及節序、賦情、離情等技巧。

〔註223〕（宋）張炎：《雜論》，《詞源注》，夏承燾校注，人民文學出版社1963年版，第30頁。

〔註224〕（宋）張炎：《詞源注》，夏承燾校注，人民文學出版社1963年版，第16頁。

〔註225〕張少康：《中國文學理論批評史》（下），北京大學出版社1995年版，第146頁。

〔註226〕（宋）張炎：《詠物》，《詞源注》（卷下），夏承燾校注，人民文學出版社1963年版，第20頁。

〔註227〕（宋）張炎：《雜論》，《詞源注》，夏承燾校注，人民文學出版社1963年版，第29～30頁。

〔註228〕（宋）張炎：《用事》，《詞源注》，夏承燾校注，人民文學出版社1963年版，第19頁。

總之，張炎詞論總結了宋詞的創作經驗，對後人產生了很大影響，在詞學理論史上具有重要地位。

九、宋詩創作的反思

宋人學唐詩而獨創新格，於元祐年間形成蘇黃詩風。蘇詩超邁橫絕，黃詩拗峭新奇，它們均重立意、尚理趣、好使事、巧押韻，形成與唐詩迥然不同的藝術特徵。尤其是黃庭堅一脈，又形成了江西詩派，他們脫離現實，刻意形式，產生出種種流弊。因此，在江西詩派形成之時，便有了對宋詩的反思批評。

南宋前期，張戒《歲寒堂詩話》便批評道：「蘇黃用事押韻之工，至矣盡矣，然究其實，乃詩人中一害，使後生只知用事押韻之爲詩，而不知詠物之爲工，言志之爲本也。風雅自此掃地矣。」〔註229〕他認爲詩歌應該以表現內容爲主，而不應該把形式技巧放在第一位。

金朝文學深受宋朝文學的影響，而宋金對峙，南北差異，金朝文學又不同於宋朝。蘇東坡、黃庭堅二者相較，金人更認可蘇東坡。王若虛《滹南詩話》云：「東坡，文中之龍也，理妙萬物，氣吞九州，縱橫奔放，若遊戲然，莫可測其端倪。魯直區區持斤斧準繩之說，隨其後而與之爭，至謂『未知句法』。東坡而未知句法，世豈復有詩人，而渠所謂法者，果安出哉！」〔註230〕又說：「山谷之詩，有奇而無妙，有斬絕而無橫放，鋪張學問以爲富，點化陳腐以爲新，而渾然天成，如肺肝中流出者，不足也。此所以力追東坡而不及歟？」〔註231〕他不滿黃庭堅及江西詩派，甚至直截了當地批評說：「魯直論詩，有奪胎換骨、點鐵成金之喻，世以爲名言，以予觀之，特剽竊之黠者耳。」〔註232〕更作《山谷於詩每與東坡相抗，門人親黨遂謂過之，而今作者亦多以爲然，予嘗戲作四絕》以譏諷，其一云：「駿步由來不可追，汗流餘子費奔馳。誰言直待南遷後，始是江西不幸時。」〔註233〕

〔註229〕（宋）張戒：《歲寒堂詩話箋注》，陳應鸞箋注，四川大學出版社1990年版，第44頁。
〔註230〕（金）王若虛：《滹南詩話》，人民文學出版社1962年版，第71頁。
〔註231〕（金）王若虛：《滹南詩話》，人民文學出版社1962年版，第72頁。
〔註232〕（金）王若虛：《滹南詩話》，人民文學出版社1962年版，第86頁。
〔註233〕（金）王若虛：《滹南遺老集校注》，胡傳志等校注，遼海出版社2006年版，第551頁。

（一）《滄浪詩話》

對江西詩派的批評，要數南宋嚴羽的《滄浪詩話》最為徹底。嚴羽（生卒年不詳），字儀卿，號滄浪逋客，福建邵武人。同時代詩人戴復古有《祝二嚴》稱：「羽也天資高，不肯事科舉。風雅與騷些，歷歷在肺腑。持論傷太高，與世或齟齬。」〔註234〕反映出嚴羽的為人和論詩的態度。

詩話是一種用筆記體寫成的，兼具理論性質和資料性質的詩學著作，它是中國古代詩歌理論批評特有的形式，在宋以後的文學理論批評史上佔有重要地位。清代鍾廷瑛在《全宋詩話序》中說：「詩話者，記本事，寓評品，賞名篇，標雋句；耆宿說法，時度金針，名流排調，亦徵善謔；或有參考故實，辯證謬誤：皆攻詩者所不廢也。」〔註235〕具體說明了詩話的主要內容。第一部詩話著作是歐陽修的《六一詩話》。宋代詩話繁榮，據統計，兩宋詩話保存到現在的尚有 127 部之多。然而，詩話著作內容多比較零碎，理論性不強。嚴羽的《滄浪詩話》則是詩話著作中最有系統性和理論性的，它的出現標誌著詩話形式探討詩歌藝術理論進入了自覺階段。

《滄浪詩話》全書分五章：《詩辯》提出論詩的基本主張，《詩體》論詩的體制，《詩法》論作詩的方法，《詩評》對詩作進行評論，《考證》對作家、作品考訂辯證，末附《答吳景仙書》，可以看作是作者的自序。

《滄浪詩話》的產生有著深刻的文學背景。在國家積貧積弱，內憂外患的現實基礎上，宋代詩歌反映現實生活還是具有相當的廣度和深度，只是宋人背離了唐詩的發展方向，在詩歌藝術上走上別一條道路。宋初，尚沿襲唐人；蘇、黃以議論為詩、以學問為詩，改變了唐人詩風；江西詩派主張「點鐵成金」、「奪胎換骨」，脫離了現實生活；「四靈」派學晚唐賈島、姚合，局度狹窄；「江湖」派猥雜細碎，流品駁雜。這反映了宋代詩歌變化的基本軌跡。《滄浪詩話》就是針對宋詩弊病而發，嚴羽《詩辯》云：「近代諸公乃作奇特解會，遂以文字為詩，以才學為詩，以議論為詩。夫豈不工？終非古人之詩也。蓋於一唱三歎之音，有所歉焉。且其作多務使事，不問興致；用字必有來歷，押韻必有出處；讀之反覆終篇，不知著到何在。其末流甚者，叫噪怒

〔註234〕（宋）戴復古：《戴復古全集校注》，吳茂雲校注，中國文史出版社 2008 年版，第 21 頁。
〔註235〕（清）孫濤：《全宋詩話》，書目文獻出版社 2013 年版，第 1 頁。

－236－

張，殊乖忠厚之風，殆以罵詈爲詩。詩而至此，可謂一厄也。」〔註236〕尤其是江西詩派，他們脫離現實生活，只是在古人書本裏討生活。所謂「點鐵成金」、「奪胎換骨」，做得好勉強可以說推陳出新，做得不好實際就是模仿剽竊。嚴羽《答吳景仙書》云：「僕之《詩辯》乃斷千百年公案，誠驚世絕俗之談，至當歸一之論。其間說江西詩病，眞取心肝劊子手。」明確表示對江西詩派發難。

嚴羽《詩辯》對宋詩弊病作了全面的清算。他說：「國初之詩尙沿襲唐人：王黃州學白樂天，楊文公、劉中山學李商隱，盛文肅學韋蘇州，歐陽公學韓退之古詩，梅聖俞學唐人平淡處。至東坡、山谷始自出己意以爲詩，唐人之風變矣。山谷用工尤爲深刻，其後法席盛行海內，稱爲江西宗派。近世趙紫芝、翁靈舒輩，獨喜賈島、姚合之詩，稍稍復就清苦之風。江湖詩人多效其體，一時自謂之唐宗；不知止入聲聞、辟支之果，豈盛唐諸公大乘正法眼者哉！」他總結唐宋以來詩歌創作的經驗和教訓，探討了詩歌創作的藝術規律，提出具體的理論觀點。

其一，學詩重識，取法乎上。

嚴羽稱：「夫學詩者以識爲主：入門須正，立志須高」，「故曰：學其上，僅得其中；學其中，斯爲下矣。」所謂「上」，具體指什麼呢？嚴羽從詩歌藝術的角度立論，極力標舉盛唐詩歌。他談及漢、魏、晉，但最後歸結到了唐，他其實是爲了宗唐，追本溯源連類而談及漢、魏、晉的。他說：「先須熟讀《楚辭》，朝夕諷詠，以爲之本；及讀《古詩十九首》，樂府四篇，李陵、蘇武、漢、魏五言皆須熟讀，即以李、杜二集枕藉觀之，如今人之治經，然後博取盛唐名家，醞釀胸中，久之自然悟入。」他所指出的學詩路徑與前人完全不同，他更重視詩歌的抒情傳統，因此以熟讀《楚辭》作爲基礎，古詩、樂府、五言詩也都是以抒情爲主，而學詩的重點是李、杜二集、盛唐名家，這樣醞釀胸中，自然領悟詩歌的藝術規律。

嚴羽的宗旨是「以盛唐爲法」。他說：「截然謂當以盛唐爲法，雖獲罪於世之君子，不辭也。」這個認識是對唐詩深入研究的結果。《詩評》云：「詩中有詞理意興，南朝人尙詞而病於理，本朝人尙理而病於意興，唐人尙意興而理在其中。」他最早提出唐詩發展五個階段，即初唐、盛唐、大曆、元和、

〔註236〕（宋）嚴羽：《詩辨》，《滄浪詩話校釋》，郭紹虞校釋，人民文學出版社 1961年版，第 26 頁。本篇引文見此篇者，不另注出。

晚唐，這個說法已經被學界普遍接受。從詩歌藝術來看，盛唐的確是詩歌的最高典範，詩學盛唐方是正門，方是正路。所謂「此乃是從頂顊上做來，謂之向上一路，謂之直截根源，謂之頓門，謂之單刀直入也。」

其二，廣見熟參，自然妙悟。

嚴羽說：「大抵禪道惟在妙悟，詩道亦在妙悟。」領悟詩道，乃是盛唐詩歌的根本特點。譬如，「孟襄陽學力下韓退之遠甚，而其詩獨出退之之上者，一味妙悟而已」；「謝靈運至盛唐諸公，透徹之悟也；他雖有悟者，皆非第一義也」。領悟詩歌藝術的規律，才是詩歌的當行本色。然而，「悟有淺深，有分限，有透徹之悟，有但得一知半解之悟」。這也是盛唐詩歌與其他詩歌的根本區別，盛唐詩歌是透徹之悟，而其他詩歌即便有悟，也只是淺表的、局部的、一知半解的悟，與盛唐詩歌相距甚遠。

就妙悟而言，包括兩層含義：一是從創作角度言，偏於靈感。如稱孟浩然是「一味妙悟」，稱謝靈運至盛唐諸公是「透徹之悟」。這裡乃是靈感之悟，主要指詩人掌握了詩歌藝術的規律，重在形象、意境的創造。二是從鑒賞角度言，偏於感悟。這需要有個「廣見熟參」的過程，「試取漢魏之詩而熟參之，次取晉宋之詩而熟參之，次取南北朝之詩而熟參之，次取沈、宋、王、楊、盧、駱、陳拾遺之詩而熟參之，次取開元、天寶諸家之詩而熟參之，次獨取李、杜二公之詩而熟參之，又取大曆十才子之詩而熟參之，又取元和之詩而熟參之，又盡取晚唐諸家之詩而熟參之，又取本朝蘇、黃以下諸家之詩而熟參之。」幾乎對詩歌史作了全面研究，通過這樣的艱苦學習，「其真是非自有不能隱者」，必然能夠領悟詩歌藝術規律了。假如廣見熟參後，竟「於此而無見」，那就實在不可救藥了。其實，這兩個方面是統一的，是一個過程的兩個階段。先有鑒賞的悟，進而有創作的悟，無論學詩、還是作詩，都在於妙悟而已。妙悟的對象只是「詩道」，至於有人說包含了對生活的妙悟，那並不是嚴羽的本意。

其三，吟詠情性，別材別趣。

嚴羽稱：「詩者，吟詠情性也。」這是他對詩歌性質的根本看法，由詩歌抒情的性質所決定，詩歌不同於文章，也不同於學術。嚴羽提出：「夫詩有別材，非關書也；詩有別趣，非關理也。」他明確指出詩歌的特殊性，詩歌以吟詠情性為主，與讀書多少沒有直接關係；詩歌以形象意蘊為主，與抽象說理沒有直接關係。當然，嚴羽並不反對讀書，也不反對說理，他說：「古人未

嘗不讀書，不窮理」，只是儘管說理，而作詩卻不能「涉理路」，儘管讀書，而作詩卻不能「落言筌」，因爲那違背了詩歌的根本性質。

嚴羽提倡「別材別趣」，是針對宋詩「以文字爲詩，以才學爲詩，以議論爲詩」而言。「以文字爲詩」就是宋詩的散文化傾向，宋詩運用散文直敘、鋪陳、排比的手法，很類似傳統的「賦」，這遠離了形象的比興，削弱了詩歌的藝術性。「以議論爲詩」，就是詩歌議論化，如以詩論政、以詩論禪、以詩論理。宋代哲理詩很多，儘管也有不錯的，但多數「理過其辭，淡乎寡味」。「以才學爲詩」表現爲大量用典和對古人詩句的模擬，這是向古人書中作賊，有的偷詞語，有的偷句式，有的偷構思，有的偷意境。宋詩的這些弊病，嚴重妨礙了詩歌藝術的進步。

其四，興趣入神，一唱三歎。

遵循詩歌的本質和規律，才能創造出高水平的詩作，盛唐詩歌便是如此。嚴羽指出：「盛唐諸人惟在興趣，羚羊掛角，無跡可求。故其妙處透徹玲瓏，不可湊泊，如空中之音，相中之色，水中之月，鏡中之象，言有盡而意無窮。」所謂「興趣」，便是詩歌的意境。興，主要指藝術形象的特點；趣，則是指形象中寄寓的意蘊，二者組成不可分割的詩歌意境。「入神」，乃是詩歌的最高藝術境界。嚴羽說：「詩之極致有一，日入神。詩而入神，至矣，盡矣，蔑以加矣！惟李、杜得之。他人得之蓋寡也。」追求「興趣」，達到「入神」，自然具有「一唱三歎」的藝術效果。興趣之有無，正是唐詩與宋詩的根本分野。

嚴羽推崇唐詩，要求詩人將自己豐富的感情意趣鎔鑄在形象畫面之中造成一種含蓄蘊藉，餘味雋永，可意會不可言傳的藝術境界。讀者透過形象畫面去玩味品嘗其中的無窮意趣，從而得到最佳的審美效果。基於對詩歌藝術的深刻理解，嚴羽極力推崇盛唐詩歌。他說：「嗟乎！正法眼之無傳久矣。唐詩之說未唱，唐詩之道或有時而明也。今既唱其體日唐詩矣，則學者謂唐詩誠止於是耳，得非詩道之重不幸邪！故予不自量度，輒定詩之宗旨，且借禪以爲喻，推原漢魏以來，而截然謂當以盛唐爲法，雖獲罪於世之君子，不辭也。」

嚴羽論詩不講美刺風化，不講事君事父，努力掙脫儒家詩教，提出嶄新的詩歌藝術理論。他自詡曰：「以禪喻詩，莫此親切，是自家實證實悟者，是自家閉門鑿破此片天地，即非傍人籬壁，拾人涕唾得乎者。李、杜復出，不易吾言矣。」與儒家詩論相對立，嚴羽詩論概括了詩歌藝術的特點和規律，

本質上是一種純藝術論。在總結唐宋詩歌創作經驗教訓的基礎上，嚴羽鮮明提出自己對詩歌藝術的理解，形成了系統的詩歌理論，其價值不容低估。嚴羽的詩歌主張對後世影響深遠，明代前後七子提倡「詩必盛唐」，嚴羽詩論儼然成為詩壇的綱領。

（二）《瀛奎律髓》

在對江西詩派的一片撻伐聲中，也有為江西詩派張目的觀點。由南宋降元的方回便竭力肯定江西詩派。方回（1227～1307），字萬里，號虛谷，徽州歙縣（今屬安徽）人。他選唐宋近體詩輯成《瀛奎律髓》四十九卷，以標榜江西詩派為宗旨。

其一，標舉一祖三宗。

他說：「古今詩人當以老杜、山谷、後山、簡齋四家為一祖三宗，餘可預配饗者有數焉。」〔註237〕他以杜甫詩為唐詩之冠，而以黃庭堅、陳師道、陳與義為宋人之善學杜詩者，為宋詩之冠，從而確立了宋代江西派詩人的正宗地位。

當然，方回論詩也不完全局限於江西詩派。他聲稱「大概律詩當專師老杜、黃、陳、簡齋，稍寬則梅聖俞，又寬則張文潛，此皆詩之正派也。」〔註238〕。他說：「宋詩孰第一？吾賞梅聖俞。……真言寫實事，組刻全屏除，黃陳吟格高，此事分兩途。」〔註239〕他評梅聖俞《九月見梅花》曰：「聖俞詩不見著力之跡，而風韻自然不同。」〔註240〕又說：「若論宋人詩，除黃、陳絕高，以格律獨鳴外，須還梅老五言律第一可也。」〔註241〕又以「張文潛足繼聖俞」〔註242〕，而推崇張耒。當然，這只能在一祖三宗的前提下來理解。

其二，揭示宋詩精髓。

他說：「詩先看格高，而意又到、語又工為上。」〔註243〕格高、意到、語工，基本概括了方回的詩歌理想。

〔註237〕（元）方回：《瀛奎律髓》，黃山書社 1994 年版，第 691 頁。

〔註238〕（元）方回：《送俞唯道序》，《中國歷代美學文庫》（元代卷一），葉郎主編，高等教育出版社 2003 年版，第 84 頁。

〔註239〕（元）方回：《學詩吟十首》（其七），《桐江續集》，迪志文化出版有限公司 2003 年版。

〔註240〕（元）方回：《瀛奎律髓》，黃山書社 1994 年版，第 447 頁。

〔註241〕（元）方回：《瀛奎律髓》，黃山書社 1994 年版，第 581 頁。

〔註242〕（元）方回：《瀛奎律髓》，黃山書社 1994 年版，第 553 頁。

〔註243〕（元）方回：《瀛奎律髓》，黃山書社 1994 年版，第 562 頁。

一是格高。他說：「詩以格高爲第一。……予乃創爲格高、格卑之論何也？曰：此爲近世之詩人言之也。予於晉獨賞陶彭澤一人格高，足可方嵇、阮；唐推陳子昂、杜子美、元次山、韓退之、柳子厚、劉禹錫、韋應物；宋推歐、梅、黃、陳、蘇長公、張文潛，而於其中以四人爲格之尤高：魯直、無已，足配淵明、子美爲四也。」〔註244〕所謂「格高」，包括了詩作立意高雅，其源於詩人的人格胸襟，這正是宋詩精髓所在。誠如張少康所說：「此詩格實際是指詩歌之立意，立意直接影響到詩歌的情調、風味。」〔註245〕然而，方回又明確講到「意到語工而格不高」的情況，顯然詩格又不完全等同於立意。可見「格」主要是指詩歌的藝術風格，包含了從內容到形式的多種因素。

二是意到。宋人作詩尤重立意，而立意高低反映了詩人的人格襟懷和思想見識。他說：「中無主而不止，外無證而不明，漆園翁以言道，而虛谷翁以言詩文，詩文亦道之一也，胸襟必有自得之地，然後所謂善者聚焉而不散，存焉而不亡。故曰：中無主而不止。」〔註246〕詩人內在有襟懷見識，表現在詩裏，便形成詩的立意。他說：「詩有形有脈。以偶句敘事敘景，形也。不必偶而必立論盡意，脈也。」〔註247〕詩以立論盡意爲脈，意脈貫通敘事敘景，詩歌得以成爲藝術整體。

三是語工。詩格、詩意，均體現於詩語之中。方回喜談起句、結句、景聯、情聯，以及用事、對偶等造句之法。如《送俞唯道序》云：「予嘗有言：善詩者用字如柱之立礎，用事如射之中的，布置如八陣之奇正，對偶如六子之偶奇，至於剔奇抉怪，如在太空中本無一物，雲霞雷電、雨露霜雪，屢變而不窮。鍛一字者一句之始，字字穩則句成而無瑕跡，鑄一句者一篇之始，句句圓則篇成而無鑄痕。其初運思旋轉如遊絲之漾天，其終成章妥帖如磐石之鎮地。噫，烏得斯人而與之言詩哉！」〔註248〕這些不可一概看作雕琢技巧，它們在表現詩格、詩意中具有著不可或缺的作用。

〔註244〕（元）方回：《唐長孺藝圃小集序》，《中國歷代美學文庫》（元代卷一），葉郎主編，高等教育出版社 2003 年版，第 122 頁。

〔註245〕張少康：《中國文學理論批評發展史》（下），北京大學出版社 1995 年版，第 141 頁。

〔註246〕（元）方回：《跋汪君若楫詩文》，《桐江集》（卷三），江蘇古籍出版社 1988 年版。

〔註247〕（元）方回：《文選顏鮑謝詩評》（卷三），迪志文化出版有限公司 2003 年版。

〔註248〕（元）方回：《送俞唯道序》，《中國歷代美學文庫》（元代卷一），葉郎主編，高等教育出版社 2003 年版，第 85 頁。

四是律精。他說：「詩之精者爲律」方回言詩律包括句法、用典、結構等方面。他評陳師道《夏日即事》「花絮隨風盡，歡愉過眼空」曰：「以『花絮』對『歡愉』，此等句法本老杜，而簡齋尤深得之。」〔註249〕評黃庭堅《和錢穆父詠猩猩毛筆》曰：「此詩所以妙者，『平生』、『身後』、『幾兩屐』、『五車書』，自是四個出處，於猩猩毛筆何干涉？乃善能融化斡排至此。」〔註250〕論情景結構安排曰：「盛唐人詩多以起句十字爲題目，中二聯寫景詠物，結句十字撇開，卻說別意，此一大機括也。」〔註251〕於律詩言，這些論述不爲無益。

宋詩不同於唐詩，自有獨特的藝術貢獻，當然不能輕易抹殺。嚴羽說：「唐人好詩多是征戍、遷謫、行旅、離別之作。」〔註252〕而宋詩的題材則更爲廣泛，方回《瀛奎律髓》按題材，細分詩爲四十九類。如墨、石、紙、茶、扇、棋、瓜、果，皆可以形之歌詠。宋人於瑣事微物上馳騁才思，他們喜歡諧謔議論，以之入詩，風格別致。後世喜愛宋詩也代不乏人，至清代更有宋詩派的興起。所以，方回設身處地體會宋人作詩良苦用心，總結宋人近體詩的藝術經驗，自然也有相當的價值。

〔註249〕　（元）方回：《瀛奎律髓》，黃山書社 1994 年版，第 223 頁。
〔註250〕　（元）方回：《瀛奎律髓》，黃山書社 1994 年版，第 700 頁。
〔註251〕　（元）方回：《瀛奎律髓》，黃山書社 1994 年版，第 988 頁。
〔註252〕　（宋）嚴羽：《詩評》，《滄浪詩話校釋》，郭紹虞校釋，人民文學出版社 1961 年版，第 198 頁。

第四章　市音古範　雅俗競傳

一、遼金的文學思想

　　遼朝為契丹族所建立，起於 916 年，迄於 1125 年；金朝為女真族所建立，起於 1122 年，迄於 1234 年，兩朝相繼統治中國北方長達 300 多年。他們以游牧生活方式，形成自身的民族特點；在與宋朝的對峙和交往過程中，又積極接受漢族文化的濡染，進而都為中國文學做出應有的貢獻。

　　契丹貴族對漢文化非常嚮往。清人趙翼說：「遼太祖起朔漠，而長子人皇玉貝，已工詩善畫，聚書萬卷，起書樓於西宮。又藏書於醫巫閭山絕頂，其所作《田園樂詩》，為世傳誦。畫本國人物，如《射獵雪騎千鹿圖》，皆入宋秘府。」〔註 1〕遼聖宗則好讀《貞觀政要》，更喜愛唐代詩人白居易，其《題樂天詩佚句》云：「樂天詩集是吾師。」契丹文人多能夠熟練運用多種漢文學形式，並且取得了相當的成就。如蕭觀音的《君臣同志華夷同風》，為成熟的五言律詩；蕭瑟瑟的《諷諫歌》、《詠史》，為騷體詩的佳作。儘管遼代文學思想並不豐富，但他們推崇學習漢文學的思想傾向是不容忽視的。

　　對漢文化的推崇吸納，同樣也是女真人的文化選擇。女真人在建國之前，文化處於原始階段，「其樂惟鼓、笛，其歌惟《鷓鴣曲》，第高下長短如鷓鴣聲而已。」〔註 2〕史籍記載：太祖伐遼，「與契丹言語不通而無文字。賦斂科

〔註 1〕（清）趙翼：《廿二史箚記》，黃壽成校點，遼寧教育出版社 2000 年版，第 471 頁。

〔註 2〕（宋）宇文懋昭：《初興風土》，《大金國志》（卷三十九），商務印書館 1936 年版，第 297 頁。

發，刻箭為號，事急者三刻之。」〔註3〕而金朝建立之後，文化勃然興盛。《金史・文藝傳序》云：「金用武得國，無以異於遼，而一代制作能自樹立唐、宋之間，有非遼世所及，以文不以武也。」〔註4〕

（一）金源文學批評

金初文學的興起，乃是借才異代的結果。清人莊仲方《金文雅序》云：「金初無文字也，自太祖得遼人韓昉而言始文；太宗入汴州，取經籍圖書。宋宇文虛中、張斛、蔡松年、高士談輩後先歸之，而文字煨興，然猶借才異代也。」〔註5〕宋朝文人留滯於金朝，鋪墊了文學基礎。之後，世宗、章宗重視文學，文壇形成「國朝文派」。劉祁說：「章宗聰慧，有父風，屬文為學，崇尚儒雅，故一時名士輩出，大臣執政，多有文采學問可取，能吏直臣皆得顯用，政令修舉，文治燦然，金朝之盛極矣。」〔註6〕隨著元人進逼，金人南渡，金代社會也進入了後期，文壇隨之發生變化。劉祁說：「南渡後，文風一變，文多學奇古，詩多學風雅，由趙閑閑、李屏山倡之。」〔註7〕金人南渡之後，文學批評比較活躍，突出表現為三種傾向。

其一，師古與達意。

趙秉文（1159～1232），字周臣，號閑閑老人，磁州滏陽人。他作為一代文宗，文化建樹頗多。「上至六經解、外至浮屠、莊老、醫藥丹訣，無不究心。」〔註8〕他主張為文多師古人，兼學諸體，反對不積學養的恃才任性。他說：「故為文師《六經》、左丘明、莊周、太史公、賈誼、劉向、韓愈；為詩當師《三百篇》、《離騷》、《文選》古詩十九首、下及李、杜，……盡得諸人所長，然後卓然自成一家。非有意於專師古人也，亦非有意於專擯古人也。自書契以來，未有擯古人而獨立者。」〔註9〕師古乃為必要手段，獨立則為最終目的，「未有擯古人而獨立者」，強調師古所具有的重要分量。

〔註3〕（宋）宇文懋昭：《初興風土》，《大金國志》（卷三十九），商務印書館1936年版，第298頁。

〔註4〕（元）脫脫等：《文藝傳序》，《金史》（卷125），中華書局1975年版，第2713頁。

〔註5〕（清）莊仲方：《金文雅序》，《金文雅》，江蘇書局1891年版，第1頁。

〔註6〕（金）劉祁：《歸潛志》（卷十二），中華書局1983年版，第136頁。

〔註7〕（金）劉祁：《歸潛志》（卷八），中華書局1983年版，第85頁。

〔註8〕（元）脫脫等：《趙秉文傳》，《金史》，中華書局1975年版，第2426頁。

〔註9〕（金）趙秉文：《復李天英書》，《閑閑老人滏水文集》（卷十九），中華書局1985年版，第230～231頁。

當然，師古只是手段而已，文學畢竟要表達思想感情。他說：「文以意爲主，辭以達意而已。古之文，不尙虛飾，因事遣詞，形吾心之所欲言者，間有心之所不能言者，而能形之於文，斯亦文之至乎！譬之水不動則平，及其石激淵洄，宛然而鳳蹙，千變萬化，不可殫窮，此天下之至文也。」〔註10〕所以，他的師古並不是盲目模擬古人，而是以自身性情接受古人養分。他說：「嘗謂古人之詩，各得其一偏，又多其性之似者。若陶淵明、謝靈運、韋蘇州、王維、柳子厚、白樂天得其沖淡，江淹、鮑明遠、李白、李賀得其峭峻，孟東野、賈浪仙又得其幽憂不平之氣。若老杜可謂兼之矣。」〔註11〕他強調師古，又重在達意，這種對師古與達意關係的理解，應該說是比較深刻的。

其二，師心與言志。

李純甫（1185～1231），字之純，號屏山居士，弘州襄陰（今河北陽原）人。承安二年進士，薦入翰林。他論文主張師心，他說：「人心不同如面，其心之聲發而爲言，言中理謂之文，文而有節謂之詩。然則詩者，文之變也，豈有定體哉。故《三百篇》什無定章，章無定句，句無定字，字無定音，大小長短，險易輕重，惟意所適，雖役夫室妾悲憤感激之語，與聖賢相雜而無愧，亦各言其志也已矣，何後世議論之不公邪。」〔註12〕既然各師其心，各言其志，那麼心志不同，語言也不同，「大小長短，險易輕重，惟意所適」，各種風格便無所不可了。

李純甫重視師心言志，強調詩無定體，擺脫畦徑，自成一家。他說：「倚杖而吟如惠施，字字皆以心爲師。千偈瀾翻無了時，關鍵不落詩人詩。」〔註13〕他反對隨人腳跟，拘於聲律，僻於用字，刻意造句，故爲詩抒寫崢嶸胸次，造語光怪陸離。其《雪後》云：「玉環暈月蟠長虹，飛沙捲土號陰風。黃雲羃羃翳晴空，屋頭唧唧鳴寒蟲。天符夜下扶桑宮，玄冥震怒鞭魚龍。魚龍飛出滄海底，咄嗟如律愁神工。急斡北斗卷雲漢，凌澌捲入天瓢中。椎璋碎璧紛

〔註10〕（金）趙秉文：《竹溪先生文集引》，《閒閒老人滏水文集》（卷十五），中華書局1985年版，第205頁。

〔註11〕（金）趙秉文：《復李天英書》，《閒閒老人滏水文集》（卷十九），中華書局1985年版，第230頁。

〔註12〕（金）李純甫：《西巖集序》，（金）元好問：《中州集》，中華書局1959年版，第78頁。

〔註13〕（金）李純甫：《爲蟬解嘲》，（金）元好問：《中州集》，中華書局1959年版，第221頁。

破碎，六華剪出寒瓏瑽。翩翩作穗大如手，千奇萬狀難形容。」〔註14〕意象瑰麗雄奇，語言光怪陸離。這種風格遭到人們的譏刺，王若虛說：「之純雖才高，好作險句怪語，無意味。」〔註15〕就他自己而言，內心鬱憤而發於詩中，無疑是「鬱于中而泄於外」的產物。

其三，自得與自然。

王若虛（1177～1246），字從之，號慵夫，又號滹南遺老，藁城（今屬河北）人。承安二年進士，歷任鄜州錄事、國史院編修、左司諫、延州刺史等職，金亡不仕。他的文學思想主要體現在《滹南詩話》、《文辨》等著作中。他不滿意師古風尚，論文主張自得。他說：「夫文章唯求真是而已，須存古意何為哉？」〔註16〕「古之詩人，雖趣尚不同，體制不一，要皆出於自得。」〔註17〕《論詩戲作四絕》其四曰：「文章自得方為貴，衣鉢相傳豈是真？已覺祖師低一著，紛紛法嗣賦何人？」對於師古風氣，他頗有些不以為然。《滹南詩話》云：「近歲諸公，以作詩自名者甚眾，然往往持論太高，開口輒以《三百篇》、《十九首》為準。六朝而下，漸不滿意。至宋人殆不齒矣。此固知本之說，然世間萬變，皆與古不同，何獨文章而可以一律限之乎！」〔註18〕

他也不滿意言詞詭譎，主張平易自然。他說：「詩人之語，詭譎寄意，固無不可；然至於太過，亦其大病也。」〔註19〕因而，他特別推崇白居易，《詠白堂記》云：「樂天之詩，坦白平易，直以寫自然之趣。合乎天造，厭乎人意，而不為奇詭駭以末俗之耳目。」又《滹南詩話》云：「樂天之詩，情致曲盡，入人肝脾，隨物賦形，所在充滿，殆與元氣相侔。至長韻大篇，動數百千言，而順適愜當，句句如一，無爭強牽強之態，此豈撚斷吟鬚、悲鳴口吻者所能至哉！而世或以淺易輕之，蓋不足與言矣。」〔註20〕因為文章以意為主，語言為達意的役使。他轉述周昂言曰：「吾舅論詩云：『文章以意為主，字語為之役。主強而役弱，則無使不從。世人往往驕其所役，至跋扈難制，甚者反役其主』，可謂深中其病矣。」〔註21〕

〔註14〕（金）元好問：《中州集》，中華書局1959年版，第220頁。
〔註15〕（金）劉祁：《歸潛志》（卷八），中華書局1983年版，第88頁。
〔註16〕（金）王若虛：《滹南遺老集》，中華書局1985年版，第213頁。
〔註17〕（金）王若虛：《滹南詩話》（卷下），人民文學出版社1962年版，第85頁。
〔註18〕（金）王若虛：《滹南詩話》（卷下），人民文學出版社1962年版，第92～93頁。
〔註19〕（金）王若虛：《滹南詩話》（卷下），人民文學出版社1962年版，第84頁。
〔註20〕（金）王若虛：《滹南詩話》（卷上），人民文學出版社1962年版，第58頁。
〔註21〕（金）王若虛：《滹南詩話》（卷上），人民文學出版社1962年版，第52頁。

趙秉文、李純甫、王若虛，三家看法互有交鋒，也互有交融，共同反映了當時的文壇狀況。在詩文表達作者志意方面，趙的「文以意爲主」，李的「各言其志」，王的「文章以意爲主」，其實並沒有根本分歧。然而，在實現達意的方法上，他們各持己見。趙強調師古，崇尚中和；李強調師心，熱衷險怪；王強調自得，喜歡平易，他們的審美趣味有著相當的差距。

（二）元好問詩論

將金代文論推向頂峰的，是文學巨擘元好問。元好問（1190～1257），字裕之，號遺山，太原秀谷（今山西忻縣）人。祖係出自北魏拓跋氏，興定五年進士，累官至行尚書省左司員外郎。金亡不仕，以著述自任。他收集選錄金代二百七十一人詩作，編爲《中州集》。所著《論詩絕句三十首》評述漢魏以來作家作品、詩派詩風，廓清詩歌發展道路，集中表現了他的詩學見解。

其一，標舉正體，匡正詩風。

元好問慨歎「風雅久不作，日覺元氣死」、「溫柔與敦厚，掃滅不復留」，提出「文章有聖處，正脈要人傳。」故詩曰：「漢謠魏什久紛紜，正體無人與細論。誰是詩中疏鑿手？暫教涇渭各清渾。」他以「疏鑿手」自命，正本清源，別裁僞體，爲詩歌發展指明正路。他說：「五言以來，六朝之謝、陶，唐之陳子昂、柳子厚，最爲近風雅。自餘多以雜體爲之。詩之亡久矣！雜體愈備，則去風雅愈遠，其理然也。」〔註22〕他將詩歌分爲正體與僞體兩類，所謂正體，乃指源於《詩經》的風雅傳統。翁方綱曰：「『正體』云者，其發源長矣。由漢魏以上推其源，實從《三百篇》得之。」〔註23〕故標舉正體，意在繼承風雅傳統，以匡正不正詩風。

其二，提倡眞情，反對僞飾。

元好問主張詩歌「以誠爲本」，其《楊叔能小亨集引》曰：「唐詩所以絕出三百篇之後者，知本焉爾矣。何謂本？誠是也。……故由心而誠，由誠而言，由言而詩也，三者相爲一。」〔註24〕所以，他論詩提倡眞情，反對僞飾。其詩云：「眼處心生句自神，暗中摸索總非眞。畫圖臨出秦川景，親到長安有

〔註22〕（金）元好問：《東坡詩雅引》，《元遺山文集校補》（卷36），周烈孫、王斌校注，巴蜀書社2013年版，第1222頁。

〔註23〕轉引自郭紹虞《元好問論詩三十首小箋》，人民文學出版社1978年版，第55頁。

〔註24〕（金）元好問：《楊叔能小亨集引》，《元遺山文集校補》（卷36），周烈孫、王斌校注，巴蜀書社2013年版，第1243頁。

幾人？」，說明眞情來自於實感；而「心畫心聲總失眞，文章寧復見爲人。高情千古《閑居賦》，爭信安仁拜路塵。」指出虛僞難以感人。

其三，崇尚剛健，反對柔靡。

元氏爲鮮卑族後裔，骨子裏滲透著北方文化意識，爲詩便「挾幽并之氣，高視一世」〔註25〕，論詩也特別崇尚剛健風格。詩云：「曹劉坐嘯虎生風，四海無人角兩雄。可惜并州劉越石，不教橫槊建安中。」對曹植、劉楨之剛健風骨，劉琨之清剛之氣，深致讚美之意。又詩云：「慷慨歌謠絕不傳，穹廬一曲本天然。中州萬古英雄氣，也到陰山敕勒川。」對《敕勒歌》之慷慨，更是極盡謳歌。與之相反，詩云：「風雲若恨張華少，溫李新聲奈爾何！」對張華之兒女情長，溫庭筠、李商隱之綺麗新聲則作了嚴厲批評。

其四，主張天然，反對雕琢。

元氏主張詩歌是情感的自然表達，反對苦吟力索的人工雕琢。他說：「性情之外，不知有文字。」對於「排比鋪張」、「窮愁吟詩」、「俯仰隨人」、「閉門覓句」的不良現象，表達了極大的輕視。他贊同蘇軾的創作：「東坡聖處，非有意於文字之爲工；不得不然之爲工也。」〔註26〕所以，對陶淵明清新自然的詩作深爲讚賞。其詩云：「一語天然萬古新，豪華落盡見眞淳。南窗白日羲皇上，未害淵明是晉人。」又詩云：「池塘春草謝家春景，萬古千秋五字常新。傳語閉門陳正字，可憐無補費精神。」對於謝靈運與陳師道，態度截然不同，一正一反，見出元氏的審美傾向。

元好問將金代文學思想推至頂峰，對中國文學發展產生了重要影響，在中國文學思想史上有著崇高的地位。

二、元代的戲曲批評

戲劇萌芽很早。遠古的祭祀歌舞不必說，春秋戰國時期的優人作態可謂戲劇表演的萌芽，如《史記》記載「優孟衣冠「的故事。之後經秦、漢、三國、兩晉，至南北朝時期，歌舞、優戲、百戲都得到發展。北齊時出現的歌舞戲《踏謠娘》，被看作中國戲曲初步形成的標誌。在唐代後期已產生了雜劇，但關於唐雜劇的具體情形今天已無法知曉了。雜劇在宋代得到發展，也留下

〔註25〕（元）元好問：《元遺山文集》（附錄卷2），周烈孫、王斌校注，巴蜀書社2013年版，第1394頁。

〔註26〕（金）元好問：《東坡詩雅引》，《元遺山文集校補》（卷36），周烈孫、王斌校注，巴蜀書社2013年版，第1222頁。

了有關記載。王國維《宋元戲曲史》稱：宋雜劇有兩種類型，一種是嘲諷性滑稽劇，一種是歌舞劇〔註27〕。宋雜劇為金人所繼承，金人稱之謂「院本」。元人陶宗儀《南村輟耕錄》載有金院本名目有 689 種之多，可見其興盛的狀況。以金院本為中介，在體制上吸收了宋雜劇特點，也吸取了諸宮調長處而形成了元雜劇。

元代是中國戲曲的黃金時代，出現了關漢卿、馬致遠、白樸、鄭光祖（元曲四大家）、王實甫等重要的雜劇作家。元代戲曲發展的原因是多方面的：一是城市商業的發展，促進市民娛樂的需要；二是蒙元貴族文化較低，偏好戲曲而加以提倡；三是長期停止科考，漢族文人沒有出路，往往「以有用之才，而一寓之乎聲歌之末，以舒其弗鬱感慨之懷，蓋所謂不得其平而鳴焉者也。」〔註28〕隨著戲曲創作的繁榮，戲曲批評也進入自覺階段，如胡祗遹對演員的審美要求，燕南芝庵《唱論》論述戲曲聲樂，周德清《中原音韻》專論北曲音韻，鍾嗣成《錄鬼簿》肯定戲曲價值。這些戲曲批評對促進戲曲發展產生了重要作用。

（一）胡祗遹論女樂

胡祗遹（1227～1295）字紹聞，號紫山，磁州武安（今屬河北）人。至元初即授應奉翰林文字，兼太常博士。因忤阿合馬，出為太原路治中，歷任山東東西道、江南浙西道提刑按察使。胡祗遹以文人而處於官僚階層，欣賞戲曲成為娛樂生活的重要內容。於是，他以欣賞者的眼光，對戲曲表演發表見解，從而奠定了他元代戲曲理論第一人的歷史地位。

其一，從娛悅角度評價戲曲。他說：「百物之中，莫靈莫貴於人，然莫愁苦於人。雞鳴而興，夜分而寐，十二時中紛紛擾擾，役筋骸，勞智慮，口體之外，仰事俯畜，……此聖人之所以作樂以宣抑鬱，樂工伶人之亦可愛也。」〔註29〕戲曲「宣其抑鬱」以「少導歡適」，本來為娛樂而作。他說：「優伶賤藝也，談諧不中節，闔座皆為之撫掌而嗤笑之；屢不中，則不往觀焉。」〔註30〕戲曲不能滿足娛樂要求，便沒有了欣賞的價值。

〔註27〕　王國維：《宋元戲曲史》，團結出版社 2006 年版，第 37、46 頁。
〔註28〕　（明）胡侍：《珍珠船》（卷四），中華書局 1985 年版，第 35 頁。
〔註29〕　（元）胡祗遹：《贈宋氏序》，《中國歷代美學文庫》（元代卷一），葉郎主編，高等教育出版社 2003 年版，第 71 頁。
〔註30〕　（元）胡祗遹：《優伶趙文益詩序》，《中國歷代美學文庫》（元代卷一），葉郎主編，高等教育出版社 2003 年版，第 69 頁。

其二，肯定戲曲的社會內容。他說：「音樂與政通，而伎劇亦隨時所尚而變。近代教坊院本之外，再變而爲雜劇。既謂之雜，上則朝廷君臣政治之得失，下則閭里市井父子兄弟夫婦朋友之厚薄，以至醫藥卜筮釋道商賈之人情物理，殊方異俗，語言不同，無一物不得其情，不窮其態，以一女子而兼萬人之所爲，尤可以悅耳目而舒心思，豈前古女樂之所擬倫也。」〔註31〕戲曲隨時尚而變，既反映政治得失，也反映人情厚薄，它豐富的社會生活內容，是使人「悅耳目而舒心思」的基礎。

其三，對演員的九美要求。他說：「女樂之百伎，惟唱說焉。一、姿質濃粹，光彩動人；二、舉止閑雅，無塵俗態；三、心思聰慧，洞達事物之情狀；四、語言辨利，字句眞明；五、歌喉清和圓轉，累累然如貫珠；六、分付顧盼，使人解悟；七、一唱一說，輕重疾徐中節合度，雖記誦嫻熟，非如老僧之誦經；八、發明古人喜怒哀樂，憂悲愉逸，言行功業，使觀聽者如在目前，諦聽忘倦，惟恐不得聞；九、溫故知新，關鍵辭藻，時出新奇，使人不能測度謂之限量。九美既具，當獨步同流。」〔註32〕「九美說」表現了從演員角度看待戲曲演出的觀念，從形體素質、風度氣質、生活積累、演唱技巧等方面，對演員提出了具體要求，這是胡祇遹最重要的戲曲理論貢獻。

其四，強調新奇的趣味。他說：「醯鹽薑桂，巧者和之，味出於酸鹹辛甘之外，日新而不襲故常，故食之者不厭。滑稽詼諧亦猶是也。拙者插陳習舊，不能變新，使觀聽者惡聞而厭見」；「以新巧而易拙，出於眾人之不意，世俗之所未嘗見聞者」〔註33〕。戲曲演出陳陳相因，必然產生審美疲勞；只有「時出新奇」，才能使「觀聽者多愛悅焉」。他讚美演員趙文益說：「抹土塗灰滿面塵，難猜公案這番新。」不同於傳統詩文，戲曲求新尚巧的趣味，表現出全新的審美觀念。

（二）燕南芝庵《唱論》

燕南芝庵，生平不詳。有云爲僧人，燕南爲芝庵的籍貫或居地。元雜劇以演唱爲主，歌者唯旦或末一人，故演員的演唱技巧對於雜劇演出顯得特別重要。燕南芝庵《唱論》論述演唱方法，屬於戲曲聲樂的研究。

〔註31〕　（元）胡祇遹：《贈宋氏序》，《中國歷代美學文庫》（元代卷一），葉郎主編，高等教育出版社 2003 年版，第 71 頁。

〔註32〕　（元）胡祇遹：《黃氏詩卷序》，《中國歷代美學文庫》（元代卷一），葉郎主編，高等教育出版社 2003 年版，第 67 頁。

〔註33〕　（元）胡祇遹：《優伶趙文益詩序》，《中國歷代美學文庫》（元代卷一），葉郎主編，高等教育出版社 2003 年版，第 69 頁。

其一，歌唱爲主。他說：「大忌鄭衛之淫聲。續雅樂之後，絲不如竹，竹不如肉，以其近之也。又云：取來歌裏唱，勝向笛中吹。」〔註 34〕強調歌唱勝過絲竹，戲曲當以演員歌唱爲主，樂器演奏爲輔，不可喧賓奪主。

其二，歌唱技巧。歌唱要區分不同音樂形式，他說：「成文章爲樂府，有尾聲爲套數，時行小令喚葉兒」，「套數當有樂府氣味，樂府不可似套數。街市小令唱尖歌倩意。」〔註 35〕樂府指散曲，當要求文章典雅；時行小令，則追求世俗趣味；套數則介於二者之間。套數可以似樂府，而樂府不可似套數，這正是文人曲作由俗而雅的風氣使然。

其三，宮調特色。他說：「仙呂調唱清新綿邈，南呂宮唱感歎悲傷，中呂宮唱高下閃賺，黃鍾宮唱富貴纏綿，正宮唱惆悵雄壯，道宮唱飄逸清幽，大石唱風流蘊藉，小石唱旖旎嫵媚，高平唱條物晃漾，般涉唱拾掇坑塹，歇指唱急病虛歇，商角唱悲傷宛轉，雙調唱悽愴怨慕，角調唱嗚咽悠揚，宮調唱電壓沉重，越調唱陶寫冷笑。」〔註 36〕對十七宮調特色的細膩描述，說明了芝庵對音樂演唱的深厚素養。

其四，歌唱忌病。他說：「子弟不唱作家歌，浪子不唱及時曲；男不唱豔詞，女不唱雄曲；南人不唱，北人不歌。」〔註 37〕子弟指市民中的曲唱愛好者，或指樂籍伶倫，所謂教坊子弟、梨園子弟；作家歌指文人所作之歌。浪子是市民階層中不務正業的文藝愛好者；及時曲指爲酒宴、陪侍、應招等場合唱的曲子。惟有北曲的唱才可稱爲唱，南人不會唱；而北人不屑於南人似的低水平歌唱。

也有人認爲芝庵所論乃是清唱，並不是粉墨登場的演唱。所謂「凡歌之所」乃「華屋蘭堂，衣冠文會，小樓狹園，月館風亭，雨窗雪屋，柳外華前」，唱的是「柳枝詞、桃葉怨」，唱者是「牛童馬僕，閭閻女子，天涯遊客，洞裏仙人，閨中怨女，江邊商婦，場上少年，闤闠優伶」〔註 38〕。以演出處所、題目、唱者見爲清唱無疑。其實，就歌唱而言，清唱與演唱並無本質不同。所以，《唱論》的戲曲理論價值並不會因此而有所降低。

〔註34〕龍建國：《唱論疏正》，江西教育出版社 2015 年版，第 7 頁。

〔註35〕龍建國：《唱論疏正》，江西教育出版社 2015 年版，第 49 頁。

〔註36〕龍建國：《唱論疏正》，江西教育出版社 2015 年版，第 76 頁。

〔註37〕龍建國：《唱論疏正》，江西教育出版社 2015 年版，第 91 頁。

〔註38〕龍建國：《唱論疏正》，江西教育出版社 2015 年版，第 89 頁。

（三）周德清《中原音韻》

周德清（1277～1365），江西高安人，出生文人世家，一生困頓未仕，生平事蹟不詳。所著《中原音韻》爲戲曲理論史的重要文獻。

《中原音韻》分曲韻與正語作詞起例兩部份。後者又包括兩個內容：一是 335 支曲牌的宮調屬性，以及《作詞十法》之九、之十。之九「末句」列22 類譜式，之十「定格」列 40 支曲牌譜例。二是《作詞十法》之知韻、造語、用事、用字、入聲作平聲、陰陽、務頭、對偶等八項。任訥《中原音韻作詞十法疏證序》曰：「按周氏原書體裁本爲曲韻，而卷末附此十法，則以曲韻而兼曲論矣。」﹝註39﹞因此，《中原音韻》並不限於聲韻，而是一部總結元代戲曲創作經驗的專著。

《中原音韻》副標題爲：正語之本，變雅之端。其自序曰：「欲作樂府，必正言語；欲正言語，必宗中原之音。」﹝註 40﹞中原音韻是以中原之音爲基礎的天下通語之音韻，此爲正語。由於歷史發展而音韻變化，「平分陰陽，入派三聲」，造成「歌其字，音非其字」的現象，使歌者矯舌，聽者不解。特別是南人以南腔歌北曲，或以北腔歌南北合腔，南北合腔出現許多聲律問題。虞集序曰：「吳人呼『饒』爲『堯』，讀『武』爲『姥』，說『如』近『魚』，切『珍』爲『丁心』之類，正音豈不誤哉！」﹝註 41﹞《中原音韻》自然爲作詞正音而設。

《作詞十法》包括知韻、造語、對偶、用事、用字、務頭、末句、定格，主要是對戲曲語言的研究。《作詞十法》前曰：「凡作樂府，古人云：『有文章者謂之樂府』，如無文飾者謂之俚歌，不可與樂府共論也。」﹝註42﹞樂府不可爲俚歌，而要有文章，表現了文人戲曲創作由俗而雅的審美趨向。周德清主張戲曲「務選俊語」，所謂俊語，即清麗巧妙、生動活潑、富於靈思、機趣的文字，它體現了「文而不文，俗而不俗」的審美規範。這是他戲曲語言的綱領，具體體現在語言運用之中。

﹝註39﹞ 任訥：《中原音韻作詞十法疏證》，中華書局 1931 年版，第 2 頁。

﹝註40﹞ （元）周德清：《中原音韻》，《中國古典戲曲論著集成》（一）中國戲劇出版社 1959 年版，第 175 頁。

﹝註41﹞ （元）周德清：《中原音韻》，《中國古典戲曲論著集成》（一）中國戲劇出版社 1959 年版，第 173 頁。

﹝註42﹞ （元）周德清：《中原音韻》，《中國古典戲曲論著集成》（一）中國戲劇出版社 1959 年版，第 231 頁。

其一，造語必俊。他說：「造語必俊，用字必熟。太文則迂，不文則俗；文而不文，俗而不俗，要從觀，又從聽，格調高，音律好，襯字無，平仄穩。」〔註43〕造語分可作、不可作兩項。可作有樂府語、經史語、天下通語；不可作有三組，它們分別與樂府語、經史語、天下通語相對。

具體而言：一是樂府語。樂府語指前代文人詩歌的語彙與語態。於此相反，張打油語、雙聲疊韻語、六字三韻語不可作。（張打油語，指作詩造語俗而油滑；雙聲疊韻語，反入艱難之鄉；六字三韻語，句句急口令矣。）雖說樂府成文章，但貴在音節瀏亮，不能語言艱澀。二是經史語。經史語指語態，經語指言理，史語指敘事。於此相反，書生語、全句語、譏誚語則不可作。（書生語，周氏解釋曰：「書之紙上方曉，歌則莫知所云。」全句語，指引用古人成句。譏誚語，周氏解釋曰：「諷刺，古有之。不可直述，託一景，詠一物可也。」）三是天下通語。天下通語指規範化的口語，相當於今之普通話，文人以天下通語，而不是書面語寫作歌辭。於此相反，俗語、蠻語、謔語、嗑語、市語、方語、枸肆語不可作。（俗語，口語之俚者；蠻語，蠻橫狠戾之語；謔語，惡戲俳調之語；嗑語，嘮叨瑣碎之語；市語，市井猥鄙之語；方語，他方不解之語；枸肆語，勾欄流行行話。）這些語言要求具體體現了「文而不文，俗而不俗」的審美規範。

其二，突出務頭。他說：「要知某調、某句、某字是務頭，可施俊語於其上。」〔註44〕務頭是戲曲語言的關鍵之處，更要造語必俊，文章與音律諧美。王驥德《曲律·論務頭》解釋曰：「（務頭）係調中最緊要句子。凡曲遇揭起其音而宛轉其調，如俗之所謂『做腔』處。每調或一句，或二、三句；每句或一字，或二、三字，即是務頭。」〔註45〕後人論務頭多有分歧，而從語言運用處落腳，似更符合作者的本意。

《中原音韻》論音韻，論語言，解決了戲曲創作的重要問題，對戲曲創作具有現實的指導意義，對戲曲理論產生了重要影響。

〔註43〕　（元）周德清：《中原音韻》，《中國古典戲曲論著集成》（一）中國戲劇出版社1959年版，第232頁。

〔註44〕　（元）周德清：《中原音韻》，《中國古典戲曲論著集成》（一）中國戲劇出版社1959年版，第236頁。

〔註45〕　（明）王驥德：《王驥德曲律》，湖南人民出版社1983年版，第100頁。

（四）鍾嗣成《錄鬼簿》

鍾嗣成（？1279～1360），字繼先，號醜齋，原籍大梁（今河南開封），後寄居杭州。早年入杭州儒學，曾爲江浙行省小吏。延祐復科後，數次科考不中，以市民終老。所著《錄鬼簿》共收錄戲曲家 152 人，劇目 448 本，成爲研究元代戲曲的基本資料。全書分兩卷，卷上記錄已死名公、才人有樂府、傳奇行於世者，有目而無評。卷下記錄方今名公、才人的小傳、作品，並對已亡而相知者作《凌波仙》弔詞，其中多有品評之語。

其一，肯定戲曲價值。元代文人地位非常低下，有所謂「九儒十丐」的說法。從事戲曲工作，尤爲社會所不恥，所謂「門第卑微，職位不振」。雖然通俗文學發展繁榮，但人們在觀念上仍然固守著詩文正統的思想。爲了提高戲曲地位，肯定戲曲價值便成爲理論界的重要任務，鍾嗣成《錄鬼簿》完成了這個任務。

他從人生觀角度肯定戲曲家的地位。他說：「酒罍飯囊，或醉或夢，塊然泥土者，則其人與已死之鬼何異」；「其或稍知義理，口發善言，而於學問之道，甘於暴棄，臨終之後，漠然無聞，則又不若塊然之鬼爲愈也」；「獨不知天地開闢，亙古及今，自有不死之鬼在……是則雖鬼而不鬼者也。」〔註 46〕他指出三種不同的人生。第一種不知義理，雖生猶死；第二種雖知義理，知而不爲，最爲可歎；第三種是聖君賢臣、忠孝士子，他們建功立業，雖死不鬼，超越死亡而具有不朽價值。

鍾嗣成肯定聖君賢臣、忠孝士子，是爲肯定戲曲家所作的鋪墊。他認爲戲曲家「刻意詞章」，「高才博識，俱有可錄」，他們與「著在方冊者」同觀，一樣具有不朽價值。他擔心戲曲家事蹟「歲月彌久，湮沒無聞」，因而寫作了《錄鬼簿》，以「使已死未死之鬼，作不死之鬼，得以傳遠」。鍾嗣成爲戲曲家作史作傳，把戲曲家的地位提高到聖君賢臣、忠孝士子的高度，把戲曲事業看作可以不朽的終身事業，這種見識的確不同凡響。

其二，評價作家得失。《錄鬼簿》在「前輩已死名公有樂府行於世者」中列董解元爲首，注曰：「大金章宗時人，以其創始，故列諸首。」〔註 47〕董解元作諸宮調《西廂記》，鍾嗣成將之列諸首，說明諸宮調乃北曲之前身。在「前

〔註 46〕（元）鍾嗣成、賈仲明：《新校錄鬼簿正續編》，浦漢明校，巴蜀書社 1996 年版，第 32 頁。

〔註 47〕（元）鍾嗣成、賈仲明：《新校錄鬼簿正續編》，浦漢明校，巴蜀書社 1996 年版，第 43 頁。

輩已死名公才人有所編傳奇行於世者」中，列關漢卿爲首，肯定關漢卿戲曲創作的偉大成就。鍾嗣成高度評價董解元、關漢卿在戲曲發展史上的地位，這是很有歷史眼光的。至於按照年輩順序排列戲曲家，也體現了戲曲發展的時序。

對於戲曲家的評價，他既肯定其成就，也指出其不足，頗具有辯證的眼光。如弔鄭光祖的《凌波仙》：「乾坤膏馥潤肌膚，錦繡文章滿肺腑。筆端寫出驚人句，解翻騰，今更古，占詞霸壇，老將服輸。《翰林風月》、《梨園樂府》，端得是曾下工夫。」〔註48〕高度讚揚鄭光祖的戲劇成就，而在「小傳」中也指出他的不足：「惜乎所作貪於俳諧，未免多於斧鑿，此又別論焉。」〔註49〕這樣的評論客觀公允，無疑對戲曲創作產生積極作用。

此外，《錄鬼簿》也揭示了戲曲作家的內在素質。他說：「但於學問之餘，事務之暇，心機靈變，世法通疏，移宮換羽，搜奇索怪，而以文章爲戲玩者，誠絕無而僅有也。」〔註50〕「心機靈變」，是藝術資質；「世法通疏」，是生活準備；「移宮換羽」，是創作特徵；「搜奇鎖怪」，是心理定勢。從四個方面揭示了作家的素質，對於理解元代的戲曲創作具有重要意義。

從元代開始，中國戲曲理論進入自覺時期，元代的戲曲批評涉及到戲曲藝術的各個方面，揭示了戲曲藝術的獨特規律，表現了平民化的審美趣味，成爲中國戲曲理論的第一個高峰，爲後來戲曲理論發展奠定了重要基礎。

三、元代的詩文批評

元代文學思想存在明顯分裂，一派是通俗文學作者，他們混跡於勾欄瓦肆，與統治者保持著相當距離；一派是傳統詩文作者，他們多是朝廷文學侍從，認同蒙元王朝的統治。在延祐恢復科考之前，前一派的文學思想占居主導地位；在延祐科考之後，後一派的文學思想占居主導地位。

元代初期，罷黜科考，漢族士人仕進無門，沉淪於社會底層，即便結社吟詩，也多「率意爲詩，不計工拙」。直到延祐元年（1314），朝廷恢復科考，

〔註48〕（元）鍾嗣成、賈仲明：《新校錄鬼簿正續編》，浦漢明校，巴蜀書社1996年版，第122頁。

〔註49〕（元）鍾嗣成、賈仲明：《新校錄鬼簿正續編》，浦漢明校，巴蜀書社1996年版，第121頁。

〔註50〕（元）鍾嗣成、賈仲明：《新校錄鬼簿正續編》，浦漢明校，巴蜀書社1996年版，第157～158頁。

文人紛紛入於彀中。此時國家統一已三十多年，天下承平，國力強盛，便逐漸形成元代的文風。余闕《柳待制文集序》云：「延祐之間，文運方啓，士大夫始稍稍切磨爲辭章。」〔註51〕

（一）政教為宗的批評

延祐科考之後，不少文人走上仕途，他們創作詩文便不再率意而爲，而會自覺納入官方意識形態，於是文學批評形成一些新的特點。

其一，理學濡染。

延祐開科取士，題目皆出自《四書》，考試以朱熹《四書集注》爲標準，元代教育自然也以程朱理學爲基本內容。虞集說：「朱氏諸書，定爲國是。學者尊信，無敢疑二。」〔註52〕這樣，理學作爲元代官學而盛行，文人大多服膺理學，理學對文學批評必然產生重要影響。

宋代理學家對文學的態度有所不同，二程主張「作文害道」、「作詩妨事」，而朱熹則強調「理一分殊」，對文學頗有造詣，如《詩集傳》便多精彩詩論。元代理學承朱子學統而來，對文學表現出極大興趣，文學家多有理學背景，理學家也多有文學創作，這與宋代理學家「重道輕文」的傾向有所不同。元代理學又受到了陸九淵心學的影響，所謂「朱陸和會」，而心學滲透到文學批評之中，便多強調藝術創作主體。如吳澄曰：「詩不似詩，非詩也；詩而似詩，詩也，而非我也。詩而詩已難，詩而我尤難。」〔註53〕這與宋代理學家忽視創作主體的情況也有所不同。

作爲官方意識形態，理學強調文學以《六經》爲根，以德行爲本，主張文學爲現實政治服務。在元朝早期，郝經便說道：「《六經》具述王道，而《詩》、《書》、《春秋》皆本乎史，王者之跡備乎詩。」〔註54〕延祐復科之後，鼓吹文學服務政治教化更不乏其人，虞集作爲元中葉詩壇領袖，他的觀點最具有代表性。虞集（1272～1348）字伯生，號道園，世稱邵庵先生，祖籍仁壽（今屬四川），後遷居崇仁（今屬江西）。大德初薦授大都路儒學教授，累官至國

〔註51〕 （元）柳貫：《柳待制文集》，商務印書館1936年版，第26頁。

〔註52〕 （元）虞集：《跋濟寧李璋所刻九經四書》，（四部備要）《道園學古錄》（卷四十），中華書局1912年版。

〔註53〕 （元）吳澄：《張仲默詩序》，《元代文學批評資料彙編》（上），曾永義編，成文出版社1978年版，第403頁。

〔註54〕 （元）郝經：《王雅序》，《全元文》（四），李修生主編，江蘇古籍出版社1998年版，第191頁。

子監祭酒，奎章閣侍書學士，「文章爲一代所宗」。他說：「古者君臣賡歌於朝，以相勸誡，頌德作樂，以薦於天地宗廟，……而其用大矣。……而最善者，君子之道德，有乎其身，則發諸音而成文者，足以垂世立教，以成天下之務者也。」〔註55〕竭力強調文學修身用世的功能，把文學納入政治教化的範疇。

其二，宗崇盛唐。

延祐之後，詩人雲集，出現虞集、楊載、范亨、揭傒斯等代表詩人。歐陽玄《梅南詩序》云：「京師近年詩體一變而趨古，奎章虞先生實爲諸賢倡。」〔註56〕虞集不滿元初「南方新附，江鄉之間逢掖縉紳之士」所作文章「膚淺則無所明於理，蹇澀則無所昌其辭，徇流俗者不知去其陳腐，強自高者是惟旁竊於異端。斯文斯道，所以可爲長太息者，嘗在於此也。」〔註57〕，提倡古代淳正博雅的文學風格。

他們以詩歌當爲治世之音，認爲元朝國力強盛，堪與漢、唐比肩，故文學力求擺脫金宋、晚唐風氣，而極力追慕盛唐氣象。虞集云：「某嘗以爲世道有升降，風氣有盛衰，而文采隨之，其辭平和而意味深長者，大抵皆盛世之音也。」〔註58〕王禕云：「《三百篇》而下莫古於漢魏，莫盛於盛唐，齊梁晚唐有弗論矣。」〔註59〕楊翮云：「今天下承平日久，學士大夫頌詠休明而陶寫性情者，皆足以追襲盛唐之風。」〔註60〕在他們的眼裏，宋金乃是季世之音，盛唐才是治世之音。所以，貶抑宋金而崇尚盛唐，成爲文壇一時風氣。楊士宏編選《唐音》，更反映出時尊唐抑宋的文學風尚。顧嗣立稱「延祐、天曆之間，風氣日開，赫然鳴其治平者，有虞、楊、范、揭，一以唐爲宗，而趨於雅，推一代之極盛」〔註61〕，可謂眞實不虛。

〔註55〕　（元）虞集：《會上人詩序》，《道園學古錄》（卷四十），《四部備要》，中華書局 1912 年版。

〔註56〕　（元）歐陽玄：《梅南詩序》，《歐陽玄全集》，四川大學出版社 2010 年版，第156 頁。

〔註57〕　（元）虞集：《廬陵劉桂隱存稿序》，《道園學古錄》（卷三十三），《四部備要》，中華書局 1912 年版。

〔註58〕　（元）虞集：《李仲淵詩稿序》，《道園學古錄》（卷六），《四部備要》，中華書局 1912 年版。

〔註59〕　（元）王禕：《九靈山房遺稿序》，（元）戴良：《九靈山房遺稿》，商務印書館1935 年版，第 3 頁。

〔註60〕　（元）楊翮：《秦淮棹歌序》，《元代文學批評資料彙編》（上），曾永義編，成文出版社 1978 年版，第 628 頁。

〔註61〕　（清）顧嗣立：《寒廳詩話》，《歷代詩話統編》（四），北京圖書館出版社 2003年版，第 105 頁。

其三，追求雅正。

歐陽玄云：「我元延祐以來，彌文日盛，京師諸名公，咸宗魏晉唐，一去金宋季世之弊，而趨於雅正，詩丕變而近於古，江西之士之京師者，其詩亦棄其舊習焉。」〔註62〕雅正，源於儒家詩教之風雅。風雅本包括美、刺兩端，而雅正抽去了其中的諷諫批評，便只剩下了歌頌讚美，以此凸顯所謂的「治世之音」。

追求雅正是儒家詩教在新的歷史條件下的表現。揭傒斯云：「夫為詩與為政同，心欲其平也，氣欲其和也，情慾其真也，思欲其深也，紀綱欲明，法度欲齊，而溫柔敦厚之教常行其中也。」〔註63〕他主張為詩與為政一致，即詩歌必須為蒙元盛世歌功頌德。元人戴良說：「我朝自天曆以來，學士大夫以文章擅名海內者，有蜀郡虞公、豫章揭公、金華柳公、黃公。一時作者，涵醇茹和，以鳴天平之盛。」〔註64〕為此，楊載對雅正更提出具體要求。他說：「諷諫之詩，要感事陳辭，忠厚懇惻。諷諭甚切，而不失情性之正；觸物感傷，而無怨懟之詞」；「征行之詩，要發出悽愴之意，哀而不傷，怨而不亂，要發興以感其事，而不失情性之正」；「讚美之詩，多以頌禱期望為意，貴乎典壓渾厚，用事宜得當親切。」〔註65〕所謂「不失性情之正」，就是對現實「無怨懟之詞」。這樣一來，雅正的藝術追求就完全納入了官方意識形態軌道。

（二）性情為本的批評

元代科考歧視漢族士人，能夠仕途發達的畢竟是極少數，而多數人仍游離於體制之外。因此，「元代士人們的思想卻又是相當自由的、活躍的，他們不像宋、明人那樣受科舉與理學的束縛。他們中做大官的不多，有些人終身不仕，嘯傲林泉，因此他們評論詩文便常有獨到會心之處。」〔註66〕這樣便形成元代詩文批評的另一種傾向。

其一，反對復古。

〔註62〕　（元）歐陽玄：《羅舜美詩序》，《歐陽玄全集》，四川大學出版社 2010 年版，第 160 頁。

〔註63〕　（元）揭傒斯：《蕭孚有詩序》，《揭文安公文粹》，商務印書館 1936 年版，第 6 頁。

〔註64〕　（清）顧嗣立：《元詩選》（庚集），中華書局 1987 年版，第 1878 頁。

〔註65〕　（元）楊載：《詩法家數》，《歷代詩話》（下），何文煥輯，中華書局 1981 年版，第 733 頁。

〔註66〕　顧易生等：《宋金元文學批評史》，上海古籍出版社 1996 年版，第 817 頁。

　　與宗唐風氣相反，也有反對復古的聲音。如劉洗便批評文學復古風氣。其《與揭曼碩學士》云：「古今文章甚不一矣，後之作者期於古而不期於襲，期於善而不期於同，期於理之達、神之超、變化起伏之妙，而不盡期於爲收斂平緩之勢。一二十年來，天下之詩，於律多法杜工部《早期大明宮》、夔府《秋興》之作。於長篇又多法李翰林長短句。李杜非不佳矣，學者固當以是爲正途，然學而至於襲，襲而至於舉世同一聲，豈不反似可厭哉！……蓋士非學古則不能以超於今，而今亦何必不如古；使吾自能爲古，則吾又後日之古也。若同然而學爲一體，不能變化以自爲古，恐學古而不離於今也。」〔註67〕學古而至於襲古，襲古而至於雷同，這是他不願意看到的。他能正確理解古今關係，反對因襲模擬古人，而主張文學反映現實，這些認識無疑是深刻的。

　　王沂則從風土時代不同，說明復古模擬的錯誤。他說：「言出而爲詩，原於人情之眞；聲發而爲歌，本於土風之素，……遼、交、梁、薊，生而殊言；青、越、函、胡，聲亦各異。於是唐儉、魏陋、衛靡、鄭淫，蓋有得於天地自然，莫之爲而爲之者矣。余嘗怪世之宗唐詩者陋中州，是蓋不知一代之文有一代之體，大而質文之異尙，小而鹹酸之殊嗜。夫以一己之好惡而欲人之我同，惑矣。」〔註68〕風土不同，時代不同，性情不同，復古模擬實在是荒唐可笑的。

　　其二，強調性情。

　　反對復古的另一面，往往強調詩歌抒發詩人性情。黃溍論詩云：「予聞爲詩者必發乎情，人同此心，心同此理。則其情亦無大相違。言詩而本於人情，故聞之者莫不有所契焉。至於格力之高下，語意之工拙，特以其受材之不齊，非可強而致也。後世乃以詩爲顓門之學，慕雅淡則宗韋、柳，矜富麗則法溫、李，掇拾模擬，以求其形似，不爲不近，而去人情已遠矣。」〔註69〕模擬古人必然遠離詩人性情，這就違背了詩歌表現性情的根本特徵。

　　陳繹《靜春堂詩集後序》云：「情發爲詩而生於境，使詩眞出乎是。居莽蒼、遇寂寞，雖欲爲富麗雄偉不可得也。居順境者反是。索其居而習焉者爲

〔註67〕（元）劉詵：《與揭曼碩學士》，《元代文學批評資料彙編》（上），曾永義編，成文出版社1978年版，第554頁。

〔註68〕（元）王沂：《隱軒詩序》，《元代文學批評資料彙編》（上），曾永義編，成文出版社1978年版，第571頁。

〔註69〕（元）黃溍：《午溪集序》，（元）陳鎰：《午溪集》，商務印書館1936年版，第1頁。

主於內；即其遇而感焉者萬變於前，二者合而見乎辭，詩之體於是不一矣。
十五國之詩，音聲情態往往不同，居使之然也。周變而王，豳易而秦，遇使
之然也。」〔註70〕詩歌表現性情，離不開具體環境。陳繹將之分析爲居與遇
兩方面。居，指長期固定環境；遇，指短期環境變化。以此論詩，把詩歌創
作與現實環境聯繫起來，比泛泛論詩言性情更深入了一層。

其三，主張自得。

詩反映現實，抒發性情，從根本上說由詩人自得而成。張翥《午溪集序》
云：「余早歲學詩，悉取古今人觀之，若有脫然於中者，由是知性情之天、聲
音之天，發乎文字間，有不容率意模寫。然亦師承作者以博乎見聞，遊歷四
方以熟乎世故。必使事物情景，融液混圓，乃爲窺詩家堂室。」〔註71〕「師
承作者」，「遊歷四方」，皆通過詩人自然本性而「融液混圓」，離開詩人個性
便不能窺見詩家之堂奧。

羅大巳爲郭鈺《靜思集》作序曰：「詩本性情者也，夫中人之性情不能不
有所偏，隨其所偏，徇其所至，則溢而爲聲音，發而爲言笑，亦各有自得之
妙焉，是豈可以人力強同之哉。……而近年以來江湖作者，則往往託以音節
之似，必求工於詞，而不本於性情，譬之刻木爲人，衣之寶玉，面目肌髮，
似則似矣，被服瑰奇，美則美矣，然求其神情色態，出於天然自得之妙者，
終莫知其所在也。」〔註72〕他強調個性，以詩人自得爲妙，對違背個性的模
擬之作，則給予嚴厲的批評。

甘復更從才性說明詩人個性的內涵。其《讀東坡文》云：「天賦人以才，
雖萬億有不同。聖人之道同也，而才不能無異焉。能清者鮮于和，和者恒不
足以清也。孔子弟子游於聖人之門一也，能政事者不能言語，能言語者未必
能政事也。至於文，古今作者何多也，才有不同，故各伸所長以名家。豈道
不同，識見有淺深而然哉！」〔註73〕道同而才異，官方意識形態的共同要求，
不能成爲抹殺詩人個性的理由。

〔註70〕 （元）陳繹：《靜春堂詩集後序》，（元）袁易：《靜春堂詩集》，商務印書館1937
年版，第1頁。

〔註71〕 （元）張翥：《午溪集序》，（元）陳鎰：《午溪集》，商務印書館1936年版，
第2頁。

〔註72〕 （元）羅大巳：《郭鈺靜思集序》，《歷代別集序跋綜錄》（元～明），錢仲聯主
編，江蘇教育出版社2005年版，第799頁。

〔註73〕 （元）甘復：《讀東坡文》，《全元文》（六十），李修生主編，江蘇古籍出版社
1998年版，第283頁。

正因為將性情看作人的天眞自然之情，他們就會把禮義教化丟棄一邊，恢復了詩歌自由抒情的本性，這是元代詩歌批評最可貴的思想。在這種思想影響下，逐步改變了雅正的審美格局，出現了多樣化的文學風格。如元代後期出現許多少數民族詩人，他們本於性情，基於現實，取得了相當的文學成就。顧嗣立說：「有元之興，西北弟子，盡爲橫經，涵養既深，異才並出，雲石海涯，馬伯庸綺麗清新之派振起於前，而天錫繼之，清而不佻，麗而不縟，眞能於袁、趙、虞、楊之外，別開生面者也，各逞才華，標奇競秀，亦可謂極一時之盛者歟！」〔註74〕

（三）兩種傾向的融合

元代詩論的兩種傾向，在元末楊維禎那裡得到一定程度的融合。楊維禎（1296～1370），字廉夫，號鐵崖，諸暨（今紹興）人，元泰定進士。其詩被稱爲「鐵崖體」。宋濂爲楊氏墓誌銘，其序云：「聲光殷殷，摩戛霄漢，吳越諸生多歸之，殆猶山之宗岱，河之走海，如是者四十餘年。」〔註75〕作爲元代後期詩壇巨擘，他論詩將朝野兩種傾向統一了起來。

其一，師古重學。

他推崇漢魏盛唐，力斥「末唐季宋語」。他說：「自《三百篇》後人傳之者凡幾何人，屈、賈、蘇、李、司馬、揚雄尚矣，其次爲曹、劉、阮、謝、陶、韋、李、杜之迭自名家，大抵言出而精，無龐而弗律也；義據而定，無淫而弗就也。下此爲唐人之律、宋之樂章、禪林提唱、無鄉牛社丁俚之謠，詩之敝極矣。」〔註76〕他主張學習古人精神，反對模擬古人。他說：「古之人有士君子之行，其學之成亦尚己。故其出言如山出雲，水出文，草木出華實也。後之人執筆呻吟，模朱擬白以爲詩，尚爲有詩也哉。故模擬愈逼而去古愈遠。」〔註77〕其門人吳復於《輯錄鐵崖先生古樂府序》記云：「復學詩於先生者有年矣。嘗承教曰：『認詩如認人，人之認聲認貌易也，認性難也，認神又難也。習詩於古而未認其性與神，罔爲詩也。』」〔註78〕

〔註74〕　（清）顧嗣立：《元詩選》（戊集），中華書局1987年版，第1185頁。

〔註75〕　（元）宋濂：《故元江西儒學提舉楊廉夫墓誌銘》，（傳世藏書）《宋濂集》（卷十六），海南國際新聞出版中心1996年版，第143頁。

〔註76〕　（元）楊維禎：《金信詩集序》，《東維子文集》（卷七），上海書店1989年版。

〔註77〕　（元）楊維禎：《吳復詩錄序》，《東維子文集》（卷七），上海書店1989年版。

〔註78〕　（元）吳復：《輯錄鐵崖先生古樂府序》，《全元文》（三九），李修生主編，江蘇古籍出版社1998年版，第649頁。

其二，師心重情。

他強調性情，重視詩人個性。他說：「詩者人之性情也，人各有性情，則人各有詩也，得於師其得爲吾自家之詩哉。」〔註79〕又說：「詩得於言，言得於志，人各有志有言以爲詩，非跡人以得之者也。東坡和淵明詩，非故假詩於淵明也，其解有合於淵明者故和其詩，不知其詩爲淵明爲東坡也。」〔註80〕人們個性不同，情志不同，詩作自然不同。學習古人也要合於個性。他說：「詩不可以學爲也，詩本性情，有性此有情，有情此有詩也。」〔註81〕，不可以學爲詩，而要以性情爲詩，師古只是手段，目的原是師心。

成復旺指出：「元末楊維禎出，既重個人情志，又本封建綱常。」〔註82〕楊維禎詩論既師心重情，又師古重學，他將朝野兩種文學傾向融合起來，可謂元代詩論的總結。

四、擬古派詩文理論

明代文壇始終貫穿著擬古與反擬古的對立和碰撞，幾乎所有的重要作家、理論家都參與其中，表達了自己的看法。

明代前期便存在復古傾向。開國文人之首的宋濂就提出「宗經師古」，他說：「所謂古者何？古之書也，古之道也，古之心也。道存諸心，心之言形諸書，日誦之，日履之，與之俱化，無間古今也。」〔註83〕明初成就最高的詩人高啓，論詩主張「兼師眾長，隨事模擬」。他說：「詩之要，有曰格、曰意、曰趣而已。格以辨其體，意以達其精，趣以臻其妙也。體不變則入於邪陋，而師古之義乖；精不達則墮於浮虛，而感人之實淺；妙不臻則流於凡近，而超俗之風微。三者既得而後典雅、沖淡、豪俊、穠縟、幽婉、奇險之辭，變化不一，隨所宜而賦焉。」〔註84〕高棅研究唐詩十多年，編定《唐詩品彙》，繼承嚴羽「以盛唐爲法」旨趣，論詩以體格爲主。他論盛唐詩云：「開元、天

〔註79〕（元）楊維禎：《李仲虞詩序》，《東維子文集》（卷七），上海書店1989年版。
〔註80〕（元）楊維禎：《張北山和陶集序》，《東維子文集》（卷七），上海書店1989年版。
〔註81〕（元）楊維禎：《剡韶詩序》，《東維子文集》（卷七），上海書店1989年版。
〔註82〕成復旺等：《中國文學理論史》（二），北京出版社1987年版，第555頁。
〔註83〕（明）宋濂：《師古齋箴》，《宋濂集》（卷二八），《傳世藏書》，海南國際新聞出版中心1996年版，第239頁。
〔註84〕（明）高啓：《獨庵集序》，《高青丘集》，徐澄宇等校點，上海古籍出版社1985年版，第885頁。

寶間，則有李翰林之飄逸，杜工部之沉鬱，孟襄陽之清雅，王右丞之精緻，儲光羲之眞率，王昌齡之聲俊，高適、岑參之悲壯，李頎、常建之超凡，此盛唐之盛者也。」〔註85〕茶陵派李東陽致力於探索唐詩聲調，試圖以雄渾之體改變當時的萎弱詩風，實爲明代擬古主義的先驅。

明代中葉，政治腐敗，王朝衰微，文風腐濫。臺閣體歌功頌德，粉飾太平；八股文代聖立言，陳腐乏味。楊愼稱當時文風云：「宋人曰是，今人亦曰是；宋人曰非，今人亦曰非。高者談性命，祖宋人之語錄；卑者習舉業，抄宋人之策論。」〔註86〕爲了革新衰弊的文風，以李夢陽、何景明爲首的前七子，高倡「文必秦漢，詩必盛唐」，復古風氣彌漫於整個文壇。前七子提倡復古，目的本在於革新文風。他們提醒時人放開眼界，除了臺閣體、八股文之外，尚有秦漢那樣的散文，盛唐那樣的詩歌。在前七子後，又有王愼中、唐順之等爲代表的唐宋派，他們「變秦漢爲歐曾」，變換了模擬的對象，仍走在文學擬古的道路上。以李攀龍、王世貞爲首的後七子，則重複前七子的文學主張。

然而，明代文學復古風氣與唐宋古文運動存在著本質的差別。他們提倡復古意在革新，卻未能實現革新的目的。古代詩文的偉大成就反而束縛了他們的手腳，成了他們身上的沉重包袱，他們不敢超越前人，缺乏文學創新的雄心，只是一味強調模仿古人形式，復古終成爲擬古。這種現象也說明封建文化快要走到盡頭，傳統詩文已經沒有多少發展餘地了。

擬古主義詩文理論最突出表現爲前、後七子的文學主張。

（一）文必秦漢，詩必盛唐

秦漢文章、盛唐詩歌，的確是中國古代文學的高峰，它們對後世文學的影響和啓示是不容否定的。然而，文學是不斷發展的，隨著社會生活的發展變化，文學必然有新的內容和新的形式產生出來。擬古主義者不辨文學源流，脫離社會現實，只是對古人成就一味頂禮膜拜。他們倡導的「文必秦漢，詩必盛唐」，顯然是一種舍本逐末的文學退化論觀點。

推宗秦漢文章盛唐詩，竭力鄙薄後代的文學，前七子代表人物李夢陽、何景明所持觀點是完全一致的。李夢陽（1473～1530），字獻吉，號空同子，慶陽（今屬甘肅）人，後遷居河南扶溝。二十一歲中進士，官戶部郎中。因

〔註85〕（明）高棅：《唐詩品彙・總序》，上海古籍出版社 1988 年版，第 8 頁。
〔註86〕（明）楊愼：《文字之衰》，《升菴集》（卷 52），上海古籍出版社 1993 年版。

彈劾宦官劉瑾下獄。劉瑾誅，復官江西提學副使。後因事革職，居家二十年而卒。著有《空同集》六十六卷。《明史》稱李夢陽：「倡言文必秦漢，詩必盛唐，非是者弗道」；「倡言復古，文自西京，詩自中唐而下，一切吐棄，操觚談藝之士，翕然宗之。」〔註87〕

何景明（1483～1521），字仲默，號大復山人，信陽（今屬河南）人。二十五歲中進士，授中書舍人。劉瑾專權，託病辭歸。劉瑾誅，復官陝西提學副使。著有《大復山人集》三十八卷。何景明也說：「近詩以盛唐為尚，宋人似蒼老而實疏鹵，元人似秀峻而實淺俗。」又說：「夫文靡於隋，韓力振之，然古文之法亡於韓；詩弱於陶，謝力振之，然古詩之法亦亡於謝。」〔註88〕古文之法盡、古詩之法盡，說明詩文已經達到峰頂，自然也就不能有所發展了。

後七子代表人物李攀龍、王世貞，繼續宣揚前七子的觀點。李攀龍（1514～1570），字于鱗，號滄溟，歷城（今山東濟南）人。三十歲中進士，官至河南按察使。著有《滄溟集》。王世貞（1526～1590），字元美，號鳳洲，又號弇州山人。二十一歲中進士，官至南京刑部尚書。他繼李攀龍之後，獨柄文壇二十年。著有《弇州山人四部稿》、《弇州山人四部續稿》。

李攀龍說：「文自西京，詩自天寶而下，俱無足觀。」〔註89〕王世貞也說：「西京之文實；東京之文弱，猶未離實也；六朝之文浮，離實矣；唐之文庸，猶未離浮矣；宋之文陋，離浮矣，愈下矣；元無文。」〔註90〕又說：「盛唐之於詩也，其氣完，其聲鏗以平，其色麗以雅，其力沈而雄，其言融而無跡，故曰：盛唐其則也。」〔註91〕前後七子標舉秦漢盛唐，自以為直截根源，取法乎上，而實則忘源逐流，舍本逐末，完全是一代不如一代的文學退化論。

（二）強調法度，模擬形式

秦漢文章、盛唐詩歌，確實有許多優秀作品值得後人學習。它們的優秀之處在於其內容反映社會現實，藝術具有獨創精神。然而，前、後七子偏偏不去學習這些方面，而是片面模擬形式，只學得古人的皮毛。

〔註87〕 （清）張廷玉等：《李夢陽傳》，《明史》，中華書局1974年版，第7346頁。

〔註88〕 （明）何景明：《何大復集》，李淑毅等點校，中州古籍出版社1989年版，第575、577頁。

〔註89〕 （清）張廷玉等：《李攀龍傳》，《明史》，中華書局1974年版，第7377頁。

〔註90〕 （明）王世貞：《藝苑卮言校注》，羅仲鼎校注，齊魯書社1992年版，第102頁。

〔註91〕 （明）王世貞：《徐汝思詩集序》，《王世貞文選》，蘇州大學出版社2001年版，第28頁。

李夢陽認為，古人作品無論篇章結構、修辭、音調，都有一成不變的法式，只要嚴格遵守法式，刻意模擬，就可以得到古人那樣的格調，就可以取得古人那樣的成就。他說：「文必有法式，然後中諧音度，如方圓之於規矩，古人用之，非自作之，實天生之也。今人法式古人，非法式古人也，實物之自則也。」〔註92〕他將古人法式等同於天生的法式，即文學創作的一般規律。對這些法式，他談得非常具體。《再與何氏書》云：「古人之作，其法雖多端，大抵前疏者後必密，半闊者半必細，一實者必一虛，疊景者意必二」；「此予所謂法，圓規而方矩者也」。〔註93〕這些法式本是古人創作的經驗，借鑒它們而靈活運用，使形式更多變化，形象更加豐富，也是有助文學創作的。但是，將它們看作一成不變的原則，就陷入了荒謬的境地。李夢陽提出「學不得古，苦心無益」，「視古修辭，寧失諸理」，這樣擬古成癖將本末完全顛倒了。

對模擬法度，何景明也沒有不同。他說：「古文之法亡於韓，古詩之法亦亡於謝。」所說的「法」，與李夢陽完全一致。他說：「僕嘗謂詩文有不可易之法者，辭斷而意屬，聯類而比物也」；「凡物有則及者，及而退者，與過焉者，均謂之不至」〔註94〕。他主張學習古人法式，亦步亦趨，那是毫不含糊的。

王世貞論詩文也強調法度。其論詩法云：「七言律……篇法有起，有束，有放，有斂，有喚，有應，大抵一開則一合，一揚則一抑，一象則一意，無偏用者；句法有直下者，有倒插者，倒插最難，非老杜不能也；字法有虛，有實，有沈，有響，虛響易工，沉實難至。」〔註95〕其論文法云：「首尾開闔，繁簡奇正，各極其度，篇法也。抑揚頓挫，長短節奏，各極其致，句法也。點掇關鍵，金石綺彩，各極其造，字法也。篇有百尺之錦，句有千鈞之弩，字有百鍊之金。文之與詩，固異象同則，孔門一唯，曹溪汗下後，信手拈來，無非妙境。」〔註96〕這些法則，與前七子所言並無二致。

以上材料說明擬古者旨趣所在，他們遺神求貌，只是模擬古人形式，當然只得古人皮毛，而難得古人精髓。

〔註92〕　（明）李夢陽：《答周子書》，《中國歷代文論選》（3），郭紹虞主編，上海古籍出版社 1980 年版，第 52 頁。

〔註93〕　（明）李夢陽：《再與何氏書》，《中國歷代文論選》（3），郭紹虞主編，上海古籍出版社 1980 年版，第 51 頁。

〔註94〕　（明）何景明：《何大復集》，李淑毅等點校，中州古籍出版社 1989 年版，第 575、576 頁。

〔註95〕　（明）王世貞：《藝苑卮言校注》，羅仲鼎校注，齊魯書社 1992 年版，第 28 頁。

〔註96〕　（明）王世貞：《藝苑卮言校注》，羅仲鼎校注，齊魯書社 1992 年版，第 38 頁。

（三）模擬古人，意見分歧

在文學擬古的風潮之中，他們也表現出一些不同意見。

一是模擬對象的分歧。這突出表現爲唐宋派模擬唐、宋散文與七子派模擬秦漢散文的抗衡。唐宋派人物開始受前七子影響，後來才開宗立派。《明史》稱：「（王）愼中爲文，初主秦、漢，謂東京之下無可取。已悟歐、曾作文之法，乃盡焚舊作，一意師仿，尤得力於曾鞏。（唐）順之初不服，久亦變而從之。」〔註97〕茅坤（1512～1601），字順甫，號鹿門，歸安（今浙江吳興）人，二十六歲中進士，官至大名兵備副使。他追隨王愼中、唐順之，編選《唐宋八大家文鈔》，影響頗爲深遠。歸有光（1506～1571），字熙甫，崑山（今屬江蘇）人。九歲能文，而五十九歲才中進士，官至南京太僕寺丞。著有《震川先生集》。歸有光喜好《史記》，得其風神脈理，自謂可肩隨歐、曾。他們標舉唐宋散文，與七子派「文必秦漢」抗衡。他們認爲，唐宋散文乃是秦漢散文的繼續，並且形成自己的特點。這既批評了唯古是尙的風氣，也肯定唐宋散文的藝術成就。「變秦、漢爲歐、曾」，其實也包含了一定的文學革新內容。

茅坤《八大家文鈔總序》稱：「世之操觚者，往往謂文章與時相高下，而唐以後且薄不足爲。噫！抑不知文特以道相盛衰，時非所論也。其間工不工，則又繫乎斯人者之稟，與其專一之致否何如耳？如所云，則必太羹玄酒之尙，茅茨土簋之陳，而三代而下，明堂玉帶，雲罍犧樽之設，皆駢枝也已！」〔註98〕文學「以道相盛衰」，而非「與時相高下」，這便回擊了秦漢派「唐以後且薄不足爲」的謬論。當然，文學盛衰，「又繫乎斯人者之稟，與其專一之致」。思想意識、作家才能，與文學盛衰的關係更爲直接，這個觀點揭示了唐宋八大家產生的文化機制，也深化了對文學與社會關係的認識。

二是模擬方法的分歧。唐宋派主張學習古人要吸取神理，反對句擬字模。茅坤批評當時文人模擬《史記》、《漢書》云：「大都近代以來，縉紳先生好摹畫《史記》、《漢書》爲文章，而於公卿士庶誌銘傳記，特借《史》、《漢》之膚髮以爲工，而於斯人之神理或杳然而未及。」〔註99〕歸有光也批評那些模擬古人皮毛者，乃是「知美顰而不知顰之所以美」，認爲「知《史記》之所以

〔註97〕（清）張廷玉等：《王愼中傳》，《明史》，中華書局 1974 年版，第 7366 頁。

〔註98〕（明）茅坤：《茅坤集》，張大芝、張夢新點校，浙江古籍出版社 1993 年版，第 482 頁。

〔註99〕（明）茅坤：《與郁秀才書》，《茅坤集》，張大芝、張夢新點校，浙江古籍出版社 1993 年版，第 285 頁。

爲《史記》，則能《史記》矣」〔註100〕。唐宋派取神遺貌的方法，比秦漢派的刻板模擬要高明一些。但是，他們大多精於八股制藝，評點寫作技巧帶有八股氣息，這又引導人們關注細枝末節，與七子派表現出同樣的弊病。

在模擬方法上，七子派內部也存在著分歧，如李夢陽、何景明的爭論便表現出嚴重的分歧。李夢陽致書何景明，批評他的詩作有乖古法；何景明以《與李空同論詩書》作答；李夢陽又作《駁何氏論文書》、《再與何氏書》反覆辯難。

李夢陽的擬古方法是句模字擬，《再與何氏書》說：「夫文與字一也。今人模臨古帖即以太似不嫌，反曰能書。何獨至於文，而欲自立一門戶邪？」〔註101〕把文學創作與臨摹古帖等同起來，反對文學創作的獨創性，自然是非常荒謬的。何景明主張文學創作要「推類極變」，他說：「今爲詩不推類極變，開其未發，泯其擬議之跡，以成神聖之功，徒敘其已陳，修飾成文，稍離舊本，便自杌梲，如小兒倚物能行，獨趨顛僕。」〔註102〕這眞可謂反戈一擊，正中擬古要害。那麼，何景明的模擬方法是怎樣的呢？

他說：「僕則欲富於材積，領會神情，臨景構結，不仿形跡。」〔註103〕這就是說，學習古人法度，不能亦步亦趨，而要領會神情，學古而不泥古。「皆能擬議以成其變化」，做到「體物雜撰，言辭各殊，君子不例而同之也，取其善焉已爾」；「法同則語不必同」；「虛其竅，不假聲矣，實其質，不假色矣」。他把模擬只作爲手段，猶如筏之於渡，「捨筏則達岸矣，達岸則捨筏矣」。通過模擬之手段，以達到「自創一堂室，開一戶牖，成一家之言，以傳不朽」的目的〔註104〕。

在模擬方法上，李、何歧異如下：一是方法不同，李刻意古範，何領會神情。「空同子刻意古範，鑄形宿鎮，而獨守尺寸。僕則欲富於材積，領會神情，臨景構結，不仿形跡。」一個趨於外在行跡，一個求於內在神情。如言

〔註100〕　（明）歸有光：《五嶽山人前集序》，《歸震川集》，商務印書館1924年版，第3頁。

〔註101〕　（明）李夢陽：《再與何氏書》，《中國歷代文論選》（3），郭紹虞主編，上海古籍出版社1980年版，第51頁。

〔註102〕　（明）何景明：《何大復集》，李淑毅等點校，中州古籍出版社1989年版，第576頁。

〔註103〕　（明）何景明：《何大復集》，李淑毅等點校，中州古籍出版社1989年版，第575頁。

〔註104〕　（明）何景明：《何大復集》，李淑毅等點校，中州古籍出版社1989年版，第577頁。

古人之法，李偏於寫作技巧，如前疏後密、半闊半細；何重於寫作原則，如「辭斷而意屬，聯類而比物」。前者「徒敘其已陳，修飾成文」，而後者「法同則語不必同」。二是對象不同，李重聲色之末，何重竅實之本。「聲以竅生，色以質麗。」竅質爲本，聲色爲末，「虛其竅，不假聲矣，實其質，不假色矣」；「而求之聲色之末，則終於無有矣」。何景明認爲自己求竅質之本，而李夢陽求聲色之末。他批評道：「若閒緩寂寞以爲柔澹，重濁剜切以爲沉著，艱詰晦塞以爲含蓄，野俚輳積以爲典厚，豈惟繆於諸義，亦並其俊語亮節悉失之矣！」〔註105〕因爲模擬古人聲色，只能得到一個空架子而已。三是目的不同，李不立門戶，何開一戶牖。李夢陽以秦漢、盛唐爲極則，所謂「今人模臨古帖，即太似不嫌，反曰能書。何獨至於文，而欲自立一門戶邪？」何景明以「登岸捨筏」爲喻，說明學習古人只是手段，而要「推類極變，開其未發」，目的在於「自創一堂室，開一戶牖，成一家之言，以傳不朽」。

　　二者相較，何景明的觀點似乎更合理一些。對於李、何之爭，王世貞便說：「信陽之捨筏，不免良箴；北地之效顰，寧無私議？」〔註106〕他批評李夢陽模擬之弊：「剽竊模擬，詩之大病。……近日獻吉『打鼓鳴鑼何處船』語，令人一見匿笑，再見嘔噦，皆不免爲盜跖、優孟所訾。」〔註107〕當然，也應該看到，他們的理論與創作是有距離的。李夢陽創作有突破理論之處，而何景明創作也並非達到登岸捨筏的境界。總之，主張擬古，自低一籌，桌下風箏，終難升空而已。

（四）思想交鋒，觀念調整

　　擬古派不同看法的爭論，自然促使人們自我反思。各種思想認識的交鋒，使那些偏激觀點難以堅持，於是，人們更多採取綜合折中的辯證態度，其文學觀點在不同程度上也作出了相應的調整。

　　如李夢陽晚年對自己作品也表達了不滿，他在《詩集自序》中引述並認同王叔武的看法：「夫詩者，天地自然之音也。今途咢而巷謳，勞呻而康吟，一唱而群和者，其眞也，斯之謂風也。孔子曰：『禮失而求之野』，今眞詩乃在民間，而文人學子，顧往往爲韻言，謂之詩。」他不得不承認：「予之詩，

〔註105〕　（明）何景明：《何大復集》，李淑毅等點校，中州古籍出版社1989年版，第576頁。
〔註106〕　（明）王世貞：《藝苑卮言校注》，羅仲鼎校注，齊魯書社1992年版，第232頁。
〔註107〕　（明）王世貞：《藝苑卮言校注》，羅仲鼎校注，齊魯書社1992年版，第216頁。

非眞也。王子所謂文人學子韻言耳，出之情寡而工之詞多者也。」〔註108〕表達出對早年創作的追悔之情。

又如唐順之，他是八股文大家，八股文最講究起承轉合、繩墨布置，他論文章也頗重法度。他選錄先秦至宋的文章編爲《文編》，自序云：「斷木爲棋，棿革爲鞠，莫不有法，而況於書乎？然則又況於文乎？以爲神明乎吾心而止矣。……然則不能無文，而文不能無法，是編者文之工匠，而法之至也。」〔註109〕而在四十歲之後，他的文學觀點發生了變化，以至於連茅坤都不能理解。在《答茅鹿門知縣第二書》中，他說：「至如鹿門所疑於我本是欲工文字之人，而不語人以求工文字者，此則有說。鹿門所見於吾者，殆故吾也，而未嘗見夫槁形灰心之吾乎？吾豈欺鹿門者哉！其不語人以求工文字者，非謂一切抹殺，以文字絕不足爲也，蓋謂學者先務，有源委本末之別耳。文莫猶人，躬行未得，此一段公案，姑不敢論，只就文章家論之。雖其繩墨布置，奇正轉折，自有專門師法；至於中一段精神命脈骨髓，則非洗滌心源，獨立物表，具古今隻眼者，不足以與此。今有兩人，其一人心地超然，所謂具千古隻眼人也，即使未嘗操紙筆呻吟，學爲文章，但直抒胸臆，信手寫出，如寫家書，雖或疏鹵，然絕無煙火酸餡習氣，便是宇宙間一樣絕好文字；其一人猶然塵中人也，雖其專專學爲文章，其於所謂繩墨布置，則盡是矣，然番來覆去，不過是這幾句婆子舌頭語，索其所謂眞精神與千古不可磨滅之見，絕無有也，則文雖工而不免爲下格。此文章本色也。」〔註110〕這樣的觀點已經突破了擬古派的框架，倒有些接近於後來公安派的主張了。

再如王世貞，他早年詆毀唐宋派，稱其「憚於修辭，理勝相掩」，只因「便於時制」，才取悅於世人。而後來態度有所轉變，甚至承認唐宋派文章平易自得的風格，但也還是強調「欲習宋者知宋所由來也」。他提出《莊子》、《列子》、《淮南子》、《左傳》「四子」，稱「宋所由來者非它，是『四子』之遺法也」。至於晚年，他更作有《歸有光像贊》，稱讚歸有光文章「不事雕飾，而自有風

〔註108〕　（明）李夢陽：《詩集自序》，《明文選》，趙伯陶選注，人民文學出版社2006年版，第149～150頁。

〔註109〕　（明）唐順之：《文編序》，《唐荊川集選》，林紓選評，商務印書館1924年版，第15頁。

〔註110〕　（明）唐順之：《答茅鹿門知縣第二書》，《中國歷代美學文庫》（明代卷上），葉朗主編，高等教育出版社2003年版，第351頁。

味，超然名家矣」〔註111〕！

明代擬古主義本是爲了革新文風而發，標舉復古原是對臺閣體、八股文的反動。其時明王朝內憂外患，想粉飾太平已不可能。他們提倡「文必秦漢」，本想恢復古文說眞話的傳統；他們提倡「詩必盛唐」，本想恢復詩歌抒眞情的傳統。然而，由於他們只重視模擬古人形式，詩文脫離社會現實，他們沒有能夠取得唐宋古文運動那樣的成功，反而給文學發展帶來消極的影響。

五、反傳統文學新潮

明中葉以後，資本主義因素有了較大發展，尤其沿海地區，手工業和航海業更爲發達。隨著市民階層不斷壯大，反映在思想領域出現了要求擺脫封建禮教束縛的異端學說。在文藝領域也出現了一股反傳統的文學潮流，其下層表現爲日常世俗生活的現實主義，其上層表現爲反抗新古典主義的浪漫主義。李贄就是這一文學潮流的思想領袖。

李贄（1527～1602），名載贄，號卓吾，福建晉江（今屬泉州市）人。其先祖從事航海業，二世祖爲巨商，四世祖「諳譯語」，祖母爲波斯人，祖父和父親信仰伊斯蘭教。這種特殊的生活環境，對李贄思想形成有很大的關係。他稱自己「自幼倔強難化，不信道，不信仙釋，故見道人則惡，見僧人則惡，見道學先生尤惡。」〔註112〕他的思想突破了封建思想體系，具有強烈的思想批判傾向。他否定傳統禮教，攻擊程朱理學，甚至指斥孔子，要求個性解放，對儒家思想具有極大的衝擊力量。

在道學家眼裏，李贄是一個狂士，是一個妖人。他這種叛逆性格，使他受到地方紳士的迫害，最後被人誣告，遭到朝廷逮捕。他說：「余唯以不受管束之故，受此磨難，一生坎坷，將大地爲墨，難盡寫也。」〔註113〕在他七十六歲那年，朝廷準備將他押解原籍看管，他借了理髮的機會，用剃刀自刎而死。他的遺體被朋友們葬在通州北門外，給他立了一丈多高的無字石碑，表達對他的哀悼和對朝廷的抗議。

〔註111〕（明）王世貞：《歸有光像贊》，《王世貞文選》，蘇州大學出版社2001年版，第280頁。
〔註112〕（明）李贄：《王陽明先生年譜後語》，《李贄全集注》（十八），張建業主編，社會科學文獻出版社2010年版，第343頁。
〔註113〕（明）李贄：《豫約·感慨平生》，《李贄全集注》（二），張建業主編，社會科學文獻出版社2010年版，第110頁。

李贄的著作主要有《藏書》、《續藏書》、《焚書》、《續焚書》。明朝當局曾兩次下令焚毀；直到清朝乾隆年間，它們還被列為禁書。然而，卓吾「死而書益傳，名益重」。他的思想符合時代要求，故而能夠轟動當時。「士翕然爭拜門牆」，「由之大江南北及燕薊人士，無不傾動」〔註114〕。儘管李贄的著作被一毀再毀，而他思想影響卻越來越大。

（一）童心說的內涵

在文學思想上，李贄的基本觀點是「童心說」。他以全新的思想啓發作家，以全新的標準衡量作品。他的文學思想具有強烈的思想解放作用，領導和推動了反傳統的文學新潮。童心說的內容主要有如下方面：

其一，標舉童心，批判道學。

所謂童心，就是眞心，就是赤子之心。他說：「夫童心者，眞心也。……夫童心者，絕假純眞，最初一念之本心也」；「童子者，人之初也；童心者，心之初也。」〔註115〕人人都做過童子，人人都有過童心。聖人與愚民的童心一樣，即所謂「滿街都是聖人」，這無疑包含了道德平等的思想。

可惜人們的童心慢慢地喪失了。人們從耳目得到見聞，便以見聞為心，從而喪失了童心；隨著人們逐漸長大，由見聞又得到很多道理，便以道理為心，從而喪失了童心；再以後，見聞得到道理越多，便以道理為善，以童心為惡，學會弄虛作假以揚善掩惡，這就完全喪失了童心。童心就是眞心，沒有童心就沒有了眞心，沒有眞心成了假人。於是，這個世界變成了假人的世界。這些假人有假心，說假話，做假事，寫假文。「蓋其人既假，則無所不假矣。由是而以假言與假人言，則假人喜；以假事與假人道，則假人喜；以假文與假人談，則假人喜；無所不假，則無所不喜。滿場是假，矮人何辯也？」這是一個多麼虛偽的世界啊！

李贄標舉童心，對當時占統治地位的道學作了無情的揭露。他說：「然則六經、《語》、《孟》，乃道學之口實，假人之淵藪也，斷斷乎其不可以語於童心之言明矣。」道學之聞見道理，將童心喪失殆盡。這些道學先生「耕田而求食」、「買地而求種」、「架屋而求安」、「居官而求尊顯」、「博求風水以求福蔭子孫」，本來與常人並無不同，可他們偏偏講一些大道理，什麼「大公無私」

〔註114〕（清）懷陰布：《明文苑李贄傳》，《乾隆泉州府志》，上海書店出版社 2000年版。

〔註115〕（明）李贄：《童心說》，《李贄全集注》（一），張建業主編，社會科學文獻出版社 2010 年版，第 276 頁。本節凡引自此文者，不再注出。

啊，什麼「正義不謀利」啊，什麼「明道不計功」啊，這統統都是假話，都是「畫餅之談，觀場之見，但令隔壁好聽，不管腳跟虛實，無益於事，只亂聰耳，不足採也」。〔註116〕

　　與道學先生相反，普通老百姓不讀儒家經典，不曉得那些陳腐道理，他們卻能夠保持童心。他說：「匹夫無假，故不能掩其本心」〔註117〕，「市井小夫，身履是事，口便說是事；做生意者但說生意，力田者但說力田，鑿鑿有味，真有德之言，令人聽之忘倦矣。」〔註118〕李贄的結論是：「匹夫無假，道學無真」。他用童心揭穿了道學的虛僞本質，向傳統的儒家思想發起了進攻。

　　其二，童心論人，解放個性。

　　以童心論人，人們便分爲兩種：一種保持了童心，便是真人；一種喪失了童心，便是假人。李贄以童心爲標準，反對傳統觀念的束縛，也包括具有至高無上權威的孔子。他說：「夫天生一人，自有一人之用，不待給予孔子而後是也。若必待取是於孔子而後是，則千古之前無孔子，終不得爲人乎？」〔註119〕那些「以孔子是非爲是非」的人們，完全喪失了個性，成爲徹頭徹尾的假人。

　　在李贄看來，每個人都有自己的價值，都有其可貴的真實個性，不必依據聖人生活，更不必裝模做樣爲假道學。李澤厚稱「這種以心靈覺醒爲基礎，真實地提倡以自己的『本心』爲主，摒棄一切外在教條、道德做作，應該說是相當標準的個性解放思想」〔註120〕，他提倡以自己爲本心，抨擊一切封建教條和道德做作，具有巨大的思想啓蒙作用。

　　每人的個性不同，不能強求一律。他說：「蓋聲色之來，發乎性情，由乎自然，是可以牽合矯強而致乎？故自然發乎性情，則自然止乎禮義，非情性之外復有禮義可止也。……莫不有清，莫不有性，而可一律求之哉！」〔註121〕他反對用封建道德的統一規範來扼殺人的個性。

〔註116〕（明）李贄：《德業儒臣後論》，《李贄全集注》（六），張建業主編，社會科學文獻出版社 2010 年版，第 526 頁。

〔註117〕（明）李贄：《何心隱論》，《李贄全集注》（一），張建業主編，社會科學文獻出版社 2010 年版，第 245 頁。

〔註118〕（明）李贄：《答耿司寇》，《李贄全集注》（一），張建業主編，社會科學文獻出版社 2010 年版，第 71 頁。

〔註119〕（明）李贄：《答耿中丞》，《李贄全集注》（一），張建業主編，社會科學文獻出版社 2010 年版，第 40 頁。

〔註120〕李澤厚：《美的歷程》，生活讀書新知三聯書店 2009 年版，第 199 頁。

〔註121〕（明）李贄：《讀律膚說》，《李贄全集注》（一），張建業主編，社會科學文獻出版社 2010 年版，第 364 頁。

他尊重人的個性，要求個性解放，這也是文學創作的基礎。只有從自己的性情出發，才能寫出好文章。「各人有各人之事，各人題目不同，各人就題目裏滾出去，無不妙者。」〔註122〕這種個性解放的思想對文學繁榮有著重要意義。

其三，童心論文，反對擬古。

李贄以童心爲標準衡量文學，認爲出於童心的都是好文章。他說：「天下之至文，未有不出於童心焉者也。苟童心常存，則道理不行，聞見不立，無時不文，無人不文，無一樣創制體格而非文者。」只要具有童心，不論什麼時代，不論什麼作家，不論什麼體裁，都能寫出天下之至文。

一是感於童心，自然成文。他說：「故吾因是有感於童心者之自文也，更說什麼六經，更說什麼《語》、《孟》乎！」好文章完全是個人眞情實感的流露，有童心便鑿鑿有味，與儒家經典沒有任何關係。二是非出童心，雖工無益。他說：「夫既以聞見道理爲心矣，則所言者皆聞見道理之言，非童心自出之言也。言雖工，於我何與！」那些宣揚儒家思想的道理聞見之作，缺乏眞情實感，儘管文字工巧，也是一派假話，只能讓假人喜歡，與眞人毫無關係。三是古今至文，不以時論。他說：「詩何必古選，文何必先秦，降而爲六朝，變而爲近體，又變而爲傳奇，變而爲院本，爲雜劇，爲《西廂曲》，爲《水滸傳》，爲今之舉子業，大賢言聖人之道皆古今至文，不可得而時勢先後論也。」歷代都有童心之作，他特別推崇《西廂記》、《水滸傳》這些通俗文學，打破歷來以詩文爲正宗的傳統觀念。他曾親自點評小說、戲曲，對出自童心的作品給予很高的評價。李贄持進化的文學觀，揭示了一代有一代文學的規律，給予明代擬古主義以尖銳批判。

（二）童心說的影響

李贄的文學思想對文藝領域產生了振聾發聵的啓蒙作用。當時文藝領域各方面的主要人物大多受到他的思想影響。

其一，詩文方面，有袁宏道。

袁宏道（1568～1610），字中郎，號石公，湖廣公安（今屬湖北）人。二十四歲中進士，官至稽勳郎中。他是公安派的領袖，著有《袁中郎集》四十卷。袁中道《中郎先生行狀》說：「先生既見龍湖，始知一切掇拾陳言，株守俗見，死於古人語下。一段精光不得披，至是浩浩焉如鴻毛之遇順風，巨魚

〔註122〕　（明）李贄：《與友人論文》，《李贄全集注》（三），張建業主編，社會科學文獻出版社 2010 年版，第 21 頁。

之縱大壑，能爲心師，不師於心，能轉古人，不爲古轉，發爲語言，一一從胸襟流出。」〔註123〕他主張「獨抒性靈，不拘格套」。所謂性靈，就是作家個人對外界事物的獨到領悟。

以袁宏道爲首的公安派，強調文學表現個人眞實感情，即「才高識遠，信腕信手」，而反對「字比句擬」，「務矯今代蹈襲之風」〔註124〕。他說：「獨抒性靈，不拘格套，非擦自己胸臆流出，不肯下筆。……眞人所作，故多眞聲。不效顰於漢魏，不學步於盛唐，任性而發，始能通於人之喜怒哀樂嗜好情慾，是可喜也。」〔註125〕他們所創作的題材都是平平淡淡的日常生活，普普通通的自然風景。如袁宏道《滿井遊記》寫晴日滿井。寫水：「冰皮始解，波色乍明，鱗浪層層，清澈見底，晶晶然如鏡之新開而冷光乍出於匣也。」寫山：「山巒爲晴雪所洗，娟然如試，鮮妍明媚，如倩女之靧面而髻鬟之始掠也。」寫柳：「柳條將舒未舒，柔梢披風。」寫麥：「麥田淺鬣寸許。」〔註126〕全是眞實的景色和眞實的體驗。公安派散文含有一種近代的文人氣息，對後來五四新文化運動也有著積極的影響。

二是戲曲方面，有湯顯祖。

湯顯祖（1550～1616），字義仍，號若士，江西臨川人。三十三歲中進士，歷官南京禮部主事等。因議論時政，彈劾權貴，遭貶官免職，遂不復出，專門從事戲曲和詩文創作。湯顯祖曾請求朋友給他尋找李贄的著作。李贄《焚書》出版，湯顯祖寫信給蘇州知府石昆玉：「有李百泉（贄）先生者，見其《焚書》，畸人也。肯爲求其書寄我駝蕩否？」〔註127〕他深受李贄思想的影響，主張的唯情論，便是童心說的翻版。

湯顯祖認爲，文學本質是個「情」字，文學之所以動人，只因爲有「情」。他說：「世總爲情，情生詩歌，而行於神。」〔註128〕他評價杜麗娘說：「如麗

〔註123〕（明）袁宏道：《袁宏道集箋校》，錢伯城箋校，上海古籍出版社 2008 年版，第 1649 頁。

〔註124〕（明）袁宏道：《雪濤閣集序》，《袁宏道集箋校》，錢伯城箋校，上海古籍出版社 2008 年版，第 709 頁。

〔註125〕（明）袁宏道：《敘小修詩》，《袁宏道集》，鳳凰出版社 2009 年版，第 132 頁。

〔註126〕（明）袁宏道：《滿井遊記》，《袁宏道集箋校》，錢伯城箋校，上海古籍出版社 2008 年版，第 681 頁。

〔註127〕（明）湯顯祖：《寄石楚陽蘇州》，《湯顯祖詩文集》，徐朔方箋校，上海古籍出版社 1982 年版，第 1246 頁。

〔註128〕（明）湯顯祖：《耳伯麻姑遊詩序》，《湯顯祖詩文集》，徐朔方箋校，上海古籍出版社 1982 年版，第 1050 頁。

娘者，乃可謂之有情人耳。情不知所起，一往而深，生這者可以死，死可以生。生而不可與死，死而不可復生者，皆非情之至也。」他強調「理之所必無，情之所必有」，「情有者理必無，理有者情必無」〔註129〕。其以情抗理的思想，無庸置疑具有反封建意義。

服從於表現「情「的需要，湯顯祖重視戲曲的「意趣神色」。他說：「凡文以意趣神色爲主。」〔註130〕所謂「神」，核心就是「情」；無「情」便無「意趣神」；而「色」則是指曲辭的音韻詞采，自然得服從於「情」的需要。他反對那種按字模聲，缺乏情感內容的模擬之作。

三是小說方面，有馮夢龍。

馮夢龍（1574～1646），字猶龍，號墨憨齋主人，長洲（今江蘇蘇州）人。他畢生從事通俗文學的搜集、編撰工作，成績卓著。馮夢龍應該見過李贄，據明人許自昌記載：馮夢龍「酷嗜李氏之學，奉爲蓍蔡」〔註131〕。他致力於通俗文學，主張文學表現眞情。在小說方面，他重視表現男女之情，以「情」爲思想武器，揭露虛僞的封建禮教。《情史敍》云：「萬物如散珠，一情爲線牽」〔註132〕。他認爲「情始於男女」，對男女之情加以正確引導，可使它流溢於君父子兄弟朋友之間，從而達到情教的目的。馮夢龍的小說創作便體現了這種進步的文學思想。

爲了思想自由，李贄犧牲了生命，而他的思想對文學領域產生了積極影響，鼓起文學領域的解放之風，形成反傳統的文學潮流。李贄思想代表了新生資產階級的思想意識，它與近代資產階級思想一脈相承，這使李贄成爲資產階級思想啓蒙的先驅。

六、明代的民歌認識

通俗文學源遠流長。文學最初多起源於民間，皆屬於通俗文學。然而，在專制社會裏，這些文學成果被統治者拿來專享，從而導致通俗文學的雅化，如《詩經》國風，被行人採來獻給太師，經太師整理之後，用之於邦國禮儀，

〔註129〕　（明）湯顯祖：《牡丹亭記題詞》，《湯顯祖詩文集》，徐朔方箋校，上海古籍出版社 1982 年版，第 1093 頁。

〔註130〕　（明）湯顯祖：《答呂姜山》，《湯顯祖詩文集》，徐朔方箋校，上海古籍出版社 1982 年版，第 1337 頁。

〔註131〕　（明）許自昌：《樗齋漫錄》，上海古籍出版社 1996 年版，第 102 頁。

〔註132〕　（明）馮夢龍：《情史》，南京古籍出版社 1993 年版，第 1 頁。

它們便進入象牙之塔，成為高雅文學。在文化專制之下，高雅文學與通俗文學形成對立的態勢。統治者提倡高雅文學，而輕視通俗文學，通俗文學便只能在民間底層頑強地生存。然而，隨著社會發展，經濟繁榮，人口聚集，都市興起，培育了市民階層的娛樂需要，從而使通俗文學得以逐漸興盛起來。

通俗文學中的民歌，可謂源遠流長。《詩經》的國風，楚地的楚歌，漢樂府民歌，南北朝民歌，唐五代曲子詞，它們都是起源於民間的通俗文學。然而，它們被文人採集並加以模仿，從通俗文學變身為高雅文學。金元散曲，從民間歌曲基礎上產生，反過來又影響民間，促成了明代民歌的繁榮。明代民歌不借助於文人雅化，以本來面目直接傳播，廣泛流行於市井里巷之間，形成明代文學的奇異景觀。沈德符在《萬曆野獲編》之「時尚小令」曰：「嘉、隆間，乃興《鬧五更》、《寄生草》、《羅江怨》、《哭皇天》、《乾荷葉》、《粉紅蓮》、《桐城歌》、《銀絞絲》之屬。自兩淮以至江南，漸與詞曲相遠，不過寫淫媟情態，略具抑揚而已。比年以來，又有《打棗竿》、《掛枝兒》二曲，其腔調約略相似，則不問南、北，不問男、女，不問老、幼、良、賤，人人習之，亦人人喜聽之，以至刊布成帙，舉世傳誦，沁人心腑。」〔註133〕隨著民歌的空前繁榮，人們對民歌的認識也逐步加深，體現了通俗文學觀念的發展。

明代文人對民歌大多持肯定態度，各流派文學主張儘管爭訟激烈，而喜愛民歌則空前一致。主張復古的茶陵派、七子派喜愛民歌。李東陽稱讚民歌為「眞情眞意，暗合而偶中。」〔註134〕李夢陽、何景明對民歌讚不絕口，認為「情詞婉曲」，值得詩人墨客學習。沈德潛說：「元人小令行於燕趙，後浸淫日盛。自宣正至成弘後，中原又行《瑣南枝》、《傍妝臺》、《山坡羊》之屬。李空同先生初自慶陽徙居汴梁，聞之以為可繼《國風》之後。何大復繼至，亦酷愛之。」〔註135〕反復古的公安派更喜愛民歌，袁宏道對民歌極盡推崇，他說：「故吾謂今之詩文不傳矣。其萬一傳者，或今閭閻婦人、孺子所唱《擘破玉》、《打草竿》之類。」〔註136〕至如李開先、徐渭、李維楨、馮夢龍等人，均對民歌格外青睞，發表了肯定意見。在明代文人的心目中，民歌甚至超過了傳統詩文，成為明代文學值得驕傲的成就。陳宏緒引友人卓珂月語曰：「我

〔註133〕（明）沈德符：《萬曆野獲編》，文化藝術出版社1998年版，第692頁。
〔註134〕（明）李東陽：《懷麓堂詩話校釋》，李慶立釋，人民文學出版社2009年版，第132頁。
〔註135〕（明）沈德符：《萬曆野獲編》，文化藝術出版社1998年版，第692頁。
〔註136〕（明）袁宏道：《敘小修詩》，《袁宏道集》，鳳凰出版社2009年版，第132頁。

明，詩讓唐，詞讓宋，曲又讓元，庶幾《吳歌》、《掛枝兒》、《羅江怨》、《打棗竿》、《銀絞絲》之類，爲我明一絕」〔註137〕。

明代文人重視民歌，他們積極搜集整理民歌，如現存明代民歌有《新編四季五更駐雲飛》、《新編題西廂記十二月賽駐雲飛》，及馮夢龍選編的《掛枝兒》、《山歌》等多種。這些足以顯示明代民歌的勃盛。在整理民歌的同時，人們也表達了重要的理性認識。具體而言，包括以下幾方面：

（一）民歌爲詩祖

《詩經》被儒家尊爲經典，其中「國風」便多是民歌。這一點就連道學家的朱熹也看得明白。他說：「凡詩之所謂風者，多出於里巷歌謠之作。所謂男女相與詠歌，各言其情者也。」〔註138〕爲了提高民歌的地位，明代文人往往借助《詩經》說項。李開先說：「故風出謠口，眞詩只在民間。《三百篇》太半采風者歸奏，予謂今古同情者此也。」〔註139〕馮夢龍也說：「書契以來，代有歌謠，太史所陳，並稱風雅，尚矣。」你要否定民歌，便要先否定《詩經》；《詩經》不可否定，那民歌也不可否定。這樣，便借助《詩經》權威，從歷史淵源說明了民歌的重要性。

李夢陽《詩集自序》引王叔武語云：「今眞詩乃在民間。而文人學子，顧往往爲韻言，謂之詩。」〔註140〕民歌爲眞詩，而文人詩僅爲韻言而已。面對民間之眞詩，李夢陽不得不反躬自省：「予以詩，非眞也。王子所謂文人學子韻言耳，出之情寡而工之詞多者也。」〔註141〕民歌之眞，在於情感之眞。李開先也說：民歌「語意則直出肺肝，不加雕刻，俱男女相與之情，雖君臣友朋，亦多有託此者，以其情尤足感人也。」〔註142〕。民歌表達眞情實感，這是模擬古人所無法企及的。如《南宮詞紀》載《風情》曰：「傻俊角，我的哥！和塊黃泥兒捏咱兩個。捏一個兒你，捏一個兒我，捏得來一似活托，捏得來

〔註137〕 （明）陳宏緒：《寒夜錄》，中華書局1985年版，第6頁。
〔註138〕 （宋）朱熹：《詩集傳》，鳳凰出版社2007年版，第2頁。
〔註139〕 （明）李開先：《市井艷詞序》，《李開先集》，路工校，中華書局1959年版，第320頁。
〔註140〕 （明）李夢陽：《詩集自序》，《明文選》，趙伯陶選注，人民文學出版社2006年版，第149～150頁。
〔註141〕 （明）李夢陽：《詩集自序》，《明文選》，趙伯陶選注，人民文學出版社2006年版，第149～150頁。
〔註142〕 （明）李開先：《市井艷詞序》，《李開先集》，路工校，中華書局1959年版，第320頁。

同在床上歇臥。將泥人兒摔破，著水兒重和過，再捏一個你，再捏一個我，哥哥身上也有妹妹，妹妹身上也有哥哥。」寫愛戀之情，眞切新穎，風趣生動，文人之作豈能望其項背？故馮夢龍《序山歌》曰：「今所盛行者，皆私情譜耳，雖然，桑間、濮上，國風刺之，尼父錄焉，以是爲眞情而不可廢也。」〔註143〕民歌以感情之眞而具有不朽價值。

（二）民歌爲詩範

明代文人喜歡拿民歌與文人詩進行比較，他們多認爲民歌高於文人詩。李維楨《讀蘇侍御詩》云：「詩以道性情，性情不擇人而有，不待學問文詞而足。故詩三百篇，風與雅頌等。風多出閭閻田野細民婦孺之口……余嘗謂以學問文詞爲詩，譬之雇傭，受直受事，非不盡力於主人，苦樂無所關係；譬之俳優，苦樂情狀極可粲齒流涕，而揆之昔人本事，不啻蒼素霄壤，何者？非己之性情也。」〔註144〕他認爲與雅頌相比，風詩表達眞情，自然高出一籌。袁宏道說：「（民歌）要以情眞而語直，故勞人思婦，有時愈於學士大夫，而呻吟之所得，往往快於平時。」〔註145〕李夢陽引王叔武語云：「夫文人學子，比興寡而直率多，何也？出於情寡而工於詞多也。夫途巷蠢蠢之夫，固無文也。乃其謳也，罵也，呻也，吟也，行呫而坐歌，食咄而寤嗟，此唱而彼和，無不有比焉興焉，無非其情焉，斯足以觀義矣。」民歌以情多，文人詩以情寡，從而分出了彼此高下。徐渭《奉師季先生書》曰：「今之南北東西雖殊方，而婦女兒童，耕夫舟子，塞曲征吟，市歌巷引，若所謂竹枝詞，無不皆然。此眞天機自動，觸物發聲，以啓下段欲寫之情，默會亦自有妙處，絕不可以意義悅之，不知夫子以爲何如？」〔註146〕民歌天機自動，而文人抄襲模擬，兩者高下立見。馮夢龍言：「但有假詩文，無假山歌，則以山歌不與詩文爭名，故不屑假，苟其不屑假，而吾藉以存眞，不亦可乎？」總之，民歌以自然眞情遠遠超過文人詩的雕飾作態。

民歌爲「田夫野豎矢口寄興之所爲」，它「不加雕刻」而適應世俗趣味，

〔註143〕（明）馮夢龍：《敍山歌》，《馮夢龍集箋注》，高洪均編，天津古籍出版社2006年版，第147頁。

〔註144〕（明）李維楨：《讀蘇侍御詩》，《大泌山房集》（卷1129），《四庫全書》本。

〔註145〕（明）袁宏道：《陶孝若枕中囈引》，《袁中郎隨筆》，作家出版社1996年版，第190頁。

〔註146〕（明）徐渭：《奉師季先生書》，《徐渭集》，中華書局1983年版，第456頁。

故「嘩於市井，雖兒女子初學言者，亦知歌之」〔註147〕。它受到民眾的喜愛，便具有廣泛的社會影響。這是那些孤芳自賞的文人詩所望塵莫及的。所以，人們提出向民歌學習的主張。李開先提出：詩人對民歌，要「仿其體」，「以資諧笑」，而不可「以雅易淫」，改變民歌本色。這方面他做了嘗試，收到很好的藝術效果。在「詩必盛唐」的復古喧囂聲中，民歌無異吹來了一陣清新之風。袁宏道提倡詩文「獨抒性靈，不拘格套，非從自己胸臆流出不肯下筆。」這無疑也是從民歌「不效顰於漢、魏，不學步於盛唐，任性而發，尚能通於人之喜怒哀樂嗜好情慾」得到了啓發。所以，民歌成為詩歌的典範，顯示了詩歌發展的方向。儘管終封建社會之末，詩歌仍然在復古框架內打轉子，而近代之後，中國詩歌最終走上了民歌化道路。明代文人對民歌的認識，展示了詩歌發展的歷史趨向。

（三）民歌為世藥

傳統詩文反對「私情」，注重道德名教，宣揚封建觀念；不同於薦紳學士家的虛偽說教，民歌「皆私情譜耳」，它們表達了男女間的自然情感。如馮夢龍編輯的《掛枝兒》、《山歌》便多這樣的內容。如《說夢》云：「我做的夢兒倒也做得好笑。夢兒中夢見你與別人調，醒來時依舊在我懷中抱。也是我心兒裏丟不下。待與你抱緊了睡一睡著。只莫要醒時在我身邊也，夢兒裏又去了！」如《分離》云：「要分離除非是天做了地，要分離除非是東做了西，要分離除非是官做了吏。你要分時分不得我，我要離時離不得你，就死在黃泉也做不得分了鬼。」這樣大膽潑辣的情感直接衝擊著封建禮教，具有反封建的社會作用。馮夢龍明確指出：「借男女之真情，發名教之偽藥，其功於《掛枝兒》等，故錄《掛枝兒》而次及《山歌》。」〔註148〕自覺地以民歌來醫治社會病患，發揮民歌積極的社會功能。在明代晚期思想解放的潮流中，民歌成為思想解放的重要武器。

與正統詩文形成鮮明對比，民歌「唯詩壇不列，薦紳學士不道」，使民歌失去了應有的地位。然而，正由於此才使得民歌沒有沾染正統詩文的污濁習氣。明代文人對於民歌的認識，卸下了沉重的歷史包袱，完全突破傳統觀念

〔註147〕（明）李開先：《市井豔詞序》，《李開先集》，路工校，中華書局1959年版，第320頁。

〔註148〕（明）馮夢龍：《敍山歌》，《馮夢龍集箋注》，高洪均編，天津古籍出版社2006年版，第147頁。

的束縛，他們能夠站在全新的立場上，肯定民歌的思想和藝術價值，宣揚一種新的審美趣味，極大提高了民歌的文學地位。儘管這些認識還不夠系統，卻預示著一個新的文學時代的到來。

七、明代的戲曲理論

明代初年，統治者實施文化專制政策。在永樂九年，有人奏請：今後人民倡優裝扮雜劇，除依律之神仙道扮、義夫節婦、孝子順孫，勸人爲善及歡樂太平者不禁外，但有褻瀆帝王聖賢之詞曲，駕頭雜劇，非律所該載者，敢有收藏、傳誦、印賣，一時拿送法司究治。奉聖旨：但這等詞曲，出榜後限它五日，都要乾淨，將赴官燒毀了。敢有收藏的，全家殺了。〔註149〕在如此嚴酷的文化禁錮之下，戲曲創作寥落和戲曲批評貧乏也就可想而知了。

到嘉靖、隆慶年間，戲曲創作又日趨活躍，戲曲批評也興盛起來。李開先改定元人雜劇，爲時人樹立學習典範。何良俊推崇元曲本色，其云：「蓋《西廂》全帶脂粉，《琵琶》專弄學問，其本色語少。蓋填詞須用本色語，方是作家。」〔註150〕。王世貞《曲藻》論南曲、北曲之異，其云：「凡曲，北字多而調促，促處見筋；南字少而調緩，緩處見眼。北則辭情多而聲情少，南則辭情少而聲情多。北力在弦，南力在板。北宜和歌，南宜獨奏。北氣易粗，南氣易弱。此吾論曲三昧語。」〔註151〕徐渭《南詞敘錄》專論南戲，崇尚本色，其《西廂記序》云：「世事莫不有本色，有相色。本色猶俗言正身也，相色替身也。替身者，即書評中『婢作夫人，終覺羞澀』之謂也。婢作夫人者，欲塗抹成主母，而多插帶，反掩其素之謂也。故余於此中賤相色，貴本色。」〔註152〕這些論述都顯示出戲曲理論的進步。

明代晚期，戲曲創作更趨繁榮，出現以沈璟爲首的吳江派和以湯顯祖爲首的臨川派。湯顯祖《牡丹亭》出，引發了兩派的激烈論爭。「湯沈之爭」的焦點是重曲律，主合律依腔；還是重曲意，主意趣神色。

〔註149〕（明）顧起元：《國初榜文》，《客座贅語》，吳福林點校，南京出版社 2009年版，第 295 頁。

〔註150〕（明）何良俊：《曲論》，《中國古典戲曲論著集成》（四），中國戲劇出版社 1959 年版，第 6 頁。

〔註151〕（明）王世貞：《曲藻》，《中國古典戲曲論著集成》（四），中國戲劇出版社 1959 年版，第 27 頁。

〔註152〕（明）徐渭：《西廂記序》，《西廂記資料彙編》，伏滌修輯校，黃山書社 2012年版，第 172 頁。

（一）臨川與吳江之爭

沈德符言：「《牡丹亭夢》一出，家傳戶誦，幾令《西廂》減價，奈不諳曲譜，用韻多人亦處，乃才情自足不朽也。」〔註153〕。吳江派不滿湯顯祖之不諳曲譜、任意用韻，於是對湯作多有刪改。臧懋循批評曰：「臨川先生不踏吳門，學未窺音律，豔往哲之聲名，逞汗漫之詞藻，局故鄉之聞見，按無節之絃歌，幾何不爲元人所笑乎？」〔註154〕對於吳江派的刪改，湯顯祖頗爲生氣，針對「不諳音律」的指責，他回擊說：「弟在此自謂知曲意者，筆懶韻落時時有之，正不妨拗折天下人嗓子。」〔註155〕他以曲意回擊曲律，表現出兩派戲曲觀念的嚴重分歧。

其一，合律依腔。

沈璟（1553～1610），字伯英，號寧庵，別號詞隱生，江蘇吳江人。他對曲律參究細密，嘗定《南曲全譜》二十一卷，對南曲聲律影響很大。沈璟論曲，嚴守音律，強調合律依腔。他贊同何良俊「夫既謂之辭，寧聲叶而辭不工，無寧辭工而聲不叶」的主張〔註156〕，其《二郎神》曰：「何元朗，一言而啓詞宗寶藏，道欲度新聲休走樣，名爲樂府，須教合律依腔。寧使時人不鑒賞，無使人撓喉捩嗓。說不得才長，越有才越當著意斟量。」〔註157〕集中體現了他的聲律論觀點。對沈璟的曲論，臧懋循頗爲推崇，所編《元曲選》爲傳奇創作樹立典範，而對湯顯祖戲劇作了激烈批評，稱《牡丹亭》爲「案頭之書，非筵上之曲」，指責湯顯祖「識乏通方之見，學罕協律之功，所下字句，往往乖謬，其失也疎」〔註158〕。吳江派以湯顯祖劇作「疏於音律」，不能容忍而極盡攻擊之能事。

其二，意趣神色。

〔註153〕　（明）沈德符：《顧曲雜言》，《中國古典戲曲論著集成》（四），中國戲劇出版社1959年版，第206頁。

〔註154〕　（明）臧懋循：《玉茗堂傳奇引》，《負苞堂集》，古典文學出版社1958年版，第62頁。

〔註155〕　（明）湯顯祖：《答孫俟居》，《湯顯祖詩文集》，徐朔方箋校，上海古籍出版社1982年版，第1299頁。

〔註156〕　（明）何良俊：《曲論》，《中國古典戲曲論著集成》（四），中國戲劇出版社1959年版，第12頁。

〔註157〕　（明）沈璟：《二郎神套曲》，《中國歷代曲論釋評》，程柄達等編，民族出版社2000年版，第159頁。

〔註158〕　（明）臧懋循：《元曲選序二》，《元曲選》，中華書局1958年版，第4頁。

　　湯顯祖論曲則提倡「意趣神色」。他說：「凡文以意趣神色爲主，四者到時，或有麗詞俊音可用，爾時能一一顧九宮四聲否？如必按字摸聲，即有窒滯迸拽之苦，恐不能成句矣。」〔註159〕在他看來，決定戲曲品格的在於「意趣神色」，而不在於九宮四聲之音韻格律。因此，他強調戲曲內容的主導作用，批評吳江派不顧內容執著於音律的弊病。在分析具體作品時，湯顯祖也貫徹這種理論原則。如分析《牡丹亭》，他便著力突出杜麗娘作爲「有情人」形象的特徵。他說：「天下女子有情寧有如杜麗娘者乎？夢其人即病，病即彌連，至手畫形容傳於世而後死。死三年矣，復能溟漠中求得其所夢者而生。如麗娘者，乃可謂之有情人耳。情不知所起，一往而深，生者可以死，死可以生。生而不可與死，死而不可復生者，皆非情之至也。」〔註160〕正是「生者可以死，死可以生」的情感，才是《牡丹亭》具有藝術魅力的根源，而「不是在於步趨形似之間」。

　　吳江派與臨川派的論爭，表達了對戲曲規律的不同認識，它們進一步深化了戲曲理論。

（二）王驥德《曲律》

　　王驥德（？～1623），字伯良，號方諸生，別署方諸仙史，會稽（今浙江紹興）人。他受家庭影響，從小喜愛戲曲。曾師事徐渭，賞爲知音；很敬重沈璟，多有商榷；也傾慕湯顯祖，久已神交；與呂天成、王澹翁等戲曲家也有密切往來。他歷時十多年，在廣泛吸收前人藝術經驗的基礎上，完成了戲曲理論專著《曲律》，對古代戲曲理論作出全面總結，建立起比較嚴密的戲曲理論體系。

　　其一，超越門戶，兼具兩長。

　　在「臨川之於吳江，故自冰炭」的情況下，王驥德能夠超越門戶之見，客觀公正地總結兩派的長處和不足，進而取長補短，提出自己的主張。

　　一是詞與法兩擅其極。吳江派重法，臨川派尚詞，而王驥德主張「詞與法兩擅其極」。他肯定沈璟嚴於音律的功績。其云：「詞隱生平爲挽回曲調計，可謂苦心」；「其於曲學，法律甚精，泛瀾極博，斤斤返古，力障狂瀾，中興

〔註159〕（明）湯顯祖：《答呂姜山》，《湯顯祖詩文集》，徐朔方箋校，上海古籍出版社1982年版，第1337頁。

〔註160〕（明）湯顯祖：《牡丹亭記題詞》，《湯顯祖詩文集》，徐朔方箋校，上海古籍出版社1982年版，第1093頁。

之功，良不可沒。」〔註161〕他也肯定湯顯祖的戲劇藝術。其云：「技出天縱，非由人造……使其約束和鸞，稍嫻聲律，汰其剩字累語，規之全瑜，可令前無作者，後鮮來者，二百年來，一人而已。」〔註162〕對於他們的不足，他也毫不避諱。其云：「吳江守法，斤斤三尺，不欲令一字乖律；而毫鋒殊拙。臨川尚趣，直是橫行，組織之工，幾與天孫爭巧；而屈曲聱牙，多令歌者齚舌。」〔註163〕又云：「詞隱之持法也可學而知也，臨川之修辭也，不可勉而能也。大匠能與人規矩，不能使巧也，其所能者，人也；所不能者，天也。」他既重音律，兼妙神情，完全沒有門戶之見，可謂公允通達之論。

二是合本色文詞兩長。戲曲初始，只有本色一家，後來文人參與其事，才有了文詞家一體。不像其他戲曲家將文詞家一概抹殺，王驥德坦然承認文詞家存在的客觀事實，並給予一定的歷史地位。他說：「文人學士，積習未忘，不勝其靡，此體遂不能廢，猶古文六朝之於秦、漢也。」既然不能廢止，便說明文詞家也具有相當的藝術價值。他說：「大抵純用本色，易覺寂寥；純用文調，復傷琱鏤」〔註164〕。根據具體情況，本色與文詞兼而用之，用文詞不使琱鏤深晦，用本色不使淺直俚腐，要求二者相輔相成而各得其宜。

其二，曲白登場，別是一家。

王驥德強調戲曲藝術的獨特性。他說：「詞之異於詩也，曲之異於詞也，道迥不相侔也，詩人而以詩爲曲也，文人而以詞爲曲也，誤矣，必不可言曲也。」〔註165〕戲曲不同於詩、詞，它「並曲與白而歌舞登場」，是一種舞臺表演的綜合藝術。所以，王驥德論戲曲多著眼全體。他說：「論曲，當看其全體力量如何，不得以一二句偶合，而曰某人某句，某戲某句某句似元人，遂執以概其高下，寸瑜自不掩尺瑕也。」〔註166〕立足於戲曲藝術整體性和獨特性，王驥德具體論述了戲曲的各種要素，形成比較完整的戲曲理論體系。

〔註161〕（明）王驥德：《雜論下》，《王驥德曲律》，湖南人民出版社 1983 年版，第 230 頁。

〔註162〕（明）王驥德：《雜論下》，《王驥德曲律》，湖南人民出版社 1983 年版，第 226 頁。

〔註163〕（明）王驥德：《雜論下》，《王驥德曲律》，湖南人民出版社 1983 年版，第 226 頁。

〔註164〕（明）王驥德：《論家數》，《王驥德曲律》，湖南人民出版社 1983 年版，第 118 頁。

〔註165〕（明）王驥德：《雜論下》，《王驥德曲律》，湖南人民出版社 1983 年版，第 209 頁。

〔註166〕（明）王驥德：《雜論上》，《王驥德曲律》，湖南人民出版社 1983 年版，第 195 頁。

一是音律，強調戲曲的音樂性。傳統戲曲屬於歌舞劇，曲詞都是在音樂伴奏中由演員歌唱出來的。違背戲曲的音樂性，自然是戲曲創作的大忌。《曲律》序曰：「曲何以言律也？以律語音，六樂之成文不亂；以律繩曲，七均指從調不軒。」他提出遵循聲律之法的主張，目的在於提高戲曲的音樂美感。他說：「夫曲之不美聽者，以不識聲調故也。」〔註167〕《曲律》系統討論調名、宮調、平仄、陰陽、韻、腔調、板眼、聲調等問題，指出重韻、犯聲、陰陽錯用、蹈襲、宮調亂用等四十條曲禁，正是對戲曲音樂性的高度重視。

二是結構，強調戲曲的整體性。他將作曲比作工匠營造宮室。他說：「作曲，猶造宮室者然。工師之作室也，必先定規式，自前門而廳、而堂、而樓，或三進、或五進、或七進，又自兩廂而及軒僚，以至廪庾、庖湢、藩垣、苑謝之類，前後、左右、高低、遠近，尺寸無不了然胸中，而後可施斤斲。作曲者亦然，亦必先分段數，以何意起，何意接，何意作中段敷衍，何意作後段收煞，整整在目，而後可施結撰。」〔註168〕他要求創作之先了然胸中，整整在目，方有結構布局之妙。在具體創作過程中，「貴剪裁、貴鍛鍊：以全帙為大間架，以每折為折落，以曲白為粉堊、為丹臒」。各種因素斟酌搭配，形成有機的藝術整體。

三是文辭，強調戲曲的文學性。戲曲表演面對的愚夫愚婦，語言的通俗性是戲曲的必然要求。他說：「作劇戲須老嫗解得，方入眾耳，此即本色之說也」〔註169〕；「須奏之場上，不論士人閨婦，以及村童野老，無不通曉，始稱通方」〔註170〕。當然，語言通俗不等於語言粗鄙，他說：「本色之弊，易流俚腐；文詞之病，每苦太文。雅俗淺深之辨，介在微茫，又在善用才者酌之而已。」〔註171〕他所謂本色又不同於吳江派的理解。他說：「於本色一家，亦惟是奉常一人，……其才情在淺深、濃淡、雅俗之間，為獨得三昧。餘則修綺

〔註167〕（明）王驥德：《論聲調》，《王驥德曲律》，湖南人民出版社 1983 年版，第120 頁。

〔註168〕（明）王驥德：《論章法》，《王驥德曲律》，湖南人民出版社 1983 年版，第122 頁。

〔註169〕（明）王驥德：《雜論上》，《王驥德曲律》，湖南人民出版社 1983 年版，第200 頁。

〔註170〕（明）王驥德：《論過曲》，《王驥德曲律》，湖南人民出版社 1983 年版，第158 頁。

〔註171〕（明）王驥德：《論家數》，《王驥德曲律》，湖南人民出版社 1983 年版，第118 頁。

而非踉則陳，尚質而非腐則俚矣。若未見者，則未敢限其工拙也。」〔註172〕
他主張融合本色與文詞兩家之長，以提升戲曲的語言藝術，促使戲曲走上典
雅化的道路。

四是科白，強調戲曲的舞臺性。科諢與賓白是戲曲表演的重要因素。科，
指滑稽性動作；諢，指滑稽性語言。巧設科諢，在戲曲中具有戲劇性穿插作
用。他說：「插科打諢，須作得極巧，又下得恰好。如善說笑話者，不動聲色，
而令人絕倒，方妙。大略曲冷不鬧場處，得淨、丑間插一科，可博人哄堂，
亦是劇戲眼目。若略涉安排勉強，使人肌上生粟，不如安靜過去。」〔註173〕
賓白分爲定場白與對口白兩類。定場白可以「稍露才華」，而對口白則「須明
白簡質」。賓白是人物語言，是刻畫人物形象的重要手段。所以，「其難不下
於曲」，要在「行乎其所當行，止乎其所不得不止」。

此外，王驥德強調戲曲頭腦。他說：「《西廂記》每套只是一個頭腦，有
前末句牽搭後調做者，有後調首句補足前調做者，單槍匹馬，橫衝直撞，無
不可人，他調殊未能知此竅竊也。」〔註174〕所謂頭腦，即戲曲的主題思想。
他說：「令觀者藉爲勸懲興起，甚或扼腕裂眥，涕泗交下而不能已，此方爲有
關世教文字。若徒取漫言，既已造化在手，而又未必其新奇可喜，亦何貴於
漫言爲耶。此非腐談，要是確論。故不關風化，縱好徒然，此《琵琶》持大
頭腦處，《拜月》只是宣淫，端士所不與也。」〔註175〕主題思想關乎到戲曲的
社會功用，豈可不愼耶。

《曲律》是中國第一部具有完整體系的戲曲理論著作，代表了明代戲曲
理論的最高成就，對後世戲曲創作和戲曲理論都產生了重要影響。

八、明代的小說批評

「小說」一詞最早見於《莊子・外物》之「飾小說以干縣令，其於大達

〔註172〕（明）王驥德：《雜論下》，《王驥德曲律》，湖南人民出版社 1983 年版，第
243 頁。
〔註173〕（明）王驥德：《論插科》，《王驥德曲律》，湖南人民出版社 1983 年版，第
165 頁。
〔註174〕（明）王驥德：《論套數》，《王驥德曲律》，湖南人民出版社 1983 年版，第
139 頁。
〔註175〕（明）王驥德：《雜論下》，《王驥德曲律》，湖南人民出版社 1983 年版，第
213 頁。

亦遠矣」〔註176〕。這裡「小說」只是指不受人重視的游說資料，它們包含著民間故事、歷史故事、寓言故事，具有通俗文學的性質。《漢書·藝文志》始有「小說家」之稱，其著作內容乃「街談巷語，道聽途說」一類，自然也屬於通俗文學。可這些著作已經散佚，具體內容已不知其詳了。魏晉時有志人、志怪小說，如《世說新語》、《搜神記》等，尚不是自覺的小說創作；至唐人始有意為小說，所謂「唐人小說，不可不熟，小小情事，淒婉欲絕」〔註177〕。它們都是文人作品，並不屬於通俗文學範疇。

通俗文學之小說，實起於民間「說話」藝術。「說話」就是講故事，從事這項民間藝術的人稱為「說話人」，講故事的底本稱為「話本」。說話產生於唐代，而具體情況已不甚了然。到了宋代，說話成為市民最喜愛的藝術形式。在宋代「說話」基礎上，元明時代出現白話通俗小說創作的繁榮。《三國演義》、《水滸傳》、《西遊記》、《金瓶梅》相繼問世，標誌著通俗小說創作進入新的階段。伴隨著通俗小說創作的繁榮，通俗小說批評也發展起來。它們主要表現為三種形式：一是為小說寫序作跋，二是對小說評點批語，三是對小說記述評價。這些小說批評大多針對具體作品，討論了小說創作的理論問題。

（一）肯定通俗小說

馮夢龍的「三言」之序，便發表了有價值的認識。如署名為可一居士的《〈醒世恒言〉序》，論述通俗小說的地位、特徵、作用，具有重要的理論價值。

一是肯定通俗小說地位。他說：「以《明言》、《通言》、《恒言》為六經國史之輔，不亦可乎？」，「則茲刻者，雖與《康衢》、《擊壤》之歌並傳不朽可矣。」〔註178〕他把不登大雅之堂的通俗小說拿來與自來獨尊的聖賢經典相比附，指出通俗小說也具有不朽的價值。這便大大地提高了通俗小說的地位。當然，將通俗小說比附於傳統經典，說明人們與傳統認識還存在千絲萬縷的關係，人們雖然肯定了通俗文學的價值，但並不敢於否定傳統經典的價值，這自然也是時代的思想局限。

二是突出通俗小說特徵。白話小說面對的讀者是市井百姓，它最大特點就是通俗。所以，他批評文言小說是：「尚理或病於艱深，修詞或傷於藻繪，

〔註176〕曹礎基：《莊子淺注》，中華書局 1982 年版，第 410 頁。
〔註177〕（清）陳世熙：《唐人說薈例言》，《唐人說薈》，掃葉山房 1925 年版，第 2 頁。
〔註178〕（明）馮夢龍：《醒世恒言序》，《馮夢龍集箋注》，高洪均編，天津古籍出版社 2006 年版，第 86 頁。

則不足以觸里耳而振恒心」〔註179〕。與此相反，白話通俗小說則能夠「觸里耳而振恒心」。他說：「明者，取其可以導愚也；通者，取其可以適俗也；恒則習之而不厭，傳之而可久。」〔註180〕適俗才能導愚，才能傳久，這就突出了白話小說的通俗特徵。《〈古今小說〉序》云：「大抵唐人選言，入於文心；宋人通俗，諧於里耳。天下文心少而里耳多，則小說資於選言少，而資於通俗者多。」〔註181〕白話小說面對市井百姓，只有通俗才能適合他們的審美趣味，進而發揮積極的社會作用。作者提倡通俗，但反對庸俗。他說：「若夫淫談褻語，取快一時，貽穢百世，夫先自醉也，而又以狂藥飲之，吾不知視此『三言』者得失何如也？」〔註182〕他反對迎合市井百姓的低級趣味，這對於明代不良社會風氣無疑是切中要害的批評。

三是重視通俗小說作用。他說：「明者，取其可以導愚也。」通俗的白話小說是為了開導愚昧，使人們由醉而醒，振奮恒心。達到「心恒心，言恒言，行恒行，入夫婦而不驚，質天地而無怍。下之巫醫可作，而上之善人、君子、聖人亦可見」〔註183〕。這是作者對通俗小說社會作用的深刻認識。

（二）歷史小說批評

歷史小說批評從批評《三國演義》開始。《三國演義》成書於元末明初，目前所存《三國演義》最早刻本為明嘉靖年間刊本，書前署名庸愚子的序，為《三國演義》的最早批評。庸愚子為浙江金華人蔣大器，他從歷史著作的局限性，說到歷史小說的必然性。其云：「然史之文，理微義奧，不如此，烏可以昭後世？《語》云：『質勝文則野，文勝質則史。』此則史家秉筆之法，其於眾人觀之，亦嘗病焉。故往往捨而不之顧者，由其不通乎眾人。而歷代之事，愈久愈失其傳。」〔註184〕史書之弊病不通乎眾人使之捨而不顧，而《三

〔註179〕　（明）馮夢龍：《醒世恒言序》，《馮夢龍集箋注》，高洪均編，天津古籍出版社 2006 年版，第 85 頁。

〔註180〕　（明）馮夢龍：《醒世恒言序》，《馮夢龍集箋注》，高洪均編，天津古籍出版社 2006 年版，第 85 頁。

〔註181〕　（明）馮夢龍：《古今小說序》，《馮夢龍集箋注》，高洪均編，天津古籍出版社 2006 年版，第 80 頁。

〔註182〕　（明）馮夢龍：《醒世恒言序》，《馮夢龍集箋注》，高洪均編，天津古籍出版社 2006 年版，第 86 頁。

〔註183〕　（明）馮夢龍：《醒世恒言序》，《馮夢龍集箋注》，高洪均編，天津古籍出版社 2006 年版，第 85 頁。

〔註184〕　（明）蔣大器：《三國志通俗演義序》，《三國演義資料彙編》，朱一玄編，南開大學出版社 2003 年版，第 232 頁。

國演義》「文不甚深，言不甚俗，事紀其實，亦庶幾乎史。蓋欲讀誦者，人人得而知之，若《詩》所謂里巷歌謠之義也」〔註185〕。歷史小說正好彌補了歷史著作的局限，從而發揮了廣泛的社會影響。蔣大器的論述明確了歷史小說的根基和特點，爲歷史小說理論奠定基礎。

《三國演義》問世，激發出歷史小說創作的熱潮。可觀道人《新列國志序》云：「自羅貫中氏《三國志》一書，以國史演爲通俗演義，汪洋百餘回，爲世所尙。嗣是傚顰日眾，因而有《夏書》、《商書》、《列國》、《兩漢》、《唐書》、《殘唐》、《南北宋》諸刻，其浩瀚幾與正史分籤並架。」〔註186〕據不完全統計，明代歷史小說多至二十餘部。隨著歷史小說創作繁榮，歷史小說批評也更加深入。它們探索了歷史小說與歷史著作的聯繫與區別，表現出兩種不同的理論傾向：一是重史傳信，一是重文傳奇，體現了歷史小說理論認識的逐步加深。

先說重史傳信。繼《三國演義》，羅貫中又推出《隋唐志傳》。現存楊愼批評本有林翰之序云：「第其間尙多闕略，因於退食之暇，遍閱隋唐諸書，所載英君名將忠臣義士凡有關於風化者，悉爲編入，名曰《隋唐志傳通俗演義》。蓋欲與《三國志》並傳於世，使兩朝事實愚夫愚婦一覽可概見耳。……若予之所好在文字，固非博弈技藝之比，後之君子能體予此意，以是編爲正史之補，勿第以稗官野乘目之，是蓋子之至願也夫。」〔註187〕他以歷史小說爲「正史之補」，不可視爲稗官野乘，這正是基於歷史本位的重史傳信的觀念。

又有修髯子（張尙德）作《三國志通俗演義引》以答客問形式道：「余曰：否，史氏所志，事詳而文古，義微而旨深，非通儒宿夙學，展卷間鮮不思困睡。故好事者以俗近語，櫽栝成編。欲天下之人入耳而通其事，因事而悟其義，因義而興乎感。不待研精覃思，知正統必當扶，竊位必當誅，忠孝節義必當師，奸貪諛佞必當去。是是非非，了然於心目之下，裨益風教，廣且大焉，何病其贅耶？客仰而大唬曰：有是哉！子之不我誣也。是可謂羽翼信史

〔註185〕（明）蔣大器：《三國志通俗演義序》，《三國演義資料彙編》，朱一玄編，南開大學出版社 2003 年版，第 232～233 頁。
〔註186〕（明）馮夢龍：《新列國志序》，《馮夢龍集箋注》，高洪均編，天津古籍出版社 2006 年版，第 100 頁。
〔註187〕（明）林翰：《隋唐志傳序》，《中國歷代小說序跋集》，丁錫根編，人民文學出版社 1996 年版，第 949 頁。

而不違者矣。」〔註188〕他提出歷史小說「羽翼信史」，只是借助俗近語隳栝成編，而不能違背信史，這還是視歷史小說爲正史的附庸。

這種觀念進一步發展，余邵魚便提出「一據實錄」說。其《列國志傳序》云：「故繼諸史而作《列國傳》，起自武王伐紂，迄於秦並六國，編年取法《麟經》，記事一據實錄。凡英君良將，七雄五霸，平生履歷，莫不謹按五經並《左傳》、十七史、《綱目》、《戰國策》、《吳越春秋》等書，而逐類分沈。且又懼齊民不能悉達經傳微辭奧旨，復又改爲演義，以便人觀覽。庶幾後生小子開卷批閱，雖千百往事，莫不炳若丹青，善則知勸，惡則知戒，其視徒鑿爲空言以炫人聽聞者，信天淵相隔矣。」〔註189〕這種重史傳信的小說觀念，完全沒有認識到歷史小說的藝術特徵，只是將它視爲歷史通俗讀物，顯然不利於歷史小說的發展。

再說重文傳奇。歷史小說屬於小說藝術，並不等同於歷史著作。最早認識到這點的是熊大木，他曾親自編寫了許多歷史小說，諸如《大宋中興通俗演義》、《唐書志傳通俗演義》、《全漢志傳》、《南北兩宋志傳》等。在創作實踐中，他認識到了歷史小說與歷史著作不同。他說：「或謂小說不可紊之以正史，余深服其論。然而稗官野史實記正史之未備，若使的以事蹟顯然不泯者得錄，其是書竟難以成野史之餘意矣。……則史書、小說有不同者，無足怪矣。」〔註190〕強調小說不同於史書的藝術特徵，開啓了歷史小說的藝術研究。

特別是在《水滸傳》、《西遊記》的影響下，歷史小說逐步擺脫了悉尊正史的束縛，出現了採錄傳說，馳騁想像的作品，如袁于令的《隋史遺文》。袁于令《隋史遺文序》云：「史以『遺』名者何？所以輔正史也。正史以紀事，紀事者何？傳信也。遺史以搜逸，搜逸者何？傳奇也。傳信者貴眞：爲子死孝，爲臣死忠，摹聖賢心事，如道子寫生，面奇逼肖。傳奇者貴幻：忽焉怒發，忽焉嘻笑，英雄本色，如陽羨書生，恍惚不可方物。」〔註191〕這種重文

〔註188〕（明）張尚德：《三國志通俗演義引》，《三國演義資料彙編》，朱一玄編，南開大學出版社 2003 年版，第 234 頁。

〔註189〕（明）余邵魚：《列國志傳序》，《中國歷代小說序跋集》，丁錫根編，人民文學出版社 1996 年版，第 861 頁。

〔註190〕（明）熊大木：《大宋中興通俗演義序》，《中國歷代小說序跋集》，丁錫根編，人民文學出版社 1996 年版，第頁。

〔註191〕（明）袁于令：《隋史遺文序》，《中國歷代小說序跋集》，丁錫根編，人民文學出版社 1996 年版，第 956 頁。

傳奇的觀點，突出了歷史小說的藝術特徵，促進了小說藝術的進步。

（三）《水滸傳》批評

明嘉靖年間，《水滸傳》已經在文人中普遍流傳，得到文人的廣泛贊許。李開先《詞謔》記載：「崔後渠、熊南沙、唐荊川、王遵巖、陳後崗謂：《水滸傳》委曲詳盡，血脈貫通，《史記》而下，便是此書。且古來更未有一事而二十冊者。倘以奸盜詐僞病之，不知序事之法，史學之妙者也。」〔註192〕這是明人批評《水滸傳》最早文字，他將《水滸傳》與《史記》同例看待，肯定《水滸傳》的敘事藝術。

胡應麟不滿人們對《水滸傳》的表面觀察，強調《水滸傳》行文布局的深刻用意，他說：「今世人耽嗜《水滸傳》，至縉紳文士，亦間有好之者。第此書中間用意，非倉卒可窺。世但知其形容曲盡而已。至其排比一百八人，分量重輕，纖毫不爽，而中間抑揚映帶，廻護詠歎之工，眞有超出語言之外者。」〔註193〕

汪道昆爲《水滸傳》作序，更具體概括其藝術成就。他說：「載觀此書，其地則秦、晉、燕、趙、齊、楚、吳、越，名都荒落，絕塞遐方，無所不通。其人則王侯將相、官師士農、工賈方技、吏胥廝養、駔儈輿臺、粉墨緇黃、赭衣左衽，無所不有。其事則天地時令、山川草木、鳥獸蟲魚、刑名法律、韜略甲兵、支干風角、圖書珍玩、市語方言，無所不解。其情則上下同異，欣戚合離，捭闔縱橫，揣摩揮霍，寒暄呴笑，謔浪排調，行役獻酬，歌舞謠怪，以至大乘之偈，眞誥之文，少年之場，宥人之態，無所不該。」〔註194〕如此豐富內容組織成一個有機整體，達到「記載有章，繁簡有則，發凡起例，不雜易於。如良史善繪，濃淡遠近，點染盡工；又如百尺之錦，玄黃經緯，一絲不紕。」〔註195〕說明《水滸傳》結構藝術的高超。這些均顯示了人們對《水滸傳》認識不斷走向深入。

〔註192〕 （明）李開先：《詞謔》，《中國歷代小說論著選》，黃霖等編，江西人民出版
　　　　 社1982年版，第115頁。

〔註193〕 （明）胡應麟：《莊嶽委談下》，《少室山房筆叢》，（卷四十一），上海書店出
　　　　 版社2009年版，第423頁。

〔註194〕 （明）天都外臣：《水滸傳序》，《中國歷代小說序跋集》，丁錫根編，人民文
　　　　 學出版社1996年版，第1462頁。

〔註195〕 （明）天都外臣：《水滸傳序》，《中國歷代小說序跋集》，丁錫根編，人民文
　　　　 學出版社1996年版，第1462頁。

　　第一個對《水滸傳》進行全面評點的是著名思想家李贄。李贄曾說：「宇宙內有五大部文章：漢有司馬子長《史記》，唐有《杜子美集》，宋有《蘇子瞻集》，元有施耐庵《水滸傳》，明有《李獻吉集》。」〔註196〕他給焦竑去信說：「《水滸傳》批點得甚快活人，《西廂》、《琵琶》塗抹改竄得更妙。」〔註197〕袁中郎也記載了這件事：「萬曆壬辰夏中，李龍湖方居武昌朱邸。予往訪之，正命僧常志抄寫此書（指《水滸傳》），逐字評點。……每見龍湖稱說《水滸》諸人爲豪傑，且以魯智深爲眞修行，而笑不吃狗肉諸長老爲迂腐。」〔註198〕可見，李贄評點《水滸傳》確鑿無疑。

　　現存題爲李卓吾先生批評《水滸傳》主要有兩種版本，一爲容與堂一百回刻本，一爲袁無涯一百二十回刻本。但未必均爲李贄評點，明末錢希言《戲瑕》云：「比來盛行溫陵李贄書，則有梁溪人葉陽開名晝者，刻畫摹仿，次第勒成，託於溫陵之名以行。……數年前，溫陵事敗，當路令毀其集，吳中錢藏書版並廢。近年始復大行，於是有李宏父批點《水滸傳》、《三國志》、《西遊記》、《紅拂》、《明珠》、《玉合》數傳奇，及《皇明英烈傳》，並出葉筆，何關於李。」〔註199〕當然，不能據此否定李贄曾經評點《水滸傳》的事實，而題爲李卓吾先生批評《水滸傳》，也未必全部出於李贄之手。那麼，何者爲李贄所評，何者爲葉晝所評？抑二者均有李贄評點，又均有葉晝加評？這個問題仁者見仁，智者見智。葉朗認爲，容本爲葉晝所評，而袁本爲李贄所評又有葉晝加評；張少康則認爲，容本與李贄原評本比較接近，而袁本則與之相去甚遠。〔註200〕這些看法各有所據，但最重要的是它們與李贄《忠義水滸傳序》的思想和語言是否能夠相互印證。

　　《忠義水滸傳序》是李贄批評《水滸傳》的直接文獻，最能夠代表李贄對《水滸傳》的思想認識。文章將小說批評與社會批評結合起來，深入闡述《水滸傳》的思想意義。首先，指出《水滸傳》是發憤之作，發泄了作者對宋朝滅亡的內心憤懣。其次，讚美宋江及水滸眾人乃忠義之人，揭示出朝廷

〔註196〕（明）周暉：《五大部文章》，《金陵瑣事》（卷一），中央書店出版社1935年版，第40頁。
〔註197〕（明）李贄：《與焦弱侯》，《李贄全集注》（一），張建業主編，社會科學文獻出版社2010年版，第152頁。
〔註198〕（明）袁中道：《遊居柿錄》（卷九），青島出版社2006年版，第193頁。
〔註199〕（明）錢希言：《贋籍》，《戲瑕》（卷三），中華書局1985年版，第52頁。
〔註200〕張少康：《中國文學理論批評發展史》（下），北京大學出版社1995年版，第240頁。

腐敗才是人們嘯聚水滸的根本原因。最後，闡發了《水滸傳》的忠義主旨，統治者讀了《水滸傳》，接受了深刻的政治教訓，才能使忠義歸於朝廷。李贄著眼於小說的思想內涵和社會意義，爲後世小說評點開拓了正確道路。至於對《水滸傳》的具體評點，在沒有確定何者爲李贄所評，何者爲葉晝所評的情況下，倒不妨一併對待，它們都顯示了對《水滸傳》小說藝術的具體認識。

一是對小說虛構的認識。其云：「《水滸傳》事節都是假的，說來卻是逼真，所以爲妙」〔註201〕；「《水滸傳》文字原是假的，只爲它描寫得真情出，所以便可與天地相始終，即此回李小二夫妻二人情事，咄咄如畫」〔註202〕。明確指出小說藝術虛構的特點。當然，小說不是憑空虛構的，它原本根植於社會生活。「世上先有《水滸傳》一部，然後施耐庵、羅貫中借筆墨拈出。若夫姓某名某，不過劈空捏造以實其事耳。如世上先有淫婦人，然後以楊雄之妻、武松之嫂實之；世上先有馬泊六，然後以王婆實之；世上先有家奴與主母通姦，然後以盧俊義之賈氏、李固實之。若管營、若差撥、若董超、若薛霸、若富安、若陸謙，情狀逼真，笑語欲活。非世上先有是事，即令文人面壁九年，嘔血十石，亦何能至此哉，亦何能至此哉！此《水滸傳》之所以與天地相終始也與？」〔註203〕

二是對人物形象的認識。其云：「施耐庵、羅貫中，真神手也！摹寫魯智深處，便是個烈丈夫模樣；摹寫洪教頭處，便是忌嫉小人的身份。至差撥處，一怒一喜，倏忽轉移。咄咄逼真，令人絕倒，異哉！」〔註204〕指出人物形象的個性特徵，而寫出人物個性特徵，則在於通過人物形象對比，顯出人物的個性。其云：「且《水滸傳》文字，妙絕千古，全在同與不同處有辨。如魯智深、李逵、武松、阮小七、石秀、呼延灼、劉唐等眾人，都是急性的。渠形容刻畫來，各有派頭，各有光景，各有家數，各有身份，一毫不差，半些不混，讀去自有分辨，不必見其姓名，一睹事實，就知某人某人也。」〔註205〕

〔註201〕 （明）李贄：《水滸傳回評》，《水滸傳資料彙編》，朱一玄編，南開大學出版社2002年版，第172頁。

〔註202〕 （明）李贄：《水滸傳回評》，《水滸傳資料彙編》，朱一玄編，南開大學出版社2002年版，第174頁。

〔註203〕 （明）無名氏：《水滸傳一百回文字優劣》，《水滸傳資料彙編》，朱一玄編，南開大學出版社2002年版，第186頁。

〔註204〕 （明）李贄：《水滸傳回評》，《水滸傳資料彙編》，朱一玄編，南開大學出版社2002年版，第173頁。

〔註205〕 （明）李贄：《水滸傳回評》，《水滸傳資料彙編》，朱一玄編，南開大學出版社2002年版，第173頁。

三是對小說情節結構的認識。李贄對小說開頭與結尾多所關注，對小說情節強調眞、奇、趣三事。眞，需要符合生活；奇，崇尙藝術創造；趣，重視審美效果。葉晝評點《水滸傳》，繼承了這種傾向。他說：「非世上先有是事，即令文人面壁九年，嘔血十石，亦何能至此哉！」第二十三回寫武松打虎後忽又見獵人扮虎而大驚失色，批曰：「文人之心如此變化，奇！奇！」第五十三回寫李逵半夜砍劈羅眞人，還自我解嘲，批曰：「趣事趣話趣人，無所不趣。」又回末總評曰：「天下文章當以趣爲第一，既是趣了，何必實有是事並實有是人，若一一推究如何如何，豈不令人笑殺！」這種對眞、奇、趣的審美追求，促進了小說藝術的提高。

李贄、葉晝的《水滸傳》評點，從思想內容和小說藝術，都提出一系列重要的問題，奠定了小說批評的基本模式，對後世產生了深刻影響。

（四）神怪小說批評

明代神怪小說以《西遊記》爲最重要。元末明初，曾有一部講述玄奘取經故事的《西遊記》，可惜此書佚失。吳承恩百回本《西遊記》是在此書基礎上加工而成的。吳承恩雖沒有就《西遊記》發表評論，但他在爲此前編著的《禹鼎志》作序，透露了他寫作神怪小說的動機。他說：「余幼年即好奇聞，在童子社學時，每偷市中野言稗史，懼爲父師訶奪，私求隱處讀之。比長，好益甚，聞益奇。迨於既壯，旁求曲致，幾貯滿胸中矣。嘗愛唐人如牛奇章、段柯古輩所著傳記，善模寫物情，每欲作一書對之，懶未暇也。轉懶轉忘，胸中之貯者消盡。獨此十數事，磊塊尙存；日與懶戰，幸而勝焉，於是吾書始成。因竊自笑，斯蓋怪求余，非余求怪也。彼老洪竭澤而漁，積爲工課，亦奚取奇情哉？雖然吾書名爲志怪，蓋不專明鬼，時紀人間變異，亦微有鑒戒寓焉。」〔註206〕神怪小說不專爲記敘神怪，而是寄寓了人間鑒戒。

陳元《西遊記序》對此也有明確認識。他說：「此其書直寓言者哉！彼以爲大丹丹數也，東生西成，故西以爲紀。彼以爲濁世不可以莊語也，故委蛇以浮世。委蛇不可以爲教也，故微言以中道理。道之言不可以入俗也，故浪謔笑虐以恣肆。笑謔不可以見世也，故流連比以明意。於是其言始參差而椒詭可觀，謬悠荒唐，無端莊涘，而談言微中，有作者之心，傲世之意，夫不

〔註206〕　（明）吳承恩：《禹鼎志序》，《中國歷代小說序跋集》，丁錫根編，人民文學出版社 1996 年版，第 611 頁。

可沒也。」〔註207〕正因爲《西遊記》是寓言，便不可以「莊語」求之，他說：「善乎立言，是道惡乎往而不存，言惡乎存而不可？若必以莊雅之言求之，則幾乎遺《西遊》。」〔註208〕他認識到神怪小說與歷史小說的不同，指出《西遊記》解讀的特殊性。

《西遊記》作者馳騁豐富想像，極幻設之能事，爲讀者描繪出一個奇異的世界。這類小說創作實踐已經超越了重史傳信，重事寫實的小說觀念，爲小說理論提出了新的課題。怎樣認識神怪小說？謝肇淛在《五雜俎》中首先肯定神怪小說的「虛幻」特點。他說：「近來作小說，稍涉怪誕，人便笑其不經。而新出雜劇，若浣紗、青衫、義乳、孤兒等作，必事事考之正史，年月不合，姓字不同，不敢作也。如此則看史傳足矣，何名爲戲？」〔註209〕首先，他從歷史淵源說明「虛幻」古已有之。他說：「俗傳有《西遊記演義》，載玄奘取經西域，道遇魔崇甚多，讀者皆嗤其俚妄。余謂不足嗤也，古已有之。神農嘗百草，一日而遇七十毒；黃帝伐蚩尤，迷大霧，天命玄女授指南車；禹治水桐柏，遇無支祁，萬靈不能制，庚辰始制之；武王伐紂，五嶽之神來見，太公命時粥五器，各以其名進之。至於《穆天子傳》、《拾遺記》、《梁四公》，又不足論也。《西遊記》特其濫觴耳。」〔註210〕其次，他從寓言角度解讀《西遊記》。他說：「小說野俚諸書，稗官所不載者，雖極幻妄無當，然亦有至理存焉。如《水滸傳》無論已，《西遊記》曼衍虛誕，而其縱橫變化，以猿爲心之神，以豬爲意之馳，其始之放縱，上天下地，莫能禁制，而歸於緊箍一咒，能使心猿馴伏，至死靡他，蓋亦求放心之喻，非浪作也。……其他諸傳記之寓言者，亦皆有可採。」〔註211〕

沿著這個路徑不斷深入，人們對神怪小說「虛幻」特徵便有了更深刻的理解。睡鄉居士說：「即如《西遊》一記，怪誕不經，讀者皆知其謬。然據其所載，師弟四人各一性情，各一動止，試摘取其一言一事，遂使暗中摸索，

〔註207〕 （明）陳元之：《西遊記序》，《中國歷代小說序跋集》，丁錫根編，人民文學出版社 1996 年版，第 1355 頁。

〔註208〕 （明）陳元之：《西遊記序》，《中國歷代小說序跋集》，丁錫根編，人民文學出版社 1996 年版，第 1355 頁。

〔註209〕 （明）謝肇淛：《五雜俎》（卷十五），中華書局 1959 年版，第 447 頁。

〔註210〕 （明）謝肇淛：《西遊記》，《文海披沙》（卷七），大連圖書供應社 1935 年版，第 90 頁。

〔註211〕 （明）謝肇淛：《五雜俎》（卷十五），中華書局 1959 年版，第 446～447 頁。

亦知其出自何人，則正以幻中有眞，乃爲傳神阿堵。」〔註212〕這便揭示了《西遊記》人物幻中有眞的特點。袁于令《〈西遊記〉題辭》對幻與眞的關係作了辨析。他說：「文不幻不文，幻不極不幻。是知天下極幻之事，乃極眞之事；極幻之理，乃極眞之理。故言眞不如言幻，言佛不如言魔。佛非他，即我也。我化爲佛，爲佛皆魔。魔與佛力齊而位逼，絲髮之微，關頭非細。摧挫之極，心性不驚。此《西遊》之所以作也。……至於文章之妙，《西遊》、《水滸》實並馳中原。今日雕空鑿影，畫脂鏤冰，嘔心瀝血，斷數莖髭而不得驚人隻字者，何如此書駕虛遊刃，洋洋灑灑數百萬言，而不復一境，不離本宗。日見聞之，厭飫不起；日誦讀之，疑悟自開也！」〔註213〕以極幻之文爲文，極幻之事爲眞，極幻之理爲眞，給小說「虛幻」特徵以充分肯定，至於提出「言眞不如言幻」，則又流於片面矣。

這些認識針對神怪小說而來，卻又超越神怪小說而影響於整個小說認識。張譽《三遂新平傳敘》云：「小說家以眞爲正，以幻爲奇；然語有之：『畫鬼易，畫人難。』《西遊》幻極矣；所以不逮《水滸》者，人鬼之分也。鬼而不人，第可資齒牙，不可動肝肺。《三國志》人矣，描寫亦工；所不足者幻耳。然勢不得幻，非才不能幻。其季孟之間乎？嘗譬諸傳奇：《水滸》，《西廂》也；《三國志》，《琵琶記》也；《西遊》則近日《牡丹亭》之類矣。……始終結構，備人鬼之態，兼眞幻之長。」〔註214〕從《西遊記》批評引出了帶有普遍性的小說理論認識。

此外，對《金瓶梅》，以及「三言」、「二拍」的批評，肯定世情描寫，重視語言通俗，強調社會作用，也都具有重要價值。

總之，明代小說批評提出一系列關鍵問題，取得比較重要的理論成果，爲後來小說理論的深化奠定了基礎。

九、錢謙益詩學總結

明代詩壇流派紛呈，交織著擬古與反擬古，尚雅與尚俗等爭論。各派詩論互有短長，莫衷一是。對有明一代詩學理論自覺進行全面總結，是明末清

〔註212〕　（明）睡鄉居士：《二刻拍案驚奇序》，《中國歷代小說序跋集》，丁錫根編，人民文學出版社1996年版，第787頁。
〔註213〕　（明）袁于令：《西遊記題辭》，《中國歷代小說論著選》，黃霖等編，江西人民出版社1982年版，第271頁。
〔註214〕　（明）羅貫中：《三遂平妖傳》，北京大學出版社1983年版，第141頁。

初爲文壇盟主的錢謙益。

錢謙益（1582～1664），字受之，號牧齋，江蘇常熟人，於萬曆 38 年進士及第。他天賦優異，終生勤學，經史百家，佛乘道藏，無所不通。詩文創作，至老不輟，被推爲一代文宗。然而，順治二年，清兵南下，他變節降清，出仕清職；半年後又以病辭歸。晚年痛恨失節，詩文流露「失身擅潼，遺恨丹青」之愧悔。錢氏著作宏富，有《初學集》一百卷，收明朝期間的作品；有《有學集》五十卷、《投筆集》二卷，收易代之後的作品；還有包籠有明一代詩歌的《列朝詩集》，對明代詩歌作了全面的批評。

（一）別裁僞體矯詩弊

錢謙益早年受七子派影響，中年始幡然悔悟，文學觀發生重大變化。他說：「僕年四十，始稍知講求古昔，撥棄俗學。」〔註215〕於是，對各家各派詩論得失作了具體批評，開始自覺清理明代的詩歌理論。他特別喜歡杜甫「別裁僞體親風雅」一語，曾解釋說：「別，分別也；裁者，裁而專之也。別裁僞體，以親風雅，文章流別，可謂區明矣。」〔註216〕他對有明一代詩論的清理，便貫徹了這種批判精神。他說：「近代詩病，其證凡三：沿宋元之窠臼，排章儷句，支綴蹈襲，此弱病也。剽唐選之餘沈，生吞活剝，叫號嚌突，此狂病也。搜郊島之旁門，蠅聲蚓竅，晦昧結帽，此鬼病也。救弱病者必之乎狂，救狂病者必之乎鬼。」〔註217〕明代文壇流派更替，多是矯正時弊之舉，它們既有合理性，也有局限性。

一是對茶陵派的肯定。錢謙益稱讚李東陽學漢唐而兼綜宋元，而有自己的面目，可謂善於學古。他說：「西涯之詩，有少陵，有隨州，有香山，有眉山，有道圓，要其自爲西涯者，宛然在也。」〔註218〕明代「永樂以還，尚臺閣體，諸大老倡之，眾人靡然和之，相習成風，而眞詩漸亡矣。」〔註219〕李

〔註215〕 （清）錢謙益：《復李叔則書》，《錢牧齋全集》，錢仲聯標校，上海古籍出版社 2003 年版，第 1343 頁。

〔註216〕 （清）錢謙益：《讀杜小箋》，《錢牧齋全集》，錢仲聯標校，上海古籍出版社 2003 年版，第 2165 頁。

〔註217〕 （清）錢謙益：《題懷麓堂詩鈔》，《錢牧齋全集》，錢仲聯標校，上海古籍出版社 2003 年版，第 1758 頁。

〔註218〕 （清）錢謙益：《書李文正公手書東祀錄略卷後》，《錢牧齋全集》，錢仲聯標校，上海古籍出版社 2003 年版，第 1759 頁。

〔註219〕 （清）沈德潛：《明詩別裁集》（卷三），上海古籍出版社 1979 年版，第 59 頁。

東陽起而提倡詩學漢唐的復古主張，給臺閣體以致命打擊。錢謙益面臨明末詩壇弊病，意欲隆昌詩道，正與李東陽的精神相契合。所以，他對友人程孟陽推崇李東陽表示贊同。他說：「孟陽於惡疾沈痼之後，出西涯之詩以療之，曰：『此引年之藥物，亦攻毒之針砭也。其用心良亦苦矣。』」〔註220〕

　　二是對七子派的清理。錢謙益對七子派深爲不滿。他說：「余之評詩，與當世牴牾者，莫甚於二李及弇州。」〔註221〕七子派強調模擬古人形式格調，而忽視文學內容。他批評李夢陽說：「獻吉以復古自命，曰古詩必漢魏，必三謝；今體必初盛唐，必杜，捨是無詩焉。牽率模擬剽賊於聲句字之間，如嬰兒之學語，如桐子之洛誦，字則字，句則句，篇則篇，毫不能吐其心之所有，古之人固如是乎？」〔註222〕七子派強調傳統審美價值，否定文學發展變化，以爲詩歌格調至盛唐達到了頂峰，認爲必須模擬古人才能具有審美價值。錢氏批評道：「今之譚詩者，必曰某杜，某李，某沈、宋，某元、白，其甚者則曰兼諸人而有之。此非知詩者也。詩者，志之所之也。陶冶性靈，流連景物，各言其所欲言者而已。如人之有眉目焉，或清而揚，或深而秀，分寸之間，而標置各異。豈可以比而同之也哉！」〔註223〕

　　三是對唐宋派的推崇。錢謙益高度評價唐宋派在轉變學風方面的功勞，曾親自整理《震川先生文集》，推尊歸有光爲一代文宗。他評歸有光曰：「當嘉靖之季，天下詞章，浮華剽賊，互相誇詡，崑山歸熙甫以通經師古之學起而正之。」〔註224〕評茅坤曰：「爲文章滔滔莽莽，謂文章之逸氣，司馬子長之後千餘年而得歐陽子，又五百年而得茅子。疾世之爲僞秦漢者，批點唐宋八大家之文以正之。」〔註225〕評唐順之曰：「於學無所不窺，大則天文、樂律、地理、兵法，小則弧矢勾股、壬奇禽乙、刺槍拳棍，莫不靜心扣擊，窮極原

〔註220〕　（清）錢謙益：《題懷麓堂詩鈔》，《錢牧齋全集》，錢仲聯標校，上海古籍出版社2003年版，第1758頁。

〔註221〕　（清）錢謙益：《題徐季白詩卷後》，《錢牧齋全集》，錢仲聯標校，上海古籍出版社2003年版，1562頁。

〔註222〕　（清）錢謙益：《列朝詩集小傳》（丙集），上海古籍出版社1959年版，第311頁。

〔註223〕　（清）錢謙益：《范璽卿詩集序》，《錢牧齋全集》，錢仲聯標校，上海古籍出版社2003年版，第910頁。

〔註224〕　（清）錢謙益：《黃蘊生制義序》，《錢牧齋全集》，錢仲聯標校，上海古籍出版社2003年版，第439頁。

〔註225〕　（清）錢謙益：《列朝詩集小傳》（丁集上），上海古籍出版社21959年版，第404頁。

委。」〔註226〕之所以特別看重唐宋派，是因爲他們樹立了取徑唐宋而通經汲古的典範，而這與錢氏確立詩歌雅正的審美典範是一致的。

四是對公安派的反思。錢謙益對公安派多有肯定，他評袁宏道曰：「中郎之論出，王、李之雲霧一掃。天下之文人才士始知疏瀹心靈，搜剔慧性，以蕩滌模擬塗澤之病，其功偉矣。」〔註227〕公安派提倡性靈，重視眞情實感，對之錢氏是肯定的；但認爲他們反對七子派而矯枉過正，「輸瀉太利，元氣受傷」。尤其對公安派追隨者「效顰學語」、「爲俚俗，爲纖巧、爲莽蕩」，以爲不足道，批評他們俗露，有悖風雅傳統。對公安派主張文學隨時代變化，對之他也是認同的，而且從詩人創造力角度給予證明。他說：「嗟夫！天地之降才，與吾人之靈心妙智，生生不窮，新新相續。有《三百篇》，則必有楚騷；有漢魏、建安，則必有六朝；有景隆、開元，則必有晚唐及宋、元。」〔註228〕然而，對公安派強調文學個性化，拒斥傳統經典，甚而自我作祖，衝擊風雅傳統，錢謙益則表示不滿。

五是對竟陵派的攻擊。《南遊草敍》曰：「自近世之言詩者，以其幽眇峭獨之旨，文其單疏淺陋之學，海內靡然從之，胥天下變爲幽獨之清吟，詰盤之斷句，鬼趣勝人趣，衰變聲數正聲微，識者之所深憂也。」〔註229〕他認爲竟陵派所標榜的「幽深孤峭」乃是亡國之音。他說：「嘗去近代之詩而觀之，以清深奧僻爲致者，如鳴蚓竅，如入鼠穴，淒聲寒魄，此鬼趣也。以尖新割剝爲能者，如戴假面，如作胡語，瞧音促節，此兵象也。鬼氣幽，兵氣殺，著見於文章，而氣運從之。」〔註230〕「今天下兵興盜起，民不堪命，識者以謂兆於近世之歌詩，類五行之詩妖。」〔註231〕錢氏以竟陵派爲明代滅亡的不祥預兆，將之斥爲詩妖。這樣的認識已經超出了藝術批評的範圍，而帶有明

〔註226〕（清）錢謙益：《列朝詩集小傳》（丁集上），上海古籍出版社 21959 年版，第 374～375 頁。

〔註227〕（清）錢謙益：《列朝詩集小傳》（丁集中），上海古籍出版社 21959 年版，第 567 頁。

〔註228〕（清）錢謙益：《題徐季白詩卷後》，《錢牧齋全集》，錢仲聯標校，上海古籍出版社 2003 年版，第 1562 頁。

〔註229〕（清）錢謙益：《南遊草敍》，《錢牧齋全集》，錢仲聯標校，上海古籍出版社 2003 年版，第 960 頁。

〔註230〕（清）錢謙益：《徐司寇畫溪詩集序》，《錢牧齋全集》，錢仲聯標校，上海古籍出版社 2003 年版，第 903 頁。

〔註231〕（清）錢謙益：《劉司空詩集序》，《錢牧齋全集》，錢仲聯標校，上海古籍出版社 2003 年版，第 908 頁。

顯的政治批評色彩。

通過分析詩壇流派得失，他指出詩壇存在兩大弊病：一是學古而贋者，一是師心而佞者。他說：「詩道淪胥，浮偽並作，其大端有二：學古而贋者，影掠滄溟、山之剩語，尺寸比擬，此屈步之蟲，尋條失枝者也；師心而佞者，懲創《品彙》、《詩歸》之流弊，眩運掉舉，此牛羊之眼，但見方隅者也。」〔註232〕

（二）反經循本振詩運

針對詩壇弊病，錢謙益開出了療治的藥方。他說：「非有反經之君子，循其本而教之，則終於胥溺而已矣！」〔註233〕反經、循本成爲錢氏轉變文風，振興文學的著力處。所謂「反經」，乃是返回儒家經典；所謂「循本」，乃是遵循文學根本。

振興文學必須「反經」，即恢復儒家經典的本來面目。他說：「今誠欲回挽風氣，甄別流品，孤撐獨樹，定千秋不朽之業，則唯有反經而已矣。」〔註234〕他指責明代「經學之謬」，諸如解經之謬、亂經之謬、侮經之謬，對儒家經典的歪曲，徹底搞亂了人們的思想。他說：「近代文章，河決魚爛，敗壞而不可救者，凡以百年以來學問之謬種，浸淫於世運，薰結於人心，襲習綸輪，醞釀發作以至於此極也。」〔註235〕所以，提出「以反經正學爲救世之先務。」〔註236〕。

轉變文風必須「循本」，即遵循文學的本質規律。錢謙益對此有著深入的理解，他說：「夫詩文之道，萌坼於靈心，蟄啓於世運，而茁長於學問。三者相值，如燈之有炷、有油、有火，而焰發焉。今將欲剔其炷，撥其油，吹其火，而推尋其何者爲光，豈理也哉。」〔註237〕。這裡揭示了靈心、世運、學問三要素，它們恰如炷、油、火之不可分離，三者互相作用，從而進

〔註232〕（清）錢謙益：《王貽上詩序》，《錢牧齋全集》，錢仲聯標校，上海古籍出版社 2003 年版，第 765 頁。
〔註233〕（清）錢謙益：《婁江十子詩序》，《錢牧齋全集》，錢仲聯標校，上海古籍出版社 2003 年版，第 844 頁。
〔註234〕（清）錢謙益：《答徐巨源書》，《錢牧齋全集》，錢仲聯標校，上海古籍出版社 2003 年版，第 1312 頁。
〔註235〕（清）錢謙益：《賴古堂文選序》，《錢牧齋全集》，錢仲聯標校，上海古籍出版社 2003 年版，第 768 頁。，
〔註236〕（清）錢謙益：《新刻十三經注疏序》，《錢牧齋全集》，錢仲聯標校，上海古籍出版社 2003 年版，第 850 頁。
〔註237〕（清）錢謙益：《題杜蒼略自評詩文》，《錢牧齋全集》，錢仲聯標校，上海古籍出版社 2003 年版，第 1595 頁。

入文學創作過程。以靈心、世運、學問爲詩歌之本，錢謙益形成自己系統的詩學理論。

其一，萌坼於靈心。

詩以性情爲本。他說：「《書》不云乎：『詩言志，歌永言。』詩不本於言志，非詩也。歌不足以永言，非歌也。」〔註238〕言志永言，便是表達性情，所謂「詩者，情之發於聲音者也。」〔註239〕有性情謂之有詩，無性情謂之無詩。因此，他論詩首先著眼於有詩無詩。他說：「余常謂論詩者，不當趣論其詩之妍媸巧拙，而先論其有詩無詩。」〔註240〕妍媸巧拙僅是詩歌的形式，而志意性情才是詩歌的內容。「古之作者，本性情，導志意，讕言長語，《客嘲》《僮約》，無往而非文也；途歌巷春，春愁秋怨，無往而非詩也。今之作者則不然，矜蟲魚，拾香草，駢枝而儷葉，取青而妃白，以是爲陳羲象設斯已矣，而情與志不存焉。」〔註241〕富有性情爲眞詩，徒有形式爲假詩；眞詩爲有詩，而假詩爲無詩。

性情爲本，則詩人與詩爲一體；違背性情，則詩人與詩相分離。他說：「古云詩人，不人其詩而詩其人者，何也？人其詩，則其人與其詩二也，尋行而數墨，儷花而鬥葉，其於詩猶無與也。詩其人，則人之性情詩也，形狀詩也，衣冠笑語，無一而非詩也。」〔註242〕所以，他推崇爲性情而作的眞詩。「當其登高能賦，對客伸紙，酒後耳熱，慷慨悲歌，不知其孰爲筆孰爲墨，亦不知其孰爲詩孰爲文也。筆不停書，文不加點，若狂飆怪雨之發作，而風檣陣馬之凌厲也；若神仙之馮於乩，而鬼神之運其肘也；若雷電之倏忽下取，而虯龍之攫拏相掉也。有低回萌折不可喻之情，有峭獨堅悍不可幹之志，而後有淋漓酣暢不可壅遏之詩文。」〔註243〕

〔註238〕（清）錢謙益：《徐元歎詩序》，《錢牧齋全集》，錢仲聯標校，上海古籍出版社2003年版，第924頁。

〔註239〕（清）錢謙益：《陳敕先詩稿序》，《錢牧齋全集》，錢仲聯標校，上海古籍出版社2003年版，第824頁。

〔註240〕（清）錢謙益：《書瞿有仲詩卷》，《錢牧齋全集》，錢仲聯標校，上海古籍出版社2003年版，第939頁。

〔註241〕（清）錢謙益：《王元昭集序》，《錢牧齋全集》，錢仲聯標校，上海古籍出版社2003年版，第932頁。

〔註242〕（清）錢謙益：《邵幼青詩序》，《錢牧齋全集》，錢仲聯標校，上海古籍出版社2003年版，第934頁。

〔註243〕（清）錢謙益：《王元昭集序》，《錢牧齋全集》，錢仲聯標校，上海古籍出版社2003年版，第932頁。

對於徒具形式的假詩，則大張撻伐。他說：「今之爲詩，本之則無，徒以詞章聲病比量於尺幅之間，如春花之爛發，如秋水之時至，風怒霜殺，索然不見其所有，而舉世以此相誇相命，豈不末哉？」〔註244〕這種形式主義傾向，當以七子派爲甚。所以，他指斥七子派曰：「婁人子賃居廊廡，主人公之廣廈華屋，皆若其所有，問其所託，求一葦蓋頭曾不可得，故曰蹶也。椎埋之黨，銖兩之奸，夜動晝伏，忘衣食之源而昧生理，韓子謂降而不能者類是，故曰剽也。傭其耳目，囚其心志，呻吟弇嚘，一不自主，仰他人之鼻息，而承其餘氣，縱其有成，亦千古之隸人而已矣，故曰奴也。」〔註245〕

錢氏論詩強調性情，並且提出獨特的觀詩方法。他說：「用目觀不若用鼻觀。」〔註246〕用目觀是觀色，看到「青黃赤白、煙雲塵霧之色」，這些只是詩歌的外表形式；而用鼻是觀香，看到的是詩歌的內在性情。錢謙益說徐元歎「擺落塵坌，退居落木庵，客情既盡，妙氣來宅，如薛瑤肌肉皆香」，正是讚賞徐元歎有超塵脫俗的情懷。以目觀色，那是七子派看重詩歌形式的觀詩之法；而以鼻觀香，才是他所提倡的性情爲本的詩學主張。

其二，蟄啓於世運。

詩亦以世運爲本。他說：「古之爲詩者有本焉。《國風》之好色。《小雅》之怨悱，《離騷》之疾痛叫呼，結轖於君臣夫婦朋友之間，而發作於身世偪側、時命連蹇之會，夢而囈，病而吟，春歌而溺笑，皆是物也，故曰有本。」〔註247〕好色、怨悱、叫呼，「發作於身世偪側、時命連蹇之會」，皆是時境世運所使然。性情乃時世之性情，並不孤立於時世之外。他說：「子夏不云乎：音者生人心者也。治世之音安以樂，亂世之音怨以怒，亡國之音哀以思。……情動於中而形於聲，亂世不能不怨怒以哀思也，猶治世不能不安以樂也。」〔註248〕

錢謙益重視人心與世運的相互作用。他說：「夫文章者，天地之元氣也。忠臣志士之文章與日月爭光，與天地俱磨滅。然其出也，往往在陽九百六淪

〔註244〕（清）錢謙益：《周元亮賴古堂合刻序》，《錢牧齋全集》，錢仲聯標校，上海古籍出版社 2003 年版，第 766 頁。

〔註245〕（清）錢謙益：《鄭孔肩文集序》，《錢牧齋全集》，錢仲聯標校，上海古籍出版社 2003 年版，第 930 頁。

〔註246〕（清）錢謙益：《錢牧齋全集》，錢仲聯標校，上海古籍出版社 2003 年版，第 1567 頁。

〔註247〕（清）錢謙益：《周元亮賴古堂合刻序》，《錢牧齋全集》，錢仲聯標校，上海古籍出版社 2003 年版，第 766 頁。

〔註248〕（清）錢謙益：《錢牧齋全集》，錢仲聯標校，上海古籍出版社 2003 年版，第 555 頁。

亡顛覆之時，宇宙偏診之運與人心憤盈之氣，相與軋磨薄射，而忠臣志士之文章出焉。有戰國之亂，則有屈原之《楚辭》；有三國之亂。則有諸葛武侯之《出師表》。」〔註249〕又說：「曹植《贈白馬》，阮之《詠懷》，劉之《扶風》，張之《七哀》，千古之興亡升降，感歎悲憤皆於詩發之。馴至於少陵，而詩中之史大備，天下稱之曰詩史。唐之詩，入宋而衰。宋之亡也，其詩稱盛。皋羽之痛西臺，玉泉之悲竹國，水雲之茗歌，谷音之越吟，如窮冬沍寒，風高氣慄，悲噎怒號，萬籟雜作，古今之詩莫變於此時，亦莫盛於此時。」〔註250〕可見，「文變染乎世情」，他認識到世運對於文學的深刻影響。

不同於公安派之「獨抒性靈」，錢謙益主張性情要包含豐富的社會政治內容。他說：「太史公曰：『國風好色而不淫，小雅怨悱而不亂，此千古論詩之祖。……三百篇變而為騷，騷變而為漢魏古詩，根柢性情，攏挫物態，高天深淵，窮工極變，而不能出於太史公之兩言……有真好色、真怨悱，而天下始有真詩。』」〔註251〕可見，於時境窮迫之時，情萌氣動而好色、怨悱，才能產生真詩。所以，對於竟陵派迴避社會現實，抒發幽深孤峭情感，他表達了強烈的反感。他主張詩文「如遒人之警道路，如司寇之昭夜時」〔註252〕，「必有為而作」，發揮社會作用。

其三，茁長於學問。

詩亦以學問為本。性情於學問中得到陶冶，故不可離開學問。他說：「夫詩之為道，性情、學問參會者也。性情者，學問之精神也；學問者，性情之孚尹也。……文人學士之詞章，役使百靈，感動鬼神，則帝珠之寶網，雲漢之文章也。」〔註253〕學問、性情融合一體，詩文創作也需要「學溯九流，書破萬卷」〔註254〕。他說：「杜有所以為杜者矣，所謂上薄風雅，下該沈宋者是

〔註249〕（清）錢謙益：《純詩集序》，《錢牧齋全集》，錢仲聯標校，上海古籍出版社2003年版，第1085頁。
〔註250〕（清）錢謙益：《胡致果詩序》，《錢牧齋全集》，錢仲聯標校，上海古籍出版社2003年版，第800頁。
〔註251〕（清）錢謙益：《季滄葦詩序》，《錢牧齋全集》，錢仲聯標校，上海古籍出版社2003年版，第758頁。
〔註252〕（清）錢謙益：《書吳太雍文》，《錢牧齋全集》，錢仲聯標校，上海古籍出版社2003年版，第1813頁。
〔註253〕（清）錢謙益：《尊拙齋詩集序》，《錢牧齋全集》，錢仲聯標校，上海古籍出版社2003年版，第411頁。
〔註254〕（清）錢謙益：《贈別方子玄序》，《錢牧齋全集》，錢仲聯標校，上海古籍出版社2003年版，第992頁。

也。學杜有所以學者矣，所謂別裁僞體，轉益多師者是也。」〔註255〕在別裁僞體，轉益多師的基礎上，才能重建審美價值體系。

他說：「嗚呼！詩難言也。不識古學之從來，不知古人之用心，狗人封己而矜其所知，此所謂以大海內於牛跡者也……先河後海，窮源溯流，而後僞體始窮，別裁之能事始畢。」〔註256〕必須「溯流而上，窮風雅聲律之由致。」他總結蘇軾取得文學成就的原因：「眉山之學，實根本六經，又貫穿兩漢諸史，演迤弘奧，故能凌獵千古。」〔註257〕所以，繼承文學傳統具有重要的意義。

對於文學傳統認識，錢氏既不同於七子派，也不同於公安派。他說：「今之爲文者，有兩人焉：其一人曰，必秦、必漢、必唐，捨是無祖也，是以人之祖禰，而祭於己之寢也。其一人曰：何必秦、何必漢與唐，自我作古，是披髮而祭於野也。此二人者，其持論不同，皆可謂不識其祖者也。夫欲求識其祖者，豈有他哉！六經其壇墠也，屈左以下之書，其譜牒也，尊祖、敬宗、收族，等而上之，亦在乎反而求之而已。」〔註258〕前者爲七子派的非祖作祖，後者爲公安派的自我作古，這兩種傾向他都是反對的。

他認爲的詩文之祖是：「《三百篇》，詩之祖也；繼別之宗也；漢、魏、三唐以迨宋、元諸家，繼禰之小宗也。六經，文之祖也；左氏、司馬氏、繼別之宗也；韓、柳、歐陽、蘇氏以迨勝國諸家，繼禰之小宗也。」〔註259〕這就徹底推翻了嚴羽與七子所確立的漢魏、初盛唐的審美正統，從而使長期受到貶斥的六朝、晚唐、宋元詩也取得了與之相同的文學地位。這樣開闊的審美視野，表現出審美價值多元化傾向，對清代詩壇產生了深遠的影響。

錢謙益強調學問爲本，當然不是把學問等同於詩文，而是把學問作爲詩文創作的豐富知識背景。他說：「學殖以養其根，養氣以充其志，發皇乎忠孝惻怛之心，陶冶於溫柔敦厚之教，其徵兆在性情、在學問，而根柢在乎天地

〔註255〕（清）錢謙益：《曾房仲詩序》，《錢牧齋全集》，錢仲聯標校，上海古籍出版社 2003 年版，第 928 頁。

〔註256〕（清）錢謙益：《徐元歎詩序》，《錢牧齋全集》，錢仲聯標校，上海古籍出版社 2003 年版，第 924 頁。

〔註257〕（清）錢謙益：《復遵王書》，《錢牧齋全集》，錢仲聯標校，上海古籍出版社 2003 年版，第 1357 頁。

〔註258〕（清）錢謙益：《袁祈年字說》，《錢牧齋全集》，錢仲聯標校，上海古籍出版社 2003 年版，第 826 頁。

〔註259〕（清）錢謙益：《袁祈年字說》，《錢牧齋全集》，錢仲聯標校，上海古籍出版社 2003 年版，第 826 頁。

世運，陰陽剝復之幾微。」〔註260〕性情、世運、學問，三者交互作用，構成一個有機的整體，深入揭示了文學創作的奧秘。

作爲明末清初一代文宗，錢謙益的詩歌理論具有重大影響力。只是由於他降清失節爲世人所不屑，其理論成就也相當程度被人爲地掩蓋了。錢謙益對明代詩論的總結，對清代詩論的影響，其實是非常深遠的，應該得到更多重視。

〔註260〕（清）錢謙益：《胡致果詩序》，《錢牧齋全集》，錢仲聯標校，上海古籍出版社 2003 年版，第 800 頁。

第五章　藝論紛呈　觀念糅合

一、王夫之的詩學觀

　　王夫之（1619～1692），字而農，號薑齋，學者稱船山先生，湖南衡陽人。他一生分三個階段：一是求學中舉。他幼承家學，兼攻詩詞，於崇禎十五年（1642）中舉人，又赴京會試，途中遇農民起義軍而未果。二是抵抗清軍。清軍南下，他組織武裝奮起抵抗。後戰敗兵潰，投奔南明永曆政權，任行人司行人。永曆政權滅亡後，他遁跡於湘西。三是隱居著述。他隱居衡陽石船山下，潛心學術研究，筆耕四十餘年，著述多達一百多種。後人編爲《船山遺書》，收得七十餘種；嶽麓書社出版《船山全書》，是目前最爲完備的版本。

　　王夫之是百科全書式的學者，其著作涉及哲學、政治、史學、文學、天文、曆算等多方面內容。在文學方面，王夫之做出了重要貢獻。他作詩近千首，作詞三卷，還作有雜劇等。他具有豐富創作經驗，又擅長哲理思辨，論述文學問題，便能夠深入把握文學規律，具有強烈的理論色彩。王夫之的文藝論著，主要有《薑齋詩話》（包括《詩繹》、《夕堂永日緒論》內、外編、《南窗漫記》）、《古詩評選》、《唐詩評選》、《明詩評選》、《詩廣傳》、《楚辭通釋》等。這些論著充分闡發了王夫之對於詩學的深刻認識，體現了中國古典詩學的完成。

（一）詩以道情，道性之情

　　王夫之論詩，強調詩歌的情感本質。「詩者象其心而已矣」〔註1〕，詩歌

〔註1〕　（清）王夫之：《詩廣傳》（卷五），王孝魚點校，中華書局 1964 年版，第 150 頁。

是表現人內心情感的。情感既是詩歌的本質，也是文化的內核。他說：「情在而禮亡，情未亡也。禮亡而情在，禮猶可存也。禮亡既久而情且亡，何禽之非人、而人之不可禽乎？」〔註2〕對於文化而言，情感比禮儀更爲重要，這也顯示出詩歌在文化中的重要地位。

王夫之提出詩以情爲本的主張。他說：「詩以道情，道之爲言，路也。情之所至，詩無不至，詩之所至，情以之至，一遵路逶蛇，一拔木通道也⋯⋯古人於此乍一尋之，如蝶無定飛，乃往復百岐，總爲情止，卷舒獨立，情依以生。」〔註3〕在文學諸要素之中，「情爲至，文次之，法爲下。」〔註4〕他解釋道：「文以自盡而專天下，法以自高而卑天下。卑天下而欲天下之尊己，賢者懟，不孝者靡矣，故下也。⋯⋯情以親天下者也，文以尊天下者也。尊之而人自貴，親之而不必人之不自賤也。」〔註5〕充分說明情對於文學的重要性。

主張詩以情爲本，從而將詩從其他意識形式中獨立出來。所謂「詩以道性情，道性之情也。性中盡有天德、王道、事功、節義、禮樂、文章，卻分配與《易》、《書》、《禮》、《春秋》去，彼不能代詩而言性之情，詩亦不能代彼也。」〔註6〕詩不同於議論說理。他評張載《招隱詩》曰：「議論入詩，自成背戾。蓋詩立風旨以生議論，故說詩者於興觀群怨而皆可，若先爲之論，則言未窮而意已先竭，在我已竭，而欲以生人之心，必不任矣。⋯⋯足知議論立而無詩，允矣。」〔註7〕詩也不同於歷史敘事。他說：「詩有敘事敘語者，較史尤不易。史才固以櫽栝生色，而從實著筆自易。詩則即事生情，即語繪狀，一用史法，則相感不在永言和聲之中，詩道廢矣。此《上山採蘼蕪》一詩所以妙奪天工也。杜子美仿之作《石壕吏》，亦將酷肖，而每於刻畫處猶以逼寫見眞，終覺於史有餘，於詩不足。」〔註8〕所以，「詩之不可以史爲，若口與目之不相爲代也」。〔註9〕不同於議論說理與歷史敘事，詩歌具有以情

〔註2〕　（清）王夫之：《詩廣傳》（卷二），王孝魚點校，中華書局1964年版，第62頁。
〔註3〕　（清）王夫之：《古詩評選》（卷四），河北大學出版社2008年版，第169頁。
〔註4〕　（清）王夫之：《詩廣傳》（卷二），王孝魚點校，中華書局1964年版，第8頁。
〔註5〕　（清）王夫之：《詩廣傳》（卷二），王孝魚點校，中華書局1964年版，第8頁。
〔註6〕　（清）王夫之：《明詩選評》（卷五），河北大學出版社2008年版，第300頁。
〔註7〕　（清）王夫之：《古詩評選》（卷四），河北大學出版社2008年版，第212頁。
〔註8〕　（清）王夫之：《古詩評選》（卷四），河北大學出版社2008年版，第166頁。
〔註9〕　（清）王夫之：《薑齋詩話箋注》，戴鴻森箋注，人民文學出版社1981年版，第24頁。

為本的特質，所謂「陶冶性情，別有風旨，不可以典冊、簡牘、訓詁之學與焉。」〔註10〕

王夫之的詩以情為本，特別強調情感的社會規範。他說：「詩言志，非言意也；詩達情，非達欲也。心之所期為者志也，念之所覬得者意也；發乎其不自己者情也，動焉而不自待者欲也。意有公，欲有大，大欲通乎志，公意準乎情。但言意則私而已，但言欲則小而已。」〔註11〕從社會規範來看，詩歌表現的情感只有合乎道德倫理的才具有審美價值。所以，他將詩情分為白情與匿情、貞情與淫情、裕情與澁滯之情、私情與道情。他反對匿情、私情、澁滯之情、淫情，而倡導白情、道情、裕情、貞情。他說：「審乎情而知貞與淫之相背，如冰與蠅之不同席也，辨之早矣。」〔註12〕以社會道德制約詩情，便不同於竟陵派的「幽情單緒」，從而將個人情感與社會規範統一了起來。

（二）心物相接，現量發光

詩情乃是心物相接的結果。在心物關係上，王夫之肯定能與所的區別。他說：「境之俟用者曰『所』，用之加乎境而有功者曰『能』。能、所之分，夫固有之，……因『所』以發『能』用乎體，則『能』必副其『所』」。〔註13〕所，指外在對象；能，指認識活動。強調「能」對「所」的依賴，說明認識活動離不開對客觀對象的感知。

王夫之並不是客觀對象決定論者，他也強調主體在認識活動中的積極作用。他說：「乃目之交也，己欲交而後交，則己故有權矣。有物於此，過乎吾前，而或見焉，或不見焉。其不見者，非物不來也，己不往也。遙而望之得其象，進而矚之得其質，凝而睇之然後得其真，密而祭之然後得其情。勞吾往者不一，皆心先注於目，而後目往交於彼。不然，則錦、綺之炫煌，施、嬙之冶麗，亦物自物而己自己，未嘗不待吾審而遽入吾中者也。」〔註14〕沒有主體的能動作用，認識活動是不能順利進行的。王夫之的認識論充滿了辯證法。他一方面肯定「身之所歷，目之所見，是鐵門限」，一方面又肯定詩人心性善體物理對於詩歌的重要意義。他說：「所云眼者，亦問其何如眼，若俗

〔註10〕　（清）王夫之：《薑齋詩話箋注》，戴鴻森箋注，人民文學出版社1981年版，第1頁。
〔註11〕　（清）王夫之：《詩廣傳》，王孝魚點校，中華書局1964年版，第22頁。
〔註12〕　（清）王夫之：《詩廣傳》，王孝魚點校，中華書局1964年版，第24頁。
〔註13〕　（清）王夫之：《尚書引義》（卷五），中華書局1962年版，第121頁。
〔註14〕　（清）王夫之：《尚書引義》（卷五），中華書局1962年版，第27～28頁。

子肉眼大不出尋丈，粗欲如牛目，所取之景亦何堪向人道出。」〔註15〕

在文學創作中，心物相接而產生詩情。他說：「有識之心而推諸物者焉，有不謀之物相值而生其心者焉。知斯二者，可與言情矣。天地之際，新故之迹，榮落之觀，流止之幾，欣厭之色，形於吾身以外者化也，生於吾身以內者心也；相值而相取，一俯一仰之際，幾與爲通，而勃然興矣。」〔註16〕吾身以內者心與吾身以外者物交互作用，便產生出豐富詩情來。他說：「情者，陰陽之幾也；物者，天地之產也。陰陽之幾動於心，天地之產膺於外。故外有其物，內可有其情矣；內有其情，外必有其物矣……挈天下之物，與吾情相當者不乏矣。」〔註17〕

心物相合而生出詩情，體現爲詩人對現實生活的直覺感受。在《題蘆雁絕句序》中，他說：「家輞川詩中有畫，畫中有詩，此二者同一風味，故得水乳調和，俱是造未造，化未化之前，因現量而出之。一覓巴鼻，鷂子即過新羅國去矣。」〔註18〕詩情因現量出之，現量是詩情產生的具體方式。

「現量」，本爲印度因明學術語，指事物的自相本然的呈現。王夫之《相宗絡索》曰：「現量，現者有現在義，有現成義，有顯現眞實義。現在，不緣過去作影；現成，一觸即覺，不假思量計較；顯現眞實，乃彼之體性本自如此，顯現無疑，不參虛妄。」〔註19〕在心物交接時，詩人對現實對象「不待忖度」，「如實覺知」，表現爲一種非理性的審美直覺把握。

在詩歌創作中，「唯現量發光」。因此，王夫之不滿賈島而推崇王維。他說：「『僧敲月下門』，只是妄想揣摩，如說他人夢，縱令形容酷似，何嘗毫髮關心？知然者，以其沉吟『推』『敲』二字，就作他想也。若即景會心，則或推或敲，必居其一，因情因景，自然靈妙，何勞擬議哉？『長河落日圓』，初無定景；『隔水問樵夫』，初非想得：則禪家所謂現量也。」〔註20〕只有當下的審美直覺，才能創作出情景俱到的詩句來。他評明人袁凱《春日溪上書懷》

〔註15〕 （清）王夫之：《古詩評選》（卷六），河北大學出版社2008年版，第356頁。
〔註16〕 （清）王夫之：《詩廣傳》，王孝魚點校，中華書局1964年版，第68頁。
〔註17〕 （清）王夫之：《詩廣傳》，王孝魚點校，中華書局1964年版，第20頁。
〔註18〕 （清）王夫之：《題蘆雁絕句序》，《船山全書》（十五），嶽麓書社1996年版，第55頁。
〔註19〕 王夫之：《相宗絡索》，《船山全書》（13），嶽麓書社1996年版，第536頁。
〔註20〕 （清）王夫之：《薑齋詩話箋注》，戴鴻森箋注，人民文學出版社1981年版，第52頁。

云：「一用興會標舉成詩，自然情景俱到。恃情景者不能得情景也。」〔註21〕
評阮籍《詠懷》云：「維此窅窅搖搖之中有一切眞情在內，……然因此而詩，
則又往往緣景、緣事、緣以往，緣未來，終年苦吟而不能自道，以追光躡影
之筆，寫通天盡人之懷，是詩家正法眼藏。」〔註22〕

從詩歌創作角度來說，詩人感受現實生活，以現量發光的方式，情景相生
而成詩。他說：「情景雖有在心在物之分，而景生情，情生景，哀樂之觸，榮悴
之迎，互藏其宅」；「夫景以情合，情以景生，初不相離，維意所適。」〔註23〕
心物交接，情景互動，相互觸發，相互依存，從而形成了情景交融的詩作。

（三）以意為主，情景交融

王夫之認爲，文學作品「以意爲主」。他說：「無論詩歌與長行文字，俱
以意爲主。意猶帥也。無帥之兵，謂之烏合。李杜所以稱大家者，無意之詩
十不得一二也。煙雲泉石，花鳥苔林，金鋪錦帳，寓意則靈。」〔註24〕可是，
他也有反對「以意爲主」的言論，如「以意爲主之說，眞腐儒也。詩言志，
豈志即詩乎？」〔註25〕「詩之廣大深遠，與夫捨舊趨新，俱不在意。唐人以
意爲古詩，宋人以意爲律詩絕句，而詩遂亡。如以意，則直須贊《易》陳《書》，
無待詩也。」〔註26〕

對於這兩種論述，有人說它們表達了兩種不同的「意」，前者是指審美之
意，後者是指議論之意。〔註27〕這種解釋有一些道理，但需要作一點補充。
其實，王夫之的兩種論述，針對著文學活動的不同對象。就文學創作言，以
意爲主等同主題先行。贊《易》陳《書》，便需要意在筆先；而詩歌創作以意
爲主，則是王夫之堅決反對的。就文學作品言，詩歌、文章豈能沒有主題，
以「意猶帥也」，故「無論詩歌與長行文字，俱以意爲主」。其實，兩種論述
有各自的邊界，它們並不存在任何矛盾。只有跨越了各自邊界，才造成了理
解上的困惑。

〔註21〕（清）王夫之：《明詩選評》（卷六），河北大學出版社 2008 年版，第 341 頁。
〔註22〕（清）王夫之：《古詩評選》（卷四），河北大學出版社 2008 年版，第 192 頁。
〔註23〕（清）王夫之：《薑齋詩話箋注》，戴鴻森箋注，人民文學出版社 1981 年版，
　　　　第 33 頁。
〔註24〕（清）王夫之：《薑齋詩話箋注》，戴鴻森箋注，人民文學出版社 1981 年版，
　　　　第 44 頁。
〔註25〕（清）王夫之：《古詩評選》（卷四），河北大學出版社 2008 年版，第 217 頁。
〔註26〕（清）王夫之：《明詩選評》（卷八），河北大學出版社 2008 年版，第 448 頁。
〔註27〕陶水平：《船山詩學研究》，中國社會科學出版社 2001 年版，第 18 頁。

　　王夫之強調「以意爲主」，只限定在文學作品邊界之內。他說：「以意爲主，勢次之。勢者，意中之神理也。」〔註 28〕「勢」爲意中之神理，完全限定於具體作品。王夫之讚賞謝靈運詩作：「唯謝康樂爲能取勢，宛轉屈伸以求盡其意；意已盡則止，殆無剩語：夭矯連蜷，煙雲繚繞，乃眞龍，非畫龍也。」〔註 29〕郭紹虞解釋說：「論到勢，夭矯連倦，已有神韻的意思。」〔註 30〕皆就具體作品而言。詩歌作品不同於議論文字，它在現量發光中生成，其意旨蘊含在情感、想像之中，體現爲情景交融的藝術境界。

　　以情景評詩起自王昌齡，他說：「詩一向言意，則不清及無味；一向言景，亦無味，事須景與意相兼始好。」〔註 31〕從宋代至明代，論詩言情景，則多爲詩法，如胡應麟說：「作詩不過情景二端，如五言律，前起後結，中四句二言景二言情，此通例也。」〔註 32〕對於這些詩法，王夫之認爲「愚不可瘳」，他深入闡述了情景的內在關係，進一步發展了傳統的情景理論。

　　王夫之論情景關係，除了從詩歌創作角度言，更多從詩歌作品角度立論。他說：「情景名爲二，而實不可離。神於詩者，妙合無垠。巧者則有情中景，景中情。景中情者，如『長安一片月』，自然是孤棲憶遠之情；『影靜千官裏』，自然是喜達行在之情。情中景尤難曲寫，如『詩成珠玉在揮毫』寫出才人翰墨淋漓、自心欣賞之景。」〔註 33〕這裡，他概括了三種詩歌類型：一是景中情，在景物描寫中流露著主觀情意；二是情中景，在言情中感受到客觀形象。三是情景妙合無垠，情景交融，難分彼此。

　　對情景交融的詩歌境界，王夫之多有深入論述。他說：「言情則於往來動止、縹緲有無之中，得靈響而執之有象；取景則於擊目經心絲分縷合之際，貌固有而言之不欺。而且情不虛情，情皆可景，景非滯景，景總含情。」〔註 34〕言情有象，取景經心，情景是內在的融合，而非外在的拼接。他說：「『池塘生春草』、

〔註 28〕（清）王夫之：《薑齋詩話箋注》，戴鴻森箋注，人民文學出版社 1981 年版，第 44 頁。

〔註 29〕（清）王夫之：《薑齋詩話箋注》，戴鴻森箋注，人民文學出版社 1981 年版，第 48 頁。

〔註 30〕郭紹虞：《中國文學批評史》，上海古籍出版社 1979 年，第 514～521 頁。

〔註 31〕張伯偉：《（王昌齡）詩格》，《全唐五代詩格彙考》，南京：江蘇古籍出版社 2002，第 158 頁。

〔註 32〕（明）胡應麟：《詩藪》（內篇卷四），中華書局 1962 年版，第 63 頁。

〔註 33〕（清）王夫之：《薑齋詩話箋注》，戴鴻森箋注，人民文學出版社 1981 年版，第 72 頁。

〔註 34〕（清）王夫之：《古詩評選》（卷五），河北大學出版社 2008 年版，第 244 頁。

『蝴蝶飛南園』、『明月照積雪』皆心中目中與相融浹，一出語時，即得珠圓玉潤，要亦各視其所懷來而與景相迎者也。『日暮天無雲，春風散微和』，想見陶令當時胸次，豈夾雜鉛汞人能作此語？」〔註35〕又說：「日暮天無雲」一聯「摘出作景語，自是佳勝。然此又非景語，雅人胸中勝概，天地山川無不自我而成其榮觀。」〔註36〕心中與目中相融，所懷來與景相迎，胸次與山川相合，「情不虛情，情皆可景，景非滯景，景總含情」，情景又豈可分割耶？

（四）興觀群怨，四情相通

孔子言「興觀群怨」，從用《詩》角度而發，所關注的重點是詩歌的社會作用。王夫之對「興觀群怨」，則作了全新的闡釋，使之具有了深刻的理論內涵。

首先，以情為本，貫通了「興觀群怨」的功能。他說：「『《詩》可以興，可以觀，可以群，可以怨』，盡矣。辨漢、魏、唐、宋之雅俗得失以此，讀《三百篇》者必此也。『可以』云者，隨所『以』而皆『可』也。於所興而可觀，其興也深；於所觀而可興，其觀也審。以其群者而怨，怨愈不忘；以其怨者而群，群乃益摯。出於四情之外，以生起四情；遊於四情之中，情無所窒。作者用一致之思，讀者各以其情而自得。故《關雎》，興也；康王晏朝，而即為冰鑒。『訏謨定命，遠猷辰告』，觀也；謝安欣賞，而增其遐心。人情之遊也無涯，而各以其情遇，斯所貴於有詩。」〔註37〕以情為本，貫通四情，隨所「以」而皆「可」，便打破了「興觀群怨」的間隔，使之成為相互聯繫的情感整體，無所間隔，無所窒礙，擴展了詩歌的審美功能。

其次，以情為本，將讀者賞詩與詩人作詩連接起來。「興觀群怨」本為用詩而發，而王夫之認識到作詩與用詩的內在聯繫，以情為本將詩人創作與讀者鑒賞連接起來。他說：「出於四情之外，以生起四情；遊於四情之中，情無所窒。作者用一致之思，讀者各以其情而自得。」在他看來，「興觀群怨」不僅屬於讀者，而且也屬於詩人。如「《詩》三百篇而下，唯《十九首》能然。李杜亦彷彿遇之，然其能俾人隨觸而皆可，亦不數數也。」〔註38〕詩人「出

〔註35〕（清）王夫之：《薑齋詩話箋注》，戴鴻森箋注，人民文學出版社1981年版，第50頁。
〔註36〕（清）王夫之：《古詩評選》（卷四），河北大學出版社2008年版，第228頁。
〔註37〕（清）王夫之：《薑齋詩話箋注》，戴鴻森箋注，人民文學出版社1981年版，第4～5頁。
〔註38〕（清）王夫之：《薑齋詩話箋注》，戴鴻森箋注，人民文學出版社1981年版，第41頁。

於四情之外，以生起四情」，以作品「能俾人隨觸而皆可」；而讀者「遊於四情之中，情無所窒」，「各以其情而自得」。作詩與賞詩同構連通，形成了完整的詩學理論。

再次，以情為本，超越了現實功利，揭示了詩歌的審美功能。孔子「興觀群怨」，注重詩歌的社會政治作用。王夫之以情統領「興觀群怨」，將詩歌的社會政治作用納入了審美的範疇。於是，儒家詩學掙脫了社會政治的束縛，與藝術審美有機結合，從而具有了審美理論價值，實現了中國古典詩學的完成。

王夫之的詩學見解，表現出古典詩學的理論綜合。從明代詩學發展來看，王夫之既不滿七子派脫離性情而講求格調，要將性情與格調統一起來；也不滿竟陵派脫離社會的幽情單緒，要將性情與社會統一起來。從古典詩學整體來看，文治文學觀強調文學的社會功用，文辭文學觀強調文學的審美性質，而王夫之將兩者有機融合起來，建構了中國古典詩學的理論體系。所以，王夫之是中國古典詩學理論的集大成者。

二、金聖歎小說理論

明代小說創作繁榮，積累了豐富的藝術經驗。以李贄為代表的思想解放潮流又帶來了新的理論眼界。人們把關注的目光開始從傳統詩文轉向了小說。明萬曆年間，李贄的小說評點，成為小說理論的發端。在這個階段，做出貢獻的有李贄、葉晝、馮夢龍等人。特別是李贄把小說提高到與傳統經典並重的地位，其小說評點給後世以深刻的影響。金聖歎繼承了前人理論遺產，經過創造性的努力，建立起了中國小說理論體系。

金聖歎（1608～1661），名喟，字聖歎，一名人瑞，吳縣（今蘇州）人。聖歎者，聖人喟歎也。他解釋曰：「《論語》有兩喟然歎曰，在《顏淵》為歎聖，在『與點』則為聖歎，予其為點之流亞歟？」〔註39〕金聖歎極有個性，為人放蕩不羈。在二十歲前後，他曾經考取了秀才。然而，明代社會政治的腐朽沒落，讓他對科舉完全失掉信心。他曾以博士弟子入歲試，因故意與考官開玩笑而被革去秀才。據說，考官出試題為《如此則心動否？》他答題云：「空山窮谷之中，黃金萬兩；露白葭蒼而外，有美一人。試問，夫子動心否乎？曰：動，動，動……」他被革去秀才後，又笑謂人曰：「今日可還我自由

〔註39〕 （清）廖燕：《金聖歎先生傳》，《二十七松堂集》（卷九），《清代詩文集彙編》（164），上海古籍出版社 2010 年版。

身矣！」由此可見，他對科舉非常厭惡。他以科舉爲遊戲，補而旋棄，棄而旋補，表現出狂放不羈的性格。入清之後，他絕意仕進，以讀書著述爲務。清順治十八年，清世祖死，哀詔至吳地，大臣設幕哭臨。時秀才百餘群哭於文廟，金聖歎與同群諸生乘機至府堂上揭貼，請逐吳縣縣令任維初，發起反貪官的風波。朝廷以聚衆「震驚先帝之靈，罪大惡極」處斬，與難生員共有十八人。

金聖歎博覽群書，評點古書甚多。他稱《莊子》、《離騷》、《史記》、《杜詩》、《水滸》、《西廂》爲「六才子書」，打算逐一批註。這些評點體現了金聖歎的文學思想。特別是他對《水滸傳》的評點，形成小說批評的完善形式，即將序、讀法、總批、夾批、眉批等方式綜合運用的批評樣式，爲後來的小說批評者所仿傚。《讀〈第五才子書〉法》可視爲他小說理論的綱領。他對自己的小說批評頗爲自信，曾宣稱：「自有筆墨，未有此文；自有此文，未有此評。」〔註40〕金聖歎的小說理論主要表現在如下方面：

（一）小說藝術的特徵

在金聖歎之前，一般人總是把小說與歷史混同起來，稱小說爲「稗史」。金聖歎明確認識到小說和歷史的區別。他說：「只是七十回中許多事蹟，須知卻是作書人憑空造謊出來」〔註41〕；「可見一百八人，七十卷書都無實事」〔註42〕。他揭示了小說虛構的藝術特徵。他將《水滸》和《史記》拿來作比較說：「《史記》是以文運事，《水滸》是因文生事。以文運事，是先有事生成如此如此，卻要計算出一篇文字來，雖是史公高才，也畢竟是吃苦事；因文生事卻不然，只是順著筆性去，削高補低都由我。」〔註43〕這樣，就將小說和歷史區別開來。他認識到小說創作比歷史寫作有更多的自由，不必問其人其事之有無。正是在這個意義上，他稱讚「《水滸》勝似《史記》」。

當然，小說虛構離不開生活的積累，它應該是生活的反映，具有生活眞實性。葉晝在評《水滸》時講過：「非世上先有是事，即令文人面壁十年，嘔

〔註40〕（清）金聖歎：《第十二回評》，《水滸傳資料彙編》，朱一玄編，南開大學出版社 2002 年版，第 241 頁。

〔註41〕（清）金聖歎：《讀第五才子書法》，《水滸傳資料彙編》，朱一玄編，南開大學出版社 2002 年版，第 220 頁。

〔註42〕（清）金聖歎：《第十三回夾批》，《第五才子書施耐庵水滸傳》，中州古籍出版社 1985 年版，第 235 頁。

〔註43〕（清）金聖歎：《讀第五才子書法》，《水滸傳資料彙編》，朱一玄編，南開大學出版社 2002 年版，第 219 頁。

血十石，亦何能至此哉！」〔註44〕說明社會生活是第一性的，小說藝術是第二性的，小說的虛構是以現實生活爲基礎的。金聖歎理解葉晝的思想，他提出了「十年格物」而「一朝物格」的觀點。他說：「若夫耐庵之非淫婦偷兒，斷斷然也。今觀其寫淫婦居然淫婦，寫偷兒居然偷兒，則又何也？」〔註45〕他在《水滸傳》序三中回答了這個問題。他說：「施耐庵以一心所運，而一百八人，各自入妙者，無他，十年格物，而一朝物格也。斯以一筆而寫百千萬人，固不以爲難也。」〔註46〕這是說小說家進行創作，首先要熟悉生活，是謂「格物」，然後才能塑造出生活中的人物形象，是謂「物格」。

格物要有一定的方法。在金聖歎看來，「大千世界，皆因緣生法」。因，是根據；緣，是條件；法，是世界上的各種現象。只要深入觀察理解各種現象的因緣，才能細緻入微地描寫出各種現象。所謂「自古淫婦無印板偷漢法，偷兒無印板做賊法，才子亦無印板做文字法。因緣生法，一切具足。」只有深達因緣之人，才能「寫豪傑奸雄之時，其文字亦隨因緣而起」。〔註47〕由此可見，金聖歎對小說藝術特徵的認識是頗爲深刻的。

（二）人物性格的塑造

小說以塑造人物爲中心，只有寫出鮮明生動的人物性格，才能具有強烈的審美魅力。金聖歎稱：「若別一部書，看過一遍即休。獨有《水滸傳》，只是看不厭。無非爲他把一百八個人性格都寫出來。」〔註48〕怎樣才能寫好人物性格？金聖歎總結出很好的經驗。

小說要寫出人物共性，又要寫出人物個性。如第二十回寫宋江怒殺閻婆惜。閻婆惜勾搭上了宋江的同事張文遠。宋江到來，閻也不理睬他。早晨，宋江急急離去，丟下了招文袋。回去取時，閻婆惜不交出。她提出三個條件：一是改嫁張文遠，二是不爭財產，三是要晁蓋送來的一百兩金子。宋江沒有

〔註44〕　（清）：葉晝：《水滸傳一百回文字優劣》，《水滸傳資料彙編》，朱一玄編，南開大學出版社 2002 年版，第 186 頁。

〔註45〕　（清）金聖歎：《第五十五回評》，《水滸傳資料彙編》，朱一玄編，南開大學出版社 2002 年版，第 285 頁。

〔註46〕　（清）金聖歎：《水滸傳序三》，《水滸傳資料彙編》，朱一玄編，南開大學出版社 2002 年版，第 213 頁。

〔註47〕　（清）金聖歎：《第五十五回評》，《水滸傳資料彙編》，朱一玄編，南開大學出版社 2002 年版，第 286 頁。

〔註48〕　（清）金聖歎：《讀第五才子書法》，《水滸傳資料彙編》，朱一玄編，南開大學出版社 2002 年版，第 220 頁。

金子，閻便說：「明朝到公廳上，你也說不曾有這金子？」「不還。再繞你一百個也不還。若要還時，在鄆城縣還你。」金聖歎評道：「此篇借題描寫婦人黑心，無幽不燭，無醜不備。」「寫淫婦便寫盡淫婦。」〔註49〕所謂寫盡，就是把這一類型人物的特點集中到了一個人身上，也就是寫出一類人物的共性。

當然，僅有共性是不夠的。金聖歎更強調人物的個性。他說：「《水滸傳》寫一百八人性格，真是一百八樣。若別一部書，任他寫一千個人，也只是一樣，便只寫兩個人，也只是一樣。」〔註50〕他稱讚《水滸傳》人物，「人有其性情，人有其氣質，人有其形狀，人有其口聲」〔註51〕。從內在性情氣質，到外在形狀語言，都具有鮮明的個性。怎樣寫好人物的個性？主要有幾個方面：

一是寫出同類型人物的不同特點。葉晝曾稱讚《水滸傳》寫人物「妙絕千古，全在同與不同處有辨」〔註52〕。金聖歎吸收並發展了這個觀點，他指出《水滸傳》寫人物的功力就表現在寫同類型人物能夠寫出不同的特點。他說：「只寫人粗魯處，便有許多寫法。如魯達粗魯是性急，史進粗魯是少年任氣，李逵粗魯是蠻，武松粗魯是豪傑不受羈勒，阮小七粗魯是悲憤無說處，焦挺粗魯是氣質不好。」〔註53〕強調人物的個性，正是黑格爾所說的「這一個」。也就是說，典型性格是個性和共性的統一，而共性正寓於個性之中。

二是寫出人物性格的複雜性。人物性格往往通過不同的形式加以表現。如寫李逵樸實，卻也寫其姦猾。第五十三回寫宋江要李逵下枯井去尋找柴進的下落，李逵說道：「我下去不怕，你們莫要割斷了繩索。」他救了柴進，到了上面又發作道：「你們也不是好人，便不把籮筐放下來救我。」金聖歎評點曰：「此書但要寫李逵樸至，便倒寫其姦猾，便愈樸至。」〔註54〕再如寫魯達，第四十九回前他是以酒為命，而第四十九回後滴酒不沾，表現了性格的豐富性和變動性。

〔註49〕（清）金聖歎：《第二十回評》，《水滸傳資料彙編》，朱一玄編，南開大學出版社 2002 年版，第 249 頁。

〔註50〕（清）金聖歎：《讀第五才子書法》，《水滸傳資料彙編》，朱一玄編，南開大學出版社 2002 年版，第 220 頁。

〔註51〕（清）金聖歎：《水滸傳序三》，《水滸傳資料彙編》，朱一玄編，南開大學出版社 2002 年版，第 213 頁。

〔註52〕（清）：葉晝：《第三回評》，《水滸傳資料彙編》，朱一玄編，南開大學出版社 2002 年版，第 1736 頁。

〔註53〕（清）金聖歎：《讀第五才子書法》，《水滸傳資料彙編》，朱一玄編，南開大學出版社 2002 年版，第 221 頁。

〔註54〕（清）金聖歎：《第五十三回評》，《水滸傳資料彙編》，朱一玄編，南開大學出版社 2002 年版，第 283 頁。

三是通過對比襯托，突出人物性格。如將性格完全對立的人物放在一起互相對比。金聖歎稱之爲「背面敷粉法」。「如要襯宋江奸詐，不覺寫作李逵直率；要襯石秀尖利，不覺寫作楊雄糊塗是也。」〔註55〕又如將性格並不對立，但各有特色的人物進行相互映照。第五十七回寫魯達和武松一同到少華山接史進，就處處把魯達的爽直同武松的精細互相映照。金聖歎評道：「寫爽直，便眞正爽直；寫精細，又眞正精細。一副筆墨，敍出兩副豪傑，又能各極其致，妙絕。」〔註56〕

（三）情節結構的安排

金聖歎要求小說結構精嚴，強調小說結構的完整性。他說：「蓋天下之書，誠欲藏之名山，傳之後人，即無有不精嚴者。何謂之精嚴？字有字法，句有句法，章有章法，部有部法是也。」〔註57〕他主張「有全書在胸而始下筆著書」，他說：「《水滸傳》七十回，只用一目俱下，便知其二千餘紙只是一篇文字。」〔註58〕他將一百二十回本的《水滸》腰斬成七十回，固然有突出主題的動機，但在客觀上的確使之成爲一部結構更完整的作品。

要做到小說結構的有機統一，必須下足裁剪材料的工夫。金聖歎稱施耐庵爲才子，而尤突出其材料裁剪的本領。他說：「又才之爲言裁也。有全錦在手，無全錦在目；無全衣在目，有全衣在心；見其領，知其袖；見其襟，知其帔也。夫領則非袖，而襟則非帔，然左右相就，前後相合，離然各異，而宛然共成者，此所謂裁之說也。」〔註59〕爲了達到情節結構的完整統一，他總結出《水滸傳》的許多文法，體現了小說的裁剪藝術。

金聖歎對小說文法有深入的研究，提出許多具體的技巧方法。如「倒插法」、「夾敍法」、「草蛇灰線法」、「弄引法」、「獺尾法」、「避犯法」、「橫雲斷山法」等等。如「避犯法」，所謂「避」，就是避免緊接著的兩段情節情調雷

〔註55〕 （清）金聖歎：《讀第五才子書法》，《水滸傳資料彙編》，朱一玄編，南開大學出版社 2002 年版，第 223 頁。

〔註56〕 （清）金聖歎：《第五十七回夾批》，《第五才子書施耐庵水滸傳》，中州古籍出版社 1985 年版，第 943 頁。

〔註57〕 （清）金聖歎：《水滸傳序三》，《水滸傳資料彙編》，朱一玄編，南開大學出版社 2002 年版，第 214 頁。

〔註58〕 （清）金聖歎：《讀第五才子書法》，《水滸傳資料彙編》，朱一玄編，南開大學出版社 2002 年版，第 219 頁。

〔註59〕 （清）金聖歎：《水滸傳序一》，《水滸傳資料彙編》，朱一玄編，南開大學出版社 2002 年版，第 210 頁。

同以致令人膩煩。他評曰:「上篇寫武二遇虎,真乃山搖地撼,使人毛髮倒卓;忽然接入此篇,寫武二遇嫂,真又柳絲花朵,使人心魄蕩漾也。」〔註60〕所謂「犯」,就是大手筆故意在一書中安排兩段內容相似的情節,以見其筆力過人。如「武松打虎後,又寫李逵殺虎,……潘金蓮偷漢後,又寫潘巧雲偷漢,江州劫法場後,又寫大名府劫法場……」〔註61〕「故意把題目犯了,卻有本事出落的無一點一畫相借」〔註62〕,足見作者功底厚實。又如正文前有鋪墊引導,叫「弄引法」;正文後作餘波蕩漾,叫「獺尾法」。這些方法儘管有些八股點評的氣息,但畢竟總結了小說的創作經驗,對後世小說創作具有一定影響。

在結構精嚴的基礎上,金聖歎重視情節本身的奇險性,認為情節奇險才能吸引讀者。他說:「不險則不快,險極則快極也」〔註63〕;「(讀者)亦以驚嚇為快活,不驚嚇處亦便不快活也」〔註64〕。然而,追求奇險,還須講究情節的合理性。他說:「寫極駭人之事,卻盡用極近人之筆。」〔註65〕傳奇性的情節應該到現實生活中去尋找。如第四十一回寫趙能帶領四五十人追逐宋江,宋江逃到還道村,躲入一所古廟。趙能入廟搜了一遍,沒有找到。正要走時,幾個士兵叫到:「都頭,你來看!廟門上兩個塵手跡!」金聖歎評道:「何等奇妙!真乃天外飛來,卻是當面拾得。」〔註66〕這就是說,奇險的情節來自於生活。《水滸傳》的優點,就是盡量避免牛鬼蛇神。他說:「《水滸傳》不說鬼神怪異之事,是他氣力過人處,《西遊記》每到弄不來時,便是南海觀音救了。」〔註67〕

〔註60〕　(清)金聖歎:《第二十三回評》,《水滸傳資料彙編》,朱一玄編,南開大學出版社 2002 年版,第 252 頁。

〔註61〕　(清)金聖歎:《讀第五才子書法》,《水滸傳資料彙編》,朱一玄編,南開大學出版社 2002 年版,第 223 頁。

〔註62〕　(清)金聖歎:《讀第五才子書法》,《水滸傳資料彙編》,朱一玄編,南開大學出版社 2002 年版,第 224 頁。

〔註63〕　(清)金聖歎:《第三十六回夾評》,《第五才子書施耐庵水滸傳》,中州古籍出版社 1985 年版,第 599 頁。

〔註64〕　(清)金聖歎:《第三十九回夾評》,《第五才子書施耐庵水滸傳》,中州古籍出版社 1985 年版,第 649 頁。

〔註65〕　(清)金聖歎:《第回評》,《第五才子書施耐庵水滸傳》,中州古籍出版社 1985 年版,第 362 頁。

〔註66〕　(清)金聖歎:《第二十二回評》,《水滸傳資料彙編》,朱一玄編,南開大學出版社 2002 年版,第 251 頁。

〔註67〕　(清)金聖歎:《讀第五才子書法》,《水滸傳資料彙編》,朱一玄編,南開大學出版社 2002 年版,第 220 頁。

總之，一部小說應當是有機統一的藝術整體，金聖歎小說結構理論便建立在整體性觀念基礎之上。

（四）小說語言的講究

金聖歎特別講究小說語言的錘鍊。一是注重人物語言的個性化。他說：「《水滸傳》並無之乎者也等字，一樣人便還他一樣說話，真是絕奇本事。」〔註68〕其夾批中多有「是魯達語，他人說不出」；「如此妙語，自非李大哥，誰能道之」。如武松在鴛鴦樓殺了張都監、張團練、蔣門神之後，從死屍上割下一片衣襟，蘸著血，在白粉壁上大寫八個字道：「殺人者，打虎武松也！」金聖歎評道：「卿試擲地，當作金石聲；看他者字也字，何等用得好，只八個字亦有打虎之力。」〔註69〕可見，人物語言個性化是塑造人物形象的重要方面。

二是強調小說語言的準確性、生動性。如「李逵吃了一回酒，恐怕戴宗問他，也輕輕的來房裏睡了」。金聖歎評道：「輕輕，妙。李逵也有輕輕之日，真是奇事。」又如，戴宗、李逵做伴去取公孫勝，事先約定路上只能吃素。但是，到了客店，李逵給戴宗端來素飯菜湯，自己卻走掉了。戴宗悄悄跟著，「見李逵討兩角酒，一盤牛肉，立著在那裡亂吃。」金聖歎評道：「妙處乃在『亂吃』字與『立著』字。活寫出鐵牛饑腸饞吻，又心慌智亂也。」〔註70〕

三是注重小說語言的形式美。如描寫武松對巨石施展神力。「武松再把右手去地裏一提，提將起來；望空只一擲，擲起去離地一丈來高；武松雙手只一接，接來輕輕放原舊按處。」金聖歎評道：「看他提字與提字頂針，擲字與擲字頂針，接字與接字頂針。」〔註71〕非常欣賞語言的音樂美和節奏美。

金聖歎是小說評點的集大成者。他通過小說評點，建立了系統的小說理論，對後來小說評點家如毛宗崗、張竹坡、脂硯齋有很大影響。晚清人邱煒萲稱：「前乎聖歎者，不能壓其才；後乎聖歎者，不能掩其美。」〔註72〕在金

〔註68〕　（清）金聖歎：《讀第五才子書法》，《水滸傳資料彙編》，朱一玄編，南開大學出版社2002年版，第220頁。

〔註69〕　（清）金聖歎：《第三十回夾批》，《第五才子書施耐庵水滸傳》，中州古籍出版社1985年版，第500頁。

〔註70〕　（清）金聖歎：《第六十四回夾評》，《第五才子書施耐庵水滸傳》，中州古籍出版社1985年版，第854頁。

〔註71〕　（清）金聖歎：《第二十七回夾評》，《第五才子書施耐庵水滸傳》，中州古籍出版社1985年版，第467頁。

〔註72〕　（清）邱煒萲：《菽園贅譚》，中華書局1985年版，第55頁。

聖歎的基礎上，後來者進一步豐富了古典小說理論，但也只能在局部問題上有所補充，而在整體水平上很難超越他。所以，金聖歎在小說理論史上具有很高的地位。

三、李漁的戲劇理論

　　戲劇創作繁榮給戲劇理論家提出一個重要課題，即認眞總結戲劇創作經驗，探求戲劇的基本特徵和藝術規律。然而，明代戲劇批評大多數根據劇本進行批評，絕少聯繫到舞臺演出條件，它們或偏重品藻文章，或偏重推敲音律。直到萬曆年間，王驥德才開始探索戲劇演出規律。《曲律》對戲劇構成諸要素幾乎都涉及到了，這些論述對李漁有著重要影響。

　　李漁（1611～1680），字謫凡，號笠翁，祖籍浙江蘭溪，生於江蘇蘭皋。他一生處在明清之際大動蕩，大變化的年代。前半生在充滿金戈鐵馬的明末，後半生在逐步趨向穩定的清初。在明代時，他曾屢赴鄉試而不第。他說：「予襁褓識字，總角成篇，於詩書六藝之文，雖未究其義，然皆淺涉一過」〔註73〕。在二十五歲時他應童子試，深受主試官許豸賞識，獨以五經見拔。李漁十分珍惜這段經歷，在四十多年之後，還滿懷感情地回憶起來。入清之後，他絕意仕途，專以賣文爲生。1648 年，他遷居杭州西湖之濱，專門從事小說、戲劇創作。自稱「賣賦以糊其口，吮毫揮灑，怡如也」。在此期間，他完成了《無聲戲》、《十二樓》兩部短篇小說集。1658 年，他移家金陵，建芥子園別業，經營芥子園書鋪，刻印書籍、箋譜。又以妻妾爲主要演員，組成家庭戲班，搬演自己創作的劇目，遍歷燕、楚、秦、晉、閩、粵各地，謀食於達官鄉宦之門，自稱「二十年來，負笈四方，三分天下幾遍其二」〔註74〕。晚年重回杭州，終年七十。其戲劇傳世者，有《笠翁十種曲》；其戲劇理論著作，有《閒情偶寄》。

　　《閒情偶記》是最重要的一部戲劇理論著作。全書共分八部：詞曲部，講編劇理論；演習部，講導演理論；居室部，講亭園計劃和居室建築；聲容部，講婦女修容冶服；器玩部，講器具古玩；飲饌部，講食物烹調；種植部，講樹木花卉；頤養部，講養身行樂。其中詞曲部與演習部，是李漁關於戲劇

〔註73〕　（清）李漁：《閒情偶寄》，杜書瀛注，學苑出版社 1998 年版，第 68 頁。
〔註74〕　（清）李漁：《上都門故人述舊狀書》，《李漁隨筆全集》，巴蜀書社 2002 年版，第 489 頁。

創作和戲劇導演的理論。他根據自己豐富的創作經驗和舞臺經驗，對戲劇藝術規律作了全面系統的總結，建立起完整的戲劇理論體系。

（一）戲劇社會價值

明代中葉以前，封建文人大都賤視小說、戲劇。李贄之後，情況有所改變，但傳統觀念根深蒂固，士人對從事戲曲事業還是看不起的。有人說李漁「不爲經國之大業，而爲破道之小言」〔註75〕；有人說他「其行甚穢，眞士林所不恥者也」〔註76〕。對這些批評李漁很不服氣。他說：「塡詞非末技，乃與史傳、詩文同源而異派者也。」〔註77〕他曾額其寓廬曰：「賤業者」，回敬那些瞧不起他的人。他對戲劇事業是十分熱愛的，爲自己精於此道而頗爲自負。在給朋友的信中他說：「若詩歌詞曲以及稗官野史，則實有微長，不效美婦一顰，不拾名流一唾，當世耳目爲我一新。」〔註78〕他勇敢地叛離傳統偏見，爲發展戲劇事業貢獻了聰明才智。

李漁重視戲劇的社會作用，指出戲劇具有娛樂和教化兩種社會作用。就教化言，李漁繼承傳統文學思想，主張戲劇要「有裨風教」。他說：「借三寸枯管，爲聖天子粉飾太平；揭一片婆心，效老道人木鐸里巷。」〔註79〕他把風教的內容歸結爲勸善懲惡。他說：「因愚夫愚婦識字知書者少，勸使爲善，誡使勿惡，其道無由，故設此種文詞，借優人說法，與大眾齊聽，謂善者如此收場，不善者如此結果，使人知所趨避，是藥人壽世之方，救苦弭災之具也。」〔註80〕他還認爲，戲劇的能否傳世，也取決於是否能夠「有裨風教」。他在《香草亭傳奇序》中說：「卜其可傳與否，則在三事：曰情、曰文、曰有裨風教。情事不奇不傳，文詞不警拔不傳，情文具備而不軌乎正道，無益於勸懲，使觀者啞然一笑，而遂己者，亦終不傳。」〔註81〕這些觀點都很傳統，拿他自己的作品對照，也遠沒有達到。這或許有難言的苦衷。清初，文字獄

〔註75〕 （清）余懷：《笠翁偶集序》，《中國古典戲曲論著集成》（七），中國戲劇出版社1959年版，第2頁。

〔註76〕 （清）王灝：《娜如山房說尤》，北京出版社2000年版，第55頁。

〔註77〕 （清）李漁：《閒情偶寄》，杜書瀛注，學苑出版社1998年版，第2頁。

〔註78〕 （清）李漁：《與陳學山少宰書》，《李漁隨筆全集》，巴蜀書社2002年版，第440頁。

〔註79〕 （清）李漁：《曲部誓詞》，《李漁隨筆》，京華出版社2000年版，第368頁。

〔註80〕 （清）李漁：《閒情偶寄》，杜書瀛注，學苑出版社1998年版，第13頁。

〔註81〕 （清）李漁：《香草亭傳奇序》，《李漁隨筆》，京華出版社2000年版，第289頁。

盛行，也有人指責他的戲曲誨淫，「儇薄無恥」。也許他是爲了保護自己，不得不打出「有裨風教」的招牌。他在《比目魚》自題詩中說：「邇來節文頗荒唐，盡把宣淫罪戲場。思借戲場維節文，繫鈴人授解鈴方。」〔註82〕好像透漏出了一點兒消息。

就娛樂言，戲劇既能自娛，更能娛人。他說：「文字之最豪宕，最風雅，作之最健人脾胃者，莫過塡詞一種；若無此種，幾於悶殺才人，困死豪傑。予生憂患之中，處落魄之境，自幼及長，自長及老，總之一刻舒眉，惟於製曲塡詞之頃，非但鬱藉以舒愠爲之解，且當僭作兩間最樂之人，覺富貴榮華，其受用不過如此。」〔註83〕這是說戲劇家的無窮樂趣。戲劇具有很強的商業性，所以他更重視戲劇的娛人功能。在《風箏誤》收場詩中，他生動地說明了這點：「傳奇原爲消愁設，費盡杖頭歌一闋。何事將錢買哭聲，反令變喜成悲咽。惟我塡詞不賣愁，一夫不笑是吾憂。舉世皆成彌勒佛，度人禿筆始堪投。」〔註84〕這裡把娛樂僅僅理解爲發笑，其實是非常膚淺的認識。爲了娛樂，他創作的戲曲都屬於喜劇，他完全沒有認識到悲劇的功能，這是李漁的認識缺陷，也是中國戲劇理論的缺陷。

（二）戲劇特殊規律

每一種文學樣式都有它特殊本質和特殊規律。李漁說：「天地中間，有一種文字，即有一種文字的法脈準繩。」對於戲劇的「法脈準繩」，歷來的詞曲家沒有作過系統的總結。即便有人理解戲劇的「法脈準繩」，也往往置之不道。爲什麼呢？李漁稱其故有三：一是難不可道。二是寧爲闕疑，三是務求自秘。這就使得學習戲劇的人「覓途不得，問津無人，半途而廢者居多，差毫釐而謬千里者，亦復不少也。」〔註85〕針對這種現狀，李漁超越前人偏見，他毫無保留地將戲劇「法脈準繩」和盤托出。

在李漁之前，人們沒有認識到戲劇藝術的特殊性。金聖歎評點《西廂》，便受到李漁批評。他說：「聖歎之評《西廂》，可謂析毛辨髮，窮幽極微，無復有遺議於其間矣。然以予論之，聖歎所評，乃文人把玩之《西廂》，非優人搬弄之《西廂》也。文字之三昧，聖歎已得之，優人搬弄之三昧，聖歎猶有

〔註82〕　（清）李漁：《李漁全集》（第五卷），浙江古籍出版社1991年版，第105頁。
〔註83〕　（清）李漁：《閒情偶寄》，杜書瀛注，學苑出版社1998年版，第113～114頁。
〔註84〕　（清）李漁：《李漁全集》（第四卷），浙江古籍出版社1991年版，第204頁。
〔註85〕　（清）李漁：《閒情偶寄》，杜書瀛注，學苑出版社1998年版，第2頁。

待矣。」〔註86〕戲劇的特殊性在於它的舞臺性，李漁對此有著深刻的認識。他說：「塡詞之設，專爲登場。」〔註87〕戲劇創作，務必遵循這一規律。「笠翁手則握筆，口卻登場。全以身待梨園，復以神魂四繞。考其關目，試其聲音，好則直書，否則擱筆，此所以觀聽咸宜也。」〔註88〕李漁正是這樣去做的。

在編劇的每個環節，他都要揣摩舞臺演出效果，怎樣才能便於演出，怎樣才能利於觀聽。他論戲劇結構，主張要頭緒單純，「一線到底」。使「三尺童子觀演此劇，皆能了了於心，便便於口」〔註89〕。他論戲劇語言，主張淺顯易懂。他說：「戲文做與讀書人與不讀書人同看，又與不讀書之婦人小兒同看，故貴淺不貴深」〔註90〕。他論插科打諢。強調「作傳奇者，全要善驅睡意。睡魔一至，則後乎此者，雖有《鈞天》之樂，《霓裳羽衣》之舞，皆付之不見不聞，……若是則科諢非科諢，乃看戲之人參湯也。養精益神，使人不倦，全在於此，可作小道觀乎？」〔註91〕他還深入到觀眾心理，指出「觀場之事，宜晦不宜明」〔註92〕，晚間演出效果才好，而演出時間不宜過長。這些都是戲劇演出的經驗之談。

（三）戲劇基本要素

根據戲劇藝術的基本特徵，李漁研究了戲劇內容和形式的各種構成要素。如戲劇的結構、語言、人物、題材等等，從而構成了完整的戲劇理論體系。

其一，戲劇結構。

結構在戲劇中比在小說、詩歌中具有更重要的地位。戲劇受時間、空間的制約，只有完整、緊湊而又巧妙的結構藝術，才能緊緊抓住觀眾的注意力，取得良好的舞臺效果。因此，李漁把結構放在戲劇首位。《閒情偶寄》第一條，便是「結構第一」。他說：「詩餘最短，每篇不過數十字。……曲文最長，每折必須數曲，每部必須數十曲。非八斗長才，不能始終如一。」〔註93〕他以工師之建宅爲例，說明劇作家結構作品時，必須全局在胸，具有整體觀念。

〔註86〕　（清）李漁：《閒情偶寄》，杜書瀛注，學苑出版社 1998 年版，第 150 頁。
〔註87〕　（清）李漁：《閒情偶寄》，杜書瀛注，學苑出版社 1998 年版，第 154 頁。
〔註88〕　（清）李漁：《閒情偶寄》，杜書瀛注，學苑出版社 1998 年版，第 117 頁。
〔註89〕　（清）李漁：《閒情偶寄》，杜書瀛注，學苑出版社 1998 年版，第 32 頁。
〔註90〕　（清）李漁：《閒情偶寄》，杜書瀛注，學苑出版社 1998 年版，第 65 頁。
〔註91〕　（清）李漁：《閒情偶寄》，杜書瀛注，學苑出版社 1998 年版，第 131 頁。
〔註92〕　（清）李漁：《閒情偶寄》，杜書瀛注，學苑出版社 1998 年版，第 164 頁。
〔註93〕　（清）李漁：《閒情偶寄》，杜書瀛注，學苑出版社 1998 年版，第 44 頁。

具體來講，戲劇結構要注意如下方面：

一是立主腦，即確立劇中的主要人物和主要事件。他說：「一本戲中，有無數人名，究竟俱屬陪賓。原其初心，止為一人而設。即此一人之身，自始至終，離合悲歡，中具無限情由，無窮關目，究竟俱屬衍文。原其初心，又止為一事而設。此一人一事，即傳奇之主腦也。」〔註94〕

二要減頭緒，即頭緒忌繁，一線到底。要求提煉戲劇衝突，使之圍繞一個中心線索展開。應該明白，「一線到底」，並不是戲劇只能單線發展。李漁並不排斥雙線發展的戲劇結構，他的《意中緣》便是一條主線，一條副線，互相交織，有機融合。

三是密針線，即做到前有埋伏，後有照應，細針密線，天衣無縫。他指責《琵琶記》這方面的缺點，還是很有道理的。

四是重首尾，即重視開場和收場。他說：「開場用末，沖場用生。開場數語，包括通篇；沖場一出，醞釀全部：此一定不可移者。」〔註95〕開場、沖場指傳奇的開端，關乎全局，開門見山，才能吸引觀眾。對於收場，他說：「小收煞，宜窄忌寬，宜熱忌冷。宜作鄭五歇後，令人揣摩下文，不知此事如何結果。」〔註96〕即是指設置懸念。關於「大收煞」，他說：「此折之難，在無包括之痕，而有團圓之趣。」〔註97〕

其二，語言要求。

戲劇對語言的要求更高，更嚴格。舞臺上的語言必須是人物的語言，戲劇中的曲文和賓白，都是特定人物在特定情景下非說不可的話，是表現人物思想、情感、性格的最重要手段。對於戲劇語言，李漁有如下主張：

一是貴淺顯。李漁根據戲劇舞臺性和欣賞對象群眾性的特點，才主張淺顯的。他批評湯顯祖《牡丹亭》說：「《驚夢》首句云：『嫋晴絲吹來閒庭院，搖漾春如線。』以遊絲一縷，逗起情絲，發端一語，即費如許深心，可謂慘淡經營矣。然聽歌《牡丹亭》者，百人之中有一二人解出此意否？」〔註98〕此劇曲文過於艱深，「止可作文字觀，不得作傳奇觀」〔註99〕。李漁主張戲劇

〔註94〕　（清）李漁：《閒情偶寄》，杜書瀛注，學苑出版社1998年版，第20頁。
〔註95〕　（清）李漁：《閒情偶寄》，杜書瀛注，學苑出版社1998年版，第139頁。
〔註96〕　（清）李漁：《閒情偶寄》，杜書瀛注，學苑出版社1998年版，第144頁。
〔註97〕　（清）李漁：《閒情偶寄》，杜書瀛注，學苑出版社1998年版，第144頁。
〔註98〕　（清）李漁：《閒情偶寄》，杜書瀛注，學苑出版社1998年版，第49頁。
〔註99〕　（清）李漁：《閒情偶寄》，杜書瀛注，學苑出版社1998年版，第50頁。

語言應該向元人學習，要「意深詞淺」，「看似尋常最奇崛，成如容易卻艱辛」〔註100〕。語言通俗淺顯，才能使觀眾很快瞭解劇情變化和人物性格的發展。

二是個性化。人物語言要「生旦有生旦之體，淨丑有淨丑之腔」，「說張三要像張三，難通融於李四」〔註101〕。個性化的語言，不僅與人物的身份、遭遇有關，而且與展示人物性格的特定情境相聯繫。因此，李漁認為，戲劇語言個性化的關鍵在於處理好情與景的關係。他推崇《琵琶記》之「賞月」。稱「同一月也，出於牛氏之口者，言言歡悅；出於伯喈之口者，字字淒涼」〔註102〕。伯喈身在相府，心在親闈。他懷著對父母和髮妻的懷念來賞月，感到「月中都是斷腸聲」。牛氏新婚燕爾，以快樂歡愉的心情賞月，自然讚歎「人生幾見此佳景」。

三是重賓白。以前的戲曲家多是重曲文輕賓白。李漁堅決反對這種現象，他提出「故知賓白一道，當與曲文等視，有最得意之曲文，即當有最得意之賓白。」〔註103〕。賓白對推動情節發展，塑造人物性格，表達戲劇主題，都起著非常重要的作用。賓白應該推敲修改，他說：「賓白亦當文章做，字字俱費推敲。」〔註104〕對賓白的長短，主張根據內容該長則長，該短則短。還要求賓白聲音「務必鏗鏘」。這些意見，對寫好賓白都有切實的幫助。

四是重聲律。他說：「字字在聲音律法之中，言言無資格拘攣之苦。」〔註105〕重視戲曲語言的音樂美，這是符合戲劇自身藝術特點的。中國古典戲劇是歌舞劇，音樂美是語言要求的重要方面。

其三，題材處理。

對於戲劇題材的選擇和處理，李漁提出「脫窠臼」和「戒荒唐」的主張。所謂「脫窠臼」，就是要求創新。他說：「古人呼劇本為傳奇者，因其事甚奇特，未經人見而傳之，是以得名。可見非奇不傳。新，即奇之別名也。」〔註106〕一切藝術都要求題材新奇，而戲劇則更需要如此。他說：「新也者，天下事物之美稱也。而文章一道，較之他物，尤加倍焉。憂憂乎陳言務去，求新之謂也。

〔註100〕（宋）王安石：《題張司業詩》，《王荊文公詩箋注》，中華書局 1968 年版，第 609 頁。
〔註101〕（清）李漁：《閒情偶寄》，杜書瀛注，學苑出版社 1998 年版，第 60 頁。
〔註102〕（清）李漁：《閒情偶寄》，杜書瀛注，學苑出版社 1998 年版，第 29 頁。
〔註103〕（清）李漁：《閒情偶寄》，杜書瀛注，學苑出版社 1998 年版，第 106～107 頁。
〔註104〕（清）李漁：《閒情偶寄》，杜書瀛注，學苑出版社 1998 年版，第 117 頁。
〔註105〕（清）李漁：《閒情偶寄》，杜書瀛注，學苑出版社 1998 年版，第 69 頁。
〔註106〕（清）李漁：《閒情偶寄》，杜書瀛注，學苑出版社 1998 年版，第 24 頁。

至於塡詞一道，較之詩、賦、古文，又加倍矣。」〔註107〕他說：「傳奇一道，尤是新人耳目。」〔註108〕因此，他反對那種從元雜劇，唐宋傳奇，或宋元明話本中搜集現成情節，東拼西湊的作品，稱之爲「枉費心機，徒作效顰之女子」。

李漁主張題材新穎，但也反對題材荒唐、怪誕。當時，劇壇上「牛鬼蛇神之劇，充塞宇內，使慶賀宴集之家，經日見鬼遇怪，謂非此不足以快人視聽」〔註109〕。李漁對這種現象是堅決反對的。他主張作家應該從自己熟悉的日常生活中來選擇提煉題材，而不應該在「聞見之外」，專門搜集「怪誕不經之事」。那種認爲「象常日用之事，已被人做盡」的說法是沒有根據的，重要的在於作家對生活的獨特性的發現。李漁自己的創作力求做到這一點。樸齋主人評《風箏誤》云：「掃除一切窠臼，向從來作者搜集不到處另闢一境，可謂奇之極，新之至矣。然其所謂奇，皆理之極平；新者，皆事之常有。」〔註110〕

其四，人物表演。

戲劇藝術的直觀性，要求人物形象必須具有鮮明性和生動性的特點。李漁要求「務使心曲隱微，隨口唾出，說一人，肖一人，勿使雷同，勿使浮泛」〔註111〕，即是要求人物性格鮮明生動，「活現於氍毹之上」。怎樣才能使人物性格鮮明生動呢？主要表現在人物能傳神和傳情。所謂「傳神」，即能夠揭示人物的獨特精神狀態。所謂「傳情」，就是指傳達出人物及作者的感情。「如其離合悲歡，皆爲人情所必至，能使人哭，能使人笑，能使人怒髮衝冠，能使人驚魂欲絕，即使鼓板不動，場上寂然，而觀眾叫絕之聲，反能震天動地。」〔註112〕

而做到傳神傳情，演員必須進入角色，同各種各樣的人物生活在一起，體驗他們不同的思想感情。「立心端正者，我當設身處地，代生端正之想；即遇立身邪辟者，我也當捨經從權，暫爲邪辟之思」。此即所謂「欲代一人立言，先宜代此人立心」〔註113〕。李漁也說到人物的典型化問題。他說：「傳奇無實，大半皆寓言耳。欲勸人爲孝，則舉一孝子出名，但有一行之紀，則不必盡有

〔註107〕　（清）李漁：《閒情偶寄》，杜書瀛注，學苑出版社1998年版，第23頁。
〔註108〕　（清）李漁：《閒情偶寄》，杜書瀛注，學苑出版社1998年版，第163頁。
〔註109〕　（清）李漁：《香草亭傳奇序》，《李漁隨筆》，京華出版社2000年版，第289頁。
〔註110〕　（清）樸齋主人：《風箏誤總評》，《李漁全集》（第四卷），浙江古籍出版社1991年版，第111頁。
〔註111〕　（清）李漁：《閒情偶寄》，杜書瀛注，學苑出版社1998年版，第114頁。
〔註112〕　（清）李漁：《閒情偶寄》，杜書瀛注，學苑出版社1998年版，第160頁。
〔註113〕　（清）李漁：《閒情偶寄》，杜書瀛注，學苑出版社1998年版，第114頁。

其事；凡屬孝親所應有者，悉取而加之。」〔註114〕這就是以生活中某一原型為基礎，把同類應有的東西，悉取而加之，使人物形象更加典型，更加理想。

（四）戲劇導演理論

中國戲劇史上，並沒有「導演」一詞，而導演工作確實存在。如關漢卿被人稱爲「驅梨園領袖，總編修帥首，撚雜劇班頭」〔註115〕。湯顯祖《牡丹亭》是他親自導演的。他說：「玉茗堂開春翠屏，新詞傳唱《牡丹亭》；傷心拍遍無人會，自招檀痕教小伶。」〔註116〕李漁更是「自買孩童，自編詞曲，口授而身導之」〔註117〕。李漁在豐富實踐經驗基礎上，提出了比較完備的戲劇導演理論。

其一，劇本選擇。

劇本是戲劇演出的基礎，所以李漁提出「選劇第一」。他說：「吾論演習之工而首重選劇者，試想劇本不佳，則主人之心血，歌者之精神，皆施於無用之地，使觀者口雖讚歎，心頭咨嗟。」〔註118〕導演選擇劇本，要選擇合乎人情，適合演出者。選好劇本，導演還要對劇本進行二度創作，即所謂「變調第二」。李漁認爲，「變則新，不變則腐；變則活，不變則板。」〔註119〕而具體的變化方法有：縮短爲長，變舊爲新等。總之，經過二度創作，「但須點鐵成金，勿令畫虎類狗，又須擇其可增者增，當改者改」〔註120〕。

其二，演員培養。

首先是挑選演員，按照他們的聲音、姿容、體態，來確定他們擔任生、旦、淨、丑的不同角色。除此之外，李漁更重視演員的才德。他曾經悼念兩位去世的女演員說：「諸公所惜者，技也，非才也；容也，非德也。技可學而至，容可飾而工，至其默會作者之才，婉承夫子之德，則非特人不及知，即予晨夕與俱，亦莫測其慧性所從來。」〔註121〕這是要求演員的內在美與外在

〔註114〕（清）李漁：《閒情偶寄》，杜書瀛注，學苑出版社1998年版，第37～38頁。
〔註115〕（元）鍾嗣成、賈仲明：《錄鬼簿正續編》，巴蜀書社1996年版，第49頁。
〔註116〕（明）湯顯祖：《七夕醉答君東》，《湯顯祖詩文集》，徐朔方箋校，上海古籍出版社1982年版，第735頁。
〔註117〕（清）李漁：《閒情偶寄》，杜書瀛注，學苑出版社1998年版，第173頁。
〔註118〕（清）李漁：《閒情偶寄》，杜書瀛注，學苑出版社1998年版，第155頁。
〔註119〕（清）李漁：《閒情偶寄》，杜書瀛注，學苑出版社1998年版，第163頁。
〔註120〕（清）李漁：《閒情偶寄》，杜書瀛注，學苑出版社1998年版，第169頁。
〔註121〕（清）李漁：《斷腸詩二十首哭亡姬喬氏》，《李漁全集》（第二卷）浙江古籍出版社1991年版，第203頁。

美的有機統一。對於演員的培養，李漁強調基本功的養成。如，一要正音，二要習態，三是學技先學文，四是學戲先學古本。對於排戲，他要求演員「先明曲意」，「戲文當了實事做」。這些都是培養演員的經驗之談。

其三，舞臺藝術。

戲劇是綜合藝術，有賴於多方面的舞臺工作。如鑼鼓、伴奏、服裝，這些李漁都很重視。他說：「戲場鑼鼓，筋節所關」；「須以肉爲主而絲竹副之」；「婦人之服，貴在輕柔」，而男子服裝，「方巾與有帶飄巾，同爲儒者之服。飄巾儒雅風流，方巾老成持重，以之分別老少，可稱得宜」〔註122〕。

李漁總結了元明以來戲劇創作和戲劇表演的實踐經驗，使中國戲劇理論達到一個新的高度。余秋雨評價說：「李漁是繼亞里士多德之後，世界古代史上第二個詳盡論述戲劇與其他文學樣式的區別的人。」〔註123〕可見，在世界戲劇史上，李漁戲劇理論也具有重要的地位。

四、葉燮的詩歌理論

葉燮（1627～1703），字星期，號已畦，浙江上虞人。晚年定居江蘇吳縣之橫山，世稱橫山先生。康熙九年進士，選爲江蘇寶應縣知縣。不久，「以伉直不附上官意，用細故落職」〔註124〕。此後，他縱遊海內名勝，以授徒撰述終老。有《已畦詩集》、《已畦文集》傳世。《原詩》一書，是他最重要的詩歌理論專著。其書以觀點新穎，論述系統，頗受後人推重。蔣凡稱：「應該承認，在我國的古典文學理論批評專著中，除劉勰的《文心雕龍》外，《原詩》是一部比較成熟，最成體系的著作。」〔註125〕

葉燮把詩學著作取名《原詩》頗有深意。《原詩》指詩歌原理，即系統地闡釋詩歌理論。北宋以來詩話著作不可勝數，大多就詩論詩，聊資閒談，雖也不乏眞知灼見，但大多缺少理論體系。葉燮《原詩》突破這個局限，以長篇論文「綜貫成一家之言」。葉燮對歷代詩論均表示不滿，他認爲劉勰、鍾嶸的詩論，「其言不過吞吐抑揚，不能持論」。至於唐宋以來的「諸評詩者，或

〔註122〕（清）李漁：《閒情偶寄》，杜書瀛注，學苑出版社 1998 年版，第 186、187、200 頁。
〔註123〕余秋雨：《戲劇理論史稿》，上海文藝出版社 1983 年版，第 554 頁。
〔註124〕（清）葉燮：《原詩》，霍松林校注，人民文學出版社 2005 年版，第 83 頁。本節凡引自此書者，不再注出。
〔註125〕蔣凡：《葉燮和原詩》，上海古籍出版社 1985 年版，第 142 頁。

概論風氣，或指論一人、一篇、一語，單詞複句，不可殫數」。雖然各有得有失，而總體說來是「雜而無章，紛而不一」，都未能探得詩歌本原。有感於此，葉燮《原詩》力圖探討詩歌原理，故能「自具胸襟」，而自成一家之言。

《原詩》分內外兩篇，每篇又分上下兩卷。內篇爲詩歌原理，上卷論詩歌之發展，下卷論詩歌創作。外篇爲詩歌批評。誠如沈珩《原詩敘》云：「內篇，標宗旨也；外篇，肆博辨也。」按當今文論術語，似可概括爲詩歌本質論、詩歌發展論、詩歌創作論、詩歌批評論等幾個方面。

（一）詩歌本質論

詩歌的本原，主要是探討詩歌與現實生活的關係。先秦有「詩言志」，那「志」從何來？劉勰《物色》篇云：「物色之動，心亦搖焉。」鍾嶸《詩品序》稱：「氣之動物，物之感人，故搖蕩性情，形諸舞詠。」又特別指出「楚臣去境」、「漢妾離宮」等社會生活對詩歌的重要作用。在前人認識的基礎上，葉燮對詩歌的本原作出比較深刻的論述。

他說：「原夫作詩者，……必先有觸以興起其意，而後措諸辭，屬爲句，敷之而成章。」這是說，詩人的創作意念來源於外在事物的「觸」。如杜甫「晨鐘雲外濕」句，這是「因聞鐘聲而有觸而云然也」。也就是說，杜甫因現實生活中的鐘聲的刺激，感觸而起興，才寫出這樣構思奇絕的詩句。

客觀生活的「觸」，是詩歌創作的第一推動力。詩人只有感觸現實，才能創作出好作品。他說：「蓋天地有自然之文章，隨我之所觸而發宣之，必有克肖其自然者，爲至文之立極。」克肖自然才能成爲至文。他曾以繪畫爲例，稱仕女畫重在寫生，要以有血有肉的少女爲模特，而不應該一味臨摹古畫。要求詩歌克肖自然，實際在提倡現實主義文學。

現實生活是詩歌的本原，僅僅在詩歌技巧上下工夫並不足以寫出好詩。葉燮說：「欲其詩之工而可傳，則非就詩以求詩者也。」就是說，作詩要重視詩外的客觀現實生活。他說：「吾告善學詩者，必先從事於格物。」這裡的「格物」，即是體驗社會生活。他說：「人生與世接，要不能與世爲漠然不相關之人。既相關，則人不能忘乎我，而我亦不能忘乎人。」就是說要參與社會，關注社會，這是詩人從事創作的基礎。

詩歌是個性感情的抒發，有所遇，還須有所感。客觀現實須通過主觀情感的作用，才能成爲藝術。那種喪失自我個性的，缺乏眞情實感的作品是不

能感動讀者的。當然，同樣的遇，並非一定有同樣的感受。如同是途中遇雪，就有不同的感受。詩歌要抒發詩人獨特的感受。所謂「情偶至而感，有所感而鳴，斯以爲風人之旨」。

（二）詩歌發展論

清初詩壇，受到明代前、後七子的影響，擬古論調不絕於耳。擬古派把盛唐詩歌當作不可逾越的頂峰，認爲文學是退化的，一代不如一代。針對擬古派的理論，葉燮強調詩歌藝術的發展變化是不可阻擋的自然運行過程。他說：「蓋自有天地以來，古今世運氣數，遞變遷而相禪，……此理也，亦勢也。無事無物不然，寧獨詩之一道，膠固而不變乎？」萬物都在變化，詩歌怎麼能一成不變呢？他提出「時有變而詩因之」的文學發展觀，指出詩歌踵事增華，「爭新競異」的特點。認爲不同時代有不同的詩歌，因循守舊，不利於詩歌的進步。如「關關雎鳩，在河之洲」，符合先秦文學的實際。假如今人模仿而作「剪剪蠟燭，在屋之光；吱吱老鼠，在屋之梁」，則必然令人絕倒。

從肯定文學發展變化的文學史觀出發，葉燮對歷史上主張改革的文學家倍加推崇。他稱讚韓愈說：「唐詩爲八代以來一大變，韓愈爲唐詩之一大變，其力大，其思雄，崛起特爲鼻祖。宋之詩，梅、歐、蘇、王、黃，皆愈爲之發端，可謂極盛。」他稱中唐文學爲「古今一大關鍵」，也是非常深刻的認識。強調文學的變革，並不是割斷歷史。他說：「後人無前人，何以有其端緒？」他批評竟陵派「土苴建安，弁髦初盛」的做法。他說：「夫唯前者啓之，而後者承之而益之；前者創之，而後者因之而擴大之。」他主張在繼承前人的基礎上有所創新。因、沿，是手段；革、創是目的。他說：「學詩者，不可忽略古人，亦不可附會古人。」這些認識，即使在今天也是很有意義的。

張健認爲，葉燮詩論是對明代前後七子派和公安竟陵派兩極對立的超越。前後七子派主正，公安竟陵派主變，而葉燮主張「變化而不失其正」，反對正變對立，主張正變統一。這個認識是非常深刻的。

（三）詩歌創作論

創作論是葉燮詩歌理論的重點。「作詩者果有法乎哉？」葉燮不以格律聲調爲法，而強調創作根本規律的「自然之法」，即作家主觀的才、膽、識、力，怎樣正確反映現實客觀的理、事、情。這是葉燮詩歌理論的精髓。

葉燮稱：「曰理，曰事，曰情，此三言者足以窮盡萬有之變態，凡形形色色，音聲狀貌，舉不能越乎此。此舉在物者而爲言，而無一物之或能去此者

也。曰才，曰膽，曰識，曰力，此四言者所以窮盡此心之神明。凡形形色色，音聲狀貌，無不待此而為之發宣昭著。此舉在我者而為言，而無一不如此心以出之者也。以在我之四，衡在物之三，合而為作者之文章。」這裡明確指出，文學創作是主觀和客觀的統一。缺少其中任何一方，都不能成就文章。在古代文論中，把文學創作的主觀和客觀因素的關係講得這麼明確，實在是不多見的。

就客觀言，「理、事、情」是對世界萬物的概括。他說：「余得之以三語蔽之：曰理，曰事，曰情，不出乎此而已。」什麼是理？它所指的是事物的內在本質及其發生發展的客觀規律。詩歌創作應該揭示事物內在的本質，而不只是敘述生活的表面現象。這就要求詩人具有敏感的洞察力。什麼是事？它就是客觀事物按照自身規律的發展而呈現出來的具體現象。詩人應當通過具體可感的事體現理，而不是抽象地說理。什麼是情？它不是指人的主觀思想感情，而是指事物所具有的獨特的客觀屬性。用「理、事、情」來概括文學所反映的客觀事物，對文學創作具有重要的意義。它要求文學通過豐富的典型材料（事），反映事物的本質規律（理），而這種反映必須是按照生活本身的形式（情）創作出來的具體生動的形象。「三者得而不可易，則自然之法立」，這無疑是很高明的理論見解。

「理、事、情」三者辯證統一，由「氣」加以貫串。這裡的「氣」既不是曹丕之「人氣」，也不是韓愈之「文氣」，而是指客觀事物的生機和活力。也就是說，「理、事、情」並不是靜止的死物，而是運動著的活物。這種客觀事物的生命力，乃是文學作品反映的根本對象。

就主觀言，「才、膽、識、力」是作家文學創作賴以成功的重要條件。古代有「詩言志」，葉燮繼承並加以發展，他說：「然有是志，而以我所云才、膽、識、力四語充之。」什麼是才、膽、識、力？葉燮說：「大凡人無才，則心思不出；無膽，則筆墨畏縮；無識，則不能取捨；無力，則不能自成一家。」所謂「才」，即才思，它一方面指文學家認識世界、反映世界的才華；一方面又指文學家駕馭創做法則的具體本領。詩人缺乏才華，便沒有創作激情。所謂「膽」，是指文學家敢於獨立思考，打破傳統偏見束縛的能力。在文學創作中，就是敢於創新的藝術精神。無膽，則筆墨畏縮。好像是三日新婦，動恐失體。所謂「識」，指見識，即文學家對世界萬物的是非美醜的辨識能力。沒有見識，往往人云亦云，雖終日勤學，亦不過是兩腳書櫥而已。所謂「力」，

指作家運用形象概括生活的工夫和筆力，以及在創作中獨樹一幟，自成一家的魄力。葉燮說：「立言者，無力則不能自成一家。」如韓愈使「唐詩之大變」，因其「其力大，其思雄」。蘇軾爲「韓愈後之一大變」，也是因爲他巨大的才力。

「才、膽、識、力」四者，互相作用，辯證統一。葉燮認爲，四者最重要的是「識」。他說：「四者無緩急，而要在先之以識；使無識，則三者俱無所託。」只有在「識」的基礎上，才能談得上「才、膽、力」。而「識」的培養，是在長期的生活實踐和文化學習中形成的。難怪他說：「在我者雖有天分之不齊，要無不可以人力充之。」這是符合天才在於勤奮的精神的。強調「識」，就是把作家的見識、學識、以及認識能力看作是創作的根本，是發揮作家藝術才能和創造性的決定性條件。「惟有識，則能知所從，知所奮，知所決，而後才與膽力，皆確然有以自信；舉世非之，舉世譽之，而不爲其所搖。」

主客觀因素的結合，是文學創作的根本大法，即「故法者，當乎理，確乎事，酌乎情，爲三者之平準，而無所自爲法也，故謂之虛名」。至於那些講究平仄，起承轉合，照應起伏之類，都是死法。它們不過是爲初學者言之，是「三家村詞伯相傳之事」，如果於執泥死法，「不但詩亡，而法亦且亡矣」。

葉燮關於創作主客體的論述，不只是詩歌創作的規律，也是整個文學藝術創作的規律。因此之故，有的學者亦有非難，認爲這套理論不符合詩歌創作實際，「理、事、情」沒有揭示出詩歌的抒情本質，「才、膽、識、力」也沒有揭示出詩人的獨特素質，如豐富的感情，敏銳的感覺等。認爲葉燮把一套學術研究的理論冒充爲詩歌創作理論。這些不同看法可以商榷，而葉燮理論對人們的啓發則是不言而喻的。

（四）詩歌批評論

葉燮重視文學批評，認爲詩歌批評有益於文學發展。如評沈約曰：「昔人謂沈約，聞人一善，如萬箭攢心。而約之所就，亦何足云」；他「自炫一長，自衿一得，而惟恐有一人出己上，又惟恐人之議己，日以攻擊詆毀其類爲事」對自以爲是不接受別人批評的詩人，他不客氣地給以指責。

他認爲，文學批評應當獎掖後進。他說：「宰相所有事，經綸宰制，無所不急，而必以至善，愛才爲首務。」如杜甫之於高適、岑參；韓愈之於孟郊、盧仝、賈島、張籍；歐陽修之於蘇舜欽、梅堯臣；蘇東坡之於黃庭堅、秦觀、張耒。對這些獎掖後進的文壇領袖，則給予衷心讚美。

葉燮指責明清文壇的不良批評風氣：一是門戶偏見，肆意攻訐。葉燮稱之為「乃近代論詩者」，「百喙爭鳴，互自標榜，膠固一偏，剿獵成就」。二是求合於古人。這是前、後七子的錯誤傾向，以古人為標準，束縛人們的手腳。三是求媚於今人。今人，指那些指揮輿論，操縱文壇的領袖人物。他說：「高論何妨天地寬，閒評寧怕蛟龍怒。」葉燮因為不取媚於上，故而招致時人的攻擊。

葉燮對古代詩歌理論批評及詩歌創作經驗作了比較全面的總結，《原詩》是一部很有特色，很有價值的古典文學理論著作，很有進一步的研究的必要。

五、桐城派古文理論

作為散文流派，桐城派的遞變興衰幾乎與清王朝相始終。它濫觴於明末清初，起始於康熙年間方苞提倡古文「義法」，中經劉大櫆的拓展，興盛於乾隆時代的姚鼐。之後一度中落，又經曾國藩中興，最後在「五四」運動中被斥為「桐城謬種」，最終走向衰亡。這個文學流派，時間之長，作家之多，聲勢之赫，流行之廣，影響之大，在中國文學史上可謂絕無僅有。

桐城派之所以成派，與它的理論建樹分不開。郭紹虞先生說：「桐城文之成派，即因桐城人之文論有其一貫的主張之故。清代文論以古文家為中堅，而古文家之文論又以桐城派為中堅。有清一代的古文前前後後殆無不與桐城派發生關係。」〔註126〕中國散文蔚為大國，而散文理論卻比較零散，而桐城派總結古文藝術經驗，從理論上加以闡發和總結，在繼承傳統的基礎上建立了系統的散文理論。

桐城派古文理論實濫觴於戴名世。戴氏論文注重區分文與所以為文，強調道、法、辭合一，精、氣、神並重，可謂桐城派古文理論的先聲。戴鈞衡曰：「國朝作者間出，海內翕然推為正宗，莫如吾鄉望溪方氏，而方氏生平極所歎服者則唯先生。」〔註127〕然而，戴名世於清初因文字獄被殺，有清一代人們只談桐城三祖，而戴氏的文學貢獻被人為地遮蔽了。

（一）方苞「義法」說

方苞（1668～1749），字鳳九，晚年自號望溪，安徽桐城人。他出身於封

〔註126〕郭紹虞：《中國文學批評史》，上海古籍出版社 1979 年版，第 627 頁。
〔註127〕（清）戴鈞衡：《南山集目錄序》，《桐城派文選》，安徽人民出版社 1984 年版，第 387 頁。

建官僚地主家庭。五歲開蒙，十歲作文，年輕時文章便頗有名氣，被李光地稱讚爲「韓歐復出」。四十四歲時，因受戴名世《南山集》案牽連，論死。由於李光地等人的營救，康熙皇帝對他「寬宥免治」，而且加以重用。晚年，他官越做越大，文壇顯赫一時，由他開創的桐城派成爲最大的文學流派。

「義法」是方苞文論的基本綱領，也是他爲桐城派奠定的第一塊理論基石。何謂「義法」？他在《又書貨殖傳後》中云：「義即《易》之所謂『言有物』也；法即《易》之所謂『言有序』也。義以爲經而法緯之，然後成體之文。」﹝註128﹞這段話包含三層意思：一是指出了「義法」理論的淵源；二是規定了「義法」的具體內涵；三是指出「義法」爲一切「成體之文」寫作的普遍規律。

論文言「法」，初學者才有階梯可尋；本於「義」言法，「法」才不至於成爲僵死的教條。方苞理論的高明之處正表現在這裡。「言有物」之物，指文章的內容，包括主觀、客觀兩方面的因素。客觀方面，如「事」、「理」；主觀方面如「德」、「才」、「志」、「學」。「言有序」之序，是指人們在寫作實踐中形成的法則、規律，如章法、句法、字法之類。

方苞論法，不是孤立地論法，而是以義爲經，以法緯之，即以義爲第一位，以法爲第二位。具體言之：一是法以義起。如歷史事實，這是義；至於載與不載，如何選擇去取，則是法。司馬遷記事，便多是法以義起。二是因義定法。如寫人物，人物之等級身份、歷史作用、精神面貌，這是義；至於寫什麼，怎麼寫，虛實詳略之權度，則是法。三是法隨義變。一篇之中，法隨義變；不同篇章，更是如此。如列傳本是記載傳主事蹟的，而《屈原列傳》則議論和敘事相間。這三方面具體說明了「義以爲經而法緯之」的寫作原則。

廣義的「義法」，指運用於一切文體的基本規律。狹義的「義法」，則專指古文藝術的特殊規律。方苞稱「諸體之文，各有義法」，認爲「藝術莫難於古文。自周以來，各自名家者，僅十數人，則其艱可知矣」﹝註129﹞。他在古文中，尤其推崇《左傳》、《史記》，稱「義法最精者，莫如《左傳》、《史記》」﹝註130﹞。之後，唐宋八大家繼承了古文的優秀傳統，方苞提出了最高的藝術

﹝註128﹞（清）方苞：《又書貨殖傳後》，《方苞姚鼐集》，許結編，鳳凰出版社 2009年版，第 61 頁。

﹝註129﹞（清）方苞：《答申謙居書》，《方苞姚鼐集》，許結編，鳳凰出版社 2009 年版，第 90 頁。

﹝註130﹞（清）方苞：《古文約選序例》，《方苞姚鼐集》，許結編，鳳凰出版社 2009年版，第 36 頁。

標準「雅潔」。「雅」側重於辭，指對文章語言下一番淘洗鍛鍊的工夫，使之純淨規範。他認為辭之繁、蕪、鄙、俚，句之凡、猥、佻、稚，最為傷雅。「潔」側重於義，主要指義的簡明。包括敘事不能冗雜，說理須得要領，對於大量的、豐富的，甚至紛亂的現象、事實，要能夠抓住它固有的規律，從而得出作者明確的見解，然後用精練的文字表達出來。

方苞是「義法」理論的忠實實踐者。無論議論文、記敘文，他均取得了很高藝術成就，姚鼐稱之為「我朝百餘年文章之冠」。如《于忠肅論》用五百來字，寫出了明代名臣于謙；如《左忠毅公逸事》，寫左光斗，精練傳神，亦屬名篇。

（二）劉大櫆能事論

劉大櫆（1698～1779），字才甫，號海峰。他少年有壯志，其詩云：「與君俱少年，意氣干斗牛」。而仕途不遇，「夢裏自矜身少壯，不知白髮已盈頭」。這位鬱鬱不得志的教書匠，竟然成為桐城三祖之一，主要因為他「著籍為望溪弟子」，而又是姚鼐的恩師，自然成為方、姚兩位大家的文學橋梁。

劉大櫆的古文理論主要表現在《論文偶記》中。他與方苞身份不同，思想傾向便有不同。劉大櫆更重視藝術方面。他說：「義理、書卷、經濟者，行文之實；若行文自另是一回事。譬如大匠操斤，無土木材料，縱有成風盡堊手段，何處設施？然即有土木材料，而不善設施者甚多，終不可為大匠。故文人者，大匠也；義理、書卷、經濟者，匠人之材料也。」〔註131〕他將方苞的「義」，只當成寫作材料，置而不論。他集中精力探討的是「行文」，即「盡文人之能事」。在慣於挾道自重的古文家中，劉大櫆的理論是獨樹一幟的。

劉大櫆講文人之能事，主要強調文章的藝術獨特性，即文章的四大審美要素：一曰神，二曰氣，三曰音節，四曰字句。在四者之中，「神氣」是文章最內在，最本質的因素。他說：「行文之道，神為主，氣輔之。曹子桓、蘇子由論文，以氣為主，是矣。然氣隨神轉，神渾則氣灝，神遠則氣逸，神偉則氣高，神變則氣奇，神深則氣靜，故神為氣之主。至夫以理為主者，則猶未盡其妙也。」〔註132〕顯然，神是氣的本體，氣是神的表現，神氣相依構成文章的靈魂。神氣說的實質，在於強調作者感情在文章中的作用，涉及到文章的感情化、詩化的問題。這與過去強調文章以理為主者相比，劉大櫆確實抓

〔註131〕（清）劉大櫆：《論文偶記》，人民文學出版社 1959 年版，第 3 頁。
〔註132〕（清）劉大櫆：《論文偶記》，人民文學出版社 1959 年版，第 3 頁。

住了散文藝術的關鍵，這在理論上是很大的突破。

然而，神氣畢竟太抽象、太玄虛了。怎樣才能具體把握神氣呢？劉大櫆提出了於音節求神氣，於字句求音節的方法。他說：「神氣者，文之最精處也；音節者，文之稍粗處也；字句者，文之最粗處也。然論文而至於字句，則文之能事盡矣。蓋音節者，神氣之跡也；字句者，音節之矩也。神氣不可見，於音節見之；音節無可準，以字句準之。」〔註133〕他又說：「音節高則神氣必高，音節下則神氣必下，故音節爲神氣之跡。一句之中，或多一字，或少一字；一字之中，或用平聲，或用仄聲；同一平字，仄字，或用陰平，陽平，上聲，去聲，，入聲，則音節迥異，故字句爲音節之矩。積字成句，積句成章，積章成篇。合而讀之，音節見矣；歌而詠之，神氣出矣。」〔註134〕字句、音節、神氣，由粗入精，由表及裏，構成了完整的古文藝術論。

「行文之道，神爲主，氣輔之」，神氣相依，才有美感可言。就古文審美現象論，劉大櫆提出了十二貴，即貴奇，貴高，貴大，貴遠，貴簡，貴疏，貴變，貴瘦，貴華，貴參差，貴去陳言，貴品藻等。不同的審美現象有不同的感受，劉大櫆又提出「氣味說」，以味論文，有厚薄濃淡永暫之分，其中厚淡永者佳。劉大櫆的古文理論眞正深入到古文審美藝術特性之中，頗有眞知灼見。

（三）姚鼐道藝論

姚鼐（1732～1815），字姬傳，室名惜抱軒，人稱惜抱先生。方東樹稱他「因望溪之義法，而不失之愨；取海峰之品藻，而不失之滑耀而浮。經術根柢不及望溪，才思奇縱不及海峰，而超卓之識，精詣之力，則又過之，蓋深於文事者也。」〔註135〕，他以「超卓之識，精旨之力」，邁越方、劉，成爲桐城派古文理論的集大成者。他根極道德，融會方、劉，以古文理論爲中心，進而溝通時文、詩歌、辭賦等多種文學樣式，建立起相當完整的文學理論體系。

他說：「天地之道，陰陽剛柔而已。文者，天地之精英，而陰陽剛柔之發也。」〔註136〕在他看來，天地之道，陰陽剛柔，是文的本體和本原，人稱他「論文根極於道德」，這是他高於方、劉的地方。姚鼐認爲，文屬於技藝。他

〔註133〕（清）劉大櫆：《論文偶記》，人民文學出版社1959年版，第6頁。

〔註134〕（清）劉大櫆：《論文偶記》，人民文學出版社1959年版，第6頁。

〔註135〕（清）方宗誠：《桐城文錄序 附義例》，《桐城派文選》，安徽人民出版社1984年版，第402頁。

〔註136〕（清）姚鼐：《復魯絜非書》，《方苞姚鼐集》，許結編，鳳凰出版社2009年版，第228頁。

說：「詩文皆技也。技之精者必近道，故詩文美者命意必善」〔註137〕；「夫文技耳，非道也，然古人籍以達道」〔註138〕。對於道和藝的關係，他主張「藝與道合」，「天與人一」。在這樣總的觀念指導下，提出了他的創作理論。

他認為文章寫作，主要包括兩大範疇，即「才」與「法」。他說：「文章之事，能運其法者，才也；而極其才者，法也。」〔註139〕所謂才，指作者才能，它是作者天賦、學力、思深、功至的綜合表現。所謂法，指文章的自身規律，它是在人們長期的文學實踐中形成的相對嚴整的規範和發展變化的規律。

「才」包括先天與後天兩類因素。先天因素主要是氣質、稟賦，其陰陽剛柔決定著作品的審美特點。他說：「文章之原，本乎天地。天地之道，陰陽剛柔而已。苟有得乎陰陽剛柔之精，皆可以為文章之美。」〔註140〕後天因素主要指思想、道德、理論、學術修養和對於文章寫作的規律、技能的掌握。於是，他強調義理、考據、文章的合一。他說：「學問之事，有三端焉。日義理也，考據也，文章也。是三者，苟善用之，則皆足以相濟；苟不善用之，則或至於相害。」〔註141〕他把義理、考據作為文章的要素，目的還在於文章。政治上是以文章之學融貫漢學與宋學。既維護了宋學的統治地位，又發揮了漢學的一技之長，更能充實古文的思想內容。

「法」分精粗兩類。他在《古文辭類纂序目》中說：「凡文之體類十三，而所以為文者八：日神、理、氣、味、格、律、聲、色。神、理、氣、味者，文之精也；格、律、聲、色者，文之粗也。然苟捨其粗，則精者亦胡以寓焉？」〔註142〕這裡所謂「為文者八」，取自劉大櫆，又比劉大櫆更系統全面。其中，神、理、氣、味是指文學作品高層次的審美要素。神，指作品風神、神氣、精神、神韻；理，指文章思理、文理、脈理；氣，指行文氣勢、力度；味，

〔註137〕（清）姚鼐：《答翁學士書》，《方苞姚鼐集》，許結編，鳳凰出版社2009年版，第217頁。

〔註138〕（清）姚鼐：《復欽君善書》，《方苞姚鼐集》，許結編，鳳凰出版社2009年版，第242頁。

〔註139〕（清）姚鼐：《與張阮林》，《惜抱軒尺牘》，安徽大學出版社2014年版，第49頁。

〔註140〕（清）姚鼐：《海愚詩鈔序》，《方苞姚鼐集》，許結編，鳳凰出版社2009年版，第186頁。

〔註141〕（清）姚鼐：《述庵文鈔序》，《方苞姚鼐集》，許結編，鳳凰出版社2009年版，第192頁。

〔註142〕（清）姚鼐：《古文辭類纂序目》，《方苞姚鼐集》，許結編，鳳凰出版社2009年版，第238頁。

指作品滋味、韻味。格、律、聲、色是低層次的審美要素。格，指作品的體格、規格，不同文體的規範；律，指作品虛實、詳略、字法、句法；聲，指作品聲韻、節奏、長短、徐疾；色，指作品辭采藻飾、語言加工潤色。

姚鼐由粗入精的方法與劉大櫆相同，而他們的目的卻有所不同。劉大櫆由粗入精追求的是古人的神氣；而姚鼐由粗入精追求的是個人的神理氣味，透過神理氣味，可見作者的個性風格。

姚鼐在文學風格理論上也有建樹。他提出「陰陽剛柔」之說。他說：「鼐聞天地之道，陰陽剛柔而已。文者，天地之精英，而陰陽剛柔之發也。」並對兩種風格作了形象的描繪：「其得於陽剛之美者，則其文如霆，如電，如長風之出谷，如崇山峻崖，如決大川，如奔騏驥；其光也，如杲日，如火，如金鏐鐵；其於人也，如憑高遠視，如君而朝萬眾，如鼓萬勇士而戰之。其得於陰與柔之美者，則其文如新日，如清風，如雲，如霞，如煙，如幽林曲澗，如淪，如漾，如珠玉之輝，如鴻鵠之鳴而入寥廓；其於人也，漻乎其如歎，邈乎其如有思，暖乎其如喜，愀乎其如悲。觀其文，諷其音，則為文者之性情形狀，舉以殊焉。」〔註143〕以陰陽剛柔論風格，以簡馭繁，綱舉目張，有高屋建瓴之氣勢。如雄渾、豪放、壯麗、高古、奇偉，均歸於陽剛之美；而淡雅、高遠、飄逸、修潔，均歸於陰柔之美。

姚鼐論文的精髓，用他自己的話說：「夫文者，藝也。道與藝合，天與人一，則為文之至」；「意與氣相御而為辭」〔註144〕。黃保眞先生歸納其理論體系如下〔註145〕：

$$
\text{道——藝}\atop\text{（藝與道合）}
\begin{cases}
才\begin{cases}\text{先天——得乎陰陽剛柔之情} & \text{——氣}\\ \text{後天——義理、考據、所歷事境——意}\end{cases}\\
法\begin{cases}\text{粗者——格、律、聲、色}\\ \text{精者——神、理、氣、味}\end{cases}\text{陰陽剛柔}
\end{cases}
$$

鴉片戰爭之後，隨著民族矛盾加劇，啓蒙作家散文興起，然有姚門四弟子，即梅曾亮、管同、方東樹、姚瑩作為中堅，桐城派仍佔據文壇正統地位。

〔註143〕（清）姚鼐：《復魯絜非書》，《方苞姚鼐集》，許結編，鳳凰出版社 2009 年版，第 228 頁。

〔註144〕（清）姚鼐：《敦拙堂詩集序》，《方苞姚鼐集》，許結編，鳳凰出版社 2009 年版，第 183 頁。

〔註145〕黃保眞：《中國文學理論史》（四），北京出版社 1987 年版，第 291 頁。

十九世紀五十年代之後，隨著姚氏高足相繼謝世，桐城派面臨著衰落的危機。此時，與梅曾亮有師友之誼的曾國藩舉起桐城派旗幟，以曾門四弟子，即張裕釗、薛福成、黎庶昌、吳汝綸爲核心，以及曾氏幕僚一幫人，再加上湘鄉派的郭嵩燾，形成了所謂「桐城中興」。曾國藩強調「經濟」，以充實桐城派理論的空疏，從而將桐城派推向一個新階段。黎庶昌評價說：「至湘鄉曾文正公出，擴姚氏而大之，並功、德、言爲一塗，絜攬眾長，輮歸掩方，跨越百氏，將逐席兩漢而還之三代，使司馬遷、班固、韓愈、歐陽修之文，絕而復續，豈非所謂豪傑之士，大雅不群者哉！蓋自歐陽修以來，一人而已。」〔註146〕時至五四新文化運動，人們提出文學改革的口號：反對舊文學，提倡新文學；反對文言文，提倡白話文。如陳獨秀嚴屬批判桐城派，斥之爲妖魔。他說：「此妖魔爲何？即明之前後七子，及八家文派之歸方劉姚是也。此十八妖魔輩，尊古蔑今，咬文嚼字，稱霸文壇。……若夫七子之詩，刻意模古，直謂之抄襲可也。歸方劉姚之文，或希榮慕譽，或無病呻吟，滿紙之乎者也矣焉哉。每有長篇大作，搖頭擺尾。說來說去，不知道說些什麼。此等文學，作者既非創造才，胸中又無物，其伎倆唯在仿古欺人，眞無一字有存在之價值。」〔註147〕在一派斥責聲中，桐城派終於壽終正寢了。

桐城派的古文理論，總結了古代散文創作的藝術經驗。桐城派在創作實踐中也取得了比較高的文學成就，在當時和後世都產生了重要影響。他們的文學經驗，即使在今天也仍然具有借鑒的價值。然而也毋庸諱言，白話散文與文言散文畢竟不同，借鑒桐城派藝術經驗決不能膠柱鼓瑟，這是特別需要說明的。

六、清代詩說的蜂起

清王朝對文化界實行高壓與懷柔相結合的政策。一方面推行文化專制，製造文字獄，以震懾漢族士大夫；一方面提倡儒家思想，整理文獻典籍，以籠絡漢族士大夫。在這種政治文化背景下，清代詩論逐步復蘇並走向興盛，它繼承元明詩論而有所超越，形成四個主要派別，對傳統詩論作出全面總結。

〔註146〕黎庶昌：《續古文辭類纂序》，《中國近代文論名篇詳注》，霍松林主編，貴州人民出版社1986年版，第134頁。

〔註147〕陳獨秀：《文學革命論》，《中國近代文論名篇詳注》，霍松林主編，貴州人民出版社1986年版，第577頁。

　　元明詩論有擬古與性靈的分歧，也有宗唐與宗宋的分別，清代詩論對這些問題有不同的理解。王士禎既不滿七子派的擬古不化，也不滿性靈派的低俗不雅，便提出神韻說以糾其偏。沈德潛的格調說推宗盛唐，更溯詩源，欲以剛健宏放氣格補神韻說之不足，從而實現儒家的詩教原則。翁方綱的肌理說對神韻說、格調說的空洞均不滿意，他主張以考據來充實詩歌，推宗宋人以學問爲詩。袁枚的性靈說重視性情，便反對神韻說、格調說之缺乏眞我；強調靈機，便反對肌理派之堆垛學問，從而開啓清詩個性解放的思潮。

（一）王士禎神韻說

　　王士禎（1634～1711），字子眞，號阮亭，別號漁洋山人，新城（今山東桓臺）人。他出身仕宦書香之家，順治十二年進士，累官至刑部尙書。爲詩歌頌朝廷，點綴昇平，深得康熙賞識。康熙曾兩賜御書「帶經堂」、「信古堂」匾額。王士禎是康熙時代最有影響的詩人，主盟詩壇長達五十多年。他著述宏富，其詩論被學生張宗楠分類編排爲《帶經堂詩話》三十三卷。

　　王士禎論詩核心是神韻，而他本人對神韻並沒有過明確的表述，神韻說是後人根據他的詩論歸納出來的。楊繩武《資政大夫經筵講官刑部尙書王公神道碑銘》云：「蓋自來論詩者，或尙風格，或矜才調，或崇法律，而公則獨標神韻。神韻得而風格、才調、法律三者悉舉諸此矣。」〔註148〕「神韻」一詞，最早爲南齊謝赫的《古畫品錄》提出，其評顧駿之畫云：「神韻氣力，不逮前賢；精緻謹細，有過往哲。」〔註149〕以神韻論詩也非肇始漁洋，胡應麟《詩藪》便有二十多處談到神韻，如云：「初唐格調如一，而神韻超玄」；「盛唐氣象混成，神韻軒舉。」〔註150〕在前人論述的基礎上，王士禎以神韻爲核心形成詩論體系。

　　王士禎把唐體五言古詩分爲兩種類型：一以王維、孟浩然爲代表的沖和淡遠，見《唐賢三昧集》；二以杜甫爲代表的沉鬱頓挫，見《七言古詩選》。他說：「許顗彥周云：『東坡詩如長江大河，飄沙卷沫，枯槎束薪，蘭舟繡鵠，皆隨流矣。珍泉幽澗，澄澤靈沼，可愛可喜，無一點塵滓，只是體不似江河耳。』余謂：由上所云，惟杜子美與子瞻足以當之；由後所云，則宣城、水

〔註148〕　（清）王士禎：《王士禎全集》（六），齊魯書社2007年版，第5113～5114頁。
〔註149〕　（南齊）謝赫：《古畫品錄》，人民美術出版社1959年版，第9頁。
〔註150〕　（明）胡應麟：《詩藪》，中華書局1962年版，第66、92頁。

部、右丞、襄陽、蘇州諸公是也。大家、名家之別在此。」〔註151〕在兩種類型之中，王士禛似乎更鍾情於前者。翁方綱《七言詩三昧舉隅》說：「先生於唐賢獨推右丞、少伯以下諸家得三昧之旨。蓋專以沖和淡遠爲主，不欲以雄鷙奧博爲宗。」〔註152〕

王士禛之所以推重沖和淡遠的王、孟詩派，有著多方面的原因。一是時代因素。康熙時期統治者加強思想控制，提倡義理心性，引導文人脫離現實，提倡清眞雅正文風。方孝岳說：「『清眞雅正』四個字，本是清初科舉場中取錄文章的標準，而影響及於一切文學。」〔註153〕王氏論詩重視沖和淡遠，正相當於文章之重視清眞雅正。二是學緣因素。王士禛幼年便接觸了王、孟詩作。《居易錄談》云：「時先長兄考功始爲諸生，嗜爲詩，見予詩甚喜，取劉頊陽先生所編《唐詩宿》中王、孟、常建、王昌齡、劉虛、韋應物、柳宗元數家詩，使手鈔之。」〔註154〕而他隸籍於山東，清楚看到七子派的弊病。他說：「明詩本有古澹一派，如徐昌國、高蘇門、楊夢山、華鴻山輩。自王、李專言格調，清音中絕。」〔註155〕推重沖和淡遠風格也是想恢復古澹一派的傳統。

神韻指一種理想的藝術境界，其審美要求主要有以下方面：一曰清遠沖淡。王士禛論詩標舉「清遠」和「沖淡」。他說：「汾陽孔文谷云：『詩以達性，然須清遠爲尙。薛西原論詩，獨取謝康樂、王摩詰、孟浩然、韋應物，言：「白雲抱幽石，綠蓧媚清漣」，清也；「表靈物莫賞，蘊眞誰爲傳」，遠也；「何必絲與竹，山水有清音」，「景昃鳴禽集，水木湛清華」，清遠兼之也。總其妙在神韻矣。』『神韻』二字，予向論詩，首爲學人拈出，不知先見於此。」〔註156〕又說：「昔司空表聖作《詩品》凡二十四，有謂『沖淡』者曰『遇之非深，即之愈稀』；有謂『自然』者曰『俯拾即是，不取諸鄰』；有謂『清奇』者曰『神出古異，淡不可收』。是三者，品之最上。」〔註157〕推崇寄意山水，淡忘世事

〔註151〕（清）王士禛：《古夫餘亭雜錄》，中華書局 1988 年版，第 85 頁。
〔註152〕（清）翁方綱：《七言詩三昧舉隅》，《清詩話》，中華書局 1963 年版，第 283 頁。
〔註153〕方孝岳：《中國文學批評》，三聯書店 1986 年版，第 200 頁。
〔註154〕（清）王士禛：《居易錄》，《王士禛全集》（五），齊魯書社 2007 年版，第 3760 頁。
〔註155〕（清）王士禛：《池北偶談》，中華書局 1987 年版，第 273 頁。
〔註156〕（清）王士禛：《池北偶談》，中華書局 1987 年版，第 296 頁。
〔註157〕（清）王士禛：《高津草堂詩集序》，《王士禛全集》（三），齊魯書社 2007 年版，第 1799 頁。

的情感，這種審美取向，頗有不食人間煙火的味道。

二曰含蓄蘊藉。含蓄爲中國詩歌的藝術傳統，《詩經》運用比興，《楚辭》運用象徵，都可達到言外之意的效果。司空圖言含蓄爲「不著一字，盡得風流」，便深得王士禎的讚賞。王氏論詩主張虛實結合，特別注重「虛」的作用。趙執信《談龍錄》記漁洋言：「詩如神龍，見其首不見其尾，或云中露一爪一鱗而已，安得全體！」〔註158〕比如「詠物之作，須如禪家所謂不黏不脫，不即不離，乃爲上乘。古今詠梅花者多矣，林和靖『暗香』、『疏影』之句，獨有千古。」詩以形象呈現，詩人不著判斷，自然意蘊深遠，而具有言外之意。

三曰自然天成。王士禎讚賞作詩率意天成，反對矯揉造作。他說：「律句有神韻天然，不可湊泊者，如高季迪：『白下有山皆繞郭，清明無客不思家。』曹能始：『春光白下無多日，夜月黃河第幾灣。』李太虛：『節過白露猶餘熱，秋到黃州始解涼。』程孟陽：『瓜步江空微有樹，秣陵天遠不宜秋。』是也。」這等佳句只有詩人靈感爆發、興會神到之時才能創作出來。他說：「大抵古人詩畫，只取興會神到，若刻舟緣木求之，失其指矣。」〔註161〕因此，王氏以爲詩歌宜「佇興而就」，即有靈感衝動發而爲詩。

當然，王士禎強調興會，也不排除學問根柢。他說：「夫詩之道有根柢焉，有興會焉，二者率不可得兼。鏡中之像、水中之月、相中之色，羚羊掛角，無跡可求，此興會也。本之風雅以導其源，溯之楚騷漢魏樂府詩以達其流，博之九經三史諸子以窮其變，此根柢也。根柢原於學問，興會發於性情。戞於斯二者兼之，又干以風骨，潤以丹青，諧以金石，故能銜華佩實，大放厥詞，自名一家。」〔註162〕不忽視學問根柢，注重鑽研古人聲律格調，這也給宋詩再興留下了餘地。

神韻說既適應了清代思想文化需要，也總結了古代詩歌藝術經驗，在當時發揮了重要作用，對後世也產生了深遠影響。

（二）沈德潛格調說

沈德潛（1673～1769），字確士，號歸愚，長州（今蘇州）人。六十七歲

〔註158〕　（清）趙執信：《談龍錄注釋》，齊魯書社1987年版，第6～7頁。

〔註161〕　（清）王士禎：《王右丞詩》，《王士禎全集》（四），齊魯書社2007年版，第3282頁。

〔註162〕　（清）王士禎：《突星閣詩集序》，《王士禎全集》（三），齊魯書社2007年版，第1559頁。

才中進士，官至內閣學士兼禮部侍郎，人稱大宗伯。他編選《古詩源》、《唐詩別裁》、《明詩別裁》、《清詩別裁》，著《說詩晬語》。他以談詩而受寵於乾隆，乾隆經常與之唱和，並破例爲他的《歸愚詩抄》作序。崇高的政治地位，使他成爲詩壇領袖，文學影響急劇擴大。

沈德潛年少學詩於葉燮，深受葉燮詩學的影響。他論詩講究源流正變，作《古詩源》等，意在建構詩歌的正統，以上接《詩經》風雅傳統。他說：「唐詩者，宋元之上流，而古詩，又唐人之發源也。」前後七子之所以有「株守太過，冠裳木偶」的弊病，是因爲他們「守乎唐而不能上窮其源」〔註163〕。他明確指出「學詩者沿流討源，則必尋究其指歸」，於是，上溯唐以前詩而直至《詩經》，以「求詩教之本源」〔註164〕，最終指向傳統詩教，形成以儒家價值觀爲核心的詩論。

一曰詩教宗旨。從詩歌史中追溯風雅精神，意在重建儒家詩教。他說：「竊謂宗旨者，原乎性情者也」〔註165〕；「詩必原本性情，關乎人倫日用及古今成敗興壞之故者，方爲可存，所謂其言有物也。」〔註166〕又說：「詩之爲道，可以理性情，善倫物，感鬼神，設教邦國，應對諸侯，用如此其重也。……今雖不能竟越三唐之格，然必優柔漸漬，仰溯風雅，詩道乃尊。」〔註167〕他以詩本性情而關乎教化，繼承《毛詩序》思想，強調詩歌的教化功用。

二曰溫柔敦厚。詩歌要維護封建統治，便不能直言犯上，凡語涉君親尊者，必須採取隱晦的態度。他說：「詩之爲道，不外孔子教小子、教伯魚數言，而其立言一歸於溫柔敦厚，無古今一也。」〔註168〕又說：「作詩之先審宗旨，繼論體裁，繼論音節，繼論神韻，而一歸於中正和平。」〔註169〕從溫柔敦厚到中正和平，沒有言辭激烈，沒有鋒芒畢露，自然是統治者所樂見的文學審美傾向。

三曰唐音格調。沈德潛並沒有明確標舉格調，其門人王昶說：「蘇州沈德

〔註163〕（清）沈德潛：《古詩源序》，《古詩源》，吉林人民出版社1999年版，第1頁。

〔註164〕（清）沈德潛：《唐詩別裁集序》，《唐詩別裁集》，嶽麓書社1998年版，第1頁。

〔註165〕（清）沈德潛編：《七子詩選序》，《沈德潛詩文集》，潘務正、李言點校，人民文學出版社2011年版，第1360頁。

〔註166〕（清）沈德潛：《凡例》，《清詩別裁集》，上海古籍出版社1984年版，第2頁。

〔註167〕（清）沈德潛：《說詩晬語》，人民文學出版社1979年版，第186頁。

〔註168〕（清）沈德潛：《凡例》，《清詩別裁集》，上海古籍出版社1984年版，第1頁。

〔註169〕（清）沈德潛：《重訂唐詩別裁集序》，《唐詩別裁集序》，嶽麓書社1998年版，第3頁。

潛獨持格調說，崇奉盛唐而排斥宋詩，⋯⋯以漢魏盛唐倡於吳下。」〔註170〕
沈氏推崇「唐音」格調，總結了豐富的藝術經驗。他強調眞情實感，《南園唱
和詩序》云：「詩之眞者在性情，不在格律詞句間也。」〔註171〕他推崇天然化
工，他稱讚李白詩云：「太白想落天外，局自變生，大江無風，濤浪自湧，白
雲舒卷，從風變滅。此殆天授，非人力也。」〔註172〕他重視詩人的學識修養，
他說：「有第一等襟抱、第一等學識、斯有第一等眞詩。」〔註173〕與七子派的
復古不同，他更注重詩歌的藝術規律。如崇「蘊蓄」而貶「質直」，貴「理趣」
而斥「理語」，重才氣而兼學問，尚形式而兼內容等，這些見解都是具有相當
藝術眼光的。

　　沈德潛的格調說具有明顯的復古傾向。所謂格，指詩歌體制的合乎規範；
所謂調，指詩歌的聲調韻律。他說：「詩不學古，謂之野體。」〔註174〕以古詩
爲源頭，以唐人爲楷式，其目的便是爲封建王朝樹立詩歌創作的典範。他既
不能從社會現實中爲詩歌尋找源頭活水，便只能從歷史遺存中爲詩論搜集證
據。因此，格調說不能適應社會變化需要，必然爲文學發展所淘汰。

（三）翁方綱肌理說

　　翁方綱（1733～1818），字正三，號覃溪，順天大興（今北京）人。乾隆
十七年進士，歷官至內閣學士。著有《復初齋詩文集》、《石洲詩話》等。他
生活在乾隆、嘉慶時期，正是考據學派盛行之時，其詩論便深受考據學的影
響。他不滿神韻說、格調說的空疏，便以考據學的方法改造詩學，建立了所
謂的肌理說。

　　他說：「昔李、何之徒空言格調，至漁洋乃言神韻，格調、神韻皆無可著
手也，予故不得不而指之曰肌理，少陵曰『肌理細膩骨肉勻』，此蓋繫於骨與
肉之間而審乎人與天之合，微乎艱者。」〔註175〕「肌理」出自杜甫《麗人行》，
翁氏借用此語是指詩文寫作如肌膚有紋理之意。

〔註170〕 （清）王昶輯：《湖海詩傳》（卷八），上海古籍出版社 2013 年版。
〔註171〕 （清）沈德潛：《南園唱和詩序》，《沈德潛詩文集》，潘務正、李言點校，人
　　　　 民文學出版社 2011 年版，第 1352 頁。
〔註172〕 （清）沈德潛：《說詩晬語》，人民文學出版社 1979 年版，第 209 頁。
〔註173〕 （清）沈德潛：《說詩晬語》，人民文學出版社 1979 年版，第 187 頁。
〔註174〕 （清）沈德潛：《說詩晬語》，人民文學出版社 1979 年版，第 189 頁。
〔註175〕 （清）翁方綱：《仿同學一首爲樂生別》，《復初齋詩文集》（卷十五），文物出
　　　　 版社 1982 年版。

作爲詩學概念的格調、神韻，翁方綱並不否定。他說：「夫詩豈有不具格調者哉？《記》曰：『變成方，謂之音。』方者，音之應節也，其節即格調也。又曰：『聲成文，謂之音。』文者，音之成章也。其章即格調也。」〔註176〕又說：「神韻者，徹上徹下，無所不該。其謂『羚羊掛角，無跡可求』，其謂『鏡花水月，空中之像』，亦皆即此神韻之正旨也。」〔註177〕他認爲，格調、神韻原本是詩歌固有的藝術特徵。然而，格調說、神韻說歪曲了格調、神韻的原旨，故遭到翁方綱的批評。他說：「李、何，王、何之徒，泥於格調而僞體出焉，非格調之病，泥格調者病之也。」〔註178〕又說：「其新城之專舉空音鏡象一邊，特專以針灸李、何一輩癡肥貌襲者言之，非神韻之全也」〔註179〕。格調說擬古不化，神韻說片面不全，他們蹈虛涉空，「是以鄙人之見，欲以肌理之說實之」〔註180〕。

關於肌理的含義，翁方綱說：「在心爲志，發言爲詩，一衷諸理而已。」〔註181〕「理者，民之秉也，物之則也，事境之歸也，聲音律度之矩也。是故源泉時出，察諸文理焉；金玉聲振，集諸條理焉；暢於四支，發乎事業，美諸通理焉；義理之理，即文理之理，即肌理之理也。」〔註182〕他特地拈出一「理」字，將唐、宋之辨，詩、文之辨，藝、學之辨的壁壘給統統打破了，於是義理、考據、辭章統一起來。肌理之理，乃是義理之理與文理之理的有機統一。

一曰義理。義理之理爲「言有物」，指以六經爲代表的合乎儒家規範的思想和學問。「士生今日，經籍之光，盈溢於世宙，爲學必以考證爲準，爲詩必

〔註176〕（清）翁方綱：《格調論》（上），《清代文論選》，王運熙主編，人民文學出版社1999年版，第591頁。

〔註177〕（清）翁方綱：《神韻論》（上），《清代文論選》，王運熙主編，人民文學出版社1999年版，第595頁。

〔註178〕（清）翁方綱：《格調論》（上），《清代文論選》，王運熙主編，人民文學出版社1999年版，第591頁。

〔註179〕（清）翁方綱：《神韻論》（上），《清代文論選》，王運熙主編，人民文學出版社1999年版，第595頁。

〔註180〕（清）翁方綱：《神韻論》（上），《清代文論選》，王運熙主編，人民文學出版社1999年版，第595頁。

〔註181〕（清）翁方綱：《志言集序》，《清代文論選》，王運熙主編，人民文學出版社1999年版，第589頁。

〔註182〕（清）翁方綱：《志言集序》，《清代文論選》，王運熙主編，人民文學出版社1999年版，第589頁。

以肌理爲準。」〔註183〕儒家經籍乃爲人根柢,「故爲詩者實由天性忠孝,篤其根柢而後可以言情,可以觀物耳。」〔註184〕所以,詩歌當表現聖人的義理之理。他說:「理者,聖人理之而已矣。凡物不得其理則借議論以發之,得其理則和矣,豈議論所能到哉!」〔註185〕

二日文理。文理之理爲「言有序」,指詩律、結構、章法等作詩之法。其《詩法論》曰:「文成而法立。法之立業,有立乎其先、立乎其中者,此法之正本探源也;有立乎其節目、立乎其肌理界縫者,此法之窮形盡變也。」詩歌當體現文理之理。對於詩法,翁氏的看法比較通達:「禹之治水,行其所無事也。行乎所不得不行,止乎所不得不止。應有者盡有之,應無者盡無之,夫然後可以謂之詩,夫然後可以謂之法矣。」〔註186〕這樣論述詩法,幾乎成爲自然規律的別名了。

肌理既是內容原則,也是詩法規律。所謂「夫理者,徹上徹下之謂,性道統挈之理即密察條理之理,無二義也;義理之理,即文理、肌理、腠理之理,無二義也。」〔註187〕這樣,將詩學通於義理學、考據學,把詩學問題引出詩學之外,其實也解構了詩歌的藝術特殊性。

論詩重理,便會推崇宋詩。宋人以文字爲詩,以學問爲詩,以議論爲詩,自然爲翁方綱所青睞。他說:「談理至宋人而精,說部至宋人而富,詩則至宋人而益加細密。蓋刻抉入理,實非唐人所能囿也,而其總萃處,則黃文節(庭堅)爲之提挈。非僅江西派以之爲祖,實乃南渡以後,筆虛筆實,俱從此引導而出。」〔註188〕他稱讚「宋詩妙境在實處」,實處又在於學問。他說:「宜博精經史考訂,而後其詩大醇。詩必精研杜、韓、蘇、黃,以厚其根柢,而

〔註183〕 (清)翁方綱:《志言集序》,《清代文論選》,王運熙主編,人民文學出版社1999年版,第589頁。

〔註184〕 (清)翁方綱:《月山詩稿序》,《復初齋文集》(卷四)上海古籍出版社2002年版,第380頁。

〔註185〕 (清)翁方綱:《韓詩雅麗理訓詁理字說》,《清代文論選》,王運熙主編,人民文學出版社1999年版,第600頁。

〔註186〕 (清)翁方綱:《詩法論》,《清代文論選》,王運熙主編,人民文學出版社1999年版,第590頁。

〔註187〕 (清)翁方綱:《理說駁戴震作》,《戴震全書》(七),黃山書社1997年版,第296頁。

〔註188〕 (清)翁方綱:《石洲詩話》(卷四),中華書局1985年版,第60頁。

後其詞不囿於一偏。」〔註189〕以為作詩首要條件是學問，具備了廣博紮實的學問，然後才可以言詩。極力張揚所謂學者之詩，這正是以宋詩為基礎的詩論。然而，以學問考據代替藝術創作，其實已偏離了詩歌藝術的正常軌道。

（四）袁枚性靈說

袁枚（1716～1798），字子才，號簡齋，錢塘（今杭州）人。乾隆四年進士，曾任江寧知縣。三十餘歲時棄官不仕，「卜築江寧小倉山，號隨園，崇飾池館，自是優游其中者五十年。」〔註190〕他著述有三十餘種，彙刻為《隨園集》。

明代袁宏道始創性靈說，此後隨著社會形勢而衰微。時至清代中葉，隨著市民階層再度興起，性靈說又開始活躍，袁枚成為代表者。袁枚性靈說與明代中、晚期文藝思潮有著密切關係，它是對李贄、湯顯祖，特別是公安三袁文學思想的繼承和發展。

袁枚不滿於清代詩壇的各種論調，他對神韻說、格調說，及以考據為詩的主張均作了批判。袁枚雖以神韻與性靈比較接近，但對王士禛也頗有微詞，他說：「阮亭主修飾，不主性情。觀其到一處必有詩，詩中必用典，可以想見其喜怒哀樂之不真矣。」〔註191〕至於沈德潛，袁枚與之發生激烈爭論，他寫了《與沈大宗伯論詩書》、《再與沈大宗伯論詩書》，對格調說作了尖銳批評。他批評格調說厚古薄今的復古傾向，溫柔敦厚的詩教主張，排斥豔情的道學氣味。袁枚也批評考據入詩的風氣，他說：「自《三百篇》至今日，凡詩之傳者都是性靈，不關堆垛。」〔註192〕以為詩不必堆垛學問，故與考據無緣。

袁枚論詩崇尚性靈，所謂「性靈」，包含有性情、靈機二義。他說：「嘗謂千古文章傳真不傳偽，……今人浮慕詩名而強為之，既離性情，又乏靈機，轉不若野氓之擊轅相杵，猶應風雅焉。」〔註193〕性情，強調真情實感；靈機，強調天分才氣；二者皆體現為詩人個性。這些構成了袁枚性靈說的基本內容。

一曰性情。他說：「且夫詩者，由情性者也。有必不可解之情，而後有必

〔註189〕（清）翁方綱：《粵東三子詩序》，《張南山全集》（一）張維屏撰，廣東高等教育出版社1994年版，第1頁。
〔註190〕國史館校注：《清史稿校注》（十四），臺灣商務印書館1999年版，第11182頁。
〔註191〕（清）袁枚：《隨園詩話》（卷三），江蘇古籍出版社2000年版，第60頁。
〔註192〕（清）袁枚：《隨園詩話》（卷五），江蘇古籍出版社2000年版，第110頁。
〔註193〕（清）袁枚：《錢璵沙先生詩序》，《小山倉房詩文集》，上海古籍出版社1988年版，第1754頁。

不可朽之詩」〔註 194〕。他強調詩歌表現性情，就是強調詩歌感情的眞實性。他說：「詩人者，不失其赤子之心者也。」〔註 195〕又說：「詩難其眞也，有性情而後眞；否則敷衍成文矣。」〔註 196〕他讚美王陽明所說的「人之詩文，先取眞意；譬如童子垂髫肅揖，自有佳致。若帶假面佝僂，而裝鬚髯，便令人生憎。」〔註 197〕在性情之中，「情所最先，莫如男女」，男女之情是最重要的內容。所以，袁枚對沈德潛排斥情詩給予尖銳的批評。

二日靈機。靈機指作詩條件。一般作詩而言，靈機是靈性，就是天分；具體作詩而言，靈機是興到自成，就是天籟。他說：「詩不成於人，而成於其人之天。其人之天有詩，脫口能吟。其人之天無詩，雖吟而不如其無詩。」〔註 198〕可見，能否成爲詩人，關鍵在天分有無。他說：「無題之詩，天籟也；有題之詩，人籟也。天籟易工，人籟難工。《三百篇》、《古詩十九首》，皆無題之詩，後人取其詩中首面之一二字爲題，遂獨絕千古。漢魏以下，有題方有詩，性情漸離。至唐人有五言八韻之試貼，限以格律，而性情愈遠。」〔註 199〕可見，能否寫出好詩，關鍵又在是否天籟。

三日著我。人各有性情，性情不同，詩亦不同，無不打上詩人的個性印記。所謂著我，就是主張自成一家，獨樹一幟。他說：「凡作詩者，各有身份，亦各有心胸。」〔註 200〕袁枚強調詩歌的獨創性，反對因襲雷同。他說：「高青丘笑古人作詩，今人描詩。描詩者，象生花之類，所謂優孟衣冠，詩中之鄉愿也。譬如學杜而竟如杜，學韓而竟如韓，人何不觀眞杜、眞韓之詩，而肯觀僞杜、僞韓之詩乎？」〔註 201〕與公安派反對師古不同，袁枚並不反對學習古人，他主張師古與著我的統一。他說：「不學古人，法無一可。竟似古人，何處著我。字字古有，言言古無。吐故吸新，其庶幾乎？」〔註 202〕

〔註 194〕（清）袁枚：《答蕺園論詩書》，《清代文論選》，王運熙主編，人民文學出版社 1999 年版，第 527 頁。
〔註 195〕（清）袁枚：《隨園詩話》（卷三），江蘇古籍出版社 2000 年版，第 55 頁。
〔註 196〕（清）袁枚：《隨園詩話》（卷七），江蘇古籍出版社 2000 年版，第 177 頁。
〔註 197〕（清）袁枚：《隨園詩話》（卷三），江蘇古籍出版社 2000 年版，第 52 頁。
〔註 198〕（清）袁枚：《何南園詩序》，《小山倉房詩文集》，上海古籍出版社 1988 年版，第 1763 頁。
〔註 199〕（清）袁枚：《隨園詩話》（卷七），江蘇古籍出版社 2000 年版，第 172 頁。
〔註 200〕（清）袁枚：《隨園詩話》（卷四），江蘇古籍出版社 2000 年版，第 76 頁。
〔註 201〕（清）袁枚：《隨園詩話》（卷七），江蘇古籍出版社 2000 年版，第 177 頁。
〔註 202〕（清）袁枚：《著我》，《續詩品》，上海書店 1993 年版，第 177 頁。

袁枚性靈說表達了重要的文學思想。成復旺指出：「性情，講情與詩的關係，這是詩的本質問題；靈機，講天與人的關係，這是詩的創作問題；著我，講我與古的關係，這是詩的學習問題。這三個方面組合起來，構成了一套相當完整的詩論」〔註203〕性靈說修正了公安派的不足之處，在新的社會條件下發展了性靈思想，開啓了清代中後期個性解放的思潮。

然而，進入道咸年間，西方列強用大炮轟開中國大門，中國社會的劇烈變化將官僚士大夫拋出社會主流之外，他們遠離現實生活，在故紙堆裏苟且偷生，於是有宋詩派興起。陳衍《石遺室詩話》曰：「道咸以來，何子貞（紹基）、祁春圃（嶲藻）、魏默深（源）、曾滌生（國藩）、歐陽碢東（輅）、鄭子尹（珍）、莫子偲（友芝）諸老，始喜言宋詩。」〔註204〕宋詩派拾翁方綱肌理說之牙慧，主張以考證入詩，以議論入詩，以才學入詩，企圖在神韻說、格調說、性靈說之外，別開一戶牖，自然沒有多少文學成就。

清代詩論是對中國古代詩論的總結。中國古代詩論本來包括含蓄、雅正、理法、性情的思想。在新的歷史條件下，王士禎、沈德潛、翁方綱、袁枚自覺地強調某一方面，形成相對獨立的詩論。而它們共同構成中國古代詩論的體系，顯示了中國古代詩歌理論的完成。

七、清代詞論的嬗變

清代詞論繁榮與清詞中興密切相關。清初，詞體振興已蔚然可觀，李漁曾描繪當時作詞風氣說：「好勝之家，又不重詩而重詩之餘矣。一唱百和，未幾成風，無論一切詩人皆變詞客，即閨人稚子，估客村農，凡能讀數卷書，識里巷歌謠之體者，盡解作長短句。」〔註205〕據嚴迪昌《清詞史》估計：「一代清詞總量將超出二十萬首以上，詞人也多至一萬之數。」〔註206〕近人葉恭綽編撰《全清詞鈔》，收入詞人多達3196家，收詞數量超過了以往任何時代。

清詞中興，實萌芽於明末。近人龍楡生說：「詞學衰於明代，至（陳）子龍出，宗風大振，遂開三百年來詞學中興之盛。」〔註207〕明末文人結社成風，

〔註203〕黃保眞：《中國文學理論史》（四），北京出版社1987年版，第547頁。
〔註204〕陳衍：《石遺室詩話》遼寧教育出版社1998年版，第1頁。
〔註205〕（清）李漁：《耐歌詞自序》，《李漁全集》（二）浙江古籍出版社1991年版，第377頁。
〔註206〕嚴迪昌：《清詞史》，江蘇古籍出版社1990年版，第1頁。
〔註207〕龍瑜生：《近三百年名家詞選》，上海古籍出版社1979年版，第4頁。

崇禎二年，雲間（今上海松江）成立畿社。畿社中人，「三六九會藝」，將塡詞之風帶入活動之中。陳子龍、李雯、宋徵輿互相唱和，集爲《幽蘭草》，被稱爲「雲間三子」。雲間派以陳子龍爲宗主，論詞貶低南宋，推宗南唐、北宋，他們總結明詞得失，意在興衰起弊。陳子龍之後，其後繼者仍活躍於詞壇，對清代詞學繁榮頗有影響。

　　清詞中興的顯著標誌是流派紛呈：以陳維崧爲代表的陽羨派，以朱彝尊、厲鶚爲代表的浙西派，以張惠言、周濟爲代表的常州派。此起彼伏，佔據詞壇，貫穿有清一代。這些詞派表達了不同觀點，豐富了詞論的內涵。清末民初，王國維受西方美學影響，總結清代詞論，提出「境界說」，提升了傳統詞論的理論品格。

（一）陽羨派詞論

　　康熙年間，以陳維崧爲代表的陽羨派登上詞壇，拉開了清代詞論的帷幕。陳維崧（1625～1682），字其年，號迦陵，江蘇宜興人。康熙五年，他科舉落第後，曾「歎曰：是亦何傷？丈夫處不得志，正當如柳郎中使十七、八女郎按紅牙板拍，歌『楊柳岸曉風殘月』以陶寫性情，吾將以柳七、黃八作萱草忘憂耳。」〔註208〕他的思想不合乎官方口味，長期窮困潦倒，中年學爲詩餘，晚年好之不厭，開創了陽羨詞派，提出自己的觀點。

　　一是以詞存史，推尊詞體。《詞選序》云：「選詞所以存詞，其即所以存經、存史。」說明詞體與經、史並立而無愧，這就顛覆了詞爲小道、豔科的觀念。他說：「蓋天之生才不盡，文章之體格亦不盡。」所有文章體格都是人的創造，人的才能不能窮盡，文章體格也發展變化。「鴻文巨軸，固與造化相關；下而讔語巵言，亦亦精深自命。要之穴幽出險，以厲其思；海涵地負，以博其氣；窮神知化，以觀其變；竭才渺慮，以會其通；爲經、爲史、曰詩、曰詞，閉門造車，諒無異轍也。」〔註209〕將詞體與經、史並列，提高了詞體的地位。

　　二是寄寓興亡，提倡豪放。他主張詞要表現家國之恨、興亡之感，故倡導豪蕩雄渾的詞風。他說：「事皆磊砢以魁奇，興自顛狂而感激。搥床絕叫，蛟螭夭矯於腦中；據案橫書，蝌蚪盤旋於腕下。誰能鬱鬱，長束縛於七言四

〔註208〕宗元鼎：《烏絲詞序》，《烏絲詞》，陳維崧，商務印書館1938年版，第1頁。
〔註209〕（清）陳維崧：《詞選序》，《中國歷代詞學論著選》，陳良運主編，百花洲文藝出版社1998年版，第382～383頁。

韻之間，對此茫茫，故放浪於減字偷聲之下。」〔註210〕陳維崧後期詞以豪放著稱，如《賀新郎奉贈蓬庵先生》曰：「秦關漢苑難描就，矗中原怒濤似箭，斷崖如臼。我又銅人千行淚，撲地獅兒騰吼！」陳廷焯評陳詞曰：「其年以大勝，其源出於蘇、辛，而悲壯過之。」〔註211〕

三是言志抒情，反對因襲。強調詞體言志抒情的功能。《王西樵炊聞卮語序》曰：「必愁矣而後工，必愁且窮矣而後益工。然則詞顧不易工，工詞亦不易哉。」〔註212〕言志抒情自然需要眞情本色，不可矯揉造作。其《賀新郎贈成容若》曰：「不值一錢張三影，盡旁人拍手揶揄汝。何至作，溫、韋語。」批評張先詞因襲模擬，缺乏藝術創造性。徐喈鳳《詞證》亦曰：「詞雖小道，亦各見其性情。性情豪放者強作婉約語，畢竟豪氣未除。性情婉約者強作豪放語，不覺婉態自露。故婉約固是本色，豪放亦未嘗非本色也。」〔註213〕

陳維崧之後，蔣景祁深化了陽羨派詞論。其《陳檢討詞鈔序》曰：「文章之源流，古今同貫。而歷覽作者，其所造就未嘗不各擅一家，雖累百變而不相襲，故讀之者，亦服習焉而不厭也。……若規格一定意境，無異如世摹畫化人宮闕，雖極工麗，一覽已盡，又況乎焦滯筆墨者耶！……其年先生……磊砢抑塞之意一發之於詞。諸生平所誦習經史百加、古文奇字，一一於詞見之。……讀先生之詞者，以爲蘇辛可，以爲周秦可，以爲溫韋可。蓋……取裁非一體，造就非一指，豪情豔趣，觸緒紛起，而要皆含咀醞釀而後出。以故履其閾，賞心目，接應不暇；探其奧，乃不覺晦明風雨之眞移我情；噫其至矣！」〔註214〕迦陵詞以超現實的文采形象，表現「磊砢鬱塞」的思想感情。晦明風雨灌注於詞作之中，產生了眞移我情的藝術效果。把文學發展連續性與個人創作多樣性統一起來，他認爲文學發展連續性通過個人創作多樣性得以實現。

〔註210〕 （清）陳維崧：《曹實庵詠物詞序》，《陳維崧集》，上海古籍出版社 2010 年版，第 55 頁。

〔註211〕 （清）陳廷焯：《雲韶集輯評》（之三），《中國韻文學刊》2011 年第一期，第 35 頁。

〔註212〕 （清）陳維崧：《王西樵炊聞卮語序》，《陳維崧集》，上海古籍出版社 2010 年版，第 47 頁。

〔註213〕 （清）徐喈鳳：《陰綠軒詞證卷首》，《詞話叢編續編》，朱崇才編，人民文學出版社 2010 年版，第 99 頁。

〔註214〕 （清）蔣景祁：《陳檢討詞鈔序》，《中國歷代詞學論著選》，陳良運主編，百花洲文藝出版社 1998 年版，第 446 頁。

在明清易代之際，陽羨派強調感情勃發，這與當時士人心態不無關係。而隨著清朝政權的鞏固，士人走上與統治者合作的道路，陽羨派便失去社會基礎而退出了詞壇。

（二）浙西派詞論

龔翔編選《浙西六家詞》，收入龔翔、李良年、李符、沈岸登、沈皥日、朱彝尊的詞作，此六人爲嘉興、平湖一帶人，故得名爲浙西派。朱彝尊是浙西派的開創者。朱彝尊（1629～1709），字錫鬯，號竹垞，浙江秀水（今嘉興）人。所著《詞綜》輯錄唐、宋、金、元詞凡五百餘家，初爲二十六卷，後經汪森增補爲三十卷，後再增輯六卷，終成三十六卷本。朱彝尊論詞，其要有三：

一是推尊詞體。朱彝尊論詞雖沿用「小技」、「詩餘」的說法，而他指出詞體「辭愈微」而「旨愈遠」，「通之於《離騷》變雅之義」的特點〔註215〕，實質是在推尊詞體。王森則稱「自有詩，而長短句即寓焉」，從文體源流來推尊詞體。

二是崇法姜、張。《詞綜發凡》云：「詞至南宋，始極其工，至宋季始極其變，姜堯章氏最爲傑出」；「填詞最難，無過石帚。」〔註216〕朱彝尊推崇姜夔、張炎，尤其心儀姜夔。

三是崇尚雅正。雅正，源於儒家「樂正」，儒家一直以「正」訓「雅」。所謂「正」，既包括內容，也包括形式。就內容言，詞不能爲情所役，不能爲風月所使。《詞綜發凡》云：「言情之作，易流於穢，此宋人選詞，多以雅爲目。」就形式言，音律要合乎規範。朱彝尊稱「倚聲中律呂，而姜夔審音尤精。」〔註217〕汪森《詞綜序》云：「鄱陽姜夔出，句琢字煉，歸於醇雅。」〔註218〕

浙西派經歷三個時期，「前期以朱彝尊爲旗幟，中期以厲鶚爲宗匠，晚期則以吳錫麒爲中介環節，而以郭麐爲詞風嬗變的代表。」〔註219〕

〔註215〕朱彝尊：《陳緯雲紅鹽詞序》，《中國歷代詞學論著選》，陳良運主編，百花洲文藝出版社1998年版，第425頁。

〔註216〕（清）朱彝尊：《詞綜發凡》，《中國歷代詞學論著選》，陳良運主編，百花洲文藝出版社1998年版，第421頁。

〔註217〕（清）朱彝尊：《群雅集序》，《中國歷代詞學論著選》，陳良運主編，百花洲文藝出版社1998年版，第423頁。

〔註218〕（清）汪森：《詞綜序》，《中國歷代詞學論著選》，陳良運主編，百花洲文藝出版社1998年版，第451頁。

〔註219〕嚴迪昌：《清詞史》，江蘇古籍出版社1990年版，第436頁。

　　厲鶚（1692～1752）字太鴻，號樊榭，浙江錢塘（今杭州）人。厲鶚也標舉姜、張，汪沆《籽香堂詞序》引厲鶚語云：「豪放者失之粗厲，香豔者失之纖褻。惟有宋姜白石、張玉田諸君，清眞雅正，爲詞律之極則。」〔註220〕而厲鶚又將周邦彥奉爲浙派之祖，突出周邦彥詞的典範意義。他說：「兩宋詞派，推吾鄉周清眞，婉約隱秀，律呂諧協，爲倚聲家所宗。」〔註221〕厲鶚對「雅」的理解也更爲豐富。他說：「託興乃在感時賦物，登高送遠之間，遠而文，澹而秀，纏綿不失其正。」〔註222〕以爲雅人能事表現在「感時賦物」，託興清遠。

　　浙西派後期的代表人物是吳錫麒和郭麐，郭麐又有浙派殿軍之稱。郭麐（1767～1831），字伯祥，號頻伽，江蘇吳江人。他著有《詞品》，概括了十二種詞境，對浙派詞論有所發展。蔣敦復《芬陀利室詞話》云：「浙派詞，竹宅開其端，樊榭振其緒，頻伽暢其風。」〔註223〕郭麐曾從袁枚遊，受到性靈說影響。他論詞提倡性靈，「寫其心之所欲出」，「取其性之所近。」〔註224〕「自抒其襟靈」〔註225〕。其襟靈、心性，皆指詞人的眞情實感。以性靈出發，便批評浙派末流徒尙雅詞的傾向。他不再獨尊姜、張，而表達了對蘇、辛的仰慕，可謂突破了浙西派的局限。然而，由於常州派的崛起，浙西派失去了復興的機會。

（三）常州派詞論

　　嘉慶、道光時期，常州派登上詞壇，崇尙比興寄託，取代浙西派成爲主流。徐珂《清代詞學概論》云：「浙派至乾、嘉間而益敝，張皋文起而改革之，其弟翰鳳和之，振北宋名家之緒，闡意內言外之旨，而常州派成。」〔註226〕

　　張惠言（1761～1802），字皋文，號茗柯。他編注《詞選》，選錄唐五代、

〔註220〕（清）汪沆：《籽香堂詞序》，《清詞序跋彙編》，鳳凰出版社 2013 年版，第502頁。

〔註221〕（清）厲鶚：《吳尺鳧玲瓏簾詞序》，《中國歷代詞學論著選》，陳良運主編，百花洲文藝出版社1998年版，第462頁。

〔註222〕（清）厲鶚：《群雅詞集序》，《中國歷代詞學論著選》，陳良運主編，百花洲文藝出版社1998年版，第465頁。

〔註223〕（清）蔣敦復：《芬陀利室詞話》，《中國歷代詞學論著選》，陳良運主編，百花洲文藝出版社1998年版，第572頁。

〔註224〕（清）郭麐：《無聲詩館詞序》，《清詞序跋彙編》，鳳凰出版社 2013 年版，第603頁。

〔註225〕（清）郭麐：《桃花潭水詞序》，《清詞序跋彙編》，鳳凰出版社 2013 年版，第932頁。

〔註226〕徐珂：《清代詞學概論》，山西人民出版社2015年版，第6頁。

宋詞四十四家，一百十六首，並作有《詞選序》，闡明了自己的詞學思想。

一是意內言外。他說：「許氏云：意內言外謂之詞，凡文辭皆然，而詞尤有然也。」〔註227〕他以傳統訓詁，揭示了詞體特徵。他又說：「緣情造端，興於微言，以相感動。」可見，詞之「意內」爲情，亦即「賢人君子幽約怨悱不能自言之情」；詞之「言外」爲「微言」，「低回要眇」爲特徵。這就從內容和形式兩方面對作詞提出明確要求。

二是比興寄託。他以言詞體近乎「詩之比興，變風之義，騷人之歌」。其選詞以「比興寄託」爲標準，「莫不惻隱盱愉，感物而發，觸類條鬯，各有所歸，非苟爲雕琢曼辭而已」。他闡述詞體源流正變，「無使風雅之士，懲於鄙俗之音，不敢與詩賦之流同類而風誦之也。」

張惠言批評詞壇弊病，改革一代詞風，其詞學觀點成爲常州派的基本理論。張惠言之後，對常州派詞論貢獻最大的是周濟。

周濟（1781～1839），字保緒，號止菴，江蘇宜興人。他也注重「比興寄託」，說道：「感慨所寄，不過盛衰，或綢繆未雨，或太息厝薪，或己溺己饑，或獨清獨醒，隨其人之性情學問境地，莫不有由衷之方言。」〔註228〕強調作詞要表現具有社會政治歷史內容的思想感情。

他說：「詞非寄託不入，專寄託不出。一物一事，引而伸之，觸類多通。驅心若遊絲之罥飛英，含毫如郢斤之斲蠅翼，以無厚入有間。」〔註229〕所謂「非寄託不入」，是指詞要有深刻的思想感情，要寄託社會人生的憂患；所謂「專寄託不出」是指詞思想藝術渾融一體，讀者沉浸於美的享受中得到啓迪，而不斤斤於尋求寄託爲何。從有寄託入到無寄託出，體現了詞創作的兩個階段。「初學詞求有寄託，有寄託則表裏相宣，斐然成章。既成格調，求無寄託，無寄託則指事類情，仁者見仁，知者見知。」〔註230〕這些論述揭示了詞的獨特審美規律。

〔註227〕（清）張惠言：《詞選序》，《中國歷代詞學論著選》，陳良運主編，百花洲文藝出版社 1998 年版，第 513 頁。

〔註228〕（清）周濟：《介存齋論詞雜著》，《詞話叢編》，唐圭璋編（二），中華書局 1986 年版，第 1627 頁。

〔註229〕（清）周濟：《宋四家詞選目錄序論》，《詞話叢編》，唐圭璋編（），中華書局 1986 年版，第 1641 頁。

〔註230〕（清）周濟：《介存齋論詞雜著》，《詞話叢編》，唐圭璋編（二），中華書局 1986 年版，第 1630 頁。

周濟之後，蔣敦復又提出「有厚入無間」。王韜《芬陀利室詞話序》云：「劍人作詞，欲上追南唐北宋，而舉有厚入無間一語，以爲獨得不傳之秘。」有厚，指詞作情感深摯淳厚；無間，指詞作表現自然渾成。以無厚入有間，以有厚入無間，均表現了常州派詞學的獨特認識。隨著常州派人物相繼辭世，又有晚清四大家登上詞壇。四大家包括王鵬運、朱祖謀、鄭文焯、況周頤，他們繼承常州派「比興寄託」，又結合現實體驗，深化了詞學理論。

（四）王國維境界說

隨著清王朝的沒落，傳統詞學已很難有所突破。倒是受到西方美學思想影響的王國維，他對傳統詞論進行加工改造，從而提出「境界」說，概括詞體的藝術本質，也影響了整個詩歌理論。

王國維（1877～1927），字靜安，號觀堂，浙江海寧人。他早年研讀傳統史學、考據，青年時嗜讀新學，深受康德、叔本華、尼采思想的影響，後來轉向文學評論。其《人間詞話》將西方美學思想融匯於傳統文學批評之中，取得了重要的文學理論成就。

王幼安校訂《人間詞話》是比較完備的《人間詞話》版本。全書三卷，共收錄一百四十二則，上卷收錄六十四則，爲王國維親手編定，生前在《國粹學報》發表，後二卷爲刪稿及附錄，多出於後人的搜集整理。葉嘉瑩先生認爲：上卷「這六十四則詞話之編排次序，卻是隱然有著一種系統化之安排的。概略地說來，我們可以將之簡單分別爲批評之理論與批評之實踐兩大部份。自第一則至第九則乃是靜安先生對自己評詞之準則的標示。……自第十則至五十二則乃是按時代先後，自太白、溫、韋、中主、後主、正中以下，以迄於清代之納蘭性德，分別對歷代各名家作品所作的個別批評。」〔註231〕

就批評理論言，境界說包含以下一些問題。王國維認爲，「境界」說眞正揭示了詩歌藝術的本質特徵。他說：「滄浪所謂『興趣』，阮亭所謂『神韻』，猶不過道其面目，不若鄙人拈出『境界』二字爲探其本也。」〔註232〕又說：「言氣質，言神韻，不如言境界。有境界，本也；氣質、神韻，末葉；有境界而二者隨之矣。」〔註233〕

〔註231〕葉嘉瑩：《王國維及其文學批評》，河北教育出版社1997年版，第186～187頁。
〔註232〕王國維：《人間詞話》，中國人民大學出版社2009年版，第3頁。
〔註233〕王國維：《人間詞話》，中國人民大學出版社2009年版，第24頁。

　　王國維說:「詞以境界為上。有境界則自成高格,自有名句。五代北宋詞所以獨絕者在此。」那麼,何謂境界?他解釋道:「故能寫眞景物、眞感情者,謂之有境界,否則謂之無境界也。」無論寫景、抒情,突出一個「眞」字,必須寫出作者的眞切感受,必須引發讀者的眞切感受,才算有境界。只是因襲模擬,沒有眞切感受,即便把景物寫得桃紅柳綠,感情寫得斷腸消魂,也是無境界。

　　因內容取材的不同,境界有造境與寫境之區別。他說:「有造境,有寫境。此理想與寫實二派之所由分。然二者頗難分別。因大詩人所造之境必合乎自然,所寫之境亦必鄰於理想故也。」又說:「自然中之物,互相關係,互相限制,故不能有完全之美。然其寫之於文學中也,必遺棄關係、限制之處。故雖寫實家亦理想家也。又雖如何虛構之境,其材料必求之於自然,而其構造亦必從自然之法則。故雖理想家亦寫實家也。」寫作材料或取之自然,謂之寫境;或出於虛構,謂之造境。然而,虛構亦以自然為基礎,自然亦需取捨與加工,故造境與寫境互相滲透,不易細分,只能大致區別而已。

　　因物我關係的不同,境界有有我之境與無我之境的區別。他說:「有有我之境、無我之境。『淚眼問花花不語,亂紅飛過秋韆去』、『可堪孤館閉春寒,杜鵑聲裏斜陽暮』,有我之境也。『採菊東籬下,悠然見南山』、『寒波澹澹起,白鳥悠悠下』,無我之境也。有我之境,以我觀物,故物皆著我之色彩;無我之境,以物觀物,故不知何者為我,何者為物。」境界不可能無我,所謂無我,即我亦一物,以物觀物而已。葉嘉瑩解釋最為確當,她說:「他所說的『有我之境』,原來乃是指吾人存有『我』之意志,因而與外物有某種對立之利害關係時至境界。而『無我之境』,則是指當吾人已泯滅了自我意志,因而與外物並無利害關係相對立時的境界。」〔註234〕

　　關於境界的大小。他說:「境界有大有小,不以是而分優劣。『細雨魚兒出,微風燕子斜』,何遽不若『落日照大旗,馬鳴風蕭蕭』;『寶簾閒掛小銀鈎』何遽不若『霧失樓臺,月迷津渡』也。」境界大小,「是就作品中取景之鉅細及視野之廣狹而言的」〔註235〕,與作品的優劣不存在必然的聯繫。

　　關於隔與不隔。境界需語言物化來實現,而語言物化的表現有不同。王國

〔註234〕葉嘉瑩:《王國維及其文學批評》,河北教育出版社1997年版,第201頁。
〔註235〕葉嘉瑩:《王國維及其文學批評》,河北教育出版社1997年版,第214頁。

維把境界物化程度，概括爲隔與不隔。凡不隔者，都能把藝術境界活脫脫地表現於語言文字；凡隔者，都是使事、用典，不能構成生動畫面。因此，他對語言物化手段亦頗爲注意。如讚揚周邦彥「『葉上初陽乾宿雨。水面清圓，一一風荷舉』。此眞能得荷之神理者。」稱讚太白詞「太白純以氣象勝。『西風殘照，漢家陵闕』寥寥八字，獨有千古。」鍊字之妙者，「『紅杏枝頭春意鬧』著一鬧字而境界全出。」用韻之佳者，周邦彥，「文字之外，須兼味其音律。」「讀其詞者，猶覺拗怒之中，自饒和婉。曼聲促節，繁會相宣，清濁抑揚，轆轤交往。」

從境界說高度縱覽詞史，王國維比較推崇五代、北宋詞，認爲它們達到了但見境界，不睹文字的高度。至周邦彥「始以辭采見長」，但辭采尚能夠爲意境服務，「終不失爲北宋人詞」。而南宋以後，每況愈下，姜夔「無片語道著」，吳文英、張炎，專在文字上下工夫，皆不知意境爲何物。

王國維境界說以作詞與賞詞爲基礎概括出來，所以它首先是一種詞學理論。然而，王國維的論述並不局限於詞體，也廣泛涉及到詩歌、小說、戲曲。如《宋元戲曲史》云：「元劇最佳之處⋯⋯亦一言以蔽之曰：有意境而已矣。何以謂之有意境？曰：寫情則沁人心脾，寫景則在人耳目，述事則如出其口是也。古詩詞之佳者，無不如是。」〔註236〕所以，境界說也就具有更廣泛的文學理論價值。

八、章學誠的文學觀

章學誠（1738～1801）字實齋，號少巖，浙江會稽（今紹興）人。他生活於清朝乾、嘉年間，四十一歲時才進士及第，官至國子監典籍，曾先後主講定州定武、保定蓮池、歸德文正等書院，晚年入畢沅幕府，襄助編寫《續資治通鑑》、《湖北通志》等。不同於正統考據學派，章氏爲學卓然獨立，所著《文史通義》，打破學術壁壘，貫通文史理論，體現了學術融通的文學觀念。

隨著文學從整個文化系統中獨立出來，人們的文學觀念逐漸趨向偏狹，魏晉之後，文、筆分論；唐宋之後，詩、文分論。這樣儘管加深了對文學自身規律的認識，卻也忽略了文學與整個文化系統的聯繫。乾、嘉時學界文壇，學問家專逞博學，文學家溺於文辭，理學家空談義理，皆以樹木爲森林，難免見解片面偏激。如莊子所言：「後世之學者，不幸不見天地之純，古人之大

〔註236〕王國維：《宋元戲曲史》，團結出版社 2006 年版，第 122 頁。

體，道術將爲天下裂。」〔註237〕在這種文化背景下，章學誠主張學術融通，強調「窺乎天地之純，識古人之大體」〔註238〕。他說：「通之爲名，蓋取譬於道路，四衝八達無所不至，謂之通也。亦取其心之所識，雖高下、偏全、大小、廣狹之不同，而皆可達於大道，故曰通也。」〔註239〕可見，儘管學術不同，而皆通達於道。於是，他從道器關係立說，深刻闡述了獨特的文學觀念。

（一）辨道器

章學誠主張六經皆器。《原道中》曰：「《易》曰：『形而上者謂之道，形而下者謂之器。』道不離器，猶影不離形。後世服夫子之教者自六經，以謂六經載道之書也，而不知六經皆器也。」而且他將六經皆器又具體闡述爲六經皆史，明確指出：「六經皆史也。古人不著書，古人未嘗離事而言理，六經皆先王之政典也」〔註240〕；「非國家之政典，即有司之故事」〔註241〕。將六經概括爲政典史事，其實包含著經世致用的深刻用意。

乾、嘉時期，正坐考據、詞章、義理交譏相攻之弊病，所謂「服、鄭訓詁，韓、歐文辭，周、程義理，出奴入主，不勝紛紜」〔註242〕。在學術分裂的背景下，章學誠強調學術融通。他既反對「溺於器而不知道」，如漢學之沉溺於訓詁、考據；也反對「捨器而言道」，如宋學之空言義理；而主張學術的融通，「即器而明道」〔註243〕。他說：「訓詁章句，疏解義理，考求名物，皆不足以言道也。取三者而兼用之，則以萃聚之功，或可庶幾耳。」〔註244〕從道的高度來看，學術具有統一性和互補性。《與朱少白論文》云：

〔註237〕 曹礎基：《莊子淺注》，中華書局1982年版，第494頁。

〔註238〕 （清）章學誠：《和州志藝文書序例》，《文史通義校注》，葉瑛校注，中華書局1985年版，第649頁。

〔註239〕 （清）章學誠：《橫通》，《文史通義校注》，葉瑛校注，中華書局1985年版，第389頁。

〔註240〕 （清）章學誠：《易教上》，《文史通義校注》，葉瑛校注，中華書局1985年版，第1頁。

〔註241〕 （清）章學誠：《原道下》，《文史通義校注》，葉瑛校注，中華書局1985年版，第138頁。

〔註242〕 （清）章學誠：《答沈楓墀論學》，《章學誠遺書》，文物出版社1985年版，第84頁。

〔註243〕 （清）章學誠：《答客問上》，《文史通義校注》，葉瑛校注，中華書局1985年版，第472頁。

〔註244〕 （清）章學誠：《原道下》，《文史通義校注》，葉瑛校注，中華書局1985年版，第138頁。

「道混沌而難分,故須義理以析之;道恍惚而難憑,故須名數以質之;道隱晦而難顯,故須文辭以達之。三者不可有偏廢也。義理必須探索,名數必須考訂,文辭必須閒習,皆學也;皆求道之資,而非可執一端謂盡道也。」〔註245〕可見,三者皆道中之一事,也是學中之一事。「三者致其一,不能不緩其二,理勢然也。知其所致爲道之一端,而不以所緩之二爲可忽,則於斯道不遠矣。」〔註246〕

章學誠強調學術融通,致力學術通達於道。他說:「通者,所以通天下之不通也。」具體而言:一是溝通不同領域。他認爲考訂、義理、文辭不可分割,「主義理者,著述之立德者也;主考訂者,著述之立功者也;主文辭者,著述之立言者也。」〔註247〕二是貫通不同時代。他將歷史上所有著述貫通一體。「夫文字之用,爲治爲察,古人未嘗取以爲著述也。以文字爲著述,起於官師之分職,治教之分途也。……後世載筆之士,作爲文章……」〔註248〕諸如敘事的、說理的、尚眞的、重美的、尚虛的、實用的,全部包籠無遺。三是會通片面道理。他主張著述要「窺乎天地之純,識古人之大體」〔註249〕,不能眼界狹隘偏執於一端。

從道器關係的學術整體來審視文學,自然強調文學與整個學術整體的密切聯繫。錢穆先生說:「章實齋講歷史有一更大不可及之處,他不站在史學立場來講史學,而是站在整個學術史立場來講史學,這是我們應該特別注意的。也等於章實齋講文學,他也並不是站在文學立場來講文學,而是站在一個更大的學術立場來講文學。這是實齋之眼光卓特處。」〔註250〕可見,不同於一般文學認識,章學誠表達了一種學術融通的文學觀。

〔註245〕(清)章學誠:《與朱少白論文》,《章學誠遺書》,文物出版社1985年版,第335頁。

〔註246〕(清)章學誠:《博約下》,《文史通義校注》,葉瑛校注,中華書局1985年版,第166頁。

〔註247〕(清)章學誠:《答沈楓墀論學》,《章學誠遺書》,文物出版社1985年版,第84頁。

〔註248〕(清)章學誠:《原道下》,《文史通義校注》,葉瑛校注,中華書局1985年版,第139頁。

〔註249〕(清)章學誠:《和州志藝文書序例》)《文史通義校注》,中華書局葉瑛校注,1985年版,第649頁。

〔註250〕錢穆:《中國史學名著》,三民書局1973年版,第293頁。

（二）溯流別

章學誠致力校讎之學，總結出「辨章學術，考鏡源流」〔註251〕的方法。他說：「論詩論文，而知溯流別，則可以探源經籍，而進窺天地之純，古人之大體。」對於文學源流，他細緻加以考辨：「周衰文弊，六藝道息，而諸子爭鳴。蓋至戰國而文章之變盡，至戰國而著述之事專，至戰國而後世之文體備，故論文於戰國，而升降盛衰之故可知也。」〔註252〕通過追尋文體演變的軌跡，他提出戰國之文源出六經，戰國之文多本詩教，後世文體備於戰國等文學觀點。

他說：「戰國之文，其源皆出於六藝，何謂也？曰：道體無所不該，六藝足以盡之。諸子之爲書，其持之有故而言之成理者，必有得於道體之一端，而後乃能恣肆其說，以成一家之言也。」〔註253〕六經皆器，乃言道之器；戰國之文，源於六經，言道體一端，亦爲言道之器也。

他說：「戰國之文，……又謂多出於《詩》教，何謂也？曰：戰國者，縱橫之世也。縱橫之學，本於古者行人之官。……比興之旨，諷諭之義，固行人之所肄也。縱橫者流，推而衍之，是以能委折而入情，微婉而善諷也。九流之學……當其用也，必兼縱橫之辭以文之，周衰文弊之效也。」〔註254〕春秋行人賦《詩》，善用比興；戰國縱橫游說，變本加厲；戰國之文當其用世，必兼縱橫之辭以文之，故而繼承了《詩》之表達方式。

他說：「後世之文其體皆備於戰國，何謂也？曰：子史衰而文集之體盛；著作衰而辭章之學興。文集者，辭章不專家，而萃聚文墨，以爲蛇龍之菹也。……辭章實備於戰國，承其流而代變其體制焉。」〔註255〕戰國之文，上承六經而下啓辭章，實爲辭章之學的淵藪。

戰國之文是文體演變之關鍵，它源於六經，出於《詩》教，深刻影響了後世之文。在章氏看來，六經爲文章典範，六經皆器則文章皆器，六經皆史

〔註251〕（清）章學誠：《校讎通義》，《文史通義校注》，葉瑛校注，中華書局 1985年版，第 945 頁。

〔註252〕（清）章學誠：《詩教上》，《文史通義校注》，葉瑛校注，中華書局 1985 年版，第 60 頁。

〔註253〕（清）章學誠：《詩教上》，《文史通義校注》，葉瑛校注，中華書局 1985 年版，第 60 頁。

〔註254〕（清）章學誠：《詩教上》，《文史通義校注》，葉瑛校注，中華書局 1985 年版，第 60～61 頁。

〔註255〕（清）章學誠：《詩教上》，《文史通義校注》，葉瑛校注，中華書局 1985 年版，第 61 頁。

則文章皆史。他以史學爲著述之大宗，認爲「盈天地間凡涉著作之林，皆是史學」〔註256〕，如「諸子之書多與史部相爲表裏」，文人別集也與史學相通，《文選》等文學總集「以輔正史」。他說：「史遷發憤，義或近於風人；杜甫懷忠，人又稱其詩史。由斯而論，文之與史，爲淄爲澠。」〔註257〕他竭力強調文學與史學的密切聯繫。於是，他以史學爲古文辭的傳統，指出：「古文辭必由紀傳史學進步，方能有得。……左丘明古文之祖也，司馬因之而極其變；班、陳以降，眞古文辭之大宗。」〔註258〕

以史學爲宗，論文便以敘事爲主。他說：「文辭以敘事爲難，今古人才，騁其學力，辭命議論，恢恢有餘，至於敘事，汲汲形其不足……然古文必推敘事，敘事實出史學，其源本於《春秋》『比事屬辭』」〔註259〕。可見，古文辭原是一種源於史學的，以反映社會生活爲主的著述之文。

章學誠作有《古文十弊》，批評古文領域存在的不正風氣，重點闡述了古文辭的義例。所謂「義」是指史家從史實中概括出來的思想、觀點、規律。他說：「《春秋》之義，昭乎筆削。筆削之義，不僅事具始末，文成規矩已也。以夫子『義則竊取』之旨觀之，固將綱紀天人，推明大道。」〔註260〕所謂「例」，則有多方面的意義。主要是指運用事實、表述觀點的方式方法，也包括文章體例、稱名慣例、格式常例等。

所以，寫作古文辭，他強調作者志識。他不厭其煩地比喻說：「文辭，猶三軍也；志識，其將帥也」、「文辭，猶舟車也；志識，其乘者也」、「文辭，猶品物也；志識，其工師也」、「文辭，猶金石也；志識，其爐錘也」、「文辭，猶財貨也；志識，其良賈也」云云。〔註261〕志識與文辭的關係，即思想內容與藝術形式的關係，志識爲主而文辭爲佐，這是章學誠的史學認識，也是他的文學認識。

〔註256〕（清）章學誠：《報孫淵如書》，《章學誠遺書》，文物出版社 1985 年版，第335頁。
〔註257〕（清）章學誠：《湖北文徵序例》，《章學誠遺書》，文物出版社 1985 年版，第298頁。
〔註258〕（清）章學誠：《與汪龍莊書》，《章學誠遺書》，文物出版社 1985 年版，第334頁。
〔註259〕（清）章學誠：《補遺》，《章學誠遺書》，文物出版社1985年版，第555頁。
〔註260〕（清）章學誠：《答客問上》，《文史通義校注》，葉瑛校注，中華書局 1985年版，第470頁。
〔註261〕（清）章學誠：《說林》，《文史通義校注》，葉瑛校注，中華書局1985年版，第350頁。

（三）倡文德

章學誠言文德，並非空洞談論文人德性，而是指作者著述的正確態度。《史德》曰：「德者何，謂著書者之心術也。」對此，《文德》更作了具體闡述：「凡爲古文辭者，必敬以恕。臨文必敬，非修德之謂也；論古必恕，非寬容之謂也。敬非修德之謂者，氣攝而不縱，縱必不能中節也；恕非寬容之謂者，能爲古人設身而處地也。嗟乎！知德者鮮，知臨文之不可無敬恕，則知文德矣。」〔註262〕

一是臨文主敬。此就創作而言，作者臨文，調整心氣，從容中道，謹防偏激，做到心平氣和，才能變化從容，「以是爲文德之敬」。

臨文主敬，來源於柳宗元《答韋中立論師道書》：「故吾每爲文章，未嘗敢以輕心掉之，懼其剽而不留也；未嘗敢以怠心易之，懼其弛而不嚴也；未嘗敢以昏氣出之，懼其昧沒而雜也；未嘗敢以矜氣作之，懼其偃蹇而驕也。」〔註263〕柳宗元以文羽翼夫道，故臨文不可不慎。「主敬」也是程朱理學調心攝性的修養方法。朱熹的治學宗旨爲「涵養須用敬，進學在致知。」所謂「養氣二項：敬以直內，義以方外。」主敬原是養氣的基礎。章學誠吸收前人的思想營養，用它來討論作者著述的眞誠態度。

二是論古必恕。此就批評而言，指出文學批評的嚴謹態度。他說：「不知古人之世，不可妄論古人文辭也；知其世矣，不知古人之身處，亦不可以遽論其文也」〔註264〕。古人著述的具體情況不同，批評要設身處地理解古人，才能對古人著述做出正確評價。

論古必恕，何謂「恕」？《論語》釋「恕」爲「己所不欲，勿施於人」，這既含有道德意義，也含有實踐意義。將「恕」用之於文學批評，最早是孟子「知人論世」的方法。章學誠進一步將「恕」確立爲文學批評原則，將儒家的忠恕精神貫穿於批評領域。

三是立言爲公。「臨文敬恕」，必以公心爲基礎。《公言上》曰：「古人之言，所以爲公也，未嘗矜於文辭，而私據爲己有也。志期於道，言以明志，文

〔註262〕（清）章學誠：《文德》，《文史通義校注》，葉瑛校注，中華書局 1985 年版，第 278 頁。

〔註263〕（唐）柳宗元：《答韋中立論師道書》，《柳宗元集》，中華書局 1979 年版，第 872 頁。

〔註264〕（清）章學誠：《文德》，《文史通義校注》，葉瑛校注，中華書局 1985 年版，第 278 頁。

以足言。其道果明於天下，而所志無不申，不必其言之果爲我有也。」〔註265〕

樹立爲天下立言的思想境界，文人寫作要出於公心。無論記事、寫人、議論，都要客觀公允，中正平實，不作矯誣之筆，不逞個人私見，才能合於天下「大道之公」。也只有立言爲公，著述才能具有廣泛的社會意義。他說：「古人之言，欲以喻世；而後人之言，欲以欺世。」「古人巧而後人拙也，古人是而後人非也，名實之勢殊，公私之情異，而有意於言與無意於言者，不可同日語也。故曰：無意於文而文存，有意於文而文亡。」〔註266〕程千帆指出：「實齋所謂文德，則臨文態度之必敬以恕也。而要其歸，則『修辭以立其誠』一語以括之。」〔註267〕

（四）明文理

文章爲載道之器，自然不應該離道而專意文辭。他說：「夫言所以明理，而文辭則所以載之之器也。虛車徒飾，而主者無聞，故溺於文辭者，不足與言文也。」〔註268〕然而，文辭也具有相對獨立性，《原道下》曰：「即爲高論者，以謂文貴明道，何取聲情色彩以爲愉悅，亦非知道之言也。夫無爲之治而奏薰風，靈臺之功而樂鐘鼓，以及彈琴遇文，風雩言志，則帝王致治，聖賢功修，未嘗無悅目賞心之適，而謂文章之用，必無詠歎抑揚之致哉？」〔註269〕

文章的相對獨立性，表現爲獨特的藝術規律。他說：「就文論文，別自爲一道也」〔註270〕；「蓋文所以載理，文不備則理不明。且文亦自有其理，妍媸好惡，人之見者，不約而有同然之情，又不關於所載之理者，即文之理也。」〔註271〕文理，即文章的藝術規律，對此他作了具體深入的闡述。

〔註265〕（清）章學誠：《公言上》，《文史通義校注》，葉瑛校注，中華書局1985年版，第169頁。

〔註266〕（清）章學誠：《公言中》，《文史通義校注》，葉瑛校注，中華書局1985年版，第182、184～185頁。

〔註267〕程千帆：《文論十箋》，黑龍江人民出版社1983年版，第135頁。

〔註268〕（清）章學誠：《辨似》，《文史通義校注》，葉瑛校注，中華書局1985年版，第340頁。

〔註269〕（清）章學誠：《原道下》，《文史通義校注》，葉瑛校注，中華書局1985年版，139頁。

〔註270〕（清）章學誠：《答問》，《文史通義校注》，葉瑛校注，中華書局1985年版，第489頁。

〔註271〕（清）章學誠：《辨似》，《文史通義校注》，葉瑛校注，中華書局1985年版，第340頁。

一是立言有物。文章由衷而發，寫出眞實感受，方爲言之有物。他說：「夫立言之要，在於有物。古人著爲文章，皆本於中之所見，初非好爲炳炳烺烺，如錦工繡女之矜誇彩色已也。富貴公子，雖醉夢中，不能作寒酸乞求語；疾痛患難之人，雖置之絲竹華宴之場，不能易其呻吟而作歡笑，此聲之所以肖其心，而文之不能彼此相異，各自成家者也。今舍己之所求，而摹古人之形似，是杞梁之妻，善哭其夫，而西家偕老之婦，亦學其悲號；屈子字沈汨羅，而同心一德之朝，其臣亦宜作楚怨也；不亦憒乎？」〔註272〕

二是氣行情至。文章要具有文勢，文勢由辭氣形成。他說：「文固用以明理，或以記事，然有時理明事備而文勢闋然，乃若有所未盡。此非辭意未至，辭氣有所受病而不至也。求義理與考訂者皆薄文辭，以爲文取事理明白而已矣，他又何求焉？而不知辭氣受病，觀者鬱而不暢，將並所載之事與理而亦皆病矣。」〔註273〕文章需具有文情，文情未至，則事理表達不夠。他說：「今人誤解辭達之旨者，以謂文取理明而事白，其他又何求焉？不知文情未至，即其理其事之情亦未至也。譬之爲調笑者，同述一言而聞者索然，或同述一言而聞者笑不能止，得其情也。譬之訴悲苦者，同敍一事而聞者漠然，或同敍一事而聞者涕洟不能自休，得其情也。昔人謂文之至者，以爲不知文生於情，情生於文。夫文生於情，而文又能生情，以謂文人多事乎？不知使人由情而恍然於其事其理，則辭之於事理，必如是而始可稱爲辭達。」〔註274〕

三是比興取象。文章運用比興，需要觀物取象。《易教下》云：「《易》象雖包六藝，與《詩》之比興，尤爲表裏。夫《詩》之流別，盛於戰國人文，所謂長於諷喻，不學《詩》則無以言也。然戰國之文，深於比興，即其深於取象者也。《莊》、《列》之寓言，則觸蠻可以立國，蕉鹿可以聽訟。《離騷》之抒憤也，則帝闕可上九天，鬼情可察九地。他若縱橫馳說之士，飛箝捭闔之流，徙蛇引虎之營謀，桃梗土偶之問答，愈出愈奇，不可思議。」〔註275〕

〔註272〕 （清）章學誠：《文理》，《文史通義校注》，葉瑛校注，中華書局1985年版，第287頁。

〔註273〕 （清）章學誠：《雜說》，《文史通義新編新注》，倉修良編注，浙江古籍出版社2005年版，第354～355頁。

〔註274〕 （清）章學誠：《雜說》，《文史通義新編新注》，倉修良編注，浙江古籍出版社2005年版，第353頁。

〔註275〕 （清）章學誠：《易教下》，《文史通義校注》，葉瑛校注，中華書局1985年版，第19頁。

　　文章取象多爲人心營構之象，它又來源於天地自然之象。他說：「有天地自然之象，有人心營構之象。……人心營構之象，睽車之載鬼，翰音之登天，意之所至，無不可也。然而心虛用靈，人累於天地之間，不能不受陰陽之消息；心之營構，則情之變易爲之也。情之變易，感於人世之接構，而乘於陰陽倚伏爲之也。是則人心營構之象，亦出天地自然之象也。」〔註276〕

　　四是寓言假設。不同於歷史著述，文學具有虛擬想像的特點。《言公下》曰：「又如文人假設，變化不拘。《詩》通比興，《易》擬象初。莊入巫咸之座，屈造詹尹之廬。楚太子有疾，有客來吳。烏有、子虛之徒，爭談於校獵；憑虛、安處之屬，講議於京都。《解嘲》、《賓戲》之篇衍其緒，鏡機、玄微、沖漠之類濬其途。此則寓言十九，詭說萬殊者也。」〔註277〕對於文學虛擬想像，「善讀古人之書，尤貴心知其意」，體現了章學誠對語言藝術的理解。

　　文理是文章獨特規律，對這些規律的掌握，需要讀者自身努力。他說：「但文字之佳勝，正貴讀者之自得。如飲食甘旨，衣服輕暖，衣且食者之領受，各自知之，而難以告人。如欲告人衣食之道，當指膾炙而令其自嘗，而得旨甘；指狐貉而令其自被，可得輕暖，則有是道矣。」〔註278〕只有讀者自身的感受，才能被運用到文章寫作中去。

　　梁啓超說：「學誠不屑屑於考證之學，與正統派異，其言『六經皆史』且極尊劉歆《七略》，與今文家異，然其所著《文史通義》，實爲乾嘉後思想解放之源泉。」〔註279〕誠哉斯言！在清代文論之中，章學誠的文學觀可謂獨樹一幟。他打破了學術壁壘，融通文史領域，爲在文化整體中認識文學開闢了路徑，這對於文學理論的發展具有重要的意義。

九、晚清的文學革命

　　1840 年，第一次鴉片戰爭，英國用大炮轟開了中華帝國的大門；1856年，第二次鴉片戰爭，英、法聯軍從廣東打到北京。這些事件給中國士大夫

〔註276〕（清）章學誠：《易教下》，《文史通義校注》，葉瑛校注，中華書局1985年版，第18～19頁。

〔註277〕（清）章學誠：《言公下》，《文史通義校注》，葉瑛校注，中華書局1985年版，第197頁。

〔註278〕（清）章學誠：《文理》，《文史通義校注》，葉瑛校注，中華書局1985年版，第287頁。

〔註279〕梁啓超：《清代學術概論》，上海古籍出版社1998年版，第69頁。

階層帶來強烈的心靈震撼，他們清楚看到中西實力存在著巨大差距，為了自強求富便開始向西方學習科學技術。1894年，中日甲午一戰，洋務派多年經營的北洋水師全軍覆沒，一個蕞爾島國竟打敗了龐然大國，這更引發人們沉痛反思。

原來中西的差距不僅表現在科學技術方面，而且表現在政治制度、思想文化方面。於是，康有為、梁啟超提倡變法維新，圖謀改良中國的政治制度、思想文化。然而，慈禧太后為首的頑固派，竭力反對變法，他們發動政變，絞殺了戊戌變法。變法失敗之後，維新志士紛紛流亡海外，他們著書辦報鼓吹西方自然科學和社會政治學說，對舊思想、舊文化展開激烈批判，梁啟超便是其中最具有代表性的人物。

梁啟超（1873～1929），字卓如，號任公，別署飲冰室主人，廣東新會人。他的著述甚富，後人編為《飲冰室合集》。他在少年時代，就考中舉人。1890年認識康有為後，便捨去舊學，拜在康氏門下，成為康的得力助手。1896年，他到上海任《時務報》主筆；1897年冬，主講湖南時務學堂；1998年入京，參與維新活動，舉辦京師大學堂及譯書局。變法失敗後東渡日本，先後主編《清議報》、《新民叢報》、《新小說》等。他在構築新民救國理想時，充分意識到文學促進社會進步的重要意義，便提出文界革命、詩界革命、小說界革命、戲曲界革命等一系列文學主張，期望在輸入歐洲精神思想的前提下，推動中國傳統文學向近代文學的歷史轉型。

（一）文界革命

梁啟超謂「夙不喜桐城派古文」，他說：「然此派者，以文而論，因襲矯揉，無所取材；以學而論，則獎空疏，闕創獲，無益於社會。」〔註280〕對於古文家自矜的所謂文法，他批判道：「冬烘先生之批評古文，以自家之胸臆，立一定之準繩，一若韓、柳諸大家作文皆有定規。若者為雙關法，若者為單提法，若者為抑揚頓挫法，若者為波瀾縱擒法。自識者觀之，安有不噴飯者邪！」〔註281〕

在主講湖南之時，他訂立《湖南時務學堂條約》，分文章為傳世之文與覺世之文兩類：「學者以覺天下為己任，則文未能捨棄也。傳世之文，或務淵懿

〔註280〕梁啟超：《清代學術概論》，上海古籍出版社1998年版，第69頁。
〔註281〕梁啟超：《自由書‧煙士披里純》，《飲冰室合集》（專集第2冊），中華書局2015年版，第70頁。

古茂，或務沉博絕麗，或務瑰奇奧詭，無之不可。覺世之文，則詞達而已，當以條理細備，詞筆銳達爲上，不必求工也。」〔註282〕從社會需要出發，他提倡詞筆銳達的覺世之文。

在東渡後的 1899 年 12 月，梁啓超從橫濱前去夏威夷，在船上閱讀日本新聞主筆德富蘇峰的著作，引發強烈感觸，便在《夏威夷遊記》中明確提出「文界革命」口號：「其文雄放儁快，善以歐西文思入日本文，實爲文界別開一生面者。中國若有文界革命，當亦不可不起點於是也。」〔註283〕1902 年，在介紹嚴復譯作《原富》時，他重提文界革命：「夫文界之宜革命久矣。歐美日本諸國之變化，常與其文明程度成比例，況此等學理邃賾之書，非以流暢銳達之筆行之，安得使學童受其益乎？」〔註284〕而嚴復則對此反唇相譏：「（文章）若徒爲近俗之辭，以取便市井鄉僻之不學，此於文界，乃所謂凌遲，非革命也。且不佞之所從事者，學理邃賾之書也，非以餉學僮而望其受益也。」〔註285〕針對嚴復的觀點，梁啓超再次聲明：「天下大局日接日急，如轉巨石於危崖。吾輩爲文，應於事勢，發胸中所欲言，行吾心之所安，被之報章，供一歲數月之遒鐸而已：欲以此種文字廁身作者之林，或作藏山名世之想，非爲個人之慚，亦是一國之恥。」〔註286〕可見，文界革命並不局限於文學本身，它其實是中國社會危機背景下文學的必然選擇。

梁啓超文界革命的目標，就是要在傳統抒寫個人情志的文人之文和以經術爲本源的述學之文之外，創造出會通中外、融匯古今、熱情奔放、悲壯淋漓、自由抒寫、流暢銳達的新文體。這種新文體在內容上要輸入「歐西文思」，傳播西方文明以開通民智；在語言上要通俗易懂，文筆要雄放儁快以利民眾接受。

對於「歐西文思」，梁啓超視之爲「文界革命」的起點。黃霖指出：「（歐西文思）分而解，包括形式和內容兩個方面；合而解，則主要指西方文化精

〔註282〕梁啓超：《湖南時務學堂條約》，《飲冰室合集》（文集第 1 冊），中華書局 1989 年版，第 23 頁。

〔註283〕梁啓超：《夏威夷遊記》，《飲冰室合集》（專集第 5 冊），中華書局 2015 年版，第 185 頁。

〔註284〕梁啓超：《紹介新著原富》，《新民叢報》創刊號，1902 年 2 月 8 日。

〔註285〕嚴復：《答梁啓超書》，《嚴復集》（第 3 冊），中華書局 1986 年版，第 516～517 頁。

〔註286〕梁啓超：《飲冰室文集自序》，《飲冰室合集》（文集第 1 冊），中華書局，2015 年版，第 1 頁。

神。」〔註 287〕梁啓超認爲：「著譯之業，將以播文明思想於國民也，非爲藏山不朽之名譽也。」〔註 288〕傳播西方文化精神於國民，以開通民智，這是文界革命的基本政治目的。

對於文章語言改革，梁啓超強調言文合一。他說：「古者，婦女謠詠，編爲詩章，士夫問答，著爲辭令，後人皆以爲極文字之美，而不知皆當時之語言也，烏在其相離也！……後人棄今言不屑用，一宗於古，故文章爾雅，訓詞深厚爲五洲之冠。……蓋文言相離之害，起於秦漢，以後去古愈久，相離愈遠，學文愈難，非自古而然也。」〔註 289〕這爲言文合一提供了理論基礎，推動了文章語言的白話化。

梁啓超也是文界革命的實踐者。他曾說：「二十年來學子之思想，頗蒙其影響。啓超夙不喜桐城派古文，幼年爲文，學漢魏晉，頗尚矜煉。至是自解放，務爲平易暢達、時雜以俚語韻語及外國語法，縱筆所至不檢束，學者竟傚之，號新文體。老輩則痛恨，詆爲野狐。然其文條理明晰，筆鋒常帶感情，對於讀者，別有一種魔力焉。」〔註 290〕他所開創的新文體代表了文界革命的基本方向。

文界革命是爲改革散文而提出的口號，它標誌著散文寫作沖決傳統古文的桎梏，正在走向新時代的崛起。

（二）詩界革命

在外來思想文化的影響下，產生了對傳統詩歌進行改革的嘗試。早在 1868 年，黃遵憲《雜感》（其二）便表達了擺脫傳統束縛，革新詩歌的動機。他說：「左陳端溪硯，右列薛濤箋，我手寫我口，古豈能拘牽？即今流俗語，我若登簡編，五千年後人，驚爲古斕斑。」〔註 291〕「我手寫我口」，爲詩歌選擇了「早已有之」的白話表述方式。

隨著社會的劇烈變化，詩歌革新逐步爲更多人所喜愛。梁啓超說：「復生（譚嗣同）自喜其新學之詩。……蓋當時所謂新詩者，頗喜撏扯新名詞以自

〔註 287〕黃霖：《近代文學批評史》，上海古籍出版社 1973 年版，第 370 頁。
〔註 288〕夏曉虹：《覺世與傳世——梁啓超文學道路》，上海人民出版社 1991 年版，第 4 頁。
〔註 289〕梁啓超：《沈氏音書序》，《飲冰室合集》（文集第 2 冊），中華書局 2015 年版，第 1 頁。
〔註 290〕丁文江編：《梁啓超年譜長編》，上海人民出版社 1983 年版，第 273～274 頁。
〔註 291〕黃遵憲：《黃遵憲集》，吳振清等整理，天津人民出版社 2003 年版，第 90 頁。

表異。丙申（1896）、丁酉（1897）間，吾黨數子皆好作此體。提倡之者爲夏穗卿（夏曾佑），而復生亦綦嗜之。」〔註292〕詩人們的創作嘗試，爲詩界革命奠定了基礎。

1899年12月，梁啓超在《夏威夷遊記》中正式提出詩界革命的主張。他有感於「詩之境界，被千餘年來鸚鵡名士（余常戲名詞章家爲鸚鵡名士自覺過於尖刻）占盡矣，雖有佳章佳句，一讀似在某集中曾相見過」的詩界現狀，從而發出「支那非有詩界革命，則詩運殆將絕」的感慨。

他呼籲能爲詩界開闢疆土的「詩界之哥倫布、馬賽郎」出現。他說：「欲爲詩界之哥倫布、馬賽郎，不可不備三長：第一要新意境，第二要新語句，而又須以古人之風格入之，然後成其爲詩。……若三者具備，則可以爲二十世紀支那之詩王矣！」〔註293〕這裡明確提出新詩的具體要求。

一是新意境。所謂新意境，實質是詩歌要表達西方之精神思想。他說：「今欲易之，不可不求之於歐洲。歐洲之意境語句，甚繁富而瑋異，得之可以淩轢千古，涵蓋一切。」「且其所謂歐洲意境語句，多物質上瑣碎粗疏者，於精神思想上未有之也。雖然，即以學界論之，歐洲之眞精神，眞思想，尚且未輸入中國，況於詩界乎？此固不足怪也。吾雖不能詩，惟將竭力輸入歐洲之精神思想，以供來者之詩料可乎。」〔註294〕以西方之精神思想爲詩料，才能開通民智，推動社會變革，實現詩歌的政治功能。

二是新語句。對傳統詩歌語言的革新，主要強調語言通俗，如梁啓超提出以民間俗語入詩，曾讚揚丘逢甲「以民間流行最俗最不經之語入詩，而能雅馴溫厚乃爾，得不謂詩界革命一巨子耶！」〔註295〕而被丘逢甲稱爲「詩界之哥倫布」的黃遵憲，晚年曾致信梁啓超，討論詩歌語言問題。他說：「當斟酌於彈詞粵謳之間，或三或九，或七或五，或長短句，或壯如隴上陳安，或麗如河中莫愁，或穠至如焦仲卿妻，或古如成相篇，或俳如俳伎辭（即『駱駝無角，奮迅兩耳』之辭也）易樂府之名而曰雜歌謠，棄史籍而採近事。」〔註296〕

〔註292〕梁啓超：《飲冰室詩話》（第六十則），人民文學出版社1959年版，第49頁。

〔註293〕梁啓超：《夏威夷遊記》，《飲冰室合集》（專集第5冊），中華書局2015年版，第185頁。

〔註294〕梁啓超：《夏威夷遊記》，《飲冰室合集》（專集第5冊），中華書局2015年版，第185頁。

〔註295〕梁啓超：《飲冰室詩話》（第39則），人民文學出版社1959年版，第30頁。

〔註296〕黃遵憲：《致梁啓超書》，《黃遵憲集》，吳振清等整理，天津人民出版社2003年版，第494頁。

他們的認識是比較接近的。

三是舊風格。所謂舊風格，就是指傳統詩歌中諸如格律、節奏、韻味等特有的審美特徵。《飲冰室詩話》云：「過渡時代，必有革命；然革命者，當革其精神，非革其形式。吾黨近好言詩界革命。雖然，若以堆積滿紙新名詞為革命，是又滿洲政府變法維新之類也。能以舊風格含新意境，斯可以舉革命之實矣。苟能爾爾，則雖間雜一二新名詞，亦不為病。」〔註297〕「以舊風格含新意境」，表明梁啓超對於傳統詩歌審美遺產的繼承，表現出推陳出新的文學意願。

隨著詩界革命的深入，對於詩歌革新的認識也在深入。梁啓超在《飲冰室詩話》中，再三強調詩樂結合、雅俗共賞，讚美莎士比亞等西方詩歌，提倡詩史式的宏偉規模……這些涉及到詩歌形式革新的許多問題，也說明形式革新並不限於新語句的範圍。而黃遵憲談到詩歌的內容，他說：「至其題目，如梁園客之得官，京兆尹之禁報，大宰相之求婚，奄人子之納職，候選道之貢物，皆絕好題目也。此固廢僕之所能為，公試與能者商之。」〔註298〕這更接近於中國社會現實，對於促進社會變革更具有現實意義。

詩界革命的提出，完全出於推動政治變革的目的；而詩界革命的創作實踐，則為傳統詩歌向現代新詩的轉型，開拓了前進的道路。

（三）小說界革命

小說作為通俗文學形式，它對社會發揮的啓蒙作用，頗為維新思想家所重視。康有為認為，小說對社會民眾的導引敦化的作用，可以補六經、正史、語錄、律例之所不能，他說：「六經不能教，當以小說教之；正史不能入，當以小說入之；語錄不能喻，當以小說喻之；律例不能治，當以小說治之」〔註299〕。

梁啓超東渡之後，對日本流行的「以稗官之異才，寫政界之大勢」的政治小說十分欣賞。他主編《清議報》，首期即闢有「政治小說」專欄；又於《新民叢報》發表《中國唯一之文學報〈新小說〉》一文，首提「小說界革

〔註297〕梁啓超：《飲冰室詩話》（第六十三則），人民文學出版社1959年版，第51頁。
〔註298〕黃遵憲：《致梁啓超書》，《黃遵憲集》，吳振清等整理，天津人民出版社2003年版，第494頁。
〔註299〕康有為，《日本書目志識語》，《康有為全集》（第3冊），上海古籍出版社1992年版，第581頁。

命」口號〔註300〕；而《新小說》的發刊詞《論小說與群治之關係》〔註301〕，更成為「小說界革命」的綱領性文件。

《論小說與群治之關係》闡述了小說界革命的理論，具體包括四個方面：

一是將小說界革命與新民救國、改良群治聯繫起來。他說：「欲新一國之民，不可不先新一國之小說。故欲新道德，必新小說；欲新宗教，必新小說；欲新風俗，必新小說；欲新學藝，必新小說；乃至欲新人心，欲新人格，必新小說。」文末又概括曰：「故今日欲改良群治，必自小說界革命始；欲新民，必自新小說始。

二是以小說有不可思議之魅力，推小說為文學之最上乘。小說不惟淺而易解、樂而多趣，更能導人遊於他境界、幫人體味身邊世界。他說：「小說者，常導人遊於他境界，而變換其常觸常受之空氣者也。此其一。人之恒情，於其所懷抱之想像，所經閱之境界，往往有行之不知，習矣不察者；無論為哀為樂，為怨為怒，為戀為駭，為憂為慚，常若知其然而不知其所以然。欲摹寫其情狀，而心不能自喻，口不能自宣，筆不能自傳。有人焉，和盤托出，澈底而發露之，則拍案叫絕曰：『善哉善哉，如是如是。』所謂『夫子言之，於我心有戚戚焉』，感人之深，莫此為甚。此其二。此二者，實文章之真諦，筆舌之能事。苟能批此窾，導此窾，則無論為何等之文，皆足以移人，而諸文之中能極其妙而神其技者，莫小說若。」由此將小說分為寫實與理想兩派。

三是小說具有支配人道之四種力。他說：「抑小說之支配人道也，復有四種力：」一曰薰，薰即薰染，「薰也者，如入雲煙中而為其所烘，如近墨朱處而為其所染」。二曰浸，浸即浸潤，「浸也者，入而與之俱化者也」。三曰刺，刺即刺激，「刺也者，能入於一剎那頃，忽起異感而不能自制者也。」四曰提，提即提升。「前三者之力，自外而灌之使入；提之力，自內而脫之使出，實佛法之最上乘也。」小說「有此四力而用之於善，則可以福億兆人；有此四力而用之於惡，則可以毒萬千載。」

四是批判傳統小說，呼籲小說界革命。他認為，傳統小說是「中國群治腐敗之總根原」。他說：「吾中國人狀元宰相之思想何自來乎？小說也。吾中

〔註300〕梁啓超：《中國唯一之文學報〈新小說〉》，《新民叢報》第 14 號，1902 年 8 月 18 日。
〔註301〕梁啓超：《論小說與群治之關係》，《飲冰室合集》（文集第 4 冊），中華書局 2015 年版，第 6 頁。

國人佳人才子之思想何自來乎？小說也。吾中國人江湖盜賊之思想何自來乎？小說也。吾中國人妖巫狐鬼之思想何自來乎？小說也。」所以，小說界革命勢在必行，刻不容緩。

作為「小說界革命」的宣言書，它打破了幾千年以詩文為正宗的傳統，強調小說的巨大社會作用，主張小說為改良政治服務。文章寫得感情激越，議論磅礴，然而從理論上看，也存在著邏輯混亂、論證匱乏的缺陷。譬如，梁啓超顛倒了小說與社會的關係，過份誇大了小說的社會作用。

有署名曼殊（梁啓勳）者，對梁啓超的觀點便提出質疑。《小說叢話》曰：「小說者，今社會之見本也。無論何種小說，其思想總不能出當時社會之範圍。此殆形之於模，影之於物矣。……今之痛祖國社會之腐敗者，每歸罪於吾國無佳小說，其果今之惡社會為劣小說之果乎？抑劣社會為惡小說之因乎？」〔註302〕

儘管如此，「小說界革命」，促進了近代小說的繁榮。梁啓超不僅呼籲小說界革命，而且親自操觚，創作政治小說《新中國未來記》，為小說界作出示範，推動小說創作為新民救國服務。各種報章雜誌也紛紛發表小說，小說由小道而蔚為大國，推動小說從傳統向近代的歷史轉型。

（四）戲曲界革命

梁啓超的小說概念，也包涵著戲曲。他在論小說界革命時，將《西廂記》、《長生殿》與《水滸傳》、《紅樓夢》相提並論。在《釋革》一文中，他曾將曲界革命與詩界革命、文界革命、小說界革命相提並舉，均涉及到戲曲界革命的問題。〔註303〕

將戲曲包涵在小說範圍之內，其實是當時學術界的共識。夏曾佑《小說原理》便認為，小說與曲本、彈詞為一流，「所分者一有韻、一無韻而已」。至於 1912 年管達如作《說小說》，更將小說分為文言體、白話體、韻文體。而韻文體小說，「此體中復可分為兩種：一傳奇體，一彈詞體是也。」

對於戲曲的藝術特徵，梁啓超有著具體認識。在《小說叢話》中，他提出戲曲優於他體詩者四端：一是唱歌與科白相間，可展示人物性格行動；二是曲本內容主件可多至十數人或數十人，可各盡其情；三是唱詞（曲）可寫

〔註302〕阿英：(晚清文學叢鈔)《小說戲曲研究卷》，中華書局 1960 年版，第 308 頁。
〔註303〕梁啓超：《釋革》，《飲冰室合集》（文集第 4 冊），中華書局 2015 年版，第 40 頁。

成數折乃至數十折，爲作家多方面描寫生活以極自由之樂的天地；四是曲本使用音律較自由，可任意綴合諸調而不爲病。〔註304〕

　　基於對戲曲藝術的理解，梁啓超身體力行進行戲曲革新。在 1902 年前後，他創作了《劫灰夢》、《新羅馬》、《俠情記》傳奇三種，《班定遠平西域》粵劇一種。運用戲曲爲政治維新服務，在社會上引起強烈反響。借三尺舞臺演繹中外興亡故事，以曲詞賓白抒寫新民救國情懷，成爲當時文藝界流行的風尚。

　　在晚清社會的大變局之中，古代文學與古代文論也必然發生改變。誠如《變法通義自序》云：「凡天地之間者莫不變。……變者，古今之公理也。……上下千歲，無時不變，無事不變，公理有固然，非夫人之爲也。……自然之變，天之道也，或變則善，或變則蔽。有人道焉，則智者之所審也。」〔註305〕梁啓超倡導的文學革命，就是智者審時度勢所作出的歷史抉擇。

　　在西方近代文化衝擊下，「梁啓超以國民啓蒙、國民自新、國民變革爲基本目標，以文體革命爲觸介點的文學革命思想，蘊含著許多有劃時代意義的理論命題並具有極強的可實踐性，給世紀之交文壇帶來前所未有的喧囂和騷動。」〔註306〕它借助西方文化的強大優勢，打破統文學的窠臼，推動傳統文學完成向近代文學的歷史轉型，在文學近代化過程中建立了不朽功績。

〔註304〕阿英：(晚清文學叢鈔)《小說戲曲研究卷》，中華書局 1960 年版，第 308 頁。
〔註305〕梁啓超：《變法通議》，華夏出版社 2002 年版，第 1 頁。
〔註306〕關愛和：《梁啓超與文學界革命》，《中國近現代文學轉捩點研究》，劉增傑、孫先科主編，上海文藝出版社 2008 年版，第 43 頁。

結語：古代文論的現代轉換

　　「古代文論的現代轉換」，這個論題提出已有二十年了。古代文論研究者，對此不能視而不見；可視後往往如墜雲裏霧間，彷彿更加糊塗了似的。為了理清紛亂的思緒，還是從論題的緣起說來。

（一）古代文論現代轉換的緣起

　　1996年，曹順慶發表《文論失語症與文化病態》，指出中國現代文論患上了嚴重的失語症。其病狀是：「基本上是借用西方的一整套話語」；「根本沒有一套自己的文論話語，一套自己特有的表達、溝通解讀的學術規則」；「沒有自己的理論，沒有自己的聲音」。其病因是：在中西文化的劇烈衝撞中，中華民族不得已「求新聲於異邦」，徹底切斷了傳統文化血脈，使西方文論控制了中國文壇。他提出的治療方案是：「要重建中國文論話語，首先要接上傳統文化的血脈，然後結合當代文學實踐，融匯汲收西方文論以及東方各民族文論之精華，才可能重新鑄造出一套有自己血脈氣韻，而又富有當代氣息的有效的話語系統。」〔註1〕

　　由失語，而重建，而接續傳統文化血脈。這個思路似乎得到學術界許多人的贊同，同一年便在陝西召開了「中國古代文論的現代轉換」的研討會，《文學評論》也為此開闢專欄來討論。為了治療文論失語症，而構建中國文論話語，進而把目光聚集到「古代文論的現代轉換」上來。然而，一晃近二十年過去了，「現代轉換」之聲雖不絕於耳，而現代文論建構卻似乎遙不可及。看來，這個思路很有重新檢討的必要。

〔註1〕 曹順慶：《文論失語症與文化病態》，《文藝爭鳴》1996年第二期，第50～58頁。

其一，關於文論失語。

「失語症」的診斷，顯然帶有民族主義的情緒。說中國現代文論，借用了西方的文論話語，而沒有自己的文論話語；遵循了西方的學術規則，而沒有自己的學術規則；模仿了西方的文藝理論，而沒有自己的文藝理論。所謂「自己的」、「西方的」，這些說法體現著一種弱勢民族的文化焦慮。其實，科學沒有國界，學術豈有族界。在全球化語境下，文論的失語與否，原不在於話語形式和學術規則是否是「自己的」，而在於理論是否有所創新。中國現代文論的問題，不是借用了西方的文論話語，遵循了西方的學術規則的問題，而是自身缺乏理論創新的問題。中國現代文論脫離文學實踐，一味地鸚鵡學舌，故而失去話語的分量，稱之為「失語症」，自然不亦宜乎！

認為失語症的病根在於對傳統文化的否定，似乎只要延續了古代文論就不會發生失語症。可以說，這個判斷基本不符合歷史事實。古代文論原有自己的話語形式和學術規則，也形成了自己的一套理論。然而，那是在封閉的文化語境中自說自話。在進入全球化語境中，古代文論豈能避免失語的命運？在近代中國社會的轉型過程中，正因為古代文論不能適應現代文學實踐，也就是古代文論對於現代文學的失語，才迫使人們不得已「求新聲於異邦」。既然曾經的古代文論沒有避免失語的命運，那麼當今再提用自己的話語形式，用自己的學術規則，即接續古代文論傳統，就能夠消除失語症的病根嗎？其實，西方的話語形式，西方的學術規則，那是我們的文化選擇，雖說是不得已的文化選擇，而不得已正包含著歷史的必然性。令人奇怪的是，那些主張「自己的」話語和規則的學者，他們的論文又都運用著西方的話語形式和西方的學術規則；就像某位學者主張廢除白話文、恢復文言文，而他的文章竟完全用白話文寫成一樣。這種現象難道不很有些令人不可思議嗎？

其二，關於文論建構。

由文論的失語而引發對現代文論建構的關注。曹順慶的提法是「重建中國文論」。所謂「重建」，自然表明中國有過自己的文論，即具有自己的話語，自己的規則，自己的理論的古代文論。這樣就為「要重建中國文論話語，首先要接上傳統文化的血脈」做好了鋪墊。其實，現代文論的建構不可能是古代文論的翻新，內心深處只想著古代文論曾經的榮光，對於現代文論的建構來說也未必是件好事。

文論的創新和建構，當以文學實踐爲基礎。西方文論迭出新見，也多離不開文學創作和文學研究。列維——斯特勞斯的結構主義是在對神話的研究中闡發出來的，存在主義的文學理論與存在主義的文學創作更是密不可分的，巴赫金的對話理論是對陀思妥耶夫斯基小說創作的理論總結。中國現代文論的創新和建構，也當以文學實踐爲基礎，特別以中國現當代的文學實踐爲基礎，而不是念念不忘老祖宗留下的陳舊家當。

當然，文論的建構需要理論資源。錢中文指出：「當代文學理論即具有中國特色的文學理論的建設，就面對三個傳統，即我國『五四』以後的文學理論傳統，我國古代文學理論傳統和外國文學理論傳統。」〔註2〕這些傳統無疑是現代文論建構的理論資源，而現代文論建構則必須以文學實踐爲基礎。離開了文學實踐，從理論到理論是根本談不上文論創新和建構的。中國現代文論的失語，關鍵問題是文學理論脫離了文學實踐，從而導致了理論創新的缺失。所以，過度強調古代文論對於現代文論建構的重要性，顯然是一種理論的偏執，並不利於現代文論創新與建構。

其三，關於現代轉換。

將古代文論現代轉換與現代文論建構混爲一談，是這場學術潮流存在的最大邏輯漏洞。趙玉《古代文論的現代轉換：一個誤導性命題》指出：「把『中國當代文論的重建』偷換成了『中國古代文論的現代轉換』。從而才引起了許多不必要的紛爭和混亂，並給我們帶來了一系列的誤導性後果，概而言之主要表現爲兩個方面：一是誤導我們錯把中國古代文論看成新的當代文論的本根；二是使學者們幾乎都把研究的重心定位在古代文論及其現代轉換上，反而忽視了『重建中國當代文論』的眞正目的。」〔註3〕這個論述是正確的。古代文論是文論之流，而不是文論之源。中國現當代文學創作和文學接受的實踐活動才是中國現代文論建構的源泉。脫離了這個源泉而發思古之幽情，可以斷言難以完成現代文論建構的任務。

然而，不能因此而否定古代文論的現代轉換。作爲一種理論傳統，古代文論進入現代學術語境，可以發揮理論資源的作用，也可以成爲現代文論建

〔註2〕 錢中文：《會當凌絕頂——回眸二十世紀文學理論》，《文學評論》1996年第一期，第16頁。
〔註3〕 趙玉：《古代文論的現代轉換：一個誤導性命題》，《求索》2005年第十二期，第162頁。

構的有利條件。現代轉換是古代文論進入現代學術語境的主要途徑。其實，近百年來的古代文論研究，正做著這種工作。陶水平列舉說：「王國維對古代文論『境界』理論的現代轉換，魯迅對古代文論『白描說』的現代轉換，宗白華對古代詩學『意境』理論的現代轉換，朱光潛對古代詩學『聲律』理論的現代轉換，錢踵書對古代詩學『詩可以怨』命題的現代轉換，朱自清對古代文論『詩言志』理論的現代轉換，徐復觀對古代文論『氣韻生動』理論的現代轉換。當代學者中，王元化對古代文論『情志說』的現代轉換，童慶炳對古代詩學『童心說』的現代轉換，楊義對古代文論『感悟說』的現代轉化，顧祖釗對古代文論『至境說』的現代轉換，蔣寅對古代文論『詩法論』的現代轉換。」〔註4〕不僅這些理論命題的闡釋，而且整個古代文學批評史的研究，都屬於古代文論的現代轉換的範圍。所以，現代轉換不是一個虛假命題。然而，必須明白，這種現代轉換並不等於現代文論的建構，如果這就是現代文論的建構，那麼既然已經有了這麼多的現代轉換，爲什麼還會發生文論失語症呢？

　　轉換者，轉化、變換之謂也。通過轉換，似乎可以使一種事物轉變成爲另一種事物。也許是用詞不夠恰當才導致了現代轉換與文論建構的混同，而古代文論的現代轉換，實質指古代文論的現代闡釋。經過現代闡釋使古代文論進入現代學術語境，從而能夠爲現代學術所理解和吸收。所以，古代文論轉換之後仍是古代文論，並沒有因此而成爲現代文論。當然，古代文論經過現代轉換，可以成爲現代文論建構的有效學術資源，自然對現代文論建構可以發揮作用。至於這些作用究竟有多麼重要，那完全不取決於古代文論的現代轉換，而取決於現代文論家的理論創新能力。

（二）古代文論現代轉換之困惑

　　拋開現代文論構建的問題不談，古代文論的現代轉換本身便具有重要的學術價值。中國幾千年的文學實踐基礎上形成的古代文論，對於中國是一筆豐富的理論遺產，對於世界也是一份可貴的理論資源。由於古今文化的轉型、中外文化的區別，原生態的古代文論，不僅不能爲外國人所認識，而且也不易爲中國人所理解。因此，古代文論必須進行現代轉換，而現代轉換是它進

〔註4〕　陶水平：《中國文論現代性的反思與重構》，《東方叢刊》2007 年第一期，第
　　　　 132 頁。

入現代學術語境的重要前提。近代以來的古代文論研究，在不同層面進行著現代轉換，而且取得了舉世矚目成績。當然，在古代文論現代轉換的過程中，也存在一些思想困惑，它們成為阻礙現代轉換的因素，對之需要作進一步辨析。

其一，何謂現代轉換。

就字面來理解，古代文論的現代轉換是古代向現代的轉換，好像只是一個古今問題。其實不然，它又是一個中西問題。馮友蘭說：「在五四運動時期，我對於東西文化問題，也感覺興趣，後來逐漸認識到這不是一個東西的問題，而是一個古今的問題。一般人所說的東西之分，其實不過是古今之異。……至於一般人所說的西洋文化，實際上是近代文化。所謂西化，應該說是近代化。」〔註5〕古今問題與中西問題交織在一起，古代文論的現代轉換的主要內涵便是以西釋中，即參照西方文論對古代文論的闡釋。

對於以西釋中的古代文論現代轉換，人們持有不同的態度。有的表示贊同，如蔣述卓說：「允許以西方文論的思維、觀念、方法對中國文論作詮釋與分析，以求得現代化。」〔註6〕也有的表示反對，如張同勝說：「由於中西方把握世界的方式不同，從而古代中國文論與西方現代文論是兩個截然不同的異質體系或世界，因而中國古代文論沒有必要進行現代轉換。」〔註7〕不管人們的態度如何，事實上這種古代文論的現代轉換一直在進行著。周仁成認為，教育機構的學科建制與科學研究的立法依據，完成了對古代文論的科學規馴，而「最終通過郭紹虞與羅根澤的《中國文學批評史》所確立的內容與體系，完成了科學對中國古代文論的改造，使之成為一門科學的系統的學科。」〔註8〕可見，古代文論作為一門學科，便是現代轉換的成果。

其二，能否現代轉換。

古代文論研究大多屬於現代轉換的工作，能否現代轉換本來不應成為問題。然而，學術界確實存在「古代文論不能現代轉換」的觀點，而這些觀點多以中西文化的不同作為立論的依據。

〔註5〕 馮友蘭：《三松堂自序》，生活·讀書·新知三聯書店 1984 年版，第 259 頁。

〔註6〕 蔣述卓：《古代文論現代轉換的思想方法》，《古今對話中的中國古典文藝美學》，暨南大學出版社 2012 年版，第 47 頁。

〔註7〕 張同勝：《古代中國文論的現代轉換問題新論》，《中國中外文藝理論研究》，中國社會科學出版社 2012 年版，第 296 頁。

〔註8〕 周成仁、曹順慶：《在學科與科學之間：中國古代文論學科史前考古》，《求是學刊》2013 年第一期，第 119 頁。

　　或曰：中西把握世界的方式不同。如張同勝引申黑格爾、維柯、克羅齊的論述，指出：「中國古代文論是以意象和詩歌的形式來把握世界，而西方則是一直以概念和散文的形式把握世界。這是由中西方把握世界的方式即思維方式所決定的。」〔註9〕或曰：中西文論的知識形態不同。如劉科軍引證卡爾‧曼海姆的知識類型學說，指出：「西方文論主要是一種形式化知識，追求知識的普遍有效性。古代文論是一種語境化知識，它以語境中的個別經驗作為知識有效的依據，呈現為零散的、經驗式的、隨感式的、直覺式的形態特徵，不能被歸納為形式規則而超越語境。」〔註10〕由思維方式的不同，以至知識形態的不同，以此來說明古代文論與西方文論是性質不同、不能兼容的兩個體系。因此，古代文論的現代轉換不僅沒有必要，而且也沒有可能。

　　這種觀點顯然誇大了中西文化的相異性，而忽視了中西文化的共通性。中西文化在不同社會實踐基礎上產生出來，中西文論在不同文學實踐基礎上產生出來，不可否認它們存在著相異性。然而，作為人類把握世界和認識世界的精神產品，它們必然存在著共通規律，這正是中西文化能夠交流與對話的根本前提。筆者以為，中西文化並不是異質的體系，而是同質異態的體系，它們可以相互交流對話，也可以相互兼容補益。那種過度誇大兩種文化相異性的觀點，並不符合迄今為止人類文化交融的歷史事實。既然我們能夠在現代文論中運用西方的話語和規則，為什麼我們不可以參照西方文論對古代文論進行現代闡釋？當然，古代文論的現代轉換，可能會遮蔽了古代文論的某些信息，就像語言翻譯可能會丟失了某些信息一樣。然而，人們既然不會因噎廢食而拒絕語言翻譯，為什麼要因噎廢食而拒絕古代文論的現代轉換呢！

　　其三，怎麼現代轉換。

　　從理論和實踐兩方面都充分證明：古代文論的現代轉換是完全可行的。至於怎麼來實現現代轉換，古代文論研究的豐富實踐已經為我們提供了具體啟示。古代文論由原生形態轉換為現代形態，基本上在語言表達、觀點闡釋、體系構建三個層面來進行。

　　一曰，語言表達的翻譯。古代文論用文言表達，如何突破語言的障礙，

〔註 9〕　張同勝：《古代中國文論的現代轉換問題新論》，《中國中外文藝理論研究》，中國社會科學出版社 2012 年版，第 291 頁。

〔註10〕　劉科軍：《形式化的困境——對「中國古代文論的現代轉換」的思考》，《湖北大學學報》2009 年第 4 期，第 56 頁。

使它走向現代、走向世界，這是現代轉換的基礎。「五四」以來，文言的運用範圍急劇萎縮，白話成了人們的主要表達方式。為了方便理解和運用古代文論，便很有必要將古代文論著作譯為現代漢語。這看似一個普及的工作，實際是現代轉換的重要基礎。此外，在全球化視野下，也需要將古代文論譯為外文，這是古代文論進入世界學術語境的前提。英文畢竟現在還是世界的強勢語言，不被英美文論界所瞭解，古代文論僅限於自娛自樂，又豈能真正實現它的現代轉換。如美國學者劉若愚的《中國詩學》，宇文所安的《中國文論》，其中的譯作對於古代文論的現代轉換，實在具有不可小覷的學術意義。

二曰，觀點含義的闡釋。古代文論重領悟，重直覺，重經驗，其觀點多為隱喻型言說，往往「借助指代、假借、象徵、類比、連類、引申等方式，通過即興的直覺把握在意象之間建立瞬間聯繫」；「注重整體直觀式的感覺判斷，即注重整體傳達審美主體的感受與體驗，同時力保對象的神完氣足」。〔註11〕譬如：文德、文氣、應感、虛靜、神思、妙悟、比興、風骨、意境、意象、氣韻、形神、知音等。這些術語集聚了古代文論的思想觀點，構成了古代文論的理論內涵。它們是民族思維方式對於具體文學實踐的理論總結，具有鮮明的民族文化特徵。

然而，古代文論的觀點含義，往往缺乏嚴密和準確的品格，不易為現代理論理解和運用。所以，以西方文論為參照，對古代文論的觀點含義進行闡釋，成為古代文論現代轉換的重要內容。以歸納、演繹的邏輯方式，對古代文論作細密的研究，釐清其術語的歷史演進，確立其範疇的理論內涵，使之與西方文論形成對話和交流。這樣做不是以西方文論來改造古代文論，更不是將古代文論的雞蛋倒在西方文論的模具裏做蛋捲，而是賦予古代文論以現代的學術形態。

三曰，理論體系的呈現。一般認為，古代文論的觀點零散、論述隨意，缺乏系統理論。因此，提到古代文論理論體系，便以為是將古代文論整理成類似於西方文論的體系。其實，古代文論看似零散而不成系統，而各種觀點之間自有潛在的邏輯聯繫。胡經之說：「中國古典文藝學的範疇有其內在的邏輯結構。不僅序列或集群範疇有一種清晰的邏輯層次，即使一個範疇在言述某一理論問題時，也有一定的邏輯層次。每一範疇都是某一理論問題的準體

〔註11〕黃念然：《中國古代文論研究的現代轉型》，中國社會科學出版社 2006 年版，
第 306～307 頁。

系。」〔註12〕揭示和呈現潛在的理論體系，無疑是在更高層次上實現了古代文論的現代轉換。

在這方面古代文論研究已經取得不少成績。如傅庚生《中國文學批評通論》，梳理了古代文論的感情論、想像論、思想論、形式論，以及一些其他問題，便具有理論體系性質。劉若愚《中國的文學理論》，將古代文論分爲六類，即形而上論、決定論、表現論、技巧論、審美論、實用論，也是對古代文論理論體系的探索。王文生認爲：「闡明中國文學思想的特點，揭示潛在的中國文學思想體系，肯定中國文學思想的價值和它對人類文化的獨特貢獻，應該是當代中國文學思想研究者的神聖使命。」〔註13〕他計劃撰寫《中國抒情文學思想體系叢書》，而第一卷《論情境》已經出版。

以西方文論爲參照，進行古代文論的現代轉換，人們最大的擔心是這樣做可能遮蔽了古代文論的特徵，也可能改變了古代文論的性質。這種擔心的思想根源是對中西文化不同的偏執。其實，作爲人類對世界的認識和把握，中西文化必然具有共同性。只是由於社會實踐的不同，形成了中西文化的不同特徵。其實，它們不是本質的不同，而只是形態的不同。就思維方式而言，西方思維方式趨向於顯同隱異，故西方文論重邏輯、重理論；而中國思維方式趨向於顯異隱同，故古代文論重感悟、重實踐。然而，重邏輯、重理論不等於沒有感悟和直覺，而重感悟、重實踐也不等於沒有邏輯和理論。只是西方文論凸顯了邏輯和理論，而古代文論凸顯了感悟和實踐而已。以西方文論之顯以揭示古代文論之隱，正是「他山之石，可以攻玉」的奧義所在。

（三）古代文論現代轉換之價值

作爲古代文學實踐的理論總結，古代文論毋庸置疑具有重要的歷史價值。然而，古代文論現代轉換的價值重心，當指向於中國現代文學世界。從中國現代文學實踐與文學理論的視角，才能認識到古代文論現代轉換的現實價值。

其一，指導文學實踐。

古代文論是古代文學的理論總結，對於古代的文學創作和文學鑒賞具有切實的指導意義。隨著近代中國社會的轉型，古代文學走進了歷史，古代文

〔註12〕胡經之、李健：《中國古典文藝學》，光明日報出版社 2006 年版，第 20 頁。
〔註13〕王文生：《論情境》，上海文藝出版社 2001 年版，第 2 頁。

論也走進了歷史。然而，這只是事情的一個方面，另一方面是現代文學世界仍然殘存著古代文學，而附著於古代文學的古代文論便仍然具有現實意義。

現代文學世界殘存的古代文學，主要表現於文學教育與文學鑒賞方面。就文學教育而言，兒童在牙牙學語時，便開始背誦古詩。進入中小學校教育，語文課本的古代詩文有相當數量。進入大學學習文學，古代文學的分量更重。就文學鑒賞而言，古代文學始終是人們重要的鑒賞對象，如唐詩、宋詞、小說、戲曲作品的不斷大量出版，足以說明古代文學並沒有從現代文學生活中完全退出。現代文學世界存在著古代文學，便決定了古代文論具有現實存在的必要。

當然，古代文學早已從曾經的文學中心退縮到了文學邊緣，它不是現代文學世界的主體，只是現代文學世界的補充。儘管如此，只要古代文學的教育與鑒賞沒有中斷，古代文論對之就有不可取代的作用。譬如，欣賞唐詩、宋詞，豈可不解意境；欣賞唐宋古文，豈可不解文道；欣賞古典小說，豈可不解虛實；欣賞古典戲曲，豈可不解結構？在這個意義上，可以說古代文論並沒有完全過時，而古代文論現代轉換也自然有助於對殘存古代文學的理論指導。

古代文學的教育與鑒賞，對於處於現代文學世界中心的現代文學創作，也可能發生潛移默化的文學影響，尤其那些具有深厚古典文學素養的作者，他們的創作實踐更容易體現出這種文學影響。借助於文學邊緣與文學中心的互動通道，古代文論似乎有可能對現代文學創作產生間接的影響。在文學創作實踐中，歷史與現實得以連通，有可能激活古代文論的潛能。總之，無論對古代文學鑒賞的直接指導，還是對現代文學創作的間接影響，古代文論對現代文學實踐的作用是不容否定的，即便這些作用微不足道。

其二，補充文論內涵。

中國現代文論被稱為「基本上是借用西方的一整套話語」，一個是借用俄蘇文論，一個是借用歐美文論，這些從西方湧入的文論完全主宰了中國當代文壇。站在民族主義立場上，西方文論乃是外來的他者，它們在西方文學實踐的基礎上產生出來，似乎並不符合中國的文學實踐。所以，便有人主張以本土的抗衡西方的，以自己的取代他人的。其實，這種中西對立的思路，根本不利於客觀認識西方文論和古代文論對中國現代文論的現實價值。

　　近代以來，中國社會捲入全球化過程之中。西方文論不是孤立地入侵中國現代文壇，而是伴隨著經濟的交往、文化的交流、文學的影響，全方位地滲入到了中國現代文壇。通過文學譯介和文學教育，俄蘇文學與歐美文學可以說已經是中國現代文學世界不可忽視的組成部份。其實，許多文學愛好者，他們所閱讀的西方作品並不少於中國作品。西方文學深刻地影響了中國現代文學，如魯迅的小說、郭沫若的詩歌、曹禺的戲劇等。在這種情況之下，將西方文論簡單看作外來他者，顯然並不符合實際。中國現代文學實際是中西融匯的產物，西方文論也具有著適合中國現代文學的相當條件，它可以轉化爲中國現代文論的有機成分。

　　當然，中西文論的文化背景不同，它們在各自獨立的歷史過程中，形成了相對穩定的理論特色，如西方文學以敘事文學爲本位，而中國文學以抒情文學爲本位；即便同是探討敘事文學，中西的敘述理論也有不同側重。中西文論存在的理論差異，使它們具有了很強的互補性。在中西融匯的現代文學世界中，古代文論的現代轉換，正可以彌補西方文論的不足，從而爲豐富現代文論提供了重要的理論資源。

　　譬如，對於抒情文學的概括，這是古代文論的長處，卻是西方文論的短板。運用西方文論解讀抒情文學，往往隔靴搔癢而不得要領；而運用古代文論解讀抒情文學，總是恰如其分而別有會心。以情感爲核心的古代抒情理論與以理性爲核心的西方敘事理論，可以互相補充來豐富現代文論的內涵。所以，中國古代抒情理論，得到了學術界的普遍重視，成爲現代文論的重要理論滋養。

　　又如，對於議論文學的概括，更爲古代文論所獨有，而爲西方文論所缺失。西方崇尚理性，熱衷論辯，卻沒有發展出議論文學，也沒有產生議論文學理論。而中國古代文學實際以議論文學爲主流，如先秦諸子、兩漢政論、唐宋古文、明清小品等，其中多以議論爲主。在豐富的議論文學基礎上，形成中國特有的議論文學理論，可惜至今尚未引起學術界的重視。古代議論文學也影響到現代文學，如魯迅的雜文便是現代文學的重要成績。怎樣來解讀議論文學？古代文論對之當有用武之地。如「以意爲主」、「以理爲主」、「以氣爲主」、「義理」、「神氣」等，這些議論文學的論述，對文學鑒賞和文學創作都具有重要的意義。顯然，古代文論的現代轉換，足以彌補現代文論的某些缺環。

王元化說：「研究中國文化不能以西學爲座標，但必須以西學爲參照系。中國文化不是一個封閉系統。不同的文化是應該互相開放、互相影響、互相吸取的。」〔註14〕在中西文化的對話交流之中，「把中國以往的學術、政治、社會等等做材料研究出些有系統的事物來，不特有益於中國學術界，或者有補於世界的科學。」〔註15〕在中西融匯的現代文學世界中，古代文論以古今對接、中西化合的方式介入到現代文學實踐之中，從而能夠給予現代文論以理論滋養。

面對中西文學融匯與中西文論互補，不必擔心這樣會消除了現代文論的民族特性。筆者以爲，所謂一體化世界文學還只是一個遙遠的神話，在全球化語境中，民族文學的交流與對話更成爲常態。中西文論的互補不只使文學理論逐步趨向於同一性，而更重要是促進了中西文論的可對話性與可理解性。在可以預見的將來，中西文論的相互補充尚不足以改變現代文論的民族特性。

其三，啓迪文論創新。

現代文論創新是治療現代文論失語症的根本舉措，而現代文論的創新必須首先立足於中國現代的文學實踐，著眼於中國現代的文學問題。在此基礎上，古代文論的現代轉換與西方文論的現實轉化，都才能成爲現代文論創新的重要資源。在全球化視野下，中西文論對話是文論創新的適宜條件，打破文化的壁壘，貫通古今，融合中西，現代文論創新才能實現。

現代文論的創新，需要整合中西的理論資源。中西文論的不同特徵，表現爲不同的理論形態。西方文論的形而上學體系與古代文論的觀物取象方式可以互相補充。西方文論對文學活動結構的認識，可以統領古代文論的範疇。就本質論言，如心志、性情、物色、事理；就創作論言，如感興、神思、虛靜、妙悟；就作品論言，如文質、言意、格調、境界等。至如感興、比興、興會；氣勢、氣韻、氣象；風力、風骨、風氣，立意、意趣、意境，這些範疇序列，它們取同取異，大同小異，涵義疊合，可以彌補西方文論概念空洞的缺陷。

〔註14〕王元化主編：《編餘雜談》，《學術集林》（第六卷），上海遠東出版社 1995 年版，第 356 頁。
〔註15〕傅斯年：《毛子水作〈國故與科學精神〉識語》，《出入史門》，呂文浩選編，浙江人民出版社 1998 年版，第 12 頁。

現代文論的創新，需要傳承中西的文化精神。中西文論的不同內容，體現了不同的文化精神。現代文學既是中西文化融合的產物，現代文論也必然要繼承中西的文化精神。如古代文論體現的天人合一、道德情懷、中和之美、相反相成等，西方文論體現的主客對待、終極關懷、精神自由、科學追求等，這些文化精神也當流淌於現代文論血脈之中。中西文化精神的滲透協同，可以爲現代文論提供生命的動力。

現代文論的創新，需要融合中西的思維方式。中西文論的不同特徵，來源於中西思維方式的不同；中西文論的各自局限，也來源於中西思維方式的局限。古代文論的思維方式表現爲重感悟、重實踐，而西方文論的思維方式表現爲重邏輯、重理論。前者往往取異蘊同，顯得具體切實，適宜藝術評點；後者往往取同蘊異，顯得抽象合理，適合構建體系。〔註 16〕如果融合中西思維方式，合二者之長，補彼此之短，以具體—抽象的思維模式，進行文學批評和理論建構，或許可以成爲現代文論創新的突破口。

現代文論創新不可能在中西文論隔絕的條件下發生，局限於古代文論既不可行，局限於西方文論也不可行，只有在中西文論對話中才可能發生。所以，古代文論的現代轉換，無論是具體闡釋，還是整體搬遷，根本不足以構建現代文論。而只有立足於現代文學實踐，汲取中西文論營養，滲透中西文化精神，融合中西思維方式，才有可能實現現代文論的建構和創新。

總之，古代文論的現代轉換不等於現代文論的建構，而它對於現代文論的建構也無疑具有相當價值。古代文論的現代轉換將古代文論引入現代學術視域，爲現代文論家提供了豐富的理論資源、思想資源、方法資源，至於現代文論家是否能夠充分吸收這些資源，是否能夠利用它們進行理論的創新，那實在不是古代文論研究者的責任，所謂「庖人雖不治庖，尸祝不越樽俎而代之矣」。

〔註16〕蘇富忠：《具體邏輯範疇表概論》，（未刊稿）。

附　錄

一、《毛詩序》之作者問題（上）
——衛宏作《毛詩序》辯護

　　　　　　陸璣最早提出衛宏「作《毛詩序》，得風雅之旨」，此後范曄也
認同此說並提供了新的證據。在漢魏六朝時期，鄭玄、王肅、徐整、
沈重等人的言論，都沒有否定陸璣的觀點。《毛詩序》形成是先秦以
來儒家詩義不斷積累的結果，通過對已有詩義、詩論的整理和總結，
衛宏最終完成了《毛詩序》。

　　《毛詩序》之作者問題，被稱爲《詩經》研究史「第一爭詬之端」。據有
關資料的統計，各種說法竟不下四十餘種〔註1〕。面對如此複雜情況，研究思
路顯得格外重要。筆者以爲，回到問題的起點，找到分歧之所在，事情才有
可能恢復眞相。下面分幾方面來論述。

（一）作者問題的提出

　　是誰第一次明確提出《毛詩序》作者問題？就現存文獻而言，當是三國
吳人陸璣，王洲明先生稱「《後漢書·儒林傳》第一次提出『毛詩序』的名稱，
且認定爲衛宏所作」，〔註2〕不知另有何據。陸德明《經典釋文·敘錄》注曰：
（璣）「字元恪，吳郡人，吳太子中庶子，烏程令。」〔註3〕陸璣著《毛詩草

〔註1〕　洪湛侯：《詩經學史》，中華書局 2002 年版，第 157 頁。
〔註2〕　王洲明：《關於〈毛詩序〉作期和作者的若干思考》，《文學遺產》2007 年第二
　　　　　期，第 9 頁。
〔註3〕　（唐）陸德明著，黃焯斷句：《經典釋文》，中華書局 1983 年版，第 10 頁。

木鳥獸蟲魚疏》，在細緻訓釋《毛詩》名物之末，還詳盡敘述了魯、齊、韓、毛《詩經》傳授系統。在敘述《毛詩》傳授系統時，明確指出《毛詩序》的作者。爲了避免斷章取義，茲引錄全篇爲證：

> 孔子刪詩授卜商，商爲之序，以授魯人曾申，申授魏人李克，克授魯人孟仲子，仲子授根牟子，根牟子授趙人荀卿，荀卿授魯國毛亨。亨作《故訓傳》以授趙國毛萇，時人謂亨爲大毛公，萇爲小毛公，公以其所傳，故名其詩爲《毛詩》。萇爲河間獻王博士，授同國貫長卿，長卿授阿武令解延年，延年授徐敖，敖授九江陳俠，爲新蔡講學大夫，由是言《毛詩》者本之徐敖。時九江謝曼卿亦善《毛詩》，乃爲其訓，東海衛宏從曼卿受學，因作《毛詩序》，得風雅之旨，世祖以爲議郎。濟南徐巡師事宏，亦以儒顯其後。鄭眾、賈逵傳《毛詩》，馬融作《毛詩傳》，鄭玄作《毛詩箋》，然魯齊韓詩三氏皆立博士，惟《毛詩》不立博士耳！〔註4〕

丁晏、羅振玉對《陸疏》精加校訂，斷定此書爲三國時原作無疑。丁晏《毛詩草木鳥獸蟲魚疏敘》云：「《爾雅邢疏》引陸璣《義疏》，《齊民要術》、《太平御覽》並稱《義疏》，茲以《陸疏》之文證之諸書所引，仍以此《疏》爲詳。《疏》引劉歆、張奐諸說，皆古義之僅存者，故知其爲原本也。」〔註5〕對於《陸疏》的眞實性，向來沒有疑義，陳允吉也說：「《陸疏》一書，出於三國時，本無疑問。」〔註6〕所以，這篇文字的證據價值是盡可以放心的。

這篇文字有兩條與《毛詩序》作者問題有關的材料：一是「商爲之序」；二是衛宏「因作《毛詩序》，得風雅之旨」。這可能成爲日後人們對《毛詩序》作者問題認識分歧的原因之一，後人主張商（子夏）作《毛詩序》，或主張衛宏作《毛詩序》，與此當有一定的關係。作爲一個精於考證的博物學者，陸璣自然不會在一篇二百餘字的短文內前後自相矛盾。那麼，如何理解這兩句的意思呢？其中，衛宏「因作《毛詩序》，得風雅之旨」，言之鑿鑿，絕無歧義，無疑是陸璣明確的觀點；因而「商爲之《序》」之不可理解爲子夏作《毛詩序》也明矣！

〔註4〕 （三國）陸璣撰：《毛詩草木鳥獸蟲魚疏》，中華書局1985年版，第71頁。

〔註5〕 （三國）陸璣撰：《毛詩草木鳥獸蟲魚疏》，中華書局1985年版，第3頁。

〔註6〕 陳允吉：《〈詩序〉作者考辨》，《二十世紀中國文史考據文錄》，傅傑編，雲南人民出版社2001年版，第1812頁。

　　陳允吉認爲：「既云子夏作《序》，又云衛宏作《毛詩序》，一段文字之中，兩說俱存，其爲不同之兩篇，昭昭然黑白分焉。」〔註7〕說兩者不同當無疑義，說兩者無關則不合事實。那麼怎麼理解「商爲之序」呢？筆者以爲，這裡「序」字，當作動詞，同於《史記‧孟子荀卿列傳》之「（孟子）退而與萬章之徒序《詩》、《書》」之「序」，即「整理」之義。「孔子刪詩授卜商」，所授《詩》當包括詩義，「商爲之序」，即子夏對孔子所授詩義加以整理而已。當然，整理詩義也不排除自作。孔穎達《小雅‧常棣》疏引《鄭志》答張逸：「此序子夏所作，親受聖人，自足明矣。」〔註8〕便是子夏作序的具體證據。但是，鄭玄只提到《常棣》一篇，而其他三百一十篇並沒有提及，顯然不能以之作爲子夏作有完整《詩序》的證據。

　　眾所周知，《毛詩序》包括總論詩之綱領的「大序」和分論三百一十一篇詩義之「小序」。陸璣稱衛宏「得風雅之旨」，無疑指《毛詩序》之整體，因爲散在的篇義不可能「得風雅之旨」。如此看來，「商爲之序」與衛宏「《毛詩序》」之區別，顯然表現爲是否「得風雅之旨」。「商爲之序」指散在的篇義，它能夠解釋具體詩篇，卻無法涵蓋整體的「風雅之旨」；而衛宏《毛詩序》既「得風雅之旨」，當指它對《毛詩》的整體把握。所以，「商爲之序」乃就散在篇義而言，衛宏《毛詩序》乃就《毛詩序》整體而言。從《毛詩》傳授系統來看，子夏「爲之序」乃是後來衛宏「作《毛詩序》」的基礎，它們之間原不是對立的關係，而是前後繼承的關係和總分包容的關係。

　　細讀《毛詩序》大都認同它是一個有機整體。其「大序」言風雅正變、言四始、言二南，其「小序」言時世美刺、言文王、言后妃，二者配合相當的默契，全面揭示了「風雅之旨」。作爲有機的整體，《毛詩序》「大序」闡述的理論具有完整系統的特點。其論詩之特徵，強調言志與抒情的統一；其論詩與時世之關係，強調治世、亂世、亡國的分野；其論詩之六義，突出四始之始基作用；其論變風、變雅，強調主文而譎諫；其論《周南》、《召南》，強調先王之教化。從思想角度言，其「主文而譎諫」的觀點當是漢代專制集權的思想體現，不可能產生於百家爭鳴的戰國時代。而且，「大序」組成成熟的理論體系，也只能在先秦漢代儒家詩論基礎上才有可能。從材料角度言，「大

〔註7〕陳允吉：《〈詩序〉作者考辨》，《二十世紀中國文史考據文錄》，傅傑編，雲南人民出版社 2001 年版，第 1812 頁。
〔註8〕李學勤主編：《毛詩正義》，北京大學出版社 1999 年版，第 569 頁。

序」當產生於《樂記》之後，鄭玄《詩譜》之前，這正是衛宏所處的時代。夏傳才說：（大序）「其中大段文字，與《荀子·樂論》和成書於西漢的《禮記·樂記》相同或基本相同。《大序》吸取了先秦儒家的各種學說並加以發展，只能寫定於西漢以後。」〔註9〕鄭玄《詩譜》又以「大序」正變之說爲理論基礎，從而建立起按照時代排列和解釋詩篇的完整體系，這也說明「大序」產生於《詩譜》之前。此外，惠棟《九經古義》稱東漢時已有人引用《詩序》，曰：「服虔《解誼》云，秦仲始有車馬禮樂之好，侍御之臣，戎車四牡田守之事，與諸夏同風，故曰夏聲。此《秦風·車鄰》序也。太尉楊震疏云，朝霧《小明》之悔，此《小雅·小明》序也。李尤《漏刻銘》云，挈壺失職，刺流在詩，此《齊風·東方未明》序也。」〔註10〕其中，楊震曾爲漢章帝和漢和帝講授儒經，李尤在漢和帝時拜爲蘭臺令史，漢安帝時爲諫議大夫，服虔在漢靈帝中平年間任九江太守，這些人都是活動於光武帝時代的衛宏之後輩學人，他們引用詩序不僅不否定衛宏作《毛詩序》，反倒說明了《毛詩序》成於他們之前，從而間接證明衛宏作《毛詩序》的時間條件。

《毛詩序》之「小序」，前人有首序、續序之分，以首序是古序，續序是續申之詞，認爲二者不出自一人之手〔註11〕。筆者比勘，也覺得二者文辭不類，繁簡有別，內容或異，當不是同時之作。結合「大序」考察，首序言美刺、言周公、言后妃、言夫人，相當整齊劃一，且與「大序」前後呼應，密合無間，顯然不是由眾手所完成，當是一人成竹在胸而統籌兼顧的結果。唐人成伯璵、近人康有爲都認爲「大序」與「小序」初句爲一人所作，只是成伯璵以爲作於子夏〔註12〕，康有爲以爲作於劉歆〔註13〕，而筆者則認爲作於衛宏。至於「續序」，文辭重贅雜論，當非一時一人之作，其中有《詩經》舊有篇義，也有漢代經師的增益。比較「首序」與「續序」，可窺知它們之間的關係。如「《卷耳》，后妃之志也。又當輔佐君子求賢審官，知臣下之勤勞，內有進賢之志，而無險私謁之心，朝夕思念，至於憂勤也」；「《碩鼠》，刺重

〔註9〕 夏傳才：《思無邪齋詩經論稿》，學苑出版社 2000 年版，第 137 頁。
〔註10〕 （清）惠棟：《九經古義》，《叢書集成初編》（上海）商務印書館 1937 年版，第 66 頁。
〔註11〕 洪湛侯：《詩經學史》，中華書局 2002 年版，第 163 頁。
〔註12〕 （唐）成伯璵：《毛詩指說》，《摛藻堂四庫全書薈要》（24），世界書局 1990 年版，第 24 頁。
〔註13〕 （清）康有爲：《經典釋文糾謬》，《新學僞經考》，生活·讀書·新知三聯書店 1998 年版，第 225 頁。

斂也。國人刺其君重斂蠶食於民，不修其政，貪而畏人，若大鼠也」；「《鴻雁》美宣王也。萬民離散，不安其居，而能勞來還定安集之，至於鰥寡，無不得其所焉」；「《清廟》，祀文王也。周公既成洛邑，朝諸侯，率以祀文王也」〔註14〕。這些論述，與其說是「續序」續申了「首序」，倒不如說是「首序」概括了「續序」。即便如此，也不能簡單認爲「首序」爲衛宏所獨創，他當是或加引述，或加整理，或加概括，運用多種方式將舊有詩義組成一個有機的整體。

應當承認，衛宏作《毛詩序》不是面壁虛造，而是在《毛詩》舊有詩義和先秦漢代儒家詩論基礎上，將它們整理總結爲完整統一的整體。包括子夏所序詩義，以及歷代經師所傳詩義，都是衛宏作《毛詩序》的重要資料，但不能因此而否定衛宏整理總結的功績。衛宏作《毛詩序》是在先秦漢代儒家詩論基礎上，整理總結了「大序」，在《詩經》舊有篇義基礎上，整理概括了「首序」，這就將儒家詩論與《詩經》篇義融爲一體，從而形成完整的理論體系。因爲完成了這項學術成果，所以光武帝才提拔他做議郎。議郎任職性質與博士頗近，《後漢書・靈帝紀》云：「詔公卿舉能通《古文尚書》、《毛詩》、《左氏》、《穀梁春秋》各一人，悉除議郎。」〔註15〕可見，衛宏爲議郎乃是官方對其學術造詣的承認。

陸璣的觀點問世之後，很長時期內並沒有遇到直接的挑戰。二百多年之後南朝劉宋時，范曄在《後漢書・儒林傳》中給衛宏立傳，也明確記載衛宏作《毛詩序》的事實，茲引錄爲證：

> 衛宏，字敬仲，東海人也。少與河南鄭興俱好古學。初，九江謝曼卿善《毛詩》，乃爲其訓。宏從曼卿受學，因作《毛詩序》，善得《風雅》之旨，於今傳於世。後從大司空杜林更受《古文尚書》，爲作《訓旨》。時濟南徐巡師事宏，後從林受學，亦以儒顯，由是古學大興。光武以爲議郎。宏作《漢舊儀》四篇，以載西京雜事；又著賦、頌、誄七首，皆傳於世。中興後，鄭眾、賈逵傳《毛詩》，後馬融作《毛詩傳》，鄭玄作《毛詩箋》。〔註16〕

范曄不僅全盤接受陸璣的觀點，而且又列出了兩條證據：一是「於今傳於世」。一位歷史學家倘不是親見衛宏《毛詩序》傳世，斷不會作如此明確的

〔註14〕 董治安主編：《兩漢全書》（二），山東大學出版社 1999 年版，第 591 頁。
〔註15〕 （南朝宋）范曄：《後漢書》，中華書局 1982 年版，第 344 頁。
〔註16〕 （南朝宋）范曄：《後漢書》，中華書局 1982 年版，第 743 頁。

表述。二是「由是古學大興」。光武帝以衛宏爲議郎，連衛宏弟子徐巡亦以儒顯，因此古學得以大興，這也符合古文經《毛詩》在東漢中期興盛的歷史事實。衛宏「作《毛詩序》，得風雅之旨」，乃是《毛詩》傳授史上的大事，它極大提升了《毛詩》的學術地位和政治地位，自然得到人們的肯定。

陸璣、范曄提出衛宏作《毛詩序》並不是隨意而言，他們是在對《詩經》傳授和研究充分認識的基礎上提出的。陸璣歷數《毛詩》的傳授和研究，諸如孔子、子夏、荀子、毛亨、毛萇、鄭眾、賈逵、馬融、鄭玄，這些人物都涉及到了；范曄談到漢代中興後《毛詩》研究，諸如鄭眾、賈逵、馬融、鄭玄，這些學術大家也都涉及到了。在這樣的學術背景之下，他們排除了其他人而唯獨標舉衛宏作《毛詩序》，豈能沒有充分的根據？誠如鄭振鐸所言：「最可靠者還是第二說（按：指衛宏作），因爲《後漢書·儒林傳》裏，明明白白的說『衛宏從謝曼卿受詩，作《毛詩序》，善得風雅之旨，至今傳於世』，范蔚宗離衛敬仲未遠，所說想不至無據。」〔註 17〕至於陸璣，他對《毛詩》研究更爲熟稔，距離衛宏時間更爲接近，他的觀點更不會沒有根據吧！

筆者以爲，在陸璣觀點長期得到認可的情況下，人們要提出新的看法，必須拿出足夠的證據來，先把陸璣的觀點給否定了；而不能視陸璣觀點如無物，自說自話提什麼新見解。所以，在沒有可靠證據之前，否定衛宏作《毛詩序》，只能是一廂情願而已。

（二）最初的分歧意見

關於《毛詩序》作者問題，人稱「唐以前無異議」。其實，漢魏六朝時期也存在著一些不同聲音，這些聲音成了意見分歧的源頭。所以，分析不同聲音的本來含義，將有助於從源頭上解除意見分歧的困惑。

比陸璣稍早一些的經學大師鄭玄，在《毛詩南陔、白華、華黍箋》中有段論述與《毛詩序》作者問題似乎有關，茲引錄全篇爲證：

> 《南陔》，孝子相戒以養也。《白華》，孝子之絜白也。《華黍》，
> 時和歲豐，宜黍稷也。有其義而亡其辭。【箋】此三篇者，《鄉飲酒》、
> 《燕禮》用焉，曰「笙入，立於縣中，奏《南陔》、《白華》、《華黍》」
> 是也。孔子論《詩》，「《雅》、《頌》各得其所」，時俱在耳，篇第當
> 在於此，遭戰國及秦之世而亡之。其義則與眾篇之義合編，故存。

〔註17〕鄭振鐸：《讀毛詩序》，《中國文學研究》（上），作家出版社 1957 年版，第 20 頁。

至毛公爲《詁訓傳》，乃分衆篇之義，各置於其篇端云。又闕其亡者，

以見在爲數，故推改什首，遂通耳，而下非孔子之舊。〔註18〕

這裡，《南陔》、《白華》、《華黍》的篇義，正是《南陔》、《白華》、《華黍》的小序。鄭玄認爲：早在孔子論詩時，篇義與詩辭本來俱在；後來，詩辭遭戰國及秦之世而散亡，篇義則與衆篇之義合編而保存。在毛公爲《詁訓傳》時，於是分衆篇之義各置於其篇端。根據鄭玄的論述，《南陔》、《白華》、《華黍》篇義孔子時已有之，既不是子夏所作，也不是毛亨所作，更不是衛宏所作。

毛亨爲《詁訓傳》，只是把合編的篇義分置到各篇的篇端而已。當然，毛亨爲《詁訓傳》分置篇義，也有可能隨時加以修訂。鄭玄《十月之交箋》云：「《十月之交》，大夫刺幽王也。【箋】當爲刺厲王。作《詁訓傳》時移其篇第，因改之耳。《節彼》刺師尹不平，亂靡有定。此篇譏皇父擅恣，日月告凶。《正月》惡褒姒滅周，此篇疾豔妻煽方處。又幽王時司徒乃鄭桓公友，非此篇之所云番也，是以知然。」〔註19〕鄭玄不同意毛亨的修訂，也沒有以此認定毛亨作《毛詩序》。鄭玄提到子夏作序，只有《小雅·常棣》一篇，提到毛亨作序，只有《小雅·十月之交》一篇，這些具體事證與認定《毛詩序》作者，其實還存在著很大的距離！

確切地說，前面鄭玄的論述只說明《南陔》、《白華》、《華黍》的篇義古已有之，而沒有涉及到《毛詩序》作者問題。衛宏作《毛詩序》，取用《南陔》、《白華》、《華黍》古已有之的篇義，以之作爲《南陔》、《白華》、《華黍》的詩序，這並不能否定他是《毛詩序》的作者。衛宏作《毛詩序》本來不是向壁虛造，而是對《毛詩》已有文獻和思想的整理總結。從整個《毛詩》傳授系統來看，汲取《詩經》已有篇義而作《毛詩序》，乃是正常必然的合理選擇，這兩者之間不存在任何矛盾。《南陔》、《白華》、《華黍》個別篇義與詩序相同，也不能證明《詩經》古有篇義與詩序全部相同，更不能認定衛宏沒有整理和總結而完成《毛詩序》。因此，以部份篇義否定衛宏作《毛詩序》，顯然並沒有多少說服力。

細檢《毛詩正義》，《南陔、白華、華黍》下還有一段文字：

此三篇，蓋武王之時，周公制禮，用爲樂章，吹笙以播其曲。

孔子刪定在三百一十一篇內，遭戰國及秦而亡。子夏序詩，篇義合

〔註18〕董治安主編：《兩漢全書》（二），山東大學出版社1999年版，第388頁。

〔註19〕董治安主編：《兩漢全書》（二），山東大學出版社1999年版，第425頁。

編，故詩雖亡而義猶在也。毛氏《訓傳》，各引序冠其篇首，故序存而詩亡。〔註20〕

這段文字常有人將它與鄭箋混爲一談，其實它只是對鄭箋所述的粗劣復述，語言重複囉嗦，毫無學術新意，不知哪位經師竄言其中，完全不同於鄭玄的口吻。鄭玄言「孔子論《詩》，『《雅》、《頌》各得其所』，時俱在耳」，這裡卻篡改爲「子夏序詩，篇義合編」，鄭玄說過子夏作《常棣》序，卻沒說過合編之篇義都是子夏所作；鄭玄言「毛公爲《詁訓傳》，乃分眾篇之義，各置於其篇端」，這裡卻篡改爲「毛氏《訓傳》，各引序冠其篇首，故序存而詩亡」。兩者比較可見，後者乃是別人附會之詞，絕非鄭玄的本意，難怪《兩漢全書》整理者將之剔出《毛詩詁訓傳》傳文之外〔註21〕，對此也就沒有必要多加辯駁了。

鄭玄之後，魏晉經學大師王肅有句話也與《毛詩序》作者問題有些關係，這就是《孔子家語·七十二弟子解》的一條注文：

子夏所序詩義，今之《毛詩序》是。〔註22〕

「所序詩義」不等於「爲詩作序」，它與陸機所言「商爲之序」的意思其實相當。這裡「序」字，當作爲動詞，即「整理」之義。「序詩義」即「整理」詩之「篇義」。這些篇義並非子夏所親作，他只是整理而已。眾所周知，王肅是魏晉經學大師，他遍注儒家經典，僅《毛詩》研究便有《毛詩義駁》、《毛詩奏事》、《毛詩問難》等著述。王肅論《詩》又多以攻擊鄭玄爲能事，對鄭著多所改駁，卻於「孔子論《詩》，『《雅》、《頌》各得其所』，時俱在耳」竟沒有一言質疑，這說明所謂「子夏所序詩意」，正是孔子論《詩》時所俱在之篇義，自然不能理解爲子夏親作。如果眞的認爲《詩序》爲子夏所作，那豈不正找到了攻擊鄭玄的藉口，他怎麼對此竟然不置一詞呢？

至於「子夏所序詩義，今之《毛詩序》是」，並不能簡單理解爲二者完全相等，它只是指出「子夏所序詩義」與「今之《毛詩序》」的密切關係。「子夏所序詩義」，乃《詩》之舊有篇義，它們成爲後來衛宏作《毛詩序》的重要資料，甚至有一些完整保留在《毛詩序》中，如鄭玄所論《南陔》、《白華》、

〔註20〕 李學勤主編：《毛詩正義》，北京大學出版社 1999 年版，第 609 頁。

〔註21〕 （唐）成伯璵：《毛詩指說》，《摛藻堂四庫全書薈要》（24），世界書局 1990 年版，第 388 頁。

〔註22〕 （魏）王肅注：《孔子家語》，廣益書局 1937 年版，第 134 頁。

《華黍》的篇義，就未加改動而直接作爲《南陔》、《白華》、《華黍》的詩序。在這個意義上，王肅之意乃是：「子夏所序詩義」尚在「今之《毛詩序》」中。如果以爲「子夏所序詩義」就等於「今之《毛詩序》」，那他爲什麼還要標出「今之《毛詩序》」的稱謂？既然稱之謂「今之《毛詩序》」，正透露出《毛詩序》晚出的信息，反而從旁說明了《毛詩序》不可能是子夏時代的產物。

更重要的是，作爲《毛詩》專家的陸璣與王肅，他們活動年代約略同時，他們又都明確提到「子夏序詩」與今之「《毛詩序》」，說明他們所指的「子夏序詩」是同一件事，所指的《毛詩序》也是同一本書。從語言表述來看，兩人觀點似乎有所不同；而從語義聯繫來看，兩人的意思卻正可以互相印證。陸璣的「商爲之序」，正是王肅的「子夏所序詩義」；陸璣的（衛宏）「因作《毛詩序》」，正是王肅的「今之《毛詩序》」。只是陸璣從整理總結角度言，雖說明「商爲之序」，更強調衛宏「作《毛詩序》」的功績；而王肅從詩義淵源言，雖明言「今之《毛詩序》」，更強調「子夏所序詩義」的分量。兩種觀點只是角度不同，而並不存在對立矛盾。陸璣、王肅約略同時，王肅當瞭解陸璣的著作和觀點，他稱謂「今之《毛詩序》」，而不去明確否定衛宏，實際也等於默認陸璣的觀點。過去，人們只看到兩者表述有所不同，便匆匆下了兩者矛盾的結論；而將兩者結合起來看，它們不惟沒有矛盾，反而充分印證了《毛詩序》的實情。如果只有陸璣說「《毛詩序》」，那還是孤證無憑，而同時的王肅也說「今之《毛詩序》」，那就是證據確鑿了，再有後代范曄的引證，更是鐵證如山而不容置疑了。否定衛宏作《毛詩序》者，竟聲稱衛宏《毛詩序》是另一部書，與今傳《毛詩序》無關，〔註 23〕而王肅的印證給這種觀點以致命一擊。「今之《毛詩序》」由「子夏所序詩義」而來，正是今見《毛詩序》。可見，用王肅的話來否定衛宏作《毛詩序》，那是缺乏充分事實根據的。

鄭玄標舉孔子，王肅標舉子夏，而他們絕口不提衛宏，人們也以此爲理由懷疑衛宏作《毛詩序》的眞實性。其實，漢代託古之習蔚然成風。王充曾予嚴厲批評，他說：「俗好高古而稱所聞，前人之業，莱果甘甜，後人新造，蜜酪辛苦。」〔註 24〕時人盲目崇拜古人，幾乎近於荒唐可笑。在四家詩激烈競爭的條件下，《毛詩》要爭得學術地位，便稱傳自孔子弟子的子夏，欲以之

〔註 23〕陳允吉：《〈詩序〉作者考辨》，《二十世紀中國文史考據文錄》，傅傑編，雲南
人民出版社 2001 年版，第 1813 頁。

〔註 24〕（漢）王充：《超奇》，《論衡》，上海人民出版社 1974 年版，第 211 頁。

自重而顯立其學，那是非常自然的說辭。這種說辭已被時人斥之為「小人偽
託」；班固《漢書・藝文志》稱：「又有毛公之學，自謂子夏所傳。」〔註 25〕
那語氣也多有懷疑。鄭玄、王肅之不提衛宏，自然受到貴古賤今思想的影響，
再則衛宏作《毛詩序》原是在前人詩義基礎上的整理和總結，鄭玄、王肅標
舉古人而略去時人，其實並不難理解。倒是與王肅同時的陸璣，在厚古薄今
社會風氣之下，竟敢於獨標衛宏作《毛詩序》，正說明那是真實不虛的事實。

鄭玄、王肅之後，還有一些不同聲音，也是造成後來意見分歧的原因。
唐人陸德明《經典釋文・敘錄》引吳人徐整云：

> 子夏授高行子，高行子授薛倉子，薛倉子授帛妙子，帛妙子授
> 河間人大毛公，大毛公為詩敘、訓傳於家，以授趙人小毛公，小毛
> 公為河間獻王博士。〔註 26〕

徐整，字文操，豫章人。為太常卿，著有《毛詩譜》三卷。他與陸璣處
於同時、同地，而所論《毛詩》傳授系統竟然完全不同。相比較而言，陸璣
所述有李克、荀卿這些名人，又敘述小毛公之後的《毛詩》傳授，與《漢書・
儒林傳》之「（毛萇）為河間獻王博士，授同國貫長卿。長卿授解延年。延年
為阿武令，授徐敖。敖授九江陳俠，為王莽講學大夫。由是言《毛詩》者，
本之徐敖」完全一致〔註 27〕，更敘述了此後乃至鄭玄的《毛詩》傳授和研究
情況。顯然，陸璣的說法更為可信。

至於徐整言「大毛公為詩敘、訓傳於家」事，而陸璣只言「作《故訓傳》」，
完全沒有涉及「詩序」問題，倒是鄭玄講到「毛公為《詁訓傳》，乃分眾篇之
義，各置於其篇端云」。筆者以為，徐整之「大毛公為詩敘」，其意原不出鄭
玄意思的範圍，不能將之簡單理解為毛亨作《毛詩序》。假如毛亨確是《毛詩
序》的完成者，那同時代的陸璣怎麼會言之鑿鑿表示：衛宏「因作《毛詩序》」
呢？另外，徐整之言乃唐人所轉引，其完整的論述已經不得而知，這種輾轉
傳言自然比不上陸璣言論的證據價值。

陸德明《經典釋文》於「關雎，后妃之德也」下還有一段引言：

> 舊說云起此至「用之邦國焉」，名《關雎》序，謂之小序。自「風，
> 風也」訖末，名為大序。沈重云：「案鄭《詩譜》意，大序是子夏作，

〔註 25〕（漢）班固：《漢書》，中華書局 1962 年版，第 1708 頁。
〔註 26〕（唐）陸德明：《經典釋文》，黃焯斷句，中華書局 1983 年版，第 10 頁。
〔註 27〕（漢）班固：《漢書》，中華書局 1962 年版，第 3614 頁。

小序子夏、毛公合作，卜商意有不盡，毛更足成之。」或云：「小序
是東海衛敬仲所作。」今謂此序止是《關雎》之序，總論《詩》之
綱領，無大、小之異。〔註28〕

這段話講得更有些雲遮霧罩：或分大序、小序，或稱「無大、小之異」，
已是前後矛盾了；先是引述舊說，後是稱引或云，一派或然之詞，更讓人無
所適從。只有引述沈重所言，似乎鑿鑿有據，可竟是「案鄭《詩譜》意」。案
者，案驗也，頗有揣度之意。今傳《毛詩譜》為輯佚之作，完全沒有這個意
思。如果鄭玄真有這樣的看法，為什麼《毛詩箋》竟無絲毫的表示，這很有
些不合情理吧。又大序、小序之分始於六朝，鄭玄《毛詩箋》、《毛詩譜》都
沒有這樣的提法，所謂「大序是子夏作，小序子夏、毛公合作，卜商意有不
盡，毛更足成之」，便可以斷言絕不是鄭玄的意見，沈重所言只能是他個人的
認識了〔註29〕。總之，沈重的引述也罷，陸德明再引也罷，這種輾轉傳錄的
言論，實在是不足為據的。

又如，南朝蕭梁昭明太子蕭統選編《文選》，收有《毛詩》「大序」，題為
卜商子夏作。試想，與蕭統同時的《毛詩》專家沈重都稱引「大序是子夏作」，
作為文章之士的蕭統，這樣題名多半也是人云亦云。以為這題名當有實據，
那恐怕要讓人失望的。

總之，漢魏六朝時期的不同聲音，其實都沒有否定衛宏作《毛詩序》，事
情過了七、八百年時間，忽然有人要否定衛宏作《毛詩序》，而又提不出切實
可信的證據來，人們怎麼可以盲目信從呢？

（三）從詩義到《毛詩序》

應該清楚，《毛詩序》形成過程，乃是《詩經》產生以來人們對《詩經》
認識不斷積累的過程，通過對《毛詩》已有篇義的整理和對先秦漢代儒家詩
論的總結，東漢衛宏最終完成了《毛詩序》，從而完善了儒家的詩學理論。

從《毛詩序》形成過程來看，後來許多分歧意見都可以得到理解。

最早對《詩經》篇義的認識，當然是詩人自己。詩人作詩豈能不明詩義？
《大雅·民勞》：「王欲玉女，是用大諫」、《小雅·節南山》：「吉甫作頌，以
究王訩」、《小雅·何人斯》：「作此好歌，以極反側」、《小雅·四月》：「君子

〔註28〕　（唐）陸德明：《經典釋文》，黃焯斷句，中華書局1983年版，第53頁。
〔註29〕　夏傳才：《思無邪齋詩經論稿》，學苑出版社2000年版，第134頁。

作歌，維以告哀」、《魏風・葛屨》：「維是偏心，是以爲刺」，〔註30〕這些便都是詩人自述篇義。范家相《詩瀋》引王安石語云：「《詩序》，詩人所自製。」〔註31〕就詩人自述篇義而言，這個觀點也不是空穴來風。

《左傳・襄公二十九年》記載，吳公子季札來聘，請觀於周樂，發表了許多看法〔註32〕。他對《周南》、《召南》評論說：「美哉！始基之矣，猶未也，然勤而不怨矣。」對《邶》、《鄘》、《衛》評論說：「美哉，淵乎！憂而不困者也。吾聞衛康叔、武公之德如是，是其衛風乎！」後來《毛詩序》論「二南」，稱「正道之始，王化之基」，乃是「始基之矣」的發揮；而《召南・江有汜》：「勤而不怨，嫡能悔過也」、《鄘風・定之方中》：「美衛文公也」、《衛風・淇奧》：「美武公之德也。」這些詩序都無疑有著季札的影響。人稱《左傳》引詩，所取詩義與《毛詩序》多有相合者〔註33〕，可見這些詩義由來已久。陳子展說：「《小序》首句蓋出於遒人采詩、國史編詩、太史陳詩之義，不盡合詩之本義。即令其非子夏所作，亦必出於毛公以前甚或子夏以前之『古序』。」〔註34〕其論述雖有些過於坐實，而「古序」云者，乃良有以也。

孔子是私家傳授《詩》的第一人，司馬遷稱：「孔子以《詩》、《書》、《禮》、《樂》教，弟子蓋三千焉。」〔註35〕《論語》記載孔子與弟子論《詩》，表現了他對《詩》的深刻認識。他所提出的「興觀群怨」說，尤其關注《詩》之政治道德功能。所謂「興」，孔安國注曰「引譬連類」，乃指《詩》引發聯想，由此及彼的特徵。孔子與子貢論詩，由「貧而無諂，富而無驕」聯想到「如切如磋，如琢如磨」；與子夏論詩，由「巧笑倩兮，美目盼兮，素以爲絢兮」聯想到「禮後乎」（仁），〔註36〕都將詩義與道德修養聯繫起來，目的在於發揮詩之修身作用。後來，《毛詩序》多言「后妃之德」，「夫人之德」，當與這種解《詩》傾向有關。至於「觀」、「群」、「怨」，乃指詩之政治考察、政治溝通、政治表達的作用，對《毛詩序》的思想也存在著深刻的影響。《論語》言具體詩義很少，只有「《關雎》樂而不淫，哀而不傷」一句〔註37〕，而《毛詩

〔註30〕郭紹虞：《中國歷代文論選》（一），上海古籍出版社 1979 年版，第 7 頁。
〔註31〕洪湛侯：《詩經學史》，中華書局 2002 年版，第 159 頁。
〔註32〕楊伯峻：《春秋左傳注》，中華書局 1981 年版，第 1161～1165 頁。
〔註33〕夏傳才：《二十世紀詩經學》，學苑出版社 2005 年版，第 308 頁。
〔註34〕陳子展：《詩經直解》，復旦大學出版社 1983 年版，第 15 頁。
〔註35〕（漢）司馬遷：《史記》，中華書局 1959 年版，第 1938 頁。
〔註36〕郭紹虞：《中國歷代文論選》（一），上海古籍出版社 1979 年版，第 16 頁。
〔註37〕郭紹虞：《中國歷代文論選》（一），上海古籍出版社 1979 年版，第 16 頁。

序》有「是以《關雎》樂得淑女以配君子，憂在進賢，不淫其色，哀窈窕，思賢才，而無傷善之心焉。是《關雎》之義也。」〔註 38〕其思想精神顯然與之一脈相承。

　　孔子對具體詩義的認識，在戰國楚竹簡「孔子詩論」中多有反映。這部份內容發表於《上海博物館藏戰國楚竹書》第一冊，經專家研究認定，它成書於戰國初期，孟子之前。〔註39〕在「孔子詩論」中，有的稱引「孔子曰」，有的則沒有。學者認為，稱引「孔子曰」的，應該是孔子的言論；沒有稱引的，可能是孔子弟子，如子夏〔註 40〕、或者是再傳弟子的言論。〔註 41〕就前者而言，其中多有對篇義的理解，如「孔子曰：『吾以（於）《葛覃》，得氏初之詩（志）。……』吾以（於）《甘棠》得宗廟之敬。……吾以（於）《木瓜》得幣帛不可去也。……吾以（於）《杕杜》得雀（爵）服之……」〔註 42〕也有對感受的記錄，如「孔子曰：『《宛丘》吾善之，《於（猗）嗟》吾喜之，《鳲鳩》吾信之，《文王》吾美之，《清廟》吾敬之，《烈文》吾悅之，……』」〔註 43〕將它們與《毛詩序》比較，二者存在很大的距離，如有學者指出：「沒有發現如《毛詩》小序所言那樣許多刺、美」，小序的美、刺，「可能相當部份是漢儒的臆測」〔註 44〕。然而，它們之間的精神傳承是存在的。如「孔子曰：『詩亡（無）隱志，樂亡（無）隱情』」〔註 45〕，這與《毛詩序》言志抒情相統一的觀點是一致的。又如：「孔子曰：『《詩》，其猶平門。與賤民而豫，其用心也將何如？曰：《邦風》是也。民之有戚患也，上下之不和者，其用心也將何如？

〔註 38〕董治安主編：《兩漢全書》（二），山東大學出版社 199 年版，第 205 頁。

〔註 39〕黃懷信：《上海博物館藏戰國楚竹書〈詩論解義〉》，社會科學文獻出版社 2004年版，第 6 頁。

〔註 40〕李學勤：《〈詩論〉的體裁和作者》，上海大學古代文明研究中心清華大學思想文化研究所編：《上博館藏戰國楚竹書研究》，上海書店 2002 年版，第 51～57 頁。

〔註 41〕黃懷信：《上海博物館藏戰國楚竹書〈詩論〉解義》，社會科學文獻出版社 2004年版，第 5 頁。

〔註 42〕黃懷信：《上海博物館藏戰國楚竹書〈詩論〉解義》，社會科學文獻出版社 2004年版，第 19 頁。

〔註 43〕黃懷信：《上海博物館藏戰國楚竹書〈詩論〉解義》，社會科學文獻出版社 2004年版，第 21 頁。

〔註 44〕彭林：《「詩序」、「詩論」辨》，上海大學古代文明研究中心　清華大學思想文化研究所編：《上博館藏戰國楚竹書研究》，上海書店 2002 年版，第 93～99 頁。

〔註 45〕黃懷信，《上海博物館藏戰國楚竹書〈詩論〉解義》，社會科學文獻出版社 2004年版，第 22 頁。

〔曰：《小雅》是也〕。〔者將何如？曰：《大雅》〕是也。有成功者何如？：《訟（頌）》是也！』」〔註46〕總論《邦風》、《小雅》、《大雅》、《頌》，無疑是《毛詩序》「四始」之說的最初淵源。

由於「孔子詩論」的出土，傳世典籍中一些孔子言論的眞實性也得以確認。如《說苑・貴德》引孔子曰：「吾於《甘棠》，見宗廟之敬也，甚矣，思其人，必愛其樹。」〔註47〕它與楚簡僅有一字之差。又如《孔叢子・記義》的詩義資料與「孔子詩論」竟然語氣口吻有神似之妙，「其爲眞孔子詩論可以肯定」〔註48〕。

> 孔子讀《詩》，及《小雅》，喟然而歎曰：吾於《周南》、《召南》，見周道之所以盛也。於《柏舟》，見匹夫執志之不可易也。於《淇奧》，見學之可以爲君子也。於《考槃》，見遁世之士而不悶也。於《木瓜》，見苞苴之禮行也。於《緇衣》，見好賢之心至也。於《雞鳴》，見古之君子不忘其敬也。於《伐檀》，見賢者之先事後食也。於《蟋蟀》，見陶唐儉德之大也。於《下泉》，見亂世之思明君也。於《七月》，見豳公之所以造周也。於《東山》，見周公之先公而後私也。於《狼跋》，見周公之遠志所以爲聖也。於《鹿鳴》，見君臣之有禮也。於《彤弓》，見有功之必報也。於《羔羊》，見善政之有應也。於《節南山》，見忠臣之憂世也。於《蓼莪》，見孝子之思養也。於《楚茨》，見孝子之思祭也。於《裳裳者華》，見古之賢者世保其祿也。於《采菽》，見古之明王所以敬諸侯也。〔註49〕

這些詩義與《毛詩序》比較，除《女曰雞鳴》、《伐檀》意思不符之外，多數意思是一致的，有些尚有言辭因襲的痕跡。如《蟋蟀》：「儉而用禮，乃與有堯之遺風焉」；《下泉》：「憂而思明王賢伯也」；《彤弓》：「天子賜有功諸侯也」；《蓼莪》：「孝子不得終養爾」；《楚茨》：「祭祀不饗，故君子思古焉」；《裳裳者華》：「古之仕者世祿」〔註50〕。這些資料稱名爲《記義》，乃是「記

〔註46〕 黃懷信：《上海博物館藏戰國楚竹書〈詩論〉解義》，社會科學文獻出版社2004年版，第22頁。

〔註47〕 （漢）劉向撰，趙善論疏：《說苑疏證》，華東師範大學出版社1985年版，第105頁。

〔註48〕 黃懷信：《上海博物館藏戰國楚竹書〈詩論〉解義》，社會科學文獻出版社2004年版，第283頁。

〔註49〕 （秦）孔鮒撰：《孔叢子》，上海古籍出版社1990年版，第11頁。

〔註50〕 董治安主編：《兩漢全書》（二），山東大學出版社1999年版，第322、357、394、448、460、470頁。

錄詩義」之意，它們淵源有自，保留了孔子對詩義的認識，無疑影響於後世。可見，孔子傳《詩》，不能不解詩義。鄭玄稱：「孔子論《詩》，『《雅》、《頌》各得其所』，時俱在耳」，揆之於情理，當亦不是虛言。

　　子夏是《詩經》傳授系統中的重要人物。他是孔子的高足，以擅長文學著稱。關於他深於《詩》之情況，典籍多有記載。《論語》說他與孔子論《詩》，得到孔子的稱讚〔註51〕；《禮記》說他向孔子問《詩》，一味追根究底〔註52〕；《孔子家語》云：子夏「習於《詩》，能通其義，以文學著名。爲人性不弘，好論精微，時人無以尚之。」〔註53〕所以，孔子傳《詩》之詩義，子夏所得當爲最多。出土的「孔子論詩」是否保存著子夏對詩義的認識，學者們有著不同的看法。將之與《毛詩序》比較，思想觀點頗有差距，二者未必直接相承。因此，漢代經師託名子夏，未必是眞正的子夏，誠如韓愈所言：「察夫《詩序》，其漢之學者欲自顯立其傳，因藉之子夏。」〔註54〕然而，即便二者存在著差異，也不排除其中包含子夏詩義的可能。《漢書・藝文志》載毛公自謂其學子夏所傳，《新唐書・藝文志》著錄「《韓詩》，卜商序，韓嬰注，二十二卷」〔註55〕，雖說他們都是借子夏以自重，卻也不完全是空穴來風。《家語》稱子夏「能通其（詩）義」，鄭玄稱「其（詩）義則與眾篇之義合編」，可見子夏在整理詩義方面一定作了許多工作。

　　孟子說《詩》，重在求得詩義。春秋時代，賦詩言志，往往斷章取義，造成詩義理解的混亂，孟子提出「以意逆志」，「知人論世」的解詩方法，正爲了澄清這種亂象。他說：「故說詩者，不以文害辭，不以辭害志，以意逆志，是爲得之。」〔註56〕他與公孫丑討論《小弁》、《凱風》詩義，稱：「《小弁》之怨，親親也」；又解釋《凱風》何以不怨，曰：「《凱風》親之過小者也，《小弁》親之過大者也。親之過大而不怨，是愈疏也；親之過小而怨，是不可磯也。愈疏，不孝也；不可磯，亦不孝也。」〔註57〕這些理解與《毛詩》的解釋是一致的。此外，孟子提出「王者之跡熄而《詩》亡，《詩》亡然後《春秋》

〔註51〕郭紹虞：《中國歷代文論選》（一），上海古籍出版社1979年版，第16頁。
〔註52〕陳澔注：《禮記》，上海古籍出版社1987年版，第281頁。
〔註53〕（魏）王肅注：《孔子家語》，廣益書局1937年版，第134頁。
〔註54〕（唐）韓愈：《詩之序議》，《韓愈全集校注》（五），屈守元、常思春校注，四川大學出版社1996年版，第3037頁。
〔註55〕（宋）歐陽修、宋祁撰：《新唐書》，中華書局1975年版，第1429頁。
〔註56〕劉鳳泉譯注：《孟子》，山東友誼出版社2001年版，第185頁。
〔註57〕劉鳳泉譯注：《孟子》，山東友誼出版社2001年版，第244頁。

作」〔註58〕，從社會時代角度來理解《詩》，不敢說一定啓發了《毛詩序》「風雅正變」的認識，但它們之間無疑存在著某種精神的聯繫。

荀子著述喜歡引詩證言，據統計，《荀子》涉及《詩經》多至九十六則，其中論詩十四則，引詩八十二則。〔註59〕學者謂漢初經學多傳自荀子〔註60〕，荀子晚年居於蘭陵，故有「蘭陵傳經」之稱。《漢書》稱《魯詩》爲荀子所傳，《楚元王傳》云：（劉交）「少時嘗與魯穆生、白生、申公俱受《詩》於浮丘伯。伯者，孫卿之門人也。」〔註61〕《魯詩》出於申公，則亦出於荀子矣。1977 年安徽阜陽雙古堆漢墓出土了一批《詩經》殘簡，當是漢初楚地流行的《詩經》讀本，學者推測可能就是典籍所言之「《元王詩》」，元王劉交學《詩》於浮丘伯，則《阜詩》亦出於荀子矣。陸璣稱「荀卿授魯國毛亨，毛亨作《詁訓傳》以授趙人毛萇」，則無疑《毛詩》亦荀子所傳。據皮錫瑞研究，稱「《韓詩》今存《外傳》，引《荀子》以說《詩》者四十有四，則《韓詩》亦與《荀子》合」〔註62〕。由此可見，荀子在《詩經》傳授中具有重要的地位。

就《毛詩》而言，俞樾《荀子詩說》曰：「今讀毛《詩》而不知荀義，是數典而忘祖也。」〔註63〕劉師培《毛詩荀子相通考》，更採掇荀子言《詩》二十二條資料爲證，稱「荀義合於毛詩者十之八九」〔註64〕。研究《荀子》引《詩》可以清楚《毛詩》與荀子的淵源關係。如《荀子·儒效》云：「鄙夫反是：比周而譽俞少，鄙爭而名俞辱，煩勞以求安利其身俞危。《詩》曰：『民之無良，相怨一方。受爵不讓，至於已斯亡。』此之謂也。」〔註65〕引詩出自《小雅·角弓》，而《毛傳》解釋云：「爵祿不以相讓，故怨禍及之。比周而黨愈少，鄙爭而名愈辱，求安而身愈危。」〔註66〕徑用《荀子》原文，師承痕跡明顯。又如「故明主譎德而序位，所以爲不亂也；忠臣誠能然後敢受職，所以爲不窮也。分不亂於上，能不窮於下，治辨之極也。《詩》曰：『平

〔註58〕 劉鳳泉譯注：《孟子》，山東友誼出版社 2001 年版，第 165 頁。

〔註59〕 洪湛侯：《詩經學史》，中華書局 2002 年版，第 95 頁。

〔註60〕 （清）汪中：《荀卿子通論》，《述學內外編》（2），中華書局據揚州書局本，第 7 頁。

〔註61〕 （漢）班固：《漢書》，中華書局 1962 年版，第 1921 頁。

〔註62〕 （清）皮錫瑞：《經學歷史》，中華書局 1959 年版，第 50 頁。

〔註63〕 （清）俞樾：《春在堂全書》（一），鳳凰出版社 2010 年版，第 54 頁。

〔註64〕 劉師培：《劉申叔遺書》，江蘇古籍出版社 1997 年版，第 353 頁。

〔註65〕 安繼民注譯：《荀子》，中州古籍出版社 2005 年版，第 89 頁。

〔註66〕 董治安主編：《兩漢全書》（二），山東大學出版社 1999 年版，第 485 頁。

平左右，亦是率從。』是言上下之交不相亂也。」〔註67〕《毛傳》解「平平」二字，正云「辨治也」。此外，荀子論《詩》、《樂》的思想，《毛詩序》多有繼承吸收。如荀子言「《詩》言是其志也」，或爲《毛詩序》「詩者，志之所之也，在心爲志，發言爲詩」所本；荀子言「夫樂者，樂也，人情之所不免也，故人不能無樂。……樂則不能無形」，或爲《毛詩序》「情動於中而形於言」所本；荀子言「夫聲樂之入人也深，其化人也速，故先王謹爲之文」，或爲《毛詩序》「風，風也，教也，風以動之，教以化之……上以風化下，下以風刺上」所本。可見，荀子詩義、詩論、樂論，對《毛詩序》有著深刻的影響。難怪梁啓超說：「漢代經師不問爲今文家、古今家，皆出荀卿（汪中說）。二千年間，宗派屢變，壹皆盤旋荀學肘下。」〔註68〕

　　毛亨、毛萇是《毛詩》的開創者，其地位於《毛詩》傳授系統中無人堪比。鄭玄稱：「毛公（亨）爲《詁訓傳》，乃分眾篇之義，各置於其篇端云。」他的貢獻主要在「詁訓傳」方面，至於「詩義」，則是把已有篇義分置於各篇的篇端而已，當然也不排除他也有改益的地方。論者所謂毛公依序作傳，或依傳立序，傳序相合，或傳序違異，這些情況都可能存在，卻不成爲毛亨作序或不作序的充分必要條件。毛萇從毛亨受《詁訓傳》，成爲河間獻王的博士。《漢書·儒林傳》云：「毛公，趙人也。治《詩》，爲河間獻王博士」〔註69〕；《關雎》正義引鄭玄《詩譜》云：「魯人大毛公爲《詁訓傳》傳於其家，河間獻王得而獻之，以小毛公爲博士」〔註70〕；陸璣亦云：「萇爲河間獻王博士」。王洲明稱《史記》三家注、《文選》李善注、《後漢書》劉昭和章懷太子注，引用《毛詩》資料多稱名「毛萇」，從而認爲毛萇在《毛詩》訓釋方面做出了貢獻。〔註71〕此外，《漢書·藝文志》記載：「武帝時，河間獻王（劉德）好儒，與毛生等共採《周官》及諸子言樂事者以作《樂記》。」〔註72〕這個毛生就是毛萇，他所參編的《樂記》有言：「凡音者，生人心者也。情動於中，故形於聲，聲成文，謂之音。是故治世之音安以樂，其政和；亂世之音怨以怒，

〔註67〕安繼民注譯：《荀子》，中州古籍出版社 2005 年版，第 90 頁。
〔註68〕梁啓超：《清代學術概論》，人民出版社 2008 年版，第 57 頁。
〔註69〕（漢）班固：《漢書》，中華書局 1962 年版，第 3614 頁。
〔註70〕李學勤主編：《毛詩正義》，北京大學出版社 1999 年版，第 2 頁。
〔註71〕王洲明：《關於〈毛詩序〉作期和作者的若干思考》，《文學遺產》2007 年第二期，第 13 頁。
〔註72〕（漢）班固：《漢書》，中華書局 1962 年版，第 1712 頁。

其政乖；亡國之音哀以思，其民困。聲音之道與政通矣。」〔註73〕而這段話被《毛詩序》幾近完整引述，構成了儒家詩學的重要觀點。可見，毛萇對《毛詩序》思想的影響。

《毛詩》開創以來，以私學在民間傳授。此後漢代經師吸收多種資料，繼續增益訓詁，豐富詩義。陸璣稱「謝曼卿亦善《毛詩》，乃爲其訓」，他不可能撇開《毛詩詁訓傳》，自搞一套訓詁，只能是對《毛詩詁訓傳》的補充。漢代《新序》、《說苑》、《列女傳》引《詩》解《詩》多與《毛詩序》相合，也說明《毛詩序》吸收了時人對詩義的認識。在《毛詩》民間傳授之際，三家詩業已立爲官學，《魯詩》、《齊詩》文帝時立爲官學，《韓詩》景帝時立爲官學，它們無疑成爲《毛詩》看齊的對象。三家詩爲官學而立有博士，他們概括詩義，提升理論，乃勢所必至。三家詩皆有詩序，也皆有四始之說，便均言之有據。《四庫總目詩序提要》稱：「觀蔡邕本治《魯詩》，而所作《獨斷》，載《周頌》三十一篇之序，皆只有首二句，與《毛序》文有詳略，而大旨略同。」〔註74〕《齊詩》之序，今較罕見，然王先謙言：「張揖魏人，習《齊詩》，其《上林賦》注曰：『《伐檀》，刺賢者不遇明王也。』其爲《齊詩》之序明矣。」〔註75〕《新唐書・藝文志》著錄：「《韓詩》二卷，卜商序，韓嬰注。」王先謙言「諸家所引《韓詩》」之序有十九例。〔註76〕洪湛侯指出：「三家既皆有序，則凡《毛序》與三家全同者，疑當毛採三家，而非三家採毛，此可謂《毛序》晚出之又以證」〔註77〕。可見，《毛詩序》也借鑒了三家詩的詩序模式。

正是在具備豐富詩義、思想素材、學術示範等多方面的條件之下，《毛詩序》後出轉精而晚來居上。縱觀《毛詩序》形成過程，眾多學者不同程度都做出了貢獻，而仍不宜說《毛詩序》成於眾人之手，因爲整理豐富詩義、總結儒家詩論，組成一個完整的理論體系，這決不是眾手參與可以完成的。所以，衛宏最終完成《毛詩序》，應該得到充分的肯定。

（原載《廣西社會科學》2012 年第 10 期）

〔註73〕陳澔注：《禮記》，上海古籍出版社 1987 年版，第 204 頁。
〔註74〕（清）永瑢、紀昀：《四庫全書總目提要》，海南出版社 1999 年版，第 87 頁。
〔註75〕（清）王先謙著：《序例》，《詩三家義集疏》，吳格點校，中華書局 1987 年版，第 13 頁。
〔註76〕（清）王先謙著：《序例》，《詩三家義集疏》，吳格點校，中華書局 1987 年版，第 12 頁。
〔註77〕洪湛侯：《詩經學史》，中華書局 2002 年版，第 139 頁。

二、《毛詩序》之作者問題（下）
——否定衛宏作《毛詩序》駁議

　　衛宏作《毛詩序》的觀點，在當代學界受到各種挑戰。或以爲「衛宏作《毛詩序》非今之《毛詩序》」，或以爲「《毛詩序》爲子夏所作」，或以爲「《毛詩序》爲毛亨所作」，或以爲「鄭玄爲《毛詩序》最終完成者」，等等。通過分析辯難可知，它們或缺乏文獻依據，或存在邏輯錯誤，都不足以否定衛宏作《毛詩序》的觀點。

　　《毛詩序》作者問題，經歷了近兩千年之後，在學術界仍然眾說紛紜。五四以後，衛宏作《序》的觀點，得到多數學者的認同，如魯迅、鄭振鐸、顧頡剛、羅根澤、金公亮、蔣伯潛等人，都表達了肯定意見。〔註78〕儘管還存在一些不同的聲音，但不足以對主流觀點形成衝擊。建國以來，隨著對問題的深入研究，學界又提出不少新穎的觀點，衛宏作《序》的觀點受到了空前挑戰。有鑒於此，筆者就幾種否定衛宏作《序》的觀點，闡述一些個人的看法。

（一）駁「衛宏作《毛詩序》非今之《毛詩序》」

　　最早提出這種觀點的是清代的嚴可均，其《鐵橋漫稿·對丁氏問》云：「又問曰：《毛詩》有『大序』、『小序』，《范書·衛宏傳》：『宏從謝曼卿受學，因作《毛詩序》，善得風雅之旨，於今傳於世。』是《毛詩序》衛宏作也。而《詩·茉莒》，《釋文》引有《衛氏傳》，豈《傳》即《序》乎？抑作《序》復作《傳》乎？對曰：以《范書》與《釋文》合訂之，蓋《毛詩序》即在《衛氏傳》中。《衛氏傳》，《梁七錄》、《隋志》及《釋文·敘錄》無之，《茉莒》一條殆從他書採獲。范在劉宋時猶及見《衛氏傳》與其《序》故，云『善得風雅之旨，於今傳於世也。』然而，宏作《毛詩序》別爲之《序》耳，非即『大序』『小序』。猶孟喜序《卦》，鄭氏序《易》，非即『十翼』之序《卦》，馬融《書序》，非即百篇《序》也。劉宋後，《衛氏傳》亡而《序》亦亡，說《詩》者，誤會范意，始指『大序』『小序』爲衛宏作，必非其實。」〔註79〕這個觀點石破天驚，卻很有些不靠譜。試想，一部劉宋後已失傳的《衛氏傳》，嚴氏何由竟得

〔註78〕趙沛霖：《詩經研究反思》，天津教育出版社1989年版，第256頁。

〔註79〕嚴可均：《鐵橋漫稿》，《叢書集成續編》（158），新文豐出版公司1991年版，第35頁。

知其中含有詩序，又何由竟得知它不同於傳世之《毛詩序》？顯然，嚴氏論述多爲臆斷，而缺乏事實依據。

這個觀點在現代又被不斷提起。三十年代有黃節的《詩序非衛宏所作說》，五十年代有潘重規的《詩序明辨》，七十年代有陳子展的《論詩序作者》，八十年代有陳允吉的《〈詩序〉作者考辨》。對此觀點闡述最爲充分的，當屬陳允吉先生的文章。他說：「鄭樵、朱熹直至姚際恒、崔述及今文諸家，論及《詩序》作者，皆以爲出於衛宏無疑，……按其所據，惟《後漢書·儒林傳》一語耳！」〔註80〕這個論斷顯然有些簡單化。其實，「衛宏作《毛詩序》」的觀點，最早出自三國吳人陸璣《毛詩草木鳥獸蟲魚疏》〔註81〕，同時的魏人王肅也有「今之《毛詩序》」之稱〔註82〕，南朝劉宋時范曄《後漢書·儒林傳》承襲了陸璣的說法，又添以新的證據〔註83〕。陳氏以爲「衛宏所作之《序》，當是別成一篇，與見存之《毛詩序》不應牽混。」〔註84〕爲此他羅列出七條論據：

論據一，「漢魏晉宋之間，未嘗有《詩序》作者之爭。鄭玄謂《詩序》爲子夏、毛公作，未嘗言衛宏不作《毛詩序》；而范曄云衛宏作《毛詩序》，亦無隻字辨子夏作《序》之非是。倘鄭玄所箋之《序》與衛宏所作之《序》並非各自爲篇，豈能若此兩說並行不悖，互不攻訐，而待數百年之後始爭訟紛起乎？」〔註85〕

筆者認爲，「鄭玄謂《詩序》爲子夏、毛公作」，其根據乃是北周沈重之言：「案鄭《詩譜》意，大序是子夏作，小序子夏、毛公合作，卜商意有不盡，毛更足成之。」〔註86〕今傳鄭玄《毛詩譜》完全沒有這個意思。其實，「大序」、「小序」之分始於六朝，鄭玄《毛詩箋》、《毛詩譜》也根本沒有這種提法。所以，這種說法不是鄭玄的意見，而是沈重個人的認識。鄭玄既沒有「《詩序》

〔註80〕 陳允吉：《〈詩序〉作者考辨》，《二十世紀中國文史考據文錄》，傅傑編，雲南人民出版社2001年版，第1810頁。
〔註81〕 （三國）陸璣撰：《毛詩草木鳥獸蟲魚疏》，中華書局1985年版，第71頁。
〔註82〕 （魏）王肅注：《孔子家語》，廣益書局1937年版，第134頁。
〔註83〕 （南朝宋）范曄撰：《後漢書》，中華書局1982年版，第743頁。
〔註84〕 陳允吉：《〈詩序〉作者考辨》，《二十世紀中國文史考據文錄》，傅傑編，雲南人民出版社2001年版，第1811頁。
〔註85〕 陳允吉：《〈詩序〉作者考辨》，《二十世紀中國文史考據文錄》，傅傑編，雲南人民出版社2001年版，第1811頁。
〔註86〕 （唐）陸德明：《經典釋文》，黃焯斷句，中華書局1983年版，第53頁。

爲子夏、毛公作」的看法，也就不存在所謂兩說並行之事？至於鄭玄不言衛宏，那是當時崇古賤今的社會風氣使然，並不能證明他有否定衛宏作《毛詩序》的意思。

論據二，鄭玄將宏《序》尊之爲子夏所作，當時士人爲什麼保持緘默？倘鄭玄所箋之《序》爲衛宏所作，則毛亨、西漢經師、子夏皆無《詩序》存在，鄭玄以爲《詩序》作於子夏，專以攻詆鄭玄爲事的王肅爲何不發一詞？〔註87〕

筆者認爲，前面論定子夏作《詩序》乃沈重之私見，斷不是鄭玄的意見，因此，所謂鄭玄「將宏《序》尊之爲子夏所作」便不能成立，而王肅無所攻詆也便可以理解。至於《序》爲衛宏所作，則毛亨、西漢經師、子夏皆無《詩序》存在，那是以衛宏作《序》爲白手始作爲論，而這並不符合《毛詩序》形成的眞實過程。衛宏是在前人詩義基礎上整理概括而成《毛詩序》，不能說衛宏作《毛詩序》，之前便完全沒有《詩序》存在。

論據三，范曄論學，推尊鄭玄「經傳洽孰」；范曄作史，頗少溢美之辭。其所云之《毛詩序》即鄭玄所箋自云子夏所作之《序》，何以不發一言加以辯證，豈獨諒解於鄭玄乎？〔註88〕

筆者以爲，既然子夏作《詩序》不是鄭玄的意見，便無需范曄發片言以辯證，更不存在范氏對他人苛刻，而唯獨對鄭玄寬容的問題。

論據四，《漢魏遺書》中輯錄周續之《詩義序》數條，與今見存《毛詩序》絕不相類，推想當時《詩序》一類著作，不止今見之《詩序》一編。由此可知，衛宏之《序》自是別爲一編。〔註89〕

筆者以爲，這個推論很不嚴謹。因爲存在著與今見存《毛詩序》不相類的《詩序》著作，怎麼能夠斷言衛宏之《毛詩序》也與今見存《毛詩序》不相類而別爲一編呢？其實，陸璣提及的「商爲之序」、衛宏「因作《毛詩序》」與王肅提及的「子夏所序詩義」、「今之《毛詩序》」當同爲一事。衛宏的《毛詩序》便是繼承並包含了「子夏所序詩義」的「今之《毛詩序》」，也就是今見存之《毛詩序》！如果只是陸璣一人這麼說，那還是孤證難憑，而同時的

〔註87〕陳允吉：《〈詩序〉作者考辨》，《二十世紀中國文史考據文錄》，傅傑編，雲南人民出版社 2001 年版，第 1811 頁。

〔註88〕陳允吉：《〈詩序〉作者考辨》，《二十世紀中國文史考據文錄》，傅傑編，雲南人民出版社 2001 年版，第 1811 頁。

〔註89〕陳允吉：《〈詩序〉作者考辨》，《二十世紀中國文史考據文錄》，傅傑編，雲南人民出版社 2001 年版，第 1811 頁。

王肅也這麼說，那就是證據確鑿，再有後代范曄的充分引證，更可謂鐵證如山！所以，陳氏的推論是完全不能成立的。

論據五，以范曄所述知，衛宏之《毛詩序》與謝曼卿之《毛詩訓》有密切關係。謝曼卿之《訓》於今渺不可考，肯定與今所見《毛傳》並無糾葛；按理推之，衛宏所作之《序》與鄭玄所箋之《序》有別。〔註90〕

筆者以爲，這個推論也很不嚴謹。由謝曼卿《訓》與今所見《毛傳》無糾葛，按什麼道理也不能夠推出衛宏所作之《序》與鄭玄所箋之《序》也無糾葛的結論，因爲它們之間不存在任何的因果關係！而說謝曼卿《訓》與今所見《毛傳》無糾葛，也完全是主觀臆見。「謝曼卿亦善《毛詩》，乃爲其訓」〔註91〕，他不可能撇開《毛詩詁訓傳》自搞一套，而只能是對《毛詩詁訓傳》的補充，其《訓》當在《毛傳》之中，而絕不是與今所見《毛傳》並無糾葛。至於論者既以爲謝《訓》「於今渺不可考」，又敢斷言它與《毛傳》並無糾葛，這已經有些背離了科學的精神。所以，稱「謝曼卿《訓》與今所見《毛傳》無糾葛」，純屬臆測，進而以宏《序》與鄭《序》也無糾葛，更是臆測之上的臆測，完全沒有客觀的依據，自然是不能成立的。

論據六，「三家詩」皆有序，《毛詩》欲勝三家，豈可傳授歷世而無序，而立於學官之後，俟衛宏爲之序乎？西漢之時原無《序》文，則《毛詩》何以期勝於三家？何得於西漢之末立於學官？〔註92〕

趙沛霖認爲，此證「針對衛宏『始作』說而發，若前已有《序》，衛宏非始作者，（論者）所說的矛盾便不存在」〔註93〕。此言甚是。衛宏在前人詩義基礎上作《毛詩序》，之前《毛詩》也當有《序》（詩義），論者的質問便成了無的放矢。至於西漢末漢平帝時立《毛詩》於學官，那還眞不是《毛詩》「詩序」勝過三家的原因，而是出於王莽篡位的政治需要。所以，東漢光武帝時《毛詩》便被罷去學官。之後，由於衛宏作《毛詩序》，古學才得以興盛，東漢中期《毛詩》才得以勝過三家。

論據七，衛宏之學顯於東漢之初，與《毛詩》立學之時相近，衛宏所作

〔註90〕 陳允吉：《〈詩序〉作者考辨》，《二十世紀中國文史考據文錄》，傅傑編，雲南人民出版社 2001 年版，第 1811 頁。
〔註91〕 （三國）陸璣撰：《毛詩草木鳥獸蟲魚疏》，中華書局 1985 年版，第 267 頁。
〔註92〕 陳允吉：《〈詩序〉作者考辨》，《二十世紀中國文史考據文錄》，傅傑編，雲南人民出版社 2001 年版，第 1812 頁。
〔註93〕 趙沛霖：《詩經研究反思》，天津教育出版社 1989 年版，第 71 頁。

豈能廁於經傳文字之間與之並存，而爲後學據爲典要？〔註94〕

　　筆者以爲，漢平帝在位只有五年，朝政大權很快旁落於王莽手中，而王莽執政不足二十年，便被風起雲湧的農民起義推翻了。在這短暫時間之內，以政治需要立爲學官的《毛詩》，豈能被後學據之爲典要？而且，光武帝即位皆罷之，《毛詩》又落回民間，所謂經傳典要既爲子虛烏有，也就根本不存在衛宏所作廁於經傳與之並存的問題。

　　七條論據之外，陳文更以陸璣的「孔子刪詩授卜商，商爲之序」與「東海衛宏從曼卿受學，因作《毛詩序》，得風雅之旨」的論述存在矛盾，作爲「衛宏之《序》自爲別編」的依據。他說：「既云子夏作《序》，又云衛宏作《毛詩序》，一段文字之中，兩說俱存，其爲不同之兩篇，昭昭然黑白分焉。」〔註95〕

　　作爲一個精於考證的博物學者，陸璣當不會在二百餘字的短文內自相矛盾。其中，衛宏「因作《毛詩序》，得風雅之旨」，無疑是陸璣的明確觀點；而「商爲之《序》」，不可理解爲子夏作《毛詩序》也明矣！「商爲之序」之「序」，當作動詞，即「整理」之義，指子夏對孔子所授詩義加以整理而已。「商爲之序」乃就散在篇義而言，衛宏《毛詩序》乃就《毛詩序》整體而言。從《毛詩》授受系統來看，子夏「爲之序」正是後來衛宏「作《毛詩序》」的基礎，它們之間不是對立的關係，而是前後繼承的關係和總分包容的關係。所以，陸璣的論述不惟不能成爲衛《序》自爲別編的依據，而正是衛宏作《毛詩序》的重要依據。

　　綜上所述，「衛宏作《毛詩序》非今之《毛詩序》」的觀點缺乏客觀依據，存在諸多漏洞。當然，這些討論無疑也深化了對《毛詩序》作者問題的認識，對促進學術研究當有積極意義。至於有論者宣稱：「可以說《毛詩序》作者問題二千年之爭詬，至陳允吉解決了一半。此論一出，再沒有人明目張膽地以《後漢書・儒林傳》爲根據，來論證傳世《毛詩序》出於衛宏之手。」〔註96〕這實在有些出言武斷，筆者不自量力對陳文提出質疑，也希望藉此與論者進行商榷。

〔註94〕陳允吉：《〈詩序〉作者考辨》，《二十世紀中國文史考據文錄》，傅傑編，雲南人民出版社2001年版，第1812頁。

〔註95〕陳允吉：《〈詩序〉作者考辨》，《二十世紀中國文史考據文錄》，傅傑編，雲南人民出版社2001年版，第1812頁。

〔註96〕檀作文等：《中國古代詩歌研究論辯》，百花洲文藝出版社2006年版，第21頁。

（二）駁「《毛詩序》為子夏所作」

班固《漢志》稱：「又有毛公之學，自謂子夏所傳。」〔註97〕這是言子夏與《毛詩》關聯之始，然頗含有譏訕的語氣。論者大多以「子夏作《序》」之說始於鄭玄，又有陸璣、王肅、蕭統、沈重等人為之佐證。然而，此說遭到唐人的質疑，如韓愈《詩之序議》便指證：「子夏不序《詩》有三焉：知不及，一也；暴揚中冓之私，《春秋》所不道，二也；諸侯猶世，不敢以云，三也。察夫《詩序》，其漢之學者欲自顯立其傳，因借之子夏。」〔註98〕。可是，清代陳奐《詩毛氏傳疏》又力主子夏作《序》，稱「卜子子夏親受業於孔子之門，遂隱括詩人本志，為三百十一篇作《序》。」〔註99〕。陳奐的觀點得到今人的繼承，如陳子展《論〈詩序〉作者》稱：「今可得一結論曰：《毛詩大序》『與《三家詩》如出一口』（《詩古微一》附《毛詩大序義》），當為卜商子夏所作。」〔註100〕而對這個觀點闡述最為充分，乃是朱冠華先生《關於〈毛詩序〉的作者問題》一文〔註101〕，筆者就朱文的論證，提一些不同看法。

統觀朱文論證子夏作《序》，約略有幾方面的論據。

論據一，朱文稱，《詩序》作於何人？「要以鄭玄、陸璣、皇甫謐、昭明太子、陸德明等以為是子夏所作為正」〔註102〕。並舉出孔穎達《小雅・常棣》疏引《鄭志》答張逸「此序子夏所作，親受聖人，自足明矣」；陸璣「孔子刪詩授卜商，商為之序」為證據。

筆者以為，《鄭志》「此序」只指《常棣》一篇，並不代表整個《詩序》。如果以一篇可以代表整體，那鄭玄也曾說過：「《十月之交》，大夫刺幽王也。【箋】當為刺厲王。（毛亨）作《詁訓傳》時移其篇第，因改之耳。」〔註103〕豈不又要將《毛詩序》作者歸於毛亨不成？至於朱文又舉陸璣「孔子刪詩授卜商，商為之序」為據，為什麼偏偏把後面「東海衛宏從曼卿受學，因作《毛

〔註97〕 （漢）班固：《漢書》，中華書局 1962 年版，第 1708 頁。

〔註98〕 （唐）韓愈：《詩之序議》，《韓愈全集校注》（五），屈守元、常思春編，四川大學出版社 1996 年版，第 3037 頁。

〔註99〕 陳奐：《敘錄》，《詩毛氏傳疏》，中國書店 1984 年版，第 5 頁。

〔註100〕 陳子展，《詩經直解》，上海復旦大學出版社 1983 年版，第 15 頁。

〔註101〕 朱冠華：《關於〈毛詩序〉的作者問題——與王錫榮先生商榷》，《文史》（十六），中華書局 1982 年版，第 177 頁。

〔註102〕 朱冠華：《關於〈毛詩序〉的作者問題——與王錫榮先生商榷》，《文史》（十六），中華書局 1982 年版，第 177 頁。

〔註103〕 董治安主編：《兩漢全書》（二），山東大學出版社 1999 年版，第 425 頁。

詩序》，得風雅之旨」給遺漏掉了？陳子展先生引證陸《疏》亦完全不提陸機的這段敘述，他們顯然不是無意的疏漏，而是有意斷章取義來證明自己的觀點。如此一來，陸機所言不能作為論者的證據亦明矣！至於其他論述，朱文儘管沒有引證，而筆者另篇已有分析，這裡就不再贅言了。

　　論據二，「此《序》（大序）總論全《詩》大旨，發源通流，陳義警闢，而辭氣灝汗，精純深切，與《易傳》、《中庸》相近，非漢人所能爲，必子夏所作無疑」〔註104〕。

　　筆者很認同朱文對「大序」之「發源通流，陳義警闢，而辭氣灝汗，精純深切」的評價，但完全不能同意「非漢人莫能作，必子夏所作無疑」的結論。綜觀《毛詩序》：從思想言，「大序」之「主文而譎諫」的觀點不可能產生於春秋戰國時代，當是漢代專制集權意識的體現。從材料言，「大序」襲用《樂記》文字，只能是寫定於西漢以後。從影響言，衛宏之後《毛詩序》才被人完整引述。如：「蔡邕本治《魯詩》，而所作《獨斷》載《周頌》三十一篇之序，皆只有首二句，與《毛序》文有詳略，而大旨略同」〔註105〕。蔡邕時當東漢末年，《毛詩》早已大興，四家壁壘業已被打破，應當存在一種可能，即不是《毛詩序》借鑒了《魯詩》，而是蔡邕引述了《毛詩序》。這就從旁支持了衛宏作《序》的眞實性。

　　論據三，「《詩序》果衛宏作，去鄭君之世甚邇，焉有不知之理」，鄭君注《南陔》、《白華》、《華黍》之《序》云：（此三篇之義）「則與眾篇之義合編，故存。至毛公爲《詁訓傳》，乃分眾篇之義，各置於其篇端」；「是毛公以前已有《詩序》之證，必不待至東漢衛宏然後始爲《毛詩》作序也」〔註106〕。

　　筆者以爲，鄭玄不提衛宏，並不等於不知衛宏，在崇古賤今社會風氣影響之下，他忽略了今人衛宏是可以理解的。至於「子夏爲之序」，與毛公置詩義於篇端，都是後來衛宏作《毛詩序》的基礎，並不能因此而否定衛宏對《毛詩》已有詩義的整理和總結。朱文以衛宏始爲序作爲批評的基點，而衛宏則是在前人詩義基礎上整理總結而最終完成了《毛詩序》。衛宏既不始爲序，朱文的批評也便成了無的放矢。

〔註104〕朱冠華：《關於〈毛詩序〉的作者問題──與王錫榮先生商榷》，《文史》（十六），中華書局1982年版，第177頁。

〔註105〕（清）永瑢、紀昀：《四庫全書總目提要》，海南出版社1999年版，第87頁。

〔註106〕朱冠華：《關於〈毛詩序〉的作者問題──與王錫榮先生商榷》，《文史》（十六），中華書局1982年版，第178頁。

論據四,「至於《范書》所謂『乃爲其訓』、『因作《毛詩序》』云者,蓋指宏於《毛詩》外別爲之訓,別爲之序耳」〔註107〕。

此即「衛宏作《毛詩序》非今之《毛詩序》」的觀點,筆者前面已有分析,此處不多贅言。然范曄明言:「九江謝曼卿善《毛詩》,乃爲其訓。」朱文卻稱「宏於《毛詩》外別爲之訓,別爲之序」,竟將訓也歸之於衛宏,瑕疵顯見,行文也太過粗疏了。

論據五,「《詩序》貫穿先秦古籍,傳授有緒,實出於子夏之手無疑」〔註108〕。朱文並且引述錢大昕、馬端臨著作的材料,爲自己觀點提供證據。如,錢大昕《十駕齋養新錄》卷一《詩序》云:「司馬相如《難蜀中父老》云:王事未有不始於憂勤,而終逸樂。此《魚麗》序也。班固《東京賦》(本《東都賦》):德廣所及(陳啓源作『被』)。此《漢廣》序也。……然司馬相如、班固皆在宏之前,則《序》不出於宏,已無疑義。愚又考《孟子》(《萬章上》)說《北山》之詩云:勞於王事,而不得養父母。即《小序》說也。唯《小序》在《孟子》之前,故《孟子》得引之漢儒謂子夏所作,殆非誣矣。」又如,馬端臨《文獻通考·經籍考五》引石林葉氏曰:「獨毛之出也,自以源流得於子夏,而其書貫穿先秦古書,其釋《鴟鴞》也,與《金縢》合,釋《北山》、《烝民》也,與《孟子》合。釋《昊天有成命》,與《國語》合,釋《碩人》、《清人》、《黃鳥》、《皇矣》,與《左傳》合。而序《由庚》等六章,與《儀禮》合。蓋當《毛詩》之時,《左氏》未出,《孟子》、《國語》、《儀禮》未甚行,而學者也未能信也……漢初諸儒皆未見(此說未是),而《毛詩》先與之合,不謂源流子夏乎?」〔註109〕

筆者以爲,朱文運用這些材料存在著很大問題。子夏是孔子的弟子,他小孔子四十五歲,活動於春秋末期和戰國初期。如果子夏作《序》,那前面提到的文獻,只有《金縢》可以供他參考(自然也可供子夏之後的人參考),而《孟子》、《國語》、《左傳》、《儀禮》皆成書流傳於子夏之後。《詩序》與它們相合不惟不能證明子夏作《序》,反而證明《詩序》不出於子夏之手亦明矣。

〔註107〕朱冠華:《關於〈毛詩序〉的作者問題——與王錫榮先生商榷》,《文史》(十六),中華書局1982年版,第178頁。

〔註108〕朱冠華:《關於〈毛詩序〉的作者問題——與王錫榮先生商榷》,《文史》(十六),中華書局1982年版,第180頁。

〔註109〕朱冠華:《關於〈毛詩序〉的作者問題——與王錫榮先生商榷》,《文史》(十六),中華書局1982年版,第179頁。

有趣的是，朱文本來要用這些材料證明自己的觀點，卻恰恰給推翻了自己的觀點，這恐怕是作者所始料未及的。石林葉氏稱：「漢初諸儒皆未見，而《毛詩》先與之合」，葉氏用這些材料是要證明《詩序》不出於漢初諸儒之手，可是連朱文也承認「此說未是」，既然此說未是，便不是「《毛詩》先與之合」，而是《毛詩》後與之合矣。可見，這些材料完全不能證明朱文的觀點，而用來證明《毛詩序》在先秦以來詩義基礎上完成，倒是具有相當的說服力。

論據六，「四家之中，唯《毛詩》以序獨異，自謂得子夏之傳，規模宏大，有三代儒者之風，較諸三家爲精醇，不若三家以一己之臆說《詩》，隨意作解，泛濫無歸，其非附會即穿鑿矣」〔註110〕。朱文是說，《毛詩》以《序》得之於子夏，因而優於三家；又以《關雎》詩義爲例，比較毛、韓、齊、魯之優劣，具體說明《毛序》的卓立眾表。

筆者以爲，《三家詩》皆先有序，而《毛詩序》則後出轉精；再則《毛詩序》完整傳世，而《三家詩》已散佚不全。在這種情況之下，簡單枚舉的比較優劣，其實不能說明任何問題。朱文說《毛詩序》因得之子夏而精醇，那爲什麼西漢時《三家詩》皆被立爲學官，而唯獨《毛詩》以私學流傳？至於東漢中期《毛詩》之大興，《三家詩》之寢微，那正說明衛宏作《毛詩序》提升了《毛詩》的學術品位，與是否得之子夏完全了無瓜葛。

此外，朱文多有批評王錫榮的觀點，雖也意在證明子夏作《序》，但其主要論據既已如斯，其他論證便不必多辨了。

（三）駁「《毛詩序》爲毛亨所作」

毛亨作《毛詩序》的觀點產生比較晚。北周沈重、《隋書・經籍志》只是說子夏與毛公合作《詩序》，直到清代學者毛奇齡才提出毛亨作《毛詩序》的觀點〔註111〕。而當代學者主張毛亨作《毛詩序》則是不乏其人，如王錫榮《關於〈毛詩序〉作者問題的商討》、魏炯若《關於〈毛詩序〉》、蹤凡《〈毛詩序〉作者考辨》、王洲明《關於〈毛詩序〉作期和作者的若干思考》、薛立芳《關於〈毛詩序〉作者的新思考》等。

人們論證毛亨作《毛詩序》的思路，多以毛亨作《詁訓傳》爲基點，然後從《毛傳》與《毛序》關係入手，努力說明《毛傳》與《毛序》的一致，

〔註110〕 朱冠華：《關於〈毛詩序〉的作者問題——與王錫榮先生商榷》，《文史》（十六），中華書局1982年版，第182頁。
〔註111〕 （清）毛奇齡：《詩箚》（卷一），上海古籍出版社1987年版。

竭力彌合《毛傳》與《毛序》的違異，以此證明《毛詩序》為毛亨所作。應該說，人們研究的基點是紮實的，毛亨作《毛詩詁訓傳》自古一辭，別無疑義。鄭玄稱：「毛公（毛亨）為《詁訓傳》，乃分眾篇之義，各置於其篇端」〔註112〕；「當為刺厲王。（毛亨）作《詁訓傳》時移其篇第，因改之耳」〔註113〕。陸璣也稱：「亨作《故訓傳》以授趙國毛萇，時人謂亨為大毛公，萇為小毛公，公以其所傳，故名其詩為《毛詩》。」〔註114〕然而，是否能夠以毛亨作《詁訓傳》，便可以連帶證明毛亨也作《毛詩序》呢？應該說：不能！

鄭玄、陸璣皆言毛亨作《詁訓傳》，可都沒有說過毛亨作《毛詩序》。鄭玄只是說毛亨把孔子時俱在的，眾篇之義合編的篇義「各置於篇端」，而在「移其篇第」過程中有過少許的改動，卻並未提出毛亨作《毛詩序》；至於陸璣則更明確提出衛宏「因作《毛詩序》」。所以，後來學者要證明毛亨作《毛詩序》，從鄭玄、陸璣那裡完全得不到支持的證據，只得從其他方面去尋找理由。

綜觀各家的論述，主要有如下理由：

理由一，注解的體例。魏文稱：「凡注解古書，必須詞義並釋」，「作《毛傳》的人，不可能不講內容」，因此，「序與傳應該是一人之作」〔註115〕。蹤文則列舉漢人注解類著作，如王逸《楚辭章句》、趙岐《孟子注》、高誘《淮南子注》等，指出：「這些著作的任務不僅僅是文字訓釋，名物訓詁，還有對文章內容的分析解說和大義闡發」；「如果沒有這《毛詩序》，《毛詩故訓傳》就成了殘缺不全的東西，就和漢人的注書體例大相乖違」〔註116〕。

筆者以為，遵循注解體例，詞義並釋乃是注解類著作的常態。但魏文稱為「必須」顯然不夠嚴密，如他緊接著舉出「作注不講內容的例子」，便可知「必須」有時竟未必也。當然，作為一個完善的注本，《毛傳》倒不會不講內容，毛亨把眾篇之義合編的篇義「各置於篇端」，不就是在講內容嗎？與其他漢人注書一樣，《毛詩故訓傳》既有文字訓詁，也有篇義闡發。可是，詞義並釋並不能證明這些篇義為毛亨所作，鄭玄已經明言這些篇義不為毛亨所作；詞義並釋也不能排除這些篇義不能被後來的衛宏所整理和總結，陸璣也已經

〔註112〕董治安主編：《兩漢全書》（二），山東大學出版社1999年版，第388頁。
〔註113〕董治安主編：《兩漢全書》（二），山東大學出版社1999年版，第425頁。
〔註114〕（三國）陸璣：《毛詩草木鳥獸蟲魚疏》，中華書局1985年版，第71頁。
〔註115〕魏炯若：《關於〈毛詩序〉》（上），《四川師院學報》1982年第二期，第48～49頁。
〔註116〕蹤凡：《〈毛詩序〉作者考辨》，《中國韻文學刊》1999年第二期，第82頁。

明言衛宏「因作《毛詩序》」。可見，以注解體例爲由得出「序與傳應該是一人之作」的結論，顯然缺少充分的論據支持。

　　理由二，三家詩序例。王錫榮文稱：「齊、魯、韓三家詩均有序，序作者即爲傳詩者，《毛序》亦不能例外。」〔註117〕蹤文稱：「三家詩也有詩序」；「1977年安徽阜陽墓葬中出土西漢文帝時《詩經》竹簡，有三片殘簡被專家學者們疑爲《詩序》」；「倘若這一猜測無誤，當可作四家詩皆有《詩序》、四家之《序》皆產生於漢初之有力參證」。又「既然魯詩義在《故》（《魯詩故》）中，齊詩義在《傳》（《齊詩傳》）中，韓詩義在《章句》（《韓詩章句》）中，《毛詩序》無疑地應該包括在《毛詩故訓傳》中」〔註118〕。

　　筆者以爲，同樣擔負《詩經》傳授的使命，《毛詩》與齊、魯、韓三家《詩》、阜陽出土《詩》有許多相似處，援用三家詩序例自然也能夠說明《毛詩》的部份情況。比如，除字詞訓詁外，它們當均有詩義解說，而且它們的分野主要表現爲詩義解說的不同。誠如蹤文所引，《毛詩》與三家《詩》對《關雎》的解說便頗有不同，《毛詩》說詩旨在美，三家言本義在刺。〔註119〕然而，「說解雖殊，形式無異」，如魯詩義在《故》中，齊詩義在《傳》中，韓詩義在《章句》中，毛詩義在《毛詩故訓傳》中。這些應該都沒有問題。可是，論者援用三家詩序例推斷《毛詩》存在著邏輯錯誤。

　　一是，三家詩「序作者即爲傳詩者，《毛序》亦不能例外」。案論者之意，三家詩「傳詩者」，即指齊人轅固、魯人申培、燕人韓嬰，而《毛詩》傳詩者便是魯人毛亨。其實，三家詩的詩義闡發內容，是齊人轅固、魯人申培、燕人韓嬰承襲了前人舊說，還是自己的戛戛獨造，這都是沒有弄清楚的問題，以此要得出毛亨作《毛詩序》，豈不是葫蘆僧判斷葫蘆案？即便三家詩的詩義闡發內容就是齊人轅固、魯人申培、燕人韓嬰的獨造，也沒有理由斷定「《毛序》亦不能例外」；因爲它們之間並不存在必然的因果關係。況且，鄭玄指出：「毛公（毛亨）爲《詁訓傳》，乃分眾篇之義，各置於其篇端」，明確說明這些篇義不是毛亨所作，王文僅憑援引三家詩序例，顯然不能否定鄭玄論述的證據。

〔註117〕王錫榮，《關於〈毛詩序〉作者問題的商討》，《文史》（十），中華書局 1980年版，第 193 頁。
〔註118〕蹤凡：《〈毛詩序〉作者考辨》，《中國韻文學刊》1999 年第二期，第 81～82 頁。
〔註119〕蹤凡：《〈毛詩序〉作者考辨》，《中國韻文學刊》1999 年第二期，第 82 頁。

二是，「《毛詩序》無疑地應該包括在《毛詩故訓傳》中」。如果說，魯詩義在《故》中，齊詩義在《傳》中，韓詩義在《章句》中，毛詩義在《毛詩故訓傳》中，這是沒有問題的。《毛詩故訓傳》包含詩義，鄭玄已經說得很明白。但是，這些篇義並不就是今見《毛詩序》，因此，陸璣才會在敘述了「亨作《故訓傳》」之後，又明確指出：衛宏「因作《毛詩序》，得風雅之旨」〔註120〕；王肅也才會稱之為「今之《毛詩序》」。論者以《毛詩故訓傳》之詩義，徑替換為《毛詩序》，這是不符合邏輯的。其實，在衛宏之前，並沒有《毛詩序》的稱謂，是衛宏經過對詩義的整理總結，使之「得風雅之旨」，才形成了《毛詩序》。所以，詩義存在於《毛詩故訓傳》中，不惟不能證明毛亨作《毛詩序》，同樣也不能證明這些詩義為毛亨所作。

理由三，序傳的相合。主張毛亨作《毛詩序》的學者，在證明《毛序》與《毛傳》相合方面，用力最勤，論述最詳。魏炯若說：「假使《詩序》是另一個人作的，要後來作傳的人毫不變動，那是絕無可能的事，除非是一人所作。」〔註121〕王錫榮說：「《毛詩序》與《毛傳》兩者本為一體，前者是一首詩的題解，後者是具體詩句或字詞的詮釋。它們彼此之間，互相依賴，不能割離。因此，離開《詩序》，《毛傳》也就很難獨立存在。」〔註122〕蹤凡說：「《序》與《傳》不僅互相依賴，互相補充，還往往彼此印證，相得益彰」；「此呼彼應，前唱後隨，妙合無垠，相映成趣，倘非出自毛公一人之手，怎會如此匠心獨運？」〔註123〕

魏文的推理邏輯是：假使《毛傳》、《毛序》不為一人作，必然《傳》、《序》不相合，因為兩位學者意見完全一樣是絕無可能的。顯然，這個推理太過絕對化了，一個人意見前後矛盾是可能的，多個人意見相當一致也是可能的。在《詩經》授受系統之中，經師當謹守家法。所以，《毛詩》家意見一致不僅是可能的，而且是學派的必然要求。所以，用《毛傳》與《毛序》的相合，來證明《毛詩序》為毛亨所作，這是完全經不起推敲的。當然，充分研究《毛序》與《毛傳》的關係，揭示它們各有分工，相互依存的特點，對於深入認

〔註120〕（三國）陸璣：《毛詩草木鳥獸蟲魚疏》，中華書局1985年版，第71頁。
〔註121〕魏炯若：《關於〈毛詩序〉》（上），《四川師院學報》1982年第二期，第48～49頁。
〔註122〕王錫榮：《關於〈毛詩序〉作者問題的商討》，《文史》（十），中華書局1980年版，第193頁。
〔註123〕蹤凡：《〈毛詩序〉作者考辨》，《中國韻文學刊》1999年第二期，第83頁。

識《毛詩》的思想內容無疑具有重要的價值。但是，以此來證明《毛詩序》
為毛亨所作，則是既不符合邏輯，也不符合實際的。王洲明先生在探索了《毛
序》與《毛傳》的關係之後，也明確認識到：「僅從《毛序》與《毛傳》同異
的比較研究，是無法得出《毛序》作者為何人的結論的。」〔註124〕

　　《毛傳》與《毛序》相合，並不能證明《毛詩序》出於毛亨之手；而《毛
傳》與《毛序》相違，則足以證明《毛傳》與《毛序》不出自一人之手。前
人多指出《毛詩》之《序》《傳》相違的現象，今人則竭力證明《序》《傳》
的相合。通過細密地研究，儘管指出前人的某些失察和疏漏，但也卻不能不
承認《序》與《傳》仍有互相牴牾之處，於是人們以「訛誤竄亂」來辯解。
其實，一部經久授受的著作，自然經過多人的補充和整理，其《序》與《傳》
的相合抑或相違，都是正常不過的事情。如果刻意曲為辯解，反倒會離事實
愈遠。

　　理由四，資料與文本。王洲明先生擺脫《毛序》與《毛傳》同異的比較
研究的老套，從考察典籍中《毛詩》資料和考索《毛詩》傳授文本入手，得
出「今《毛序》的基本完成時期為秦末漢初，基本完成者為魯人大毛公亨」
的結論。〔註125〕

　　先看對典籍中《毛詩》資料的考察。王文列舉出十五條文獻資料，並確
定了使用文獻資料的原則，即重點關注時代較早的資料和與《毛詩》關係密
切者的說法。從而得出幾點認識和得到幾點啓發，而「問題討論至此，《毛序》
的作者依然並不明晰」〔註126〕。

　　王文列舉繁雜的資料，卻把一條時代比較早，且與《毛詩》關係密切者
的資料給遺漏且改易了。這就是三國吳人陸璣《毛詩草木鳥獸蟲魚疏》的記
載，陸璣敘述《毛詩》授受源流，包含了非常重要的資料：

　　孔子刪詩授卜商，商為之序，……亨作《故訓傳》以授趙國毛萇，時人
　　謂亨為大毛公，萇為小毛公，公以其所傳，故名其詩為《毛詩》。……時九江
　　謝曼卿亦善《毛詩》，乃為其訓，東海衛宏從曼卿受學，因作《毛詩序》，得

〔註124〕王洲明：《關於〈毛詩序〉作期和作者的若干思考》，《文學遺產》2007 年第
　　　　二期，第 8 頁。
〔註125〕王洲明：《關於〈毛詩序〉作期和作者的若干思考》，《文學遺產》2007 年第
　　　　二期，第 13 頁。
〔註126〕王洲明：《關於〈毛詩序〉作期和作者的若干思考》，《文學遺產》2007 年第
　　　　二期，第 9 頁。

風雅之旨，世祖以爲議郎。〔註127〕

王文引述這條資料爲：「晉陸璣」。這似乎將陸璣的時代給搞錯了。儘管前人亦有將陸璣視爲西晉人，甚至把他與《文賦》作者陸機混爲一人的情況。但已經學者撥正，陸璣爲三國吳人無疑，《毛詩草木鳥獸蟲魚疏》爲三國時原作無疑。更重要的是王文節引陸文，竟把「東海衛宏從曼卿受學，因作《毛詩序》，得風雅之旨，世祖以爲議郎」的內容給完全遺漏了，而這條資料正是衛宏作《毛詩序》的關鍵證據。由於這個疏漏，王文竟得出「《後漢書·儒林傳》第一次提出『毛詩序』的名稱，且認爲衛宏所作」的認識〔註128〕。其實，三國時吳人陸璣提出衛宏「作《毛詩序》」，比起劉宋時范曄《後漢書》早了有二百多年，而范曄只是承襲陸璣的觀點而已。陸璣論述的資料時代較早，又是與《毛詩》關係密切者的說法，應該重點關注，根據這條資料，《毛詩序》作者已然分明，那就是東漢初期的衛宏，而不是所謂「依然並不明晰」！

再看對《毛詩》傳授文本的考索。王文考索《漢志》三家詩著錄，發現漢人解經有「故」與「傳」兩種方式，又考索顏師古對「故訓傳」的注解，發現《毛詩》有「故訓」與「傳」兩種不同的解《詩》方式。王文通過對「故訓」、「傳」的詞義辨析，指出：「所謂『故訓』（也即後人改爲的『詁訓』、『訓詁』），就是《說文》所謂『故言也』，也就是馬瑞辰所說的『就經義所言而詮釋之』，『由今通古』。就《毛詩》而言，也就是我們今天見到的《毛傳》。而『傳』，因『並經所未言而引申之』，涉及到對《詩》經文內容的解說，就《毛詩》而言，實際上也就是我們今天所指的《毛序》。」〔註129〕這樣一來，《故訓傳》本來就指稱《傳》、《序》兩項。

其實，清代毛奇齡也有相似的思路，只是與王文的解釋正好相反。毛奇齡以「故訓」爲《詩序》，認爲《詩序》包含了「故」與「訓」兩部份內容，「故」爲《序》首一句以及章句若干的內容，「訓」爲《序》首句後續申之語的內容。他們訓釋詞義各有所據，而結論恰恰相反，其根據是否充分，便有些令人懷疑。王文稱「傳」爲《毛序》，這與《毛詩》實際則明顯不符。鄭玄箋《毛詩》，把詞語詮釋統稱爲「傳」，而並不稱爲「故訓」或「詁訓」，莫非

〔註127〕（三國）陸璣：《毛詩草木鳥獸蟲魚疏》，中華書局1985年版，第71頁。
〔註128〕王洲明：《關於〈毛詩序〉作期和作者的若干思考》，《文學遺產》2007年第二期，第9頁。
〔註129〕王洲明：《關於〈毛詩序〉作期和作者的若干思考》，《文學遺產》2007年第二期，第10頁。

鄭玄已經不懂得「故訓」與「傳」的區別，而待唐代以至清代學者才來發明嗎？還是這個區別本身存在著什麼問題？

　　筆者以為，這些名相研究並不多麼重要，《毛詩故訓傳》本來就包括文字訓詁和篇義闡發兩方面內容。鄭玄言：「毛公為《詁訓傳》，乃分眾篇之義，各置於其篇端云。」證明《故訓傳》包含舊有篇義當無疑義。學者謂「故訓」或「傳」指稱這些篇義，那只是稱謂問題，原本無有大礙。但是，一定說這些篇義就是今之《毛詩序》，則無疑偷換了概念。鄭玄說毛亨將孔子時俱在的，眾篇之義合編的篇義「各置於篇端」，而絕口不提毛亨作《毛詩序》；而陸璣明言「亨作《故訓傳》」，卻更提出衛宏「因作《毛詩序》」。所以，毛亨整理篇義的工作不能被無限誇大，這些篇義尚不足「得風雅之旨」，還有待於東漢衛宏的整理和總結。

　　對於衛宏作《毛詩序》問題，王文的分析有些輕描淡寫。王文略去陸璣最關鍵證據不提，而以晚二百多年的《後漢書》為據，又以更晚的唐人著作為據，得出「古人意見已猶疑不決」的認識〔註130〕，顯然不能令人信服。至於論者以為，衛宏「第一次將『故訓傳』中『傳』的內容，定名為『毛詩序』。後世所謂衛宏『作《毛詩序》』的說法，蓋由此而來」〔註131〕。彷彿衛宏只是定了個名稱，充其量只是有一些潤益，這個認識便全是主觀的臆見了。試想，只定個名稱，就可「得風雅之旨」，做學問哪有如此輕鬆的道理！

　　主張毛亨作《毛詩序》的學者，充分肯定毛亨在《毛詩》授受中的重要作用，充分肯定毛亨在詩義整理方面的重要作用，應該說大多是符合事實的。但是，因此而得出毛亨作《毛詩序》，否定衛宏對詩義的整理總結，則是既違背文獻記載，也缺乏證據支持的。

（四）駁「鄭玄為《毛詩序》最終完成者」及其他

　　趙敏俐先生在《〈毛詩序〉作者問題辨說》中，提出「《毛詩序》的最終完成者是鄭玄」的觀點〔註132〕；對此，趙沛霖先生在《詩經研究反思》一書中提出了批評意見。

〔註130〕王洲明：《關於〈毛詩序〉作期和作者的若干思考》，《文學遺產》2007 年第二期，第 13 頁。

〔註131〕王洲明：《關於〈毛詩序〉作期和作者的若干思考》，《文學遺產》2007 年第二期，第 13 頁。

〔註132〕趙敏俐：《周漢詩歌綜論》，學苑出版社 2002 年版，第 203 頁。

　　趙沛霖先生概括了趙敏俐觀點的三點理由：一是鄭玄「箋大都從《序》而不從《傳》」；二是鄭玄的《詩譜序》可與「《毛詩序》互相補充」；三是漢代以後關於誰是《毛詩》正宗的爭論，是由於鄭玄「對《毛詩》作過一番『刪裁繁誣，刊改漏失』的整理」。他對這三點理由逐一發問：一是鄭玄認爲《序》爲子夏、毛公合作，他豈敢隨便唐突先師？二是即便《詩譜序》與《毛詩序》互相補充，這與斷定《毛詩序》爲鄭玄所作有什麼必然聯繫？三是鄭玄對《毛詩》作過「刪裁繁誣，刊改漏失」的整理，難道就意味著他作過《詩序》嗎？因此，趙沛霖認爲：「這三點根本不能證明作者的結論。」〔註133〕

　　趙敏俐在把《〈毛詩序〉作者問題辨說》一文收入《周漢詩歌綜論》時，針對趙沛霖的批評，對文章作了「補記」，進一步解釋自己的看法。他說：「趙沛霖先生可能錯解了我的意思，因爲我在這裡所說的鄭玄是《毛詩序》的最後定稿人，並不是說鄭玄本人參與寫作和修改了《毛詩序》，而是說『今之《毛詩序》是由鄭玄在整理《毛詩》各家解題的基礎上定型的』。」〔註134〕而且一再聲明：「關於鄭玄是否會是《毛詩序》的最後定稿人這樣的問題，本文提出的只是一種猜測。」〔註135〕

　　筆者以爲，兩位先生的批評與反批評非常有助於深入認識《毛詩序》作者問題。趙敏俐指出：《毛詩》之所以稱之爲「毛詩」，就是因爲毛亨作了《毛詩故訓傳》；假如《毛詩故訓傳》不包括詩義的解釋，它也難以被稱爲「毛詩」〔註136〕。他又以《關雎序》爲例，指出：「《詩序》所表現的不僅是漢初人說詩的文藝思想，更多地表現了董仲舒哲學思想影響下的統治整個兩漢的文藝思想」；「這種儒學與神學相結合的文藝思想，在《關雎序》中表現得如此系統和完整，顯然是在《毛詩》傳授過程中逐步形成的，決不會出於毛亨一人之手」〔註137〕。他認爲，《毛詩序》是在《毛詩》傳授過程中逐步完善的，這無疑是非常正確的見解。趙沛霖也認爲，《毛詩序》形成是一個過程，其中包括兩個階段。先成《序》，即「《序》非一人一時之作，毛公及其前的一些經學家曾有參與」；再經衛宏「潤益」完成《毛詩序》。〔註138〕

〔註133〕趙沛霖：《詩經研究反思》，天津教育出版社1989年版，第265～266頁。
〔註134〕趙敏俐：《周漢詩歌綜論》，學苑出版社2002年版，第203頁。
〔註135〕趙敏俐：《周漢詩歌綜論》，學苑出版社2002年版，第207頁。
〔註136〕趙敏俐：《周漢詩歌綜論》，學苑出版社2002年版，第194頁。
〔註137〕趙敏俐：《周漢詩歌綜論》，學苑出版社2002年版，第199頁。
〔註138〕趙沛霖：《詩經研究反思》，天津教育出版社1989年版，第268頁。

　　兩位先生的分歧只是在於：最後完成了《毛詩序》的，是衛宏？還是鄭玄？在東漢經學興盛，各家紛爭的文化背景下，略相前後的衛宏和鄭玄，其實都具有在前人詩義基礎上完成《毛詩序》的各種條件，只是這個事情的確是由衛宏完成的。陸璣談到《詩經》的授受系統，言毛公之前的不可深信，其與同時徐整的說法便大相徑庭；但是言毛公之後的當言之有據，以時間相距不遠，且向無不同意見。陸璣稱衛宏「因作《毛詩序》」，接著便列舉鄭眾、賈逵、馬融、鄭玄的著述，揆之情理，他對當時鄭玄大師的情況豈不知曉？如果是鄭玄完成《毛詩序》，那麼陸璣斷不會作如此的表述。至於鄭玄作《毛詩箋》信從《毛詩序》，作《詩譜序》發揮《毛詩序》，正是《毛詩序》先鄭玄而完成的證據，而不能成爲鄭玄完成《毛詩序》的證據。

　　此外，對於《毛詩序》作者問題的討論，學者多認同《毛詩序》經多人在較長時間內完成。主張多人說的觀點，雖然比較符合《毛詩》傳授的實際，但是往往難以確定多人的不同貢獻，更忽略了衛宏最後完成「得風雅之旨」的重要意義。所以，筆者贊同趙沛霖先生的結論：《毛詩序》非一人一時之作，是由毛公及其以前和以後的《詩經》學者陸續增補修訂，至衛宏而定稿和最後完成。〔註 139〕

　　筆者強調的是，衛宏對前人詩義的整理和總結，才使《詩序》「得風雅之旨」，從而將儒家詩論系統化，形成完備的詩學理論。《毛詩序》的完成，確立了儒家的詩教原則，給後世文學以深遠影響。稱衛宏作《毛詩序》，可謂持之有故，言之成理！

　　總之，認爲《毛詩序》爲衛宏之外的人所作，或以爲子夏作，或以爲毛亨作，或以爲鄭玄作，或以爲多人作，它們從不同角度進行論證，分析了許多材料，提出了許多看法，無疑將《毛詩序》作者問題的研究進一步引向深入。然而，通過分析辯難可知，它們或缺乏文獻依據，或存在邏輯錯誤，都不足以否定衛宏作《毛詩序》，倒是更強化了衛宏作《毛詩序》的觀點。

（原載《廣西社會科學》2012 年第 11 期）

〔註 139〕趙沛霖：《詩經研究反思》，天津教育出版社 1989 年版，第 269 頁。

後　記

　　二○一二年，在《中國古代文論選讀》後記中，曾說想寫一部古代文論的著作。然而，幾年間這個念頭提起又放下，直至距退休剩了一年時間，才下決心來完成這項工作。爲什麼這樣猶豫不決？原出於對其學術價值的考量。這項工作既沒有國家級立項，也沒有省級立項，也沒能校級立項，似乎說明它沒有多少價值。在沒有價值的事情上徒費心力，只能說明這人的腦殼出了毛病。

　　冒著腦殼有病的非議，做一件吃力不討好的事情，完全是工作的慣性使然。一九八九年秋季，出於偶然原因，筆者在內蒙古師範大學承擔了古代文論的教學任務。當時既沒有教育部指定的國家級教材，也沒有教育廳指定的省級教材，這倒給自己教學留下折騰的空間。爲了能夠上好每一節課，課前要做大量的工作，如研讀基本材料，參考相關研究，草擬授課講義。對於沒有專業師承的筆者，這個任務其實並不輕鬆。然而，惟其如此，也頗能激發起求知欲。一個學期講了下來，得到學生們熱情肯定，這也爲當時悲涼的心境增添了一絲慰藉。

　　一九九二年，筆者調入濟南大學，繼續講授古代文論。那時還沒有如今學術資訊的便利。自己獨學無友，實在孤陋寡聞，曾想加入某些學術團體，參加某些學術會議，卻苦於缺少學緣關係。有一年，古代文論學會在呼和浩特召開年會，申建中先生來函邀請，可學校以經費緊缺爲由，拒絕提供支持。又一年，古代文論學會在濟南召開年會，筆者求人幫忙發個邀請，結果人家給忘記了。近在咫尺未能與會，心裏多少有些悵然。二○○六年，筆者調入韓山師範學院，繼續講授古代文論。次年，廣東古代文論學會在廣州召開年

會，筆者仍然無人問津。於是冒昧經郵箱給會議發去論文，表達了阿 Q 似同去的願望。學會總算發來邀請，筆者也就參加了一次古代文論的學術會議。二十多年從事古代文論教學，與古代文論學術團體，唯有一次勉強交集。所以，筆者應該不屬於官方學術中人，充其量只能算個民間學者。

在這樣條件下研究古代文論，完全出於教學需要。筆者的心態，也與阿 Q 頗有些相近：舂米便琢磨怎麼舂米，撐船便琢磨怎麼撐船；只因講授古代文論，便琢磨古代文論的問題。因此，筆者研究的一些問題，大多圍繞著教學內容，沒有刻意去解決高精尖難題。譬如，隨著高校擴招，二本院校生源質量下降，不少學生閱讀文言有困難，於是編撰了《中國古代文論選讀》，將古代文論篇章譯爲白話，並加以鉤玄提要，以期對學生有所幫助。講授古代文論課程，當然先要自己弄明白，這就得研習相關內容。對已有學術成果梳理吸收，對存在的學術疑難考辨闡明。有時來了興致，也會撰文發表。因此，課程每講過一遍，講義便有所更新。久之，講義增多了起來。在歷年講義基礎上，現在整理爲《中國古代文論旨要》一書。

本書論述了先秦到清末古代文論的內容，不求包羅萬象，只求解讀重點。至於是否達到預期，那只能由讀者評判了。正文融合了先賢時俊的許多妙論，也表達了個人一得之見。誠如劉彥和所言：「及其品列成文，有同乎舊談者，非雷同也，勢自不可異也；有異乎前論者，非苟異也，理自不可同也。」儘管拉了《文心雕龍》站臺，可絕沒有要集大成的野心，更不敢說填補了什麼空白。然而，這些內容爲學生所需要，正是它存在的充足理由。就像從事農業生產，既有專家栽培稀有品種，也有農民種植尋常稻麥。稀有品種可以獲得超額收益，而人們也還要食用稻麥的。所以，有時感覺自己像個農民，一味傻乎乎地流汗耕耘，而不去考量經濟效益。自然，對那些所謂的大師，也有羨慕嫉妒恨，可自己一個農民的素質，又豈能改變了辛苦勞作的宿命。完成此書只是給個人教學生涯畫個句號，而不要像阿 Q 那樣留下遺憾而已！

在正文之外，附錄了《〈毛詩序〉之作者問題》上、下兩篇論文，從立論與駁論兩個角度論證《毛詩序》爲東漢衛宏所作，可爲正文相關內容提供考據支撐，似乎也不算狗尾之續。

書稿寫定，又爲出版經費犯愁。在大學同學聚會上，正好見到學兄王琳教授，說起這個事情，他熱情推薦給花木蘭文化事業有限公司。於是，與楊嘉樂先生聯繫，很快簽署了出版合同。見到杜潔祥先生寄來校樣，確信好夢

就要成眞了。回想起多少次出版著作的艱難，這次眞像天上掉下來一張餡餅！

　　所以，由衷感謝王琳教授、楊嘉樂先生、杜潔祥先生、高小娟先生，感謝爲本書付出辛勞的各位編輯許郁翎先生、王筑先生。

　　本來不打算書後贅言，但筆者不能不感謝尊敬的朋友們。而感謝的前面，又順便對個人學術環境發了一些牢騷，也算是中國學術繁榮的一瓣花絮吧！

劉鳳泉
於潮州東麗湖之水嵐園寓所
2017 年 12 月 30 日